二見文庫

月夜は伯爵とキスをして

ジョアンナ・リンジー／小林さゆり＝訳

Make Me Love You
by
Johanna Lindsey

Published by arrangement with the original publisher,
Gallery Books,
a Division of Simon & Schuster, Inc.
through Japan UNI Agency, Inc., Tokyo

月夜は伯爵とキスをして

登　場　人　物　紹　介

ブルック・ホイットワース	伯爵令嬢
ドミニク・ウルフ（ドム）	ロスデール子爵
エロイーズ・ウルフ	ドミニクの妹。故人
アナ・ウルフ	ドミニクの母
ロバート・ホイットワース	ブルックの兄
アルフリーダ・ウィチウェイ	ブルックの乳母。メイド。治療師
ガブリエル・ビスケイン（ゲイブ）	ドミニクの使用人。友人
トーマス・ホイットワース	ブルックの父。タムドン伯爵
ハリエット・ホイットワース	ブルックの母
アーノルド・ビスケイン	ゲイブのおじ
アーチャー	ドミニクの親友
ベントン	ドミニクの親友
プリシラ	ドミニクの元愛人
ウィリアム	馬丁

1

「やりきれない話だ。お世継ぎの放蕩《ほうとう》息子にホイットワース家が最後通告を突きつけられるとは！」

妻より二十五歳年上のトーマス・ホイットワースは老けこんではいるものの、時の流れに抗《あらが》う面差しをしていた。頭髪こそ真っ白になったとはいえ、取り立てて言うほどのしわはない。いまでも美男ではあるが、寄る年波には勝てず、節々の痛みに悩まされている。ところが関節痛など無縁のようにふるまう頑固者で、気力を振りしぼってでも、人前ではかくしゃくとしていた。そうしなければおのれの自尊心が許さないわけで、つまり自尊心のかたまりのような人物なのである。

「正式な発表によれば、あの方は摂政になられたのよ。イングランドも臣民もその手に握られているわ」ハリエット・ホイットワースはそう言って、手を揉《も》み合わせた。「ですから、そんなに大声を上げないでくださいね、あなた。王室の使者はまだ玄関を出ていないのよ」

しかし、使者はすでにこの応接間からは立ち去っており、トーマスはソファにどさりと腰をおろした。「話を聞かれまいか気にするとでも？」そう妻に怒鳴りつけた。「さっきの使者は、尻を蹴りつけられて追い出されなかっただけでも幸運だったんだぞ」

ハリエットはあわてて出入り口に駆け寄り、念のためにドアを閉めると、夫を振り向いて、声をひそめた。「それでも、摂政皇太子さまをこちらがどう思っているのか、ご本人の耳にはいるのはよくないわ」

タムドン伯爵トーマスと若くして結婚し、当時は理想の花嫁候補と目されたハリエットも四十三歳になったが、ブロンドの髪に澄んだ青い瞳の持ち主で、いまでもその美貌を誇っている。両親が選んだ結婚相手を愛せるだろうと思っていたが、そうした感情が湧くようなことは夫からなにひとつしてもらえず、愛情が胸をよぎることは一度もなかった。トーマスは強情な人だ。けれどハリエットはそんな夫の暴言や怒りに振りまわされずに生活をともにするすべを、夫を怒らせないすべを身につけた。

それには夫と同じく強情で冷淡にならざるをえず、似た者夫婦にさせられたことでけっして夫を許せなかった。しかし、少なくともトーマスは妻の意見をばかにすることはなく、時にはハリエットの提案に耳を傾けさえした。トーマスのような男性にとって、それは多くを物語るもので、態度にこそ表れないものの、すこしは妻を大切にしているのかもしれない。もはや夫からの愛情は求めていなかったが。本音を言えば、ハリエットは早く未亡人になりたかった。そうすれば、また自分らしくしていられる――自分らしさがまだ残っていれば、の話だが。けれど、トーマス・ホイットワースはじつにしぶとく、都合よく亡くなってはくれなかった。

　ハリエットは膝掛けを持ってきて、夫の脚にかけて、しっかりとくるんであげようとしたが、トーマスは妻の手を払いのけ、自分でやった。夏が近づき、ほかの者たちが汗をかくようになっても、すぐに夫の身体は冷えてしまう。トーマスは病弱な自分にも節々の痛みにも嫌気が差していた。最近の怒りは自分自身に向けられることがほとんどで、それはもはやトーマスがかくしゃくたるご老人ではなくなったせいだった。とはいえ、目下の怒りは摂政皇太子だけに向けられていた。

「なんと無謀なことか！」トーマスは言った。「国じゅうでどう思われているか、お気づきでないのかね？　摂政は政治に無関心な快楽主義者で、王室に生まれたのをいいことにお楽しみしか考えていない。今度のことはわが家の財産を没収するための策略にすぎない。例によって、摂政は浪費が祟《たた》って借金まみれだが、議会に救済を拒まれているからな」

「それはどうかしら」ハリエットは異論をはさんだ。「さっきの使者がしきりに持ち出していたように、決闘は以前から禁止されているけれど、一度だったら見逃してもらえる。二度めとなると眉をひそめられたものの、両者とも無事だったから、お咎《とが》めなしだったのもうなずける。でも、ロバートとあの北の〈狼《おおかみ》〉との最後の決闘は人目につきすぎて、そのため醜聞になった。あれは息子のせいだわ。拒もうと思えば拒めたのだから」

「そして臆病者の烙印《らくいん》を押された？　むろん、拒めるものか。だが、今回ロバートはドミニク・ウルフに重傷を負わせた。その怪我《けが》がもとで命を落とすかもしれない。そうなれば、向こうの恨みからも、もめごとにつけこもうとする摂政の計略からも解放される」

「ジョージ皇太子がはったりをかけていると思っているの？　仰せのとおりにウルフ卿との縁組を結ばなくても、わが家は許されると？　はったりではない気がするわ。決闘も一度なら名誉のためだけれど、三度となるとただの殺人未遂だわ。決闘に断固として反対する声は各方面から上がっていたのだから、この件について摂政皇太子さまは世間の支持を集めるでしょうね。わが家はそれに従って、ことをおさめるしかないでしょう、それともわたしたちの息子の命をまたも危険にさらさせたいの？　これまでの決闘であの子も怪我を負ったことはお忘れじゃないでしょう？」

「もちろん忘れていない。だが、両家が姻戚関係を結べばドミニク・ウルフの復讐《ふくしゅう》の矛をおさめられると考えているなら、摂政皇太子はお父上同様に正気とは思えない。あの〈狼〉にくれてやったら、おまえの娘はベッドに連れていかれるだけでなく、命まで奪われる破目になりかねない」

　ハリエットは口をぎゅっと結んだ。腹立たしいことに、夫は娘を自分の娘とはけっして呼ばず、おまえの娘としか呼ばない。けれど、それはブルックが生まれた日からずっとそうだったのだ。ハリエットが産んだ美しい娘をひと目見るなりトーマスはうなり声を洩《も》らして顔を背けた。トーマスがほしかったのは息子で、息子なら何人でもよかった。か細い声で泣く娘はお呼びではない。しかし、ハリエットはトーマスの子を産みたくても、ふたりしか産めなかった。そのほかに五回妊娠したが、いずれも出産には至らなかったのだ。

それでも、ハリエットは夫が聞きたがるはずのことを、夫顔負けに冷淡な口調で言った。

「ロバートが犠牲になるよりましでしょう。ロバートは跡継ぎで、ブルックはただの扶養家族ですもの」

ホイットワース家の跡取り息子が間合いをはかったようにドアを開けて応接間にはいってきた。両親のやり取りの最後の部分を小耳にはさんでいたにちがいない。退屈そうな口調でロバートは言った。「すぐにあいつを送り出してください。〈狼〉はあいつを受け入れっこない。摂政から極秘に〝提案〟された縁組にわれわれは従っておけばいい。地所と爵位を失うのは向こうだ」

いかにも息子の言いそうなことだ、とハリエットは思った。妹に愛情のかけらも持っていないのだから。一七五センチほどの身長も整った容姿も父親譲りで、たくましい身体つきも父親の若いころにそっくりだったが、ロバートは性格に難があった。それでも母親であるハリエットは息子を愛していた。

息子も娘も、トーマスから淡い緑の瞳と、かつては黒かった髪を受け継いでいた。ブルックはハリエットよりも十センチ以上背が高い。ロバートは摂政と同じく快楽主義者で、二十三歳にしてすでに地元のレスターシャーでもロンドンでも愛人を何人も作っていた。とはいえ、ここぞというときに魅力を振りまくのだから仕方ない。それ以外のときにはほかの貴族のことも使用人のことも見下していて、それもまた父親にそっくりだった。

トーマスは騒動そのものに腹を立てていたので、ロバートがいつものようにひらき直って受け流そうとするのを許さなかった。「昨年始末をつけた問題とまた同じような状況におまえが陥ったのなら……約束を破ったのなら――」

「破っていませんよ」ロバートはすばやく口をはさんだ。

「一連の決闘をおまえはささいなことだと称しているが、溜飲《りゅういん》をさげんとする相手の決意からすると、ささいなことどころではない諍《いさか》いがあったということだろうが！　あの男にどんな仕打ちをしたんだ？」

「べつになにも。ロンドンで二、三度ばったり会っただけです。ぼくの死を願う本当の理由がなんであれ、向こうは明かそうとしない。思うに、ぼくが嫉妬させたか、侮辱したか、とにかくごくつまらないことで、向こうも恥になるから認めたくないんでしょう」

「ならば、おまえには決闘を断る正当な理由がある」

「断ろうとしなかったとお思いですか？　嘘《うそ》つき呼ばわりされたんですよ！　あれは聞き捨てならなかった。いまさら無視できないでしょう」

ハリエットは息子がどういう性格かよくわかっていた。都合が悪くなると、平気で嘘をつく。しかし、トーマスは息子を信じた。もちろんそうだ。大事な息子を懲らしめたくないのだから。

トーマスの怒りもいくらか鎮まり、目下の問題に意識が向いた。「このとんでもない要求が差し向けられることは知っていたのか？」

「ええ、ジョージ皇太子がそうするかもしれないという警告は受けていました。だからロンドンから帰ってきたんですよ。財布のひもがまたも締められた、と嘆くおべっか使いの取り巻きたちから吹きこまれるくだらない助言に殿下は耳を傾けておられる。このばかげた縁組が暴力行為に平和的な解決をもたらすというとんでもない主張をわれわれが無視することを殿下は望んでいる。そうすれば、脅しを実行できますから。殿下の思うつぼにはまるつもりはないのでしょう？」

「ということは、はったりではないと思うんだな？」

「ええ、残念ながら。ナポレオンのせいで大勢のイングランド国民がヨーロッパで命を奪われています。顧問たちは、貴族同士が自国で殺し合っていては士気をくじくと考えているんですよ。そして殿下はそうした感情をみなで共有する機会をうかがっている。われわれが反抗したら、必要に足る賛同を得て殿下はわれわれをたたきつぶすでしょうね」

トーマスはため息をつき、妻に目をやった。「あれはどこだ？　嫁に行くと言い聞かせておかなければなるまい」

2

応接間のひらいた窓の外でブルックはしゃがんでいたが、家族が捜しに来るとわかったとたん、さっと腰を上げ、まっすぐ厩舎《きゅうしゃ》へ駆け出した。話はすっかり聞こえた。使者が両親に伝えたことも、だ。豪華な馬車でその使者が現れたとき、ブルックは厩舎に向かう途中だった。好奇心に駆られ、その場に残って用件を確かめずにはいられなかったのだ。誰かが訪ねてくることなどめったにない。両親はロンドンでは社交生活を送っているが、地元では人づきあいもなく、友人もほとんどいなかった。そして、日ごろからなにも話してくれないので、ブルックには盗み聞きの癖がついてしまった。

まずは寝室に捜しに行くだろう。それから温室へまわって、最後に厩舎へ。ブルックの居場所といえばその三カ所だ。まだ見つかりたくなかったので、厩舎にたどりついても足は止めず、捻挫《ねんざ》した馬の右の前脚の具合を見たり、生まれたばかりの仔馬《こうま》に挨拶をしたりもしなかった。下働きの少年にレベルの支度を急がせただけだ。愛馬に反逆者《レベル》と名づけたのはブルックだった。それが彼女自身の本質だからだ。人生はいやなことだらけで、どうにかしたいと思っていた。当然ながら、人生を変える力などなく、ただ受け入れるしかなかったが。

馬丁は昼食をとりに出ており、戻ってくるのをブルックは待たなかった。もともと一家の地所内でしか乗馬は許されていないので、必ずしも馬丁を付き添わせる必要はない。もっとも、地所は広大だ。四分の一だけを牧羊場に充てているが、それでも何十年ものあいだ、ホイットワース家は羊毛の取引きで財を成していた。家族は誰ひとり、羊の毛なんか刈り取ったこともないのに！　農場以外の土地はひらけていて、樹木が生い茂っているところもあり、馬で駆けまわるのにぴったりで、それこそいまのブルックが求めていることだった。両親から〝知らせ〟を聞かされる前に、盗み聞きした話を消化する時間が必要だ。

話を聞いて、まずはひどくがっかりした。ロンドン社交界へのデビューが約束されていたのに、兄の決闘のせいでお流れになるだろう。ロンドン行きの計画をブルックはハリエットと進めていたのだ。これほど頻繁に母子で顔を合わせるのは久しぶりのことだった。まさかとは思うが、母は胸を躍らせているようにも見えた。

じきに荷造りをして、ロンドンに出発する準備が整うはずだった。すでに旅行かばんも、持参する新しい衣装も手もとにあった。ブルックにロンドンで社交シーズンを過ごさせようとしているのはハリエットの希望でもなければ、娘を喜ばせるためでもない。世間体を考えてのことであり、母はいつでも人から期待されるとおりのことをする。ブルックは予定していたロンドン行きをいつになく心待ちにしていたが、予定は未定というわけだ。

やがて不安に襲われた。見ず知らずの人と結婚しなければならない。けれど、レベルに乗って牧草地を駆けるうちに、計画が変更されても、災い転じて福となすのではないか、と気づいた。迅速かつ確実に家族と離れられるのだから。じつは、ロンドンに行っても、社交べたのせいでうまくなじめず、結婚相手が見つからないのではないかと悩んでいた。その心配はもういらない。

結局、落胆も不安も消えなかったが、口もとがほころんで仕方なかった。これほど相容《あいい》れない感情を覚えたためしはなかったが、〝ベッドに連れていかれるだけではなく、命まで奪われる破目になりかねない〟とされる、遠い土地に住む見知らぬ男性に対して不安を抱きながらも、家から出ていける喜びは打ち消されなかった。好き好んで狼に差し出されたいとは思わないが、自分を愛してくれない家族と暮らしているよりは逃げ出せるだけましだ。

森にたどりつくと、馬をゆっくりと走らせ、薬草を摘みに出る侍女のアルフリーダにつきあっていつも通る小道を進んだ。森の奥深くまで何度もはいって、自分たちで切りひらいた道だった。日差しがたっぷりと降り注ぐ小さな空き地で馬を降り、空を見上げると、大声を上げて怒りを発散させ、不安な胸のうちを声に出して叫んだ。そして最後には、血を分けた非情な人たちから逃れられる安堵《あんど》で笑い声を上げていた。

そうよ、この場所も、ここにいる人たちのことも懐かしんだりしない……ただし、使用人は別だ。上階を受け持つ女中のアリスからは、箱に入れた手刺繍《ししゅう》のリボンを社交界デビューのお祝いにもらった。その手作りの品にどれだけの時間と愛が注ぎこまれたか察し、ブルックは嬉《うれ》し涙を流した。いつも抱きしめてくれ、ペストリーを焼いてくれる料理人のメアリーのことも恋しく思うだろう。こちらが暗い気持ちのときに、がんばって笑わせてくれる馬丁のウィリアムのことも。

しかし、おつきの侍女がヨークシャーへ同行できなかったらと思うと気持ちは沈む。アルフリーダ・ウィチウェイがそばにいなかったら、ひどく寂しくなるはずだ。ブルックの生後数日で母の母乳が出なくなり、わが子をなくしたばかりのアルフリーダが乳母として雇われ、それ以来ブルックのそばを離れなかった。乳母から子守に、そして侍女になった。髪は黒く、目も黒と見なしてもいいほど色が濃い。三十三歳になったアルフリーダはブルックにとって実の母よりも母親らしい存在だった。そればかりか、ブルックの親友でもあった。気取らない性格の持ち主で、姉御肌であり、時としてひどくぶっきらぼうにもなる。人におもねることはなく、相手が誰であっても自分と対等だと考える。そんなアルフリーダが必要とする薬草を年じゅう使えるようにと、ブルックは温室にしょっちゅう出入りをして、園芸にいそしんでいた。

タムドンの村人たちは病気になるとアルフリーダを頼った。屋敷の厨房《ちゅうぼう》にやってきて、使用人を通してアルフリーダに要望を伝え、アルフリーダは薬草を調合した薬をお金と引き換えに、逆の手順で村人に渡す。長いあいだこうして村人を助けているので、アルフリーダもいまではすっかり金持ちになったのではないか、とブルックは想像していた。村人たちはアルフリーダを治療師ではなく魔女と呼びつつも、薬を分けてほしいと相変わらずやってくる。アルフリーダは魔女ではない。植物や薬草の効用について、一族に代々伝わる古来の知識があるだけだ。ブルックの家族にも治療の技術は秘匿していた。魔術を使っていると咎められて屋敷から追い出されはしないか心配だったからだ。

「怒ったり、泣いたりする理由ならあなたはこと欠かないけれど、なぜ笑っているの？　なにか嬉しいことでも？　ロンドン行きのことかしら、お嬢さん？」

木陰から進み出てきたアルフリーダにブルックは駆け寄った。「行き先はロンドンじゃないけれど、どこかに行くことは確かよ。ねえ、ややすごい知らせがあるの」

アルフリーダは笑い声を立てた。「ややすごい知らせ？　矛盾する言葉づかいはまぎらわしいと教えなかった？」

「今回は仕方ないのよ。兄の敵と結婚するの。もちろん好き好んでじゃないわ、摂政皇太子さまのご要望で」

アルフリーダは眉を上げた。「王室の人は要望なんてしませんよ。要求するだけ」

「たしかに。そして、要求が通らなかったら、泣きを見るぞと脅しをかける」

「応じないつもりなの？」

「わたしじゃなくて、両親がね。でも、摂政皇太子さまのはったりかどうか様子を見るのはやめて、わたしをその男性のもとに送り出すことにしたみたい。相手がわたしを拒否するんじゃないかとロバートは思っているわ。だから、結局その人と結婚させられることはないかもしれない」

「その取り決めのなにが嬉しいのか、まだ聞いていないわ」

「これで一生、家族と離れられるなら、喜んで結婚するわ。それにその人には見どころがある。兄を三度も殺そうとしたのよ。だから早くも彼に好感を持っているわ」

「旦那さまたちが話していた、このまえの決闘のこと?」

「そうよ」

「名誉を回復するためなら、ふつうは一度でけりがつくわ。どうして三度もあったのか、理由はわかったの?」

ブルックはくすりと笑った。盗み聞きの癖を踏まえてアルフリーダが訊《き》いてきたからだ。

「このまえ帰ってきたときにお母さまが尋ねたけれど、ロバートははぐらかしたわ、ささいなことだからわざわざ話すほどではない、と。明らかに大ごとでしょうに。でもさっき、この北の紳士の怒りをなぜ買ったのか、と父に訊かれたときはわからないと言いきったの。だけど、あなたもわたしもよく知っているとおり、兄は嘘つきよ」

アルフリーダはうなずいた。「少なくともあなたとあちらの男性には共通点がある。幸先《さいさき》がいいわ」

「そう、たしかにロバートが嫌いという共通点があるけれど、わたしは兄を殺そうとはしなかった。子どものころに、おまえに殺されそうになったと責められたけれど」ブルックはきっぱりとした口調で言った。「あの日、ロバートを追い越して階段をおりようとして、つまずいたのは本当よ。よろめいて、兄の背中にぶつかってしまった。わたしは運よく手すりにつかまったけれど、ロバートは階段の下まで転がり落ちた。それなのに、わざとおまえに押されたと決めつけられ、両親ももちろん兄の話を信じたわ、いつもと同じく。だから、わたしは兄が元気になるまで部屋から出してもらえなかった。でも、くじいた足首が治ったあとも、兄はさらに二、三週間は静養が必要なふりをしていたんだと思う。わたしが部屋に閉じこめられるのが苦手だと知っているから。でも、ロバートにどう思われようと気にしないわ。ずっと前から嫌われているもの、あなたもよく知っているようにね」

アルフリーダはブルックの肩に腕をまわし、抱き寄せた。「あんないやな人にもう会わなくてすむならよかったじゃない」

ブルックとしては兄だけではなく家族全員をそこに含めたいところだが、口に出すのは控えた。「たぶん一週間以内に出発すると思うわ。一緒に来る？　お願いだから来ると言って！」

「もちろんお供するわ」

「だったらきょうは一日かけて、持っていく薬草をたっぷり用意して、植え替え用に根ごと摘みましょう。あなたに必要な薬草が北にあるかわからないものね」

「北のどこなの？」

「知らないわ。まだ両親から話があったわけじゃないもの。わたしはただ――」

アルフリーダは笑い声を立てて、ブルックの話を遮った。「ああ、そうだったわね。あなたがどうやって情報を集めるのか知っていますとも」

3

午後じゅうアルフリーダの薬草摘みを手伝い、ブルックは日暮れごろ屋敷に戻った。こっそり自分の部屋に戻り、乗馬用の服を着替え、家族に呼び出される前に夕食をすませておくつもりだった。さっきは誰かがブルックを呼びに行かされたのだとしても、森の付近までは来なかった。けれど、両親はすぐにブルックと話をしなければならないものではない。縁談について聞かされるのはおそらく出発当日で、それより早いことはないだろう。それほどまでに両親からはないがしろにされていた。

足早に玄関広間を横切り、食堂の前を通りすぎた。この時分にはたいてい両親と兄が食卓を囲んでいる。ブルックは一度もここで食事をしたことがなかった。

〝ふたりめの子どもが男の子ではなかったと思い出すのがお父さまはおいやなの。だからあなたが同席してお父さまにそれを思い出させたくないのよ〟

育児室を離れる年齢になったときに、母からそう言い聞かせられたことをブルックはうっすらと憶《おぼ》えている。思えばこれは母親から親切にされた数少ない出来事のひとつだ。家族と食事をともにしても、おそらくなにも喉を通らなかっただろう。ブルックは使用人たちと厨房で食事をとるのが好きだった。そこでは笑いや冗談が飛びかい、仲間意識もある。ブルックを大事に思い、お嫁に行くときには泣いてくれる人がこの屋敷にいることはいる。それが家族ではないだけで。

階段をのぼりかけると、三段めでみしりと音がした。食堂でちょうど会話がとぎれ、その音が響いてしまった。

「おい！」ブルックの父が大声を上げた。

その声音にブルックはひるんだが、すぐに食堂へ行き、出入り口で足を止め、頭を垂れた。従順な娘だから。少なくとも家族にはそう思われている。決まりは破らない――ただし、ぜったいにばれないと確信があれば別だ。口答えはしない、声も荒らげない。命令にも逆らわない、どんなに逆らいたくても。兄にはおどおどした鼠《ねずみ》呼ばわりをされていた。父は娘を目の届くところに置いていたが、声が届くところには置きたがらず、顔も見たがらなかった。ブルックも子どものころは何度か反抗したこともあったが、そのたびに平手打ちをされたり、厳しくお仕置きをされたりしたものだ。怒りがふつふつと沸いても、おとなしいふりをしているほうがましだとすぐに学んだのだった。

「久しぶりだな。それとも、一夜にして成長したか？　もう鼠には見えないぞ」

ブルックはロバートと目を合わせた。兄になら堂々と目を向けられる。敬う価値などなく、それは今後も同じだろう。けれど癪《しゃく》に障ることに、いまのこの状況も、これから担わされる役割もすべて兄のせいだ。ロバートはひどいことをしたにちがいない。北の紳士を怒らせ、一度ならず、三度も決闘を求められたということは。

「たしかに久しぶりだわ、何年顔を合わせていないか思い出せないくらい」ブルックは淡々とした口調で言った。

顔からは表情をいっさい消していた。偽装のすべなら身につけていたので、じつにたやすいことだ。長年にわたってどれほどブルックを苦しめてきたか、冷たい家族は考えもしないだろうが。

呼びつけたくせに、父はまだ口をひらかない。もしかしたら驚いたのかもしれない。もはやたまに見かけていた幼い少女ではないことに。父の視界にはいらないようにブルックは苦心していたのだ。家は広く、父の習慣も把握していたのでさほど難しいことではなかったが。数年前に関節が痛みはじめるまでは、父のトーマスもロバートと同じくロンドンにしょっちゅう入り浸っていた。母のハリエットはつねに夫に同行していたわけではなかった。自宅でふたりきりになると、ハリエットはブルックに興味を示し、あたかもふつうの親子関係であるかのように話しかけてきた。そんな母の態度に面喰《めんくら》い、息子や夫がそばにいなくて寂しいだけなのだろうとブルックは思っていた。あるいは、お母さまはすこし頭がどうかしているのかもしれないとも思った。なぜかといえば、父と兄が家に帰ってきたとたん、ブルックなど端《はな》から存在しないかのようなふるまいに戻るからだった。

ロバートは席から立ち上がり、ナプキンを皿に落とすと、ブルックに言った。「あとで話がある。おまえが優位に立つ妙案があるんだよ」

わたしの力になるというの？　お兄さまに頼るくらいなら毒蛇を抱きしめるほうがましだわ。とはいえ、なぜ食堂に呼びつけられたのか、誰からもまだ聞かされていなかったので、ブルックは口をつぐんで、自分の未来が明らかにされるのを待った。

ハリエットが話を切り出し、ブルックがすでに知っていることを一から説明した。ふつうの娘ならあれこれ訊いて、不満のひとつも唱えるところだ。ブルックはそんなことはしないが。

「結婚適齢期に達していると、なぜ言わなかった？」トーマスが妻の話を途中で遮った。「こちらが選んだ相手と婚約させることもできただろうに。そうすれば、こんな窮地に陥らずにすんだはずだ」

ブルックは内心くすりと笑った。無知をさらして家族に恥をかかせないようにと、母はブルックに嫁入り修行をさせていた。ロンドンで家族と社交行事に参加するわけではないものの、ブルックはあらゆる習いごとの先生をつけられていた――読み書き、算数だけではなく、乗馬、音楽、舞踊、語学、美術まで。なにかに秀でることは期待されていないので誰からも褒められはしなかったが、それでもブルックはなんでもそつなくこなした。

「来月で十八になるので、この夏にロンドン社交界にデビューさせる予定だったの」ハリエットは説明した。「結婚の申し込みが殺到したでしょうね。あなたにも前にお話ししたわ。お忘れになったのね」

トーマスは返事の代わりに鼻を鳴らした。歳《とし》も歳だからお父さまは忘れっぽくなっているのだろう、とブルックは思った。父というよりも祖父であってもおかしくない年齢だった。身体を動かすたびに顔をしかめている。アルフリーダなら薬草の治療薬で痛みをやわらげてあげることもできるが、おそらくその申し出すら父ははねつけるだろう。ブルックもその気になれば手当てはしてやれた。アルフリーダとしょっちゅう一緒にいるので、薬草の知識が自然と身についていたのだ。人望があれば、それこそ食べものや飲みものに薬草をひそかにまぜて、それとなく助けてもらえることもあるだろう。だが、非情な人間は成り行きまかせが妥当な扱いだ。

ハリエットはあてつけがましくブルックを見つめ、待っていた。ロンドン行きについてブルックから反応があるものと思っているようだ。質問をしてもがっかりする答えしか返ってこないとわかっていたが、ブルックは訊くだけ訊いてみた。「ということは、ロンドン社交界へのデビューはなくなったということ？」

「そうよ、このご縁談のほうが大事ですから。使用人はすでに荷造りにかかっているわ。あすの朝、夜明けとともに、護衛と付添いを供につけて出発よ」

「お母さまは？」

「行かないわ。お父さまの体調がすぐれないから、そばについていなければならないもの。それにロバートも無理よ。一緒に行ったら、また決闘を申しこまれるのがおちだわ。ドミニク・ウルフは何百年も前からヨークシャーに本邸をかまえる裕福な旧家の出なの。彼のお母さまといちおう面識はあるけれど、どんな方かよく知らないわ。息子さんには会ったこともない。ロスデール子爵の称号があるけれど、ロンドン社交界よりもヨークシャーの田舎暮らしが好みのようね。この喧嘩《けんか》っ早い男性についてわたしが知っているのはそれだけよ。あなたがあちらに拒まれたら都合がいいわね。そうしたら、あちらの首に斧《おの》が振りおろされるというか。あなたはここに帰ってきて、わが家は前と同じ暮らしに戻る。でも、あなたはけっしてあちらを拒んではだめよ。ホイットワース家は摂政皇太子さまのご要望に応じます。そうすれば文句はつけられないもの」

「子爵ならわが家より格下だろうが」トーマスはぶつぶつ言った。「だが、くれぐれも肝に銘じておけ。〈狼〉との縁談を断るなど狂気の沙汰だからな。もしそんなまねをしたら、頭がどうにかなったとして、おまえを一生幽閉せざるをえない」

どうやら家族の行く末は自分にかかっているらしい。ブルックは信じられない思いがしたが、父親の脅し文句に内心ぞっとした。わたしのせいで爵位と土地を失ったら、お父さまはまちがいなく脅しを実行に移すわ。けれど、これはこの人たちから逃れられる道なのだ。ウルフ卿を拒絶などするものですか。

ブルックはお辞儀をして食堂を出ると、ようやくひと息ついた。あしたか。こんなにすぐに発《た》つとは思いもしなかった。けれど、早いに越したことはない。

4

「ねえ、わたしのかわいいお嬢さん、彼に愛されるようにするのよ。虜《とりこ》にさせるの。そうすれば、連れ添って、幸せになれるわ」ハリエットがそうささやきかけてきたのはブルックが馬車に乗りこむ直前だった。

驚きが醒《さ》めるまで何時間もかかった。〝わたしのかわいいお嬢さん〟とお母さまに呼ばれ、助言もしてもらったなんて。わざわざ見送りに外まで出てきただけで、すでに驚きだった。昨夜は執事に旅費をブルックの部屋に届けさせたのだから。けれど、さっきの母の言葉はあたかも娘を大事に思う親心のように聞こえたが、ブルックの人生を振り返れば、そうではないことははっきりしている。なぜ一貫性がないことを口にしたのだろう。なぜいつものお母さまらしくない一面を見せたのかしら。こちらがそれを望んでいたときは、めったに見せなかったのに。

娘の虜になれば、北の〈狼〉が最愛の息子から手を引いて、命を狙わなくなるからだ。ブルックもばかではない。家族のなかで愛されてきた子どもはひとりきりだった。ロバートを守るためなら両親はどんなこともするだろうし、娘にだって平気で嘘をつく。家族に恨みがある男性を魅了する見込みがあると。こちらも同じくらい家族が嫌いだけれど！

出発の際、一家の紋章入りの馬車がブルックのために玄関前につけられた。敵方の屋敷に娘を堂々と乗りこませなければ両親の自尊心が許さない、ということだろう。御者のほかに、従僕がふたり、護衛として同行する。その日の朝早く、ブルックは厩舎に出向き、馬たちに別れを告げた。レベルを連れていくことは馬丁頭にあらかじめ伝えてあった。ここに戻ってこないのなら——ほんとに戻ってきたくない——愛馬を置き去りにしたくなかったのだ。

ほとんどの使用人が見送りに出てきて、ブルックに別れの挨拶をした。

実家が恋しくて涙を流すことはないだろうが、子どものころからまわりにいた人たちとは別れがたく、ブルックは涙ぐんだ。自分をかわいがってくれた使用人たちだ。馬丁のウィリアムは木彫りの馬を餞別《せんべつ》にくれさえした。レベルに似ているといいのだけれど、と言っていたが、ウィリアムは彫刻がとくに得意というわけではなく、レベルには見えなかったが、それでもブルックはありがたく受け取った。

同行する使用人たちは指示をあたえられていた。〈狼〉が巣穴へ通そうとしなかったら、ただちにブルックを連れて帰るように、と。通されたら、アルフリーダ以外の使用人たちは馬車でレスターシャーに戻ってくることになっていた。無事に通されることをブルックは願っていた。兄を嫌っているという共通点のほかにもドミニク・ウルフを好きになれるところが見つかればいいのだけれど。とはいえ、見つからない可能性はある。そもそも追い返される可能性だってある。

　摂政の使者は先にホイットワース家を訪れていた。レスターシャーからヨーク近郊のウルフ卿の屋敷まで、馬車で三日か四日はかかる。使者はわずか一日しか先んじていない。つまり、ウルフ卿は幸せなことに、まだなにも知らないのだ。知らせを受けて怒り狂うとしたら——当然そうなるだろう——あちらの気持ちが落ちつくまで、二日は空けてから到着したいものだ。

　冷静に考えれば、摂政の要求にウルフ卿がどう反応するか見定めるまで、娘を北へ向かわせるのは待ったほうがよかったはずだ。あわてて送り出したのは不安の表れだ。ブルックの家族はたしかに腹を立てたり、毒づいたりしていたかもしれないが、摂政の要求をただのはったりだと見なすはずはない。一歩まちがえれば、取り返しのつかない結果になるのだから、ひらき直るなど無理な話だ。

　それにしても、お兄さまはなんて卑しい人なのだろう！　昨夜、ブルックの部屋に来た兄の目には打算が浮かんでいた。食堂でほのめかした〝妙案〟とやらは、こちらが賛同しかねる内容だろうとブルックは話を聞く前から警戒していた。

「とりあえず、あいつと結婚しろ。そのあと毒を盛れ」ロバートはさらりと言ってのけた。「身内がいなければ、地所の所有権を半分主張できる。あるいは全部か。女のきょうだいがひとりいたが、もう死んでいることは知っている。だが、ドミニク・ウルフについて誰もくわしくは知らない」

「でも、彼のことを好きになったら？」ブルックはそう言い返したのだった。ありうることだ。そう願っているわけではないが、その可能性はある。

「そうはならないさ。おまえは家族への忠誠を尽くし、あいつを忌み嫌う」

結局はドミニク・ウルフを嫌いになるかもしれないが、家族への忠誠心からではない。それははっきりしているが、口に出しては言わなかった。ロバートの提案には耳を疑ったが、ブルックはそれも自分の胸にしまっておいた。兄は卑劣で、底意地が悪く、残酷な性格でさえあるが、人殺しをもくろむほど残忍だろうか。でも、容姿には恵まれている。ほかにもたくさんの恩恵を授かっているし、なんといっても伯爵家の跡取りだ。いま洩らしたようなことをたくらんでいいわけはないが、兄は父の子だ。〝この親にしてこの子あり〟という言葉がこれほど的を射たことはホイットワース家でも例がない。

兄の非常識な提案には触れず、ブルックは尋ねた。「三度も決闘を申しこまれるなんて、ドミニク・ウルフになにをしたの？」

ロバートはせせら笑うように言った。「そこまで根に持たれることはなにも。でも、いいか、この件で家族を裏切るなよ。あいつと親族にはなりたくない。あいつさえ死んでくれれば、摂政皇太子からこれ以上うるさく言われることもない」

ブルックはドアに手を差し向けた。退室をほのめかされたロバートにひどくにらみつけられたので、こぶしを使って我を通そうとするのではないかと思った。兄にそういう仕打ちを受けるのは初めてではない。

しかし、ロバートはさらに策をめぐらし、去り際にこう言った。「未亡人になれば自由になれるぞ。家族や夫にも望めないほど自由に。それだけは忘れるな」

自由こそ喉から手が出るほどほしいわ！　お兄さまの勧める方法で手に入れようとは思わないけれど。とはいえ、家族に送りこまれようとしている相手の男性について知りえる機会を逃してしまった。ロバートは彼を知っている。頼めばなにか話してくれたかもしれない。部屋を出ていく兄がドアを閉める前に、ブルックはもうすこしで声をかけそうになったが、これまでに兄に頼みごとをしたことはただの一度もなく、いまさらしようとも思わなかった。

おかしなものだが、ウルフ卿について知っていることといえば、ロバートの死を望んでいるという一点だけだ。若いのか、年配なのかも知らず、身体が弱いのか、醜いのかも、ブルックの家族のように人情味もなく、冷淡なのかも知らない。すでに結婚の約束を交わした相手がいるかもしれないし、恋人がいるかもしれない……。法の裁きは望めないと思《おぼ》しい事柄で兄に正義を求めたというだけで人生を狂わされてしまうとは、思えばひどい話だ。会う前から彼が気の毒になってくる！

その日、昼食のために休憩しようと馬車がいったん停《と》まると、すでにブルックがこれまで足を延ばしたことがないほどホイットワース邸から遠く離れていた。このぶんだと夜までにレスターシャーを出るだろう。ロンドン行きはブルックにとって初めての長旅になるはずで、地元から出るのも初めてのことになるはずだった。レスターや、その近くのいくつかの町には出かけたことがあったが、どれも短い滞在で、泊りがけではなかった。そういうわけで、最後にどうなるのであれ、ブルックはこの旅を楽しむことにして、見たことのない田園風景を馬車から眺めて初日の大半を過ごしたのだった。

それでもつい考えごとをして、くよくよと悩みつづけていた。ロバートの邪悪な提案についてようやくアルフリーダに打ち明けたのは夕方近くになってからだった。

アルフリーダは片方の眉を上げただけで、驚きは微塵《みじん》も見せなかった。「毒を盛れ？ 相変わらずの腰抜けですこと、あのお坊ちゃまは。あなたに命じはしても、自分ではけっして手を下そうとしない」

「でも、お兄さまは決闘に応じたわ」ブルックはその事実を侍女に思い出させた。「勇気がなければできないでしょう」

アルフリーダは嘲笑《あざわら》うように言った。「抜け駆けして先に発砲したんでしょうよ。あなたの狼さんに会ったら、訊いてごらんなさいませ。わたしの読みが正しかったと、きっと太鼓判を押してくれるわ」

「彼はわたしの狼さんじゃないわ。それに、狼呼ばわりするべきじゃないでしょう、いくらわたしの両親がそう呼んでいるからといって」ブルックもそう呼んでいたけれど、いちおうたしなめた。

「でも、したくなるかも」

「狼と呼びたくなると？」

「いいえ、毒を盛りたくなるかもしれないということ」

ブルックは息を呑《の》んだ。「不謹慎ね。そんなことをするわけがないでしょう」

「ええ、あなたはしないわ。いざとなれば、わたしがする。あちらがどんなにつらくあたってきたとしても、あなたには苦労をさせるものですか」

話題が話題だけに、夫となるその見知らぬ男性からアルフリーダは身を挺《てい》して守ってくれると知り、ブルックはそれだけで心がなぐさめられた。

5

旅の二日め、スコットランドまでつづく古い街道のグレートノースロードに出ると、ホイットワース家の馬車はぐんと速度を上げた。でこぼこ道ではあったものの、アルフリーダの飼い猫ラストンは気にもしない様子で、ふたりの座席のあいだで喉を鳴らしていた。ホイットワース邸では屋敷のなかへの出入りは禁じられ、厩舎の梁《はり》の上に居ついていた。不思議なものだが、馬たちはラストンの存在をうるさがったりしなかった。アルフリーダが餌を持ってきてやっていたのだが、若い馬丁たちからももらっていたので、ラストンはいつも食べすぎで、でっぷりと肥えていた。

「旦那さまがあのばかな御者に急げと命じたもんだから」アルフリーダが愚痴をこぼしたのは、その日三度めに座席の上で身体が大きく揺れたときだった。「それにしても飛ばしすぎだわ。摂政皇太子さまの使者より先にヨークに到着させようとは、さすがに旦那さまだって思っていなかったはずよ。お昼休みで馬車が停まったら、速度を落とすよう御者に注意するわ。飛ばしたいなら、帰り道で思う存分に飛ばせばいいんだから」

ブルックはくすりと笑った。「でも、楽しいわ。馬車に揺られてもわたしは平気よ」

「夜になって身体があちこち痛くなったら、平気じゃなくなるわ。でも、笑顔になってよかった。ほら、いまは自分らしくできるでしょう、笑いたいときに笑って、泣きたいときに泣いて、頭に血がのぼったら、時には癇癪《かんしやく》を起こしたっていい。息が詰まる家から離れたのだから、もう気持ちを押し殺さなくてもいいんですよ、お嬢さん」

ブルックは黒い眉を上げた。「摂政皇太子さまが選んだ花婿にわたしの本当の姿を見せろと?」

「見せてもいいでしょう。なぜお相手に自分を偽るの?」

ブルックは笑った。「自分がどういう人間か、もはやわからないわ」

「わからないはずないわ。わたしには本心を見せているでしょう、昔からずっと」

「でも、あなたにだけよ。あの家で本当にわたしを愛してくれた人はあなたひとりだったから」

「奥さまも――」

「母をかばうのはやめて。わたしにかまうのは必要に迫られたときか、父も兄も不在で、母がおしゃべりをしたい気分のときだけだった。そんなときでさえお母さまはわたしに聞き役だけを求めたの、会話に参加させるのではなく」

ブルックは母親に愛されている、とアルフリーダはこれまで何度も主張していた。そうかもしれないと思うときもあった。まわりに誰もいないときに微笑《ほほえ》みかけてきたり、書斎の出入り口で足を止め、家庭教師にブルックが勉強を見てもらう様子を見守ったりするときもあった。一度、ブルックが腕を切ってしまったときには、アルフリーダを押しのけて、母がみずから手当てをしてくれたこともあった。十三歳の誕生日にはレベルを贈ってくれた。いまではブルックがなによりも大切にしている愛馬だ。そう、たしかに何度か母親らしいこともしてくれたのだが、愛がどういう感情で、どう表現されるものかブルックも知っている。アルフリーダが自分を見るたびに、そこには愛があるとわかるのだ。実の母親の目を見ても、愛情は読み取れなかった。けれど、母も人を愛することはできるとブルックは知っていた。なぜなら、息子のロバートを見るときにはその目に愛があふれているからだ。

「母には二面性があるのよ、フリーダ。ふだんは冷ややかで、無関心だけれど、ごくたまに親切になって、こちらに関心を示してくる。でも、こんなこともときどき思ったのよ……母に本当の自分をさらけ出したら、母が父のように冷たい態度に戻ったときに、わたしはきっとうちのめされる。へたに期待をしたら、なおさら母に傷つけられてしまう。だから、何度も何度も願ったわ——あなたがわたしの母親だったらよかったのにって」

「あなたが娘だったら、とわたしが願った回数には負けるでしょう。まちがいなく、お嬢さんはわたしの心の娘よ」そう言ったあと、アルフリーダは感情を抑え、あらたまった口調でつけ加えた。「あの人間味に欠ける家族の前で、なぜあなたが本当の自分を隠していたのか、あなたもわたしも知っている。それが苦痛や虐待から身を守るただひとつの方法だったからよね。あんな日々とは永久におさらばしたいものだわ」

「ドミニク・ウルフに気に入られず、実家に送り返されたらどうなるのかしら？」ブルックは不安を口に出した。

「もともとの予定どおりロンドン社交界にデビューするだけでしょう。そうすれば、すぐに結婚相手も見つかるわ。でもね、お嬢さん、あなたを気に入らないとなると、ウルフ卿はかなり変わり者にちがいないわ」

「彼はロバートを憎んでいるから、そのせいでわたしのことも毛嫌いするかもしれない」

「だとしたら愚か者ね」

「どうせそうかもしれない」ブルックはそう言ってから寂しそうにため息をついた。「いつか結婚するとは思っていたけれど、お嫁に行くならその前に求愛してほしかったわ」

「ちゃんと求愛されますよ」

「式を挙げる前に、結婚相手がどんな人か知っておくために」

「これは〝ふつうの〟状況ではないけれど、すこしは求愛期間をもうけてもらえるでしょう。ウルフ卿がいい方なら、願いを聞き入れてくれるわ」

「あるいは、うちの家族と同じく王室を恐れ、求愛もせずにわたしを教会の祭壇へ引きずっていくかもしれない」

アルフリーダは小さく笑った。「どっちがいいの？　門前払いか、即結婚か」

ブルックはまたもため息をついた。「ウルフ卿に会うまではわからないわ。こんなことにならなければよかったのに」

「元気を出して、お嬢さん。北の紳士はすばらしい方かもしれないわ。摂政皇太子さまに感謝してもしきれない、という結果になるかもしれない」

「もしくは、意図しなかったとはいえ、ロバートに最悪のいやがらせをされたという結果になるかもしれない。ぞっとするような夫をあてがわれて」

アルフリーダは舌打ちをした。「だったら、事前にあれこれ考えても仕方ないわ」

「たぶんそうね」

三日め、昼食に立ち寄った宿屋では、ドミニク・ウルフのことは誰も知らなかった。けれど、摂政の使者が先を急ぎに急ぎ、いまごろはロンドンに引き返しているのではないか、ということがわかった。どうやら使者は昼も夜も移動をつづけていたらしい。替えられるときに馬を替え、馬車のなかで眠って。

その夜、ウルフ卿の屋敷までほんの二、三時間のところまで来ていたが、暗いなかを強行するのはやめたほうがいいとアルフリーダは反対した。〈狼〉との初顔合わせのときには、くたびれているのではなく、とびきりきれいに見える状態が望ましいというわけだ。宿屋で部屋を取ると、アルフリーダは階下におりて、ブルックのために風呂の用意を頼み、食事を部屋に届けるよう申しつけた。そして、ウルフ一家の情報を仕入れて部屋に戻った。

「こんなことを聞かされるのはきっといやでしょうね」アルフリーダは浮かない顔で言った。

「心配ごとなら間に合っているのに。お嫁入りを命じられたご一家は、どうやら呪いをかけられているようなの。こうなったら、門前払いを食らいたいものだわ」

「呪いって、どんな？」

「何百年もつづく忌まわしい呪いで、各世代で最初に生まれた子はみな、二十五歳で死んでしまうそうよ——病気や事故でそれより早く亡くなる場合は別として」

驚きに目を丸くしてブルックは言った。「冗談でしょう？」

「いいえ、酒場の給仕係や、料理人や、近くの親戚を訪ねてきたウルフ卿の領地に住む村人から聞いた一族の噂《うわさばなし》話をそっくりそのまま話しているだけ」

「でも、こっちは——わたしは、という意味だけど、呪いなんて信じていないもの。あなたは？」

「ええ、べつに。ただ、信じる人は多いわ、呪いをかけられたとされる人たちも含めて。ある年齢までに死ぬと言われたら、そのせいで自棄《やけ》を起こして、結局は呪いにかけられたと同じ害がおよぶことになる。でも、代々ウルフ家の跡取りが理由もなく急死していたとは思えないわ。折りを見て、ウルフ卿に訊いてみたらいいでしょう」

「そうね。わざわざ世間に説明するまでもない単純な事情があるのかもしれない。だから噂は揉み消されてしかるべきなのに、そのまま広まっている」

「なるほど」

「もしかしたら、あえて噂が流れるままにしているのかもしれない――なんらかの理由で」

「わたしを説得しなくてもけっこうよ。でも、心配なのは〝何百年もつづく〟という部分だわ。それだけ長いあいだ噂がささやかれて、なおもすたれないということは、つまり最初に生まれたお子さんが二十五歳で本当に亡くなったのでしょうね、少なくとも何人かは。災難はこれだけだとしても、ひとつの家系に降りかかる不運にしては多すぎるわ」

ブルックは顔をしかめたが、ウルフ家についてアルフリーダが聞いてきたほかの話も知りたかった。「ドミニク・ウルフの話はほかに？」

「若いらしいわ。いくつなのか誰も教えてくれなかったけれど、まだ二十五歳にはなっていないんでしょうよ」

ブルックはあきれ顔で目をむいて、なじるように言った。「結局、呪いを信じているじゃないの！」

「まさか、ちょっと口がすべっただけですよ」

「ロバートの話によれば、ウルフ卿には姉妹がひとりいたけれど、もう亡くなったそうなの。だから彼が第一子ではないかもしれない」

「だとすると、喜ばしい知らせね、呪いを信じるのなら。人の死は喜ばしいものじゃないけれど。ウルフ卿にはほかにもごきょうだいがいるかもしれないわね、あなたのお兄さんがご存じないだけで」

「あるいは、どうせ一族の最後のひとりになるから、決闘で命を落としてもいいとひらき直ったのかもしれない。わからないことだらけね」

「じつは噂はほかにもあるの。さらにばかげた噂が。ウルフ卿は本物の狼になって荒れ野をうろついている、とささやかれているわ。遠吠《とおぼ》えがその証拠ですって」

ブルックは口をぽかんと開けたが、やがてこう尋ねた。「それも口がすべっただけ?」

アルフリーダはにやりと笑った。「まさか。でも、よくあるでしょう。噂は人から人へ伝わるたびに尾ひれがつくものだから、しまいに真実とはかけ離れ、愚にもつかない与太話になる」

「そうね。それに、その噂はどう考えても迷信じみたたわ言よ。狼男ですって? だったらこのあたりでは人食い鬼が塔に住んでいてもおかしくないわね」

アルフリーダはくすりと笑った。「こうなったら、なにを聞いても驚かないわ。でも、こういう噂が流れはじめたきっかけとして、ウルフ家になにかあったのはまちがいないわ」

「だけど、イングランドでは狼はもう絶滅したんじゃなかった?」

「ええ、そうよ」

「でも、迷信を信じる人たちがそのばかげた噂をささやきはじめたのは大昔のことではない」ブルックは問題をはっきりさせると、こくりとうなずいた。

「そのとおりよ、お嬢さん。けれど、狼は絶滅しているわけだから、狼の遠吠えを聞いたとは誰も思わないでしょう、妙な鳴き声を聞いたというだけで。本当に遠吠えが聞こえたのだとしたら、鼻面の長い犬が吠えたのでしょうよ」

ブルックはふうっと息を吐いて言った。「ウルフ家について知りたくないことまでわかったわ。あちらのお屋敷に着いたら、なるべくむすっとしていようかしら、そうすれば玄関先で追い返されるでしょう」

6

ドミニクは寝室の窓辺に立ち、曲がりくねった道を遠くから馬車がやってくるのを眺めていた。ひたいに汗が浮き、髪は湿っている。全身に痛みがあり、傷が痛いのかどうかよくわからない。ホイットワース家の一行が馬車でほんの数時間のところにある宿屋に泊まっている、と昨夜のうちに知らされていた。その知らせがドミニクの耳に届くまで四人の人間があいだにはいっていたので、ホイットワース家の誰なのかという情報は途中で抜け落ちていた。ロバート・ホイットワースが決着をつけに来たのならけっこうだが、それはないだろう。摂政皇太子に派遣された男が言うには、ホイットワース家は殿下のご提案に応じるらしい。ご提案！

その提案とやらの伝え方や、それにつづいて聞かされたあからさまな脅しを思い出すと、いまでもはらわたが煮えくり返る。だが、摂政の使者はじつに淡々とした態度だった。自分の伝えた内容がどう受け止められるのか、どれだけ厄介な結果を招くのか、意に介さぬようだった。務めを果たしているだけというわけだ。

ガブリエル・ビスケインも隣にいたが、近づいてくる馬車には目も向けず、眉をひそめてドミニクを見ていた。身長が百八十センチあるドミニクほど上背はなく、ブロンドの髪に青い目をしたガブリエルは、ただの使用人以上の存在で、しばしば自分の地位をうまく利用していた。

子爵と執事の息子はこの屋敷でともに育った。ふたりは同い年で、一緒に遊んだ仲だった。身分のちがいに妨げられる前に友人同士になったことを驚く者は誰もいない。ドミニクが五歳のときに父親が亡くならなければ、ふたりの友情は引き裂かれていたかもしれない。だが、母親は目くじらを立てなかったし、ガブリエルの父も口を出さなかった。そういうわけでドミニクとガブリエルは階級制度をものともしない独自の関係を築いていた。

「ベッドに戻らないと」ガブリエルはずけずけと指摘した。

「おれに命令するのをやめないと、だろう。おれが弱っているとおまえは思っているわけだから。手紙を母上に送ったか？　摂政の理不尽な要求について噂で聞くのではなく、おれから知らせておきたいんだよ、どうせ噂になるのなら」

「もちろん。今朝、送った」ガブリエルは本来ならば近侍となるべきだが、ドミニクの近侍として別の者を雇い入れ、彼自身は特定の仕事に縛られない立場だった。ドミニクは友人が好みそうな別の仕事をいくつかあたえてみたのだが、当のガブリエルはどれも引き受けなかった。結局、誰かに仕えるのではなく、雑用係になるとガブリエルは宣言した。目下のところ彼の役割には呼び名がなかったが、ドミニクが必要とすることはなんでも提供すると約束し、仕事に応じて賃金をもらうことをあてにし、実際にもらっていた。ドミニクはガブリエルにクビを言い渡したことが何度もあったが、ガブリエルがその言葉を真に受けて本当に屋敷を去ってしまったらきっと寂しくなるとわかっていた。

ガブリエルは首を振った。「命令じゃなくて、忠告だ。だから、たまには心に留めても害はない。倒れても、服を脱がせてベッドに連れ戻してやるとは期待しないでくれ。従僕たちを呼んできて——」

「おまえを張り倒せないほど弱っちゃいない」

ガブリエルは攻撃をかわすように横へ一歩ずれて言った。「弱っているさ。でも、これ以上は言わないから、反論はしなくていい——とは言っても、自分でズボンも穿《は》けない場合は……」

友の言葉は時として無視したほうが楽な場合もある、とドミニクは判断した。ガブリエルはいつも口八丁手八丁で、ドミニクもふだんならそれを歓迎していたが、負傷して本邸に戻ってきてからは別だった。前回はかすり傷程度だったが、今回は怪我の状態が悪化していた。

医者に言われるまでもなく、治りが悪いという自覚はあった。大量に出血したあとすこし元気になったが、熱が出はじめて、またじょじょに体力が奪われていた。

今回ヨークシャーに戻ってきたのは浅はかだった。ロバート・ホイットワースとの最後の決闘のあと、健康が回復するまでロンドンの別邸に残るべきだったのだ。しかし、いかに深手を負ったか母親に知られたくなかったし、あやうく死にかけたという噂が広まるのは避けたかった。とくにホイットワースにだけは知られたくない。してやったりとあいつに思われるくらいなら死んだほうがましだ。そうなる可能性はまだあるにはある。死にそうな気がいまだにするのは、いっこうにさがらない高熱のせいだろう。

怒りはなんの足しにもならなかった。具合の悪いときに使者が訪ねてきて、摂政の脅しに対処しなければならなくなり、さらに怒りはつのるばかりだった。

ドミニクは友人に言った。「ホイットワース家の娘が到着したら、塔に入れておけ。どうするか、こっちが決めるまで」

「たしかお達しでは——結婚しろと」ガブリエルは皮肉っぽく言った。

「まっぴらごめんだ」

ガブリエルは黄金色の眉を上げた。「ということは、彼女を拒むのか?」

「拒むまでもない。向こうはあわてて家族のもとに逃げ帰るさ。ホイットワース家は娘の尻拭いをすればいい」

「で、どうやってそうさせるつもりだい?」

「若い娘を怖がらせて追い払う方法ならいくらでもある」ドミニクはむっつりとした顔で断

言した。

ガブリエルは眉をひそめた。「なるほど。念のために言っておくが、多少なりとも人が住める状態の塔はひとつしかない」

「だったら、どの塔にするか確認の手間が省けたな」ドミニクはわざと嫌みたらしく言った。

立ち去りかけたガブリエルが、うしろを振り返り、今度はまじめな口調で言った。「ひとつ言っておくと、きみが敵視している相手はこの娘じゃなくて、兄貴のほうだ。妹につらくあたっても意味はない」

「いや、じつのところ、意味は大ありだ。結果としてロバート・ホイットワースとその家族は地所と爵位を失うことになる」

ガブリエルは目を光らせて言った。「無謀なようでいて、策は練っているということか、安心したよ。いや、理屈は通っているというか」

「いまおれの忍耐力を試すのはやめておいたほうがいいぞ、ゲイブ」ドミニクは警告し、近侍に大声で用事を言いつけた。「アンドルー、乗馬用の服を持ってきてくれ。敵が訪ねてきたときに、家にいるつもりはない」

ガブリエルは腹立たしげにため息をついた。「ベイツ先生から安静を命じられているのに」

「馬に乗って鬱憤《うっぷん》を晴らしたら、ベッドに戻って安静にする」

「わがままを通したら、また先生に診てもらう破目になる！ 頼むから無茶はよしてくれ、ドム。馬に乗ったら、縫い合わせた傷口がひらく。ロイヤルは血のにおいをいやがるぞ」

「おれの馬には好きじゃないものがたくさんある。血にどう反応するかはまだ不明だ。悲観的な予測はもうけっこう。たまには言われたとおりにやれ！」

ガブリエルは苛立《いらだ》ちの声を洩らし、不服そうに言った。「まずはベイツ先生をまたここにお呼びする。花嫁さんへの対応はそのあとだ」

ドミニクはアンドルーから着替えを受け取ろうと、ゆっくりと衣装部屋に向かいはじめた。

「花嫁にはならない」

すでにドアのほうに向かっていたガブリエルは、振り返りもせずに確約した。「いちばんもてなしに向かない部屋にお通しする」

「塔に、だ」ドミニクは念を押した。

「わかった。あそこにはベッドもないけど」

「床にでも寝かせておけ！」

その指示と同時にドアが閉められた。

7

「あそこにもあるわ」ブルックは馬車の窓の外に見える小さな城跡を指差して言った。「ヨークシャーの小さなお城の多くは、スコットランドからの侵略を防ぐために建てられたの。ヨークシャーはスコットランド軍を南下させまいとする堅牢《けんろう》な壁の役割を運命づけられたというわけ」

ブルックは侍女をちらりと見て、くすくす笑った。「歴史の授業を聞いていたのね？」

アルフリーダはうなずいた。「仕方なく。あの家庭教師はあなたに歴史を教えるつもりなんかなかったのよ。旦那さまと奥さまもそれに気づけばクビにしたでしょうに。だから、わたしは用心のためにドアの向こう側に張りついていたの。あなたは質問攻めにして、あの教師をやめさせようとしましたっけ」

「そうだったわね」

ブルックはもう一度窓の外に目を向けた。この小さな城跡が立っている場所もウルフ家の領地なのだろうか。ウルフ一族がヨークシャーにあまり土地を所有していないのではないかぎり、そうだろう。

「このヒースの花が咲くころもここにいるのかしら」晩夏に花をつける野草だと聞いたことがある。「満開になったらきれいでしょうね、これだけたくさんあるのだもの」

「ヨークシャーの荒れ野は見事な景色よ。ヒースが咲いていなくても。でも、わたしとしては木々が豊かな土地のほうが好みだけど」アルフリーダは言った。

今朝の空は雲が広がり、太陽も顔を出しておらず、ブルックの目にはややわびしく、陰気な景色に映っていた。考えていることのせいでそう見えるのだろうか。

「いったいどこなのかしら？」ブルックはじれったそうに言って、なおも自分の座っている側の窓から外を見ていた。

ブルックが言っているのはなんのことか、アルフリーダは訊かなくてもわかった。「こっちよ」

ブルックははっと息を呑んだ。そして、すぐさま侍女と席を入れ替わったが、探していた屋敷を目にするや、がっかりしてため息をついた。「これじゃないといいけど」

「きっとここでしょう」

三階建ての邸宅の前面《ファサード》は濃い灰色の石造りで、黒に見まがうほどだが、そう見えたのは苔《こけ》か蔦《つた》に覆われているせいだろうか。これだけ遠くからでは判別がつかない。両角に立つ塔は長方形の大きな建物を見おろすようにそびえ、城のような様相を呈している。それぞれの塔の前には大きな木があった。どちらも花が満開で、屋敷の全体像はよく見えなかった。

「なんだか寂しげなところね。暗くて、不吉な感じがするわ」

それを聞いてアルフリーダが笑い、力説するように言った。「まさか。お日さまが出てきたら、そんなふうには見えないでしょう。じきに雨になりそうだわ。とりあえずなかに入れてもらわないとね」

「門前払いをされなければ」

「そんなこと言わないで」侍女は盛大に舌打ちをした。「玄関先で追い返されたら、ドアに唾を吐きかけてやるわ。このわたしからも呪いをかけられたらどうなるか見るがいい」

ブルックは思わず笑ってしまった。アルフリーダは魔女ではないが、時に魔女のふりをしてみせるのが好きだった。本人曰《いわ》く、何百年も前に、名字から〝ッ〟の一文字が削除され、ウィチウェイになったという（ウィッチは魔女の意）。そうした名前の由来はアルフリーダの神秘性にひと役買っていた。畏怖の念をいだかせるために村人たちにわざと植えつけている印象であり、薬の入手先を他言したら、もともとは魔女という言葉がはいった名前の一族としての本領を発揮してみせると警告するというわけだ。

やがてブルックはあるものに目を留め、声を張り上げた。「家の裏手に生け垣があるわ、こちら側には。高さがあるから見渡せないけれど。裏庭に迷路があるのかしら？　それなら迷路で楽しめるかもしれないわ！」

「たしかにあなたはいろいろなことを制限されて育ったけれど、迷路は経験しなくてよかったのよ。迷子になってしまうもの」

「それって経験談？」

アルフリーダはふんと鼻を鳴らした。「わたしの？　迷路にはいったことがあるかですって？　まさか、一生はいらないわ。でも、タムドン村のコーラが昔、南部のお屋敷でお務めをしていて、そこのお宅に迷路があったそうなの。コーラと恋人はふざけて迷路で忍び逢うことにした。でも、迷路はとても広くて、迷子になったふたりが助けを求めて叫んでも誰の耳にも届かなかった。結局コーラたちは幸運だったと言えるわね、ほんの数日で捜し出されて。何週間も見つけてもらえないんじゃなくて」

「パンくずを落としておけばよかったのに、あとをたどって帰れるように」

「そうしたんですって。でも、コーラの猫がついてきて、残らず食べてしまったのだとか」

ブルックは首を振った。「本当にあった話なの？」

アルフリーダは否定も肯定もしなかった。「これはね、迷路にはいるなら、手がかりを残しておくべしという教訓。ただし食べものじゃないものを」

「憶えておくわ、あそこに迷路があるとしたらね」

ブルックは座席にもたれた。目的地が見えてきて、またもや不安に駆られはじめたのだ。ものの一時間で未来の夫と顔を合わせるのかもしれない。彼が屋敷にいるのなら。でも、ドミニク・ウルフがヨークシャーの自邸におらず、この縁談のことをまだ耳にしていなかったとしたら？　すこしだけ猶予をもらえるというわけね！　それなら都合がいい。もしかしたらウルフ卿はなにを要求されるかあらかじめ警告されていて、知らせを受けるのを避け、しばらく身を隠そうとしているかもしれない。彼がいないのなら、ここに滞在してもかまわない、そうすればひとりでいられるのだから。

　アルフリーダに肩をそっとつつかれた。反対側の窓のほうを顎で示している。馬車はウルフ邸をいったん通過し、最後の曲線を曲がると、また屋敷へと方向を戻した。家屋の横に大きな厩舎があった。その向こうには、柵で仕切られた牧草地が見渡すかぎりに広がっている。馬の小さな群れが草を食《は》む姿に気づき、ブルックの淡い緑の目が見開かれた。何頭かはまだ小さく、仔馬のようだ。

「ウルフ卿は馬の繁殖家かもしれないわ！」ブルックは興奮した声で言った。「皮肉なものね、わたしがやりたいと思っていることを彼がすでにやっているなんて」

　アルフリーダはにやりと笑った。「まだそんな夢みたいなことを考えているの、いつか馬を繁殖させたいって？」

「馬ならなんでもいいわけじゃなくて、優秀な競走馬をね。わたしは本気よ」

「でも、ご婦人がするものじゃないわ」アルフリーダは遠慮なく言った。「言うまでもなく、そんなはしたないまねは」

「はしたないなんて。ああ、もしかして――ううん、そうじゃないの、種付けに立ち合ったりしないわよ。もちろん、世話人を雇うわ。でも、自分で馬を所有して、選定もして、訓練にかかわる。そういうことを全部こなせる自信があるの。家族と絶縁したり、離婚をしたりしても、馬の繁殖業でちゃんと収入を得られるしね」

「子育てにも専念できるわね」

「子どもができたらね。でも、両立できないことはないでしょう？　馬も馬の繁殖家も育てられるわ！」

ブルックはそう言うと、声を上げて笑った。ふたりとも馬が好きというのは、ウルフ卿にとっても好条件だ。双方にとって好条件なら幸先はいい、そうでしょう？　彼についても、彼の住むこの場所についても、ブルックは俄然《がぜん》、希望が持てる気がしてきた。

「まあ、少なくともこの話題で頬に血の気が戻ってきたわね、ちょうど頃合いもよく」アルフリーダは言った。「ここを曲がれば、お屋敷につづく一本道よ」

8

屋敷へとつづく小道に沿って木が並んでいるものの、等間隔ではなかった。計画的に植えられたものではないのだろう。母屋の濃い灰色の石壁は蔦に覆われ、窓のまわりだけ刈りこまれている。正面玄関の上の中央にある丸い大きなステンドグラスの窓にブルックは目を向けたが、多色使いの窓ガラスになにかしら模様があるのか、外から見たかぎりではよくわからなかった。

同行した従僕のひとりの手を借りて馬車を降りた。膝まであるライラック色のマントのしわを伸ばすと、視線をさげ、ピンク色のドレスの裾が靴まで届いているか確かめた。移動中に脱いでいた羽根飾りのついた帽子《ボンネット》はかぶらないことにして、手に持った。そのとき、雲間から太陽が顔をのぞかせた。いい兆しかしら？　ブルックはふとそう思ったが、たぶんちがうだろう。とにかく雨には降られなかったけれど。

つづいてアルフリーダがラストンを両腕に抱きかかえて馬車を降り、不愉快そうな声で言った。「馬車が近づく様子は見えているはずだし、物音だって聞こえているはずだから、出迎えがあるかと思いきや。これでドアをノックさせられでもしたら、こちらの使用人たちは怠慢ね」

「ここには誰も住んでいないのかも。きっと家をまちがえたのね」

「楽観的になっている場合じゃないわ。最後に泊まった宿屋から道に迷わずに来たんだもの」

つまり、歓迎されていない、とそこそこはっきりと指摘されたわけだが、ブルックはそこにはあらためて触れなかった。何日も前から胃が締めつけられていたが、それがさらにひどくなった。ここで嘔吐《おうと》でもしたらいい恥さらしだ。掃除をさせられる使用人にもいやがられるだろう。なかに通されたとしても、出だしでつまずくことになる。

従僕たちは旅行かばんをおろすよう命じられるのを待っていた。ブルックはまだ命令を下さず、その場から動きもしなかった。じっと立ちすくんでいることにアルフリーダは気づかず、「では、行きましょうか」とだけ言って、玄関のほうに歩きはじめた。しかし、屋敷に近づいていくと、ラストンはシューッと大きな声を立て、必死にもがいてアルフリーダの腕から逃げ出した。そして見る見るうちに屋敷のわきへまわり、奥のほうへと姿を消してしまった。

「いったいどうしたのかしら」アルフリーダはあっけにとられて言った。

「家のなかに犬がいて、それを察したのかもしれないわね」

「あるいは、やっぱり狼がいるからかもしれない」アルフリーダは言い返し、結局は村の噂を信じていることをにおわせた。「いつものラストンなら犬を追い払うもの。ラストンを怖がらせる犬なんて見たためしがない」

「初めて来た場所だから、まだ落ちつかないのね」

「歓迎されないとなると、わたしもそうだわ」

「ラストンを捜しに行きましょう」

「いいえ、まずはあなたのことが先。ラストンは遠くへは行かないわ。たぶん厩舎へ直行したんでしょう。厩舎がいつもの居場所だったから」

「やっぱり待ちましょう」ブルックは言った。「あの扉が開かなければ、ここを立ち去るりっぱな理由になるわ」

「緊張しているのはわかるけれど、でも――」

「いいから、待ちましょう。ちょうど日も差してきたから気晴らしに――」

とりとめもなく話し出しそうになったが、結局ブルックは黙りこんだ。たしかに緊張している。いろいろなことがきょうの出来事に左右されるのだ。アルフリーダが顔色をうかがうようにこちらをじっと見て、すばやくうなずいた。それほど不安そうな顔をしているの？

深呼吸を何度かくり返したが、効果はなかった。

十分が経過した。もしかしたらもっとたったかもしれない。いよいよ誰も住んでいない気配が濃厚だ。それとも、ウルフ家には使用人がいないのかもしれない。いや、それはない。母の話によれば、こちらは裕福な名家だ。だとすれば、やはり拒絶のしるしにちがいない。顔を突き合わせたら、帰れと言わざるをえない。それを回避する彼なりのやり方というわけだ。ほっとひと息つきそうになったが、ブルックははたと気づいた。あれこれ頭を悩ませてはいるけれど、しょせんはこうして憶測を立てているだけではないか。

ようやく背すじを伸ばし、アルフリーダにうなずいた。玄関のすこし手前で待っていたアルフリーダは数歩進んで玄関前にたどりつき、握った手をドアに向かって上げた――すると、両開きのドアの片方がついにひらいた。振りおろしたこぶしが空《くう》を切り、あやうく体勢を崩しかけたアルフリーダは、ひらいたドアのところに立つ男性をにらみつけている。ブルックはなにも言わなかった。見知らぬ人と接するのには慣れているというそぶりで、ちらりとだけその男性を見て、目を伏せた。すぐ目をそらしたが、その人の背が高く、ブロンドの短い髪はロバートの好みと同じく最近の流行《はや》りの髪型に整えられ、淡いブルーの目をしていることは見て取った。ハンサムな男性で、服装もきちんとしている。揉み革のズボン、仕立てのよい上着、厚手の首巻き《クラヴァット》。使用人らしからぬいでたちだ。この人がウルフ卿なら、喜ばしいことだ。本当に大喜びだ。胃を締めつけていた痛みも消えていった。

ところが、男性がこう言う声が聞こえてきた。「ちょっと取り込み中だったので、ノックがあるまでドアは開けたくなかったんです」

「こちらがどれくらい外で待たされていたかわかっているの？」アルフリーダが問い詰めた。

「ぼくがノックを待ってここで立っていた時間より長くはないでしょう」

それはどうかしら、とブルックは思った。そういう屁理屈《へりくつ》にはびっくりだ。アルフリーダは毒づき、苛立たしげに尋ねた。「取り込み中だかなんだか知らないけれど、どうしてわたしたちを無視することにしたの？」

「無視なんかしませんよ！　無視しようがないですから、本当に。お通しする前に玄関広間の状況を確認しなければならなかったもので」

「状況って？」

「物騒な遭遇が起きないように」そう男性が言ったようにブルックには聞こえたが、小声だったのではっきりとはわからなかった。そして男性はつづけた。「どうぞおはいりください」

アルフリーダは文句をつけた。「あなたが執事なら解雇されるわよ。それをこの目で見届けてあげる」

「執事ではないし、ぼくが解雇されるのをあなたが見届けることもない」男性は厚かましくもこう言った。「じきにぼくに好意を持つだろうな。そう、ぼくを大好きになりますよ」

「寝言は勘弁してね、坊や。さあ、旦那さまのところへ案内して」

「それはちょっと……まず部屋にご案内しますよ」

つまり、この人はウルフ卿ではないということか。がっかり！　けれど、ブルックがもう一度視線を上げると、男性もちょうど視線を向けてきたらしく目と目が合った。そして、彼はしばらくブルックをしげしげと眺めていた。その無作法なふるまいにあてつけるように、アルフリーダが大きく咳払《せきばら》いをした。

咳払いは聞こえたようだったが、男性は顔を赤らめたりしなかった。なんとにやりと笑って、ブルックにこう話しかけた。「旦那さまに好かれなくても、ぼくが好きになる。もうすでに虜《とりこ》になりましたよ、ほんとに。なんなりとお申しつけください、ホイットワースのお嬢さま。ぼくはガブリエル・ビスケインです。どうぞよろしく」

屈託のない素直な呼びかけに、儀礼的にだが、ブルックは思わず唇をほころばせた。若い男性と対面することに慣れておらず、相手からこんな反応を示されたのはじつは初めてだった。

「じゃあ、わたしたちが来ることは知っていたの？」

「これほどすぐにとは思いませんでしたが。とにかく、お母上とご一緒になかへどうぞ」

アルフリーダは声を荒らげて言った。「親子ほど歳は離れていないわ——いいえ、たしかにそれくらいの年齢差はあるけれど、でも、わたしは母上ではないの。ただし、わたしの前でまたさっきのような目でうちのお嬢さまをじろじろ見るようなことがあれば、わたしを自分の母親だと思うでしょうね。きつい平手打ちをお見舞いしてあげますから」

アルフリーダはガブリエル・ビスケインから受けた出迎えにすっかり憤慨していた。しかし、ガブリエルのほうはアルフリーダにすこしも恐れをなしていなかった。ウィンクをして、アルフリーダに言った。「ほらね？　もうぼくを好きになっている」

戸口からさがり、ブルックたちを屋敷のなかに通した。「さあ、こちらへ。部屋に案内します。ぼくに言わせれば、部屋ではないけれど。まあ、ぼくだけでなく、あなたもまちがいなく部屋ではないと思うでしょう。なんと、塔ですからね」

ブルックはその言われように引っかかり、先ほどアルフリーダも申し出た要望をあらためてくり返した。「まずはウルフ卿のもとへ連れていくべきじゃないかしら？」

「それはできません。面会する準備ができたら、ウルフ卿から呼び出しがかかります」

「きょう？」

「たぶんそれはないでしょう」

結局、猶予をもらえることになったわけだ。ブルックはほっとしてため息をつき、また口もとをほころばせた。すこしだけ残っていた胃の痛みもすっかり消えた。塔のことはきっと冗談にちがいない。冗談ではなく、まさか本当に塔に案内されたとしても、それでこの屋敷の当主とすぐに顔を合わせなくてすむのなら、ちっともかまわない――そう、その塔にベッドさえあれば。ベッドはもちろんあるだろう。もっともアルフリーダはさらに抗議しようとしたが、ブルックは首を振って止めた。すでに文句をつけすぎていた。それにガブリエルはもう背を向けて、廊下を歩きはじめていた。

ギリシャ風の円柱のあいだを通り抜け、床に灰色の大理石を敷きつめた、二階まで吹き抜けになっている玄関広間に足を踏み入れた。色の濃い羽目板の上の白い壁に油絵が並んでいる。肖像画だ、とブルックは気づいた。十六世紀や十七世紀ごろの衣装を身につけた人物も描かれている。子爵の先祖たちだろう。

大きなクリスタルのシャンデリアが広間の中央に吊《つ》りさげられているが、これだけ天井が高ければ、使用人は長い梯子《はしご》にのぼって明かりを灯《とも》さなければなるまい。ということは、頻繁には使われないのかもしれない。応接間や食堂に通じるらしき両開きのドアの前を素通りし、大きな階段にたどりついた。

白い壁に投影された色のついた斑点に気づき、ブルックは玄関広間を振り返った。扉の上についたステンドグラスの丸窓から青と赤と黄色の光が差し、白い壁に映し出されている。外からは見分けがつかなかったが、ガラス窓にはたしかに模様があった——牙をむく狼の頭部だ。家名から察するに、狼の頭は一族の紋章の一部と考えられる。とはいえ、なぜ獰猛《どうもう》な図柄を選んだのだろうか。もしかしたら当代のウルフ卿はユーモアがあり、荒唐無稽な噂を笑い話にしてしまえと、あのステンドグラスを作らせたのかもしれない。でも、よく考えてみれば、早死にする呪いがかけられているという噂はもちろんのこと、荒れ野で遠吠えをしているという噂も本人はたぶん気に入らないはずだ。

階段をのぼりきり、ガブリエル・ビスケインに連れられて右手へ向かい、絨毯《じゅうたん》敷きの広い廊下を進むと、片側にだけドアが並んでいた。それらの部屋は屋敷の裏手に面しているのだろう。ほどなく角を曲がり、さらに別の廊下を歩いていくと、また正面側に戻っていた。ここは廊下の両側にいくつかドアがあり、開け放されているので、日の光が差しこんでいる。ウルフ邸に寝室がたくさんあることはまちがいない。外から見るよりも大きな屋敷のようだ。廊下の端まで来ると、ガブリエルは螺旋《らせん》階段の前で足を止めた。先ほど彼が言っていた塔の部屋につながっているのだろう。そこをあてがわれるという話はてっきり冗談だと、いまのいままで思っていたのに。

ブルックは緊張し、相手の出方を待った。しかしガブリエルはその場から動かず、螺旋状に伸びる目の前の暗い階段をしばらくじっと見ていた。やがて、なにか言うでもなく、身を翻し、ブルックたちを引き連れて、いま歩いてきた廊下を戻り、もうひとつの廊下へ引き返した。廊下の端のドアの前を通りすぎながら、ブルックとアルフリーダをちらりと振り返り、口もとに指を立て、物音を立てないようにと合図を送り、隣のドアの前に進んだ。そこは階段のすぐ右側の部屋だった。ブルックは、子どものころに上階の部屋にひとりでいた父親のじゃまをしてしまったせいでどんな目にあったかを思い出した。たった一度のことだった。あの家ではなにかあればすぐに思い知らされたものだ。

ガブリエルは部屋にはいっていくと、ふたつの窓を開け、新鮮な空気を取りこんだ。ブルックもつづいて部屋にはいった。景色が見たかったのだ。見に行って正解だった。遠くから見た背の高い垣根が屋敷の裏手の広々とした庭園のような場所を囲んでいる。明るい芝生が広がり、薔薇《ばら》を初めとする可憐《かれん》な花が咲く花壇で仕切られた小道が伸びている。葉の生い茂った枝が広がる数本の樹木の下にはベンチが設《しつら》えられ、小さな池もあった。そここに灯柱が立っており、夜の道案内に明かりが灯されるのだろう。あるいは、屋敷から夜景を眺めるためか。裏庭の真ん中にはまさに迷路があった。巨大ではないが、垣根が高いので、窓辺から迷路のなかの小道は見通せない。残念だ。迷路に挑戦する前に道順を頭に入れておきたかったのに。どっちみち迷路にはいってみるだろう――ここに残るのなら。

ガブリエルは立ち去り際に声をひそめて言った。「命令どおりの場所に通さなかった怒りの矢面にはぼくが立つ。でも、まだ旦那さまを起こしたくないから、物音を聞きつけられてここにいるのがばれないよう、なるべく静かにしていてください」

塔のことはやはり冗談ではなかったと知り、ブルックは仰天した。「ねえ、お願いだからウルフ卿の部屋とこんなに近い部屋にはしないで。なんなら塔の部屋でもいいわ」

ガブリエルはくすりと笑った。口で言うほど当主の怒りを心配してはいないようだ。「とんでもない。ほかの部屋は掃除が行き届いていないんですよ、お客さまが泊まる予定でもないかぎり。ここはきれいにしてある唯一の空き部屋で、〝使用禁止〟の札が永久にドアにかけられているわけでもない」

そんな札は、どこのドアにもなかった。「なぜウルフ卿は昼間から寝ているの？」「寝ていたら驚きだ」ガブリエルはきびきびした足取りですでにドアのほうに向かっており、さらにこうつづけた。「旅行かばんはこちらに運ばせます」

あっという間にドアが閉められてしまわなければ、ブルックもお礼を言っただろう。〈狼〉は父と同じくらい怒りっぽい人なのかしらとか、まわりを委縮させる性格なのかしらとかと考えごとをしていなければ。ふと、もうひとつのドアに気づいた。まちがいなくウルフ卿の部屋に通じているドアに。あらゆる不安がブルックの頭に浮かんだ。いちばんの不安は、〈狼〉が易々《やすやす》と部屋にはいってこられるということだ。つまり、寝込みを襲われるかもしれない！

9

ガブリエルが部屋に行くと、ベイツ医師はちょうど帰るところだった。医師は足を止め、部屋にいた全員に申し渡した指示をガブリエルにも伝えた。ガブリエルの表情を見たドミニクは、痛みがなければ笑っていたところだが、そうはいかなかった。みなの意見は正しかった。傷口がひらき、乗馬は途中で切り上げざるをえなかった。しかし、乗馬が招く当然の結果について、みっともないことに医師から説教をされたおかげで、一時的に怒りから気がまぎれたのだった。

ドアのわきで椅子に腰かけている使用人のカールは、ドミニクに必要なものを用意するきょうの当番として控えている。医師から指示を仰いだときは、カールも同情したように顔をしかめていた。近侍のアンドルーもドミニクの部屋にいたが、衣装部屋で忙しくしているところだった。

ベイツ医師が出ていったあとガブリエルはドアを閉め、ベッドに近づいた。「蛭《ヒル》って、本当に？」

「もう一度往診を頼む手紙におまえがどう書いたか知らないが、それを読んで先生は蛭を持ってきた」ドミニクは言った。「この先数日は来られないそうだ。北の患者を診に行く約束があるらしい。だが、蛭がじきに熱をさげてくれると自信たっぷりだ。あくまでもあの医者の意見で、おれの意見じゃない」

怪我をした脚はシーツの上でむき出しにされているので、縫合し直した傷の近くの蛭たちはいやでも目につく状態だ。ガブリエルはそこを直視するのは避け、ベッドの足もとで寝ているドミニクの犬に目を向けた。

ややあって、首を振り、シーツから黄褐色の毛を拾い上げた。「あの犬っころをここに入れるべきじゃない。せめて蛭に血を吸われているあいだは。毛が抜けるだろう。犬の毛が傷口にはいってもいいのかい？」

「ウルフはだいじょうぶさ。こいつはおれが心配なんだ。カールに追い出されそうになったが、頑として動かなかった。毛が抜けるのが気になるなら、あとで馬用のブラシを持ってきてやればいい」ドミニクはそう言ったあと、いちばん気がかりな問題に話題を向けた。

「さっきの馬車にはホイットワース家の娘が乗っていたんだろう？」

「ええ」

「塔を気に入ったようか？」

ガブリエルはカールのほうをちらりと振り返ってうなずき、席をはずさせると、ドミニクと視線を合わせた。「それはわからなかった」

「もう帰ったのか？」

「いや、それどころか、おそらくレディ・ホイットワースは部屋でくつろいでいる」

とたんにドミニクは眉をひそめた。「どこに通した？」

ぼそぼそとつぶやいた返事は小さすぎてドミニクには聞こえなかった。疲れて訊き返す気力もなく、ドミニクは友人をにらみつけながらじっと待った。

しまいにガブリエルはため息をつき、先ほどより大きな声で言った。「隣の部屋」

「ゲイブ」ドミニクは警告するような声で言った。

「でも、エラの部屋は鍵がかけられているし、今後もずっとそうだ。それに、きみの昔の部屋も使えないだろう、子ども時代の思い出の品があらかた残されているから」

「この階に寝室はいくつもあるだろうが！　なんだっておれと敵対する男の妹を――」

「ちょっと待て！　怒鳴りつけるなら元気になってからだ。それに――ほかにどうしようもなかったんだ。準備が整っている客室はないんだよ、泊まりの来客は事前に連絡してくるから、こちらも部屋を用意しておける。それはきみの母上から指示された方針だったが、きみもあえてそれを変えようとしなかった。だから、日ごろから掃除が行き届いているのは裏手のご家族用の部屋だけだ。この隣の部屋について言わせてもらえば、あのドアを取りつけさせたのはお祖母《ばあ》さまだ。お祖父《じい》さまのいびきのせいで眠れなくなり、隣の部屋に移動した。

お祖母さまがそうしていなかったら、続き部屋にはならなかった」

「おまえもよく知っているはずだろう、あの部屋は母の部屋だとおれは見なしている。今後もそれは変わらない。父が亡くなったあとに移ってきてからずっと、というか……」

「エロイーズの葬儀のあとに出ていくまでは。二度と戻ってこないときっぱりとおっしゃった。母上さまの気が変わって戻ってきた場合に備えて、いつでも使える状態にしておく以外隣の部屋の使い道がきみには見つからなかった」

「戻ってこないさ」ドミニクはさらりと言った。「母はロンドン育ちで、あの街のほうが好きなんだ。ここにいれば悲しみに暮れるばかりだが、向こうにいれば気がまぎれる」

「たとえ戻ってきても、レディ・アナは元の部屋には戻りたくないんじゃないかな。ほかの部屋を強く希望するはずだ。当主の続き部屋はすべてきみに使わせたがるだろう。それに、この部屋割りは一時的なものにすぎない。でも、まあ、じつを言えば、レディ・ホイットワースを隣の部屋に通したのは妥当だったと思うよ。結婚したあとに部屋を移る手間も省けるから」

筋の通る話であってもドミニクにしてみれば知ったことではなかった――ただし、結婚のくだりは別だ。できるなら、結婚などごめんだった。だが、ガブリエルに怒っても意味はない。そんな気持ちはつづかないだろうし、これまでもそうだった。それにいまの状態では、たとえすこしのあいだでも怒りつづける元気はない。

それでもドミニクは不機嫌な声で言った。「あのドアには鍵をかけておけ」

「もちろん！」

突如として不快の種になったドアにガブリエルが駆け寄り、掛け金をかけ、ノブをまわして開かないか確認もした。ベッドのそばに戻ってくると、明るい口調で言った。「どっちみち、しばらくは廊下に出ることもないだろう。レディ・ホイットワースと遭遇しかねないわけだから。そういえば、蛭は効いているのかい？」最後にそう言って、話題を変えようとした。

そうはさせるものか。ドミニクは単刀直入に言った。「おまえは命令に背いた。ごちゃごちゃした理屈は別として、なぜそんなことを？」

ガブリエルはたじろいだが、一歩も引かなかった。「元気になったら自分で彼女を塔に連れていけばいい。ぼくはただ、そんな気になれなかっただけだ」

ドミニクはため息をつき、目を閉じた。

ガブリエルは察しをつけて言った。「疲れさせてしまったな。そろそろ行く——」

「いや、そうじゃない。ホイットワース家の誰が娘に同行してきた？」

ガブリエルは枕もとに持ってきてあった椅子に腰かけた。「ご家族は誰も。だから妙な気がした。でも、使用人たちにきちんと付き添われてきた。ただし、一緒にここに残るのは侍女だけだ。魅力的な女性だったよ。威勢がよくて、なかなか手強《てごわ》い。ご令嬢を守ることに徹していなければ、貴族のご婦人とまちがえるかもしれない」

「で、そのご令嬢のほうは？」

「虫けらみたいにぼくを踏みつけにはしなかった、ほら、誰かさんとちがって。そう、きみの前の愛人のことだよ、何度も言いたくないけれど。でも、淑女のなかには現に――はっきり言って――」

「ああ、わかってるよ、お高くとまった意地悪なご婦人たちに対するおまえの気持ちは。ところで、おれの質問にまだ答えていない」

「あのご令嬢は、ぼくの見たところ、すこし怯《おび》えているようだった。人見知りが激しいような感じで――追い返されると思っているようだったというか。もしくは、単にひどく内気なのか。そう、たぶんそうだろうな、まだ若いことを考えると」

「若すぎるわけではないだろう？」ドミニクはぴしゃりと反論し、また目を開けたが、その目を細めて言った。「子どもを送りこんできたのなら――」

ガブリエルは笑い声を上げて、ドミニクの話を遮った。「ホイットワース家に年ごろの娘がいるか調べもせずに、摂政皇太子がこんな要求したと思うか？　そう、レディ・ホイットワースは結婚できるくらい、もう大人だ。さて、本でも読み聞かせてやろうか――」

「いや、けっこうだ」ドミニクは待った。しかし、ガブリエルは手に取った本をサイドテーブルに戻すと椅子に座り直し、ドミニクがうとうとしはじめたらすぐに居眠りをしようと体勢を整えた。ホイットワース家の小娘と会ってどうだったのか、話すことはもうないと言わんばかりに。強制的にあてがわれた娘にドミニクはまったく興味がないだろうと。もちろん興味はない。彼女もここに長くは滞在しない。結婚を拒んだら、帰りの馬車をこっちで用意してやってもいいくらいだ。

とはいえ、ガブリエルがもうなにも話そうとしないので、とうとうドミニクは口火を切った。「おい、見た目はどうなんだ？」

「訊かないでくれと願っていたんだけど、まあ訊かれたから仕方ないか……」ガブリエルはいったん口をつぐみ、長いため息をついた。「顎の左側に疣《いぼ》がある。鼻のわきにも。じろじろとは見なかったけど。農夫の娘にこそふさわしい真っ赤な頬に、梟《ふくろう》のようなやけに大きな目をしている。でも、それらすべてに目をつぶっても、目方は――」

「太ってもいるのか？」

「やや――」ガブリエルは首を振った。「いや、かなりだ。でも、食生活に気をつけて、運動をすれば、きっと改善できる。なんなら、さっそく摂生を始めさせ――」

「いや、いい。それから、彼女と友だちになるな。ここに反感をいだかせて、みずから立ち去らせたいのだから」

「だから、ぽっちゃりしているのは問題なのかい？」

「頭を使えよ、ゲイブ。彼女の見た目がどうであれ知ったことではない」

「だったら、なぜ訊いた？」

「なぜなら、いずれにしてもおれは驚かされるのが好きじゃない。じつを言えば、彼女がきれいな娘で、おれを誘惑するために送りこまれてきたとしたら困ると思っていた。兄貴が二枚目だからな、性根は腐っているが。少なくとも妹が器量よしじゃなくてよかった。王室の太鼓持ちに、ご主人さまの要望に従わなければどうなるか脅された瞬間に、おれの運命は決められたわけだから。ロバート・ホイットワースが自分の妹のせいで大切なものをすべてなくしたら、正義が果たされる。だからあいつの妹はおれとの結婚を拒まなければならず、われわれはなにがなんでもそうさせなければならない。わかったか？」

「ああ、よくわかった」

「では、彼女を連れてこい」

「医者がきみの身体に残していったものでご令嬢を気味悪がらせてもいいのか？」

「気絶されてもかまわない。とにかく連れてこい――それから気付け薬も持ってくるといい」

10

「あなたの薬草を植え替えられる温室があるか見てみましょう」ブルックはアルフリーダに言った。

ラストンを捜しに厩舎へ向かっているところで、ついでにレベルがちゃんと世話をしてもらっているか確かめるつもりだった。ほどよく暖かい日だったので、ボンネットもマントも部屋に置いてきた。帝政様式《アンピール》のピンクのドレスは袖が短く、日中に着用するのに適しており、深い襟ぐりにはドレスになじむ胸当て《シュミゼット》をたくしこんでいる。そうした胸もとを隠す飾りをつけずに人前に出る機会はこれまでなかったが、ロンドンで夜会に出たらそういう装いが求められるとブルックもわかっていた。

「早く植えないとね、しおれたり、枯れたりしないうちに」そうつけ加えた。「あなたが心配しているのはわかっているわ」

「わたしが心配しているのはあなたのことだけよ、お嬢さん。なによりもあなたに神経を注いでいるのはいまも昔も変わりないわ。お乳を飲ませるようにとあなたを腕に抱かされた日からずっと。薬草はとりあえず地面に植えておけばいいわ。生け垣の陰にでも。そこなら庭師以外は気づかないでしょうし。こちらの土はよく肥えているわ。お屋敷の裏庭を見ればわかるように」

「そうね。でも、温室がないのなら、自分たちで建てればいいわ。お母さまから旅費をもらったのよ、使いきれないほどたっぷり。親心というよりも、お金も持たさずにここへよこしたらご自分が悪く言われるからよ。ほら、お母さまがどういう人か知っているでしょう？自分の意思にかかわりなく、〝世間体〟を気にして行動するのだから」

「奥さまはご自分なりにあなたを愛しておられたのよ」

「お母さまの肩を持たないで。どういう人か、わたしはわかっているの。それに、いまはお母さまのことは考えたくない」なんとか抑えようと苦しんでいるそのほかのあらゆる不愉快な気持ちに、古傷を仲間入りさせまいとして、ブルックはすばやく話題を変えた。「あれは温室かしら？」

アルフリーダがブルックの視線の先をたどると、庭園を縁取る高い生け垣のわきに小屋があった。「ここからではなんとも。庭仕事用の物置かもしれないわ」

「そうね、屋根と壁がガラスなのか、明るい色の板なのかも、ここからはわからないわ」

アルフリーダは目を細め、長方形の小屋をじっと見た。「ガラスだとしたら、かなり汚れているわ。とにかくラストンを見つけたら、偵察してみましょう」

厩舎に足を踏み入れたとたん、ニャーオと大きな鳴き声が頭上から聞こえてきて、ふたりは思わず笑った。ラストンは長い梁に寝そべったまま起き上がろうとはしなかった。ふたりを見たよ、という合図を送ってきただけだった。

白髪の老人が十代の少年を連れて近づいてきた。「あの猫はここでだいじょうぶですよ。だいじょうぶどころか大歓迎だ。今朝、干し草の山で、鼠を二、三匹見かけて、妹の猫を村から連れてこようかと思っていたところなんです、住み込みの鼠取りが仕事を放棄したようなので。馬を驚かせてしまうから鼠は困りものでして。おたくの猫がその悩みを解消してくれるようだ――あの猫がおたくの猫だとして」

「ええ、そうよ」アルフリーダが言った。

読みがあたり、老人はアルフリーダににやりと笑いかけ、しわだらけの顔をさらにくしゃくしゃにしたが、ブルックに視線をやると、どう会話をつづけたものかとまどっているようだった。同情するような表情に変わった、とブルックの目には映った。しかし、本当はなにを思っていたにせよ、老人はそれを振り払ったようで、みずから名を名乗った。「アーノルド・ビスケインと申します。ここロスデール邸で馬丁頭をしております。これは末の倅《せがれ》のピーターです」

「ガブリエル・ビスケインさんのご親戚？」ブルックはふと気になって尋ねた。

「ゲイブは甥《おい》です。それはそうと、お嬢さまの馬はピーターがさっき牧草地に連れていって、ほかの馬と一緒にいます。お乗りになるときになったら倅が連れてきますよ。ここできちんとお世話させてもらいます」

「ありがとう」ブルックは笑みを浮かべて言った。「レベルは本当に大切な馬なの」

愛馬をただかわいがっているだけではなかった。レベルはブルックにとって未来への希望を象徴する存在だった。レベルがまだ若いうちに繁殖させたいと思っているのだ。実家では、繁殖用の牝馬《ひんば》を増やすなと馬丁頭が命じられていたので、かなわぬ夢だった。もっと幼いころは、どうにか目的を達成しようとあらゆる計画を練り、馬丁たちが寝静まった真夜中に挑戦してみたこともあった。けれど、レベルのお気に入りだった父親の種馬には怖くて近づけなかったのだ。もしかしたらここでならレベルに子を産ませてもいいと許可をもらえるかもしれない。〈狼〉が馬を繁殖させていればの話だが。

子爵と顔を合わせたとき、じきじきに頼んでみよう。というか、仮に顔を合わせることがあれば、というべきか。いまそれよりも気がかりなのはアルフリーダの薬草を植えることだったので、アーノルドに尋ねた。「生け垣の横にあるのは温室かしら?」

アーノルドはうなずいた。「レディ・アナが、ロスデール子爵の母上が作らせたものですよ。園芸がお好きだったけど、温室を増築してお屋敷の美観を損ねるのはいやがられて。奥さまはめずらしい花を温室で育てて、あとで庭に植え替えていました。奥さまが屋敷を出ていかれてからも元気に咲いている花もありますが、温室の花はとうに枯れて全滅しました」

「その温室で土いじりをしてもいいかしら？」

許可していいのかわからなかったからか、アーノルドはいいともだめだとも答えなかったが、代わりにこう訊き返してきた。「それじゃ、ここに住もうとお考えで？　呪いをかけられているのに、その旦那さまとご結婚なさると？」

なぜ急に悲しげな顔をしたのだろうか、とブルックは不思議に思ったが、はたと思いあたった。あのばかげた呪いを信じているにちがいない。とはいえ、馬丁頭の問いかけには思わず笑ってしまいそうになった。話題にするのも嘆かわしい上に、どう答えるべきか見当もつかない。

そこでこう切り出した。「そう訊きたくなるのも当然ね。でも、答えようがないの、ウルフ卿にまだお目にかかっていないから。わたしの馬の世話をありがとう。もっと時間があるときにロスデール邸の馬をすべて見せてね。いまは、うちの侍女が温室を調べるあいだレベルの様子を見るだけにしておくわ。フリーダ、わたしもすぐにそっちへ行くわね」

ブルックは大きな厩舎を通り抜け、ドアが開け放されていた裏口から外に出た。牧草地の柵は厩舎から西へ延々と伸びている。遠くでレベルが草を食んでいた。牡馬《ぼば》たちは手前の草地に留め置かれている。しばらく観察していたが、動きが鈍そうな馬は群れにいない。どれも最高級の馬だ。一頭がブルックのほうへ駆けてきた。真っ黒で、たてがみも尾も黒く、毛並みに美しい艶がある大きな馬だった。柵越しに頭を突き出し、ブルックに近づこうとした。

ブルックも歩み寄り、馬の鼻面をそっとなでた。「まあ、きれいな子ね。わかってる、牝馬じゃないことは知っているの、だから怒らないでね。でも、やっぱりきれいなお馬さんだわ」

「肝が据わっていますね。ドミニクの馬はふだんは誰にも懐かないんだが。ぼくに嚙《か》みつこうとしたことも一、二度ありました」

馬が急に走り去り、ブルックが振り返ると、うしろに立っていたのはガブリエルだった。

「わたしは馬が好きなの。それが馬にもわかるのかもしれない」

ガブリエルは首を振った。「ぼくも馬が好きだ。誰だってそうですよ、重宝するのだから。でも、さっきのやつは近づいてくる人間に片っぱしから嚙みつこうとする、相手がニンジンを持っていようがいまいがね。あいつがまた近づいてきたら、くれぐれも気をつけてください。あるいは、あいつのいる柵にはあまり近づかないことです。群れの王さまなんでね」ガブリエルはそう言って笑うと、背後に手を振った。「持ち主と同じく」

命令という響きではなく、よかれと思っての助言にすぎず、受け入れるのも無視するのも自由だが、ブルックは素直にうなずいた。「地所を案内するために来たの？」

「いや、ドミニクがあなたを呼んでいる」ガブリエルは屋敷のほうに腕を伸ばした。

ブルックの足は根が生えたようだった。動こうとしても足が動かない。「どうして？」

ガブリエルは笑った。「どうしてって？　てっきりあなたはきょう彼に会いたいのかと」

会いたいなんて、まさか。あの不快感が戻ってきて、胃が締めつけられた。それもひどく。物心ついてからほとんどのあいだ、この不快感をかかえて生きてきたのだから、慣れていてもよさそうなものなのに。

どうしても動けない気がしたが、それを悟られまいと、ブルックは質問をしてガブリエルの気をそらした。「あなたのここでのお役目は、具体的に言うと？」

「雑用係」ガブリエルはそう言ってにやりとした。「ドムからまかされたらなんでもやる」

主人のことを親しげに話し、愛称で呼んでいることにブルックは驚いた。「彼を大事に思っているの？」

「友だち同士ならふつうそうでしょう」

ガブリエルの親戚だと名乗るビスケイン姓のほかの人たちに会っていなかったら、彼を貴族ではないが上流階級の紳士で、後ろ盾になってくれる恩人に取り入っているのかとブルックも思っていただろう。ロバートにもそういう友人がひとりいた。兄に友だちがいるというのは信じがたかったが、しばしば実家に連れ帰っては、客としてもてなしていた。けれど、使用人はふつう、雇い主を友人だとは思わない。ブルック自身も使用人たちと友だちになっていたので、われながら貴族にしてはめずらしいと思っていた。たしかに家族も使用人と友だちづきあいはしていなかった。ということは、いやだけれど、これもまたロスデール子爵と自分との共通点なのだろうか。

「それで、彼は人あたりのいい人なの？　わたしはわりと――」ガブリエルが真顔になったのに気づき、ブルックは口をつぐんだ。胃がさらにぎゅっと締めつけられた。しかも、問いかけの答えは返ってこない。

「急《せ》かすつもりはないんです、レディ・ホイットワース。でも、あのお方は待たされるのが好きじゃないので」

「返事を聞くまでは一歩も動かないわ」

ガブリエルはため息をついた。「あなたがなぜロスデール邸にいるのか、理由はご存じのはずだ。あなたの兄上への憎しみはここでは根深い」

「あなたも同じ気持ちなの？」

「ええ、そうですよ」

「なぜ？」

「ご存じないんですか？」

「兄とわたしはろくに話もしないもの。兄がなにをしたせいで、あなたのご主人さまに何度も決闘を申し入れられているのか、うちの両親も知らないはずよ。兄は〝ささいなこと〟として言い逃れたんじゃないかしら」

ガブリエルは怒りもあらわにつぶやいた。「卑劣な」

ブルックもまったく同じ意見だったが、使用人とその気持ちを分かち合うつもりはない。

でも、なぜ子爵が兄に決闘を挑むのか、もしかしたらこの人が教えてくれるかもしれない。

「兄はなにをしたの？」

「ぼくが言うべきことじゃない。訊けばドミニクはきっと教えてくれますよ――ただ、その話題は持ち出さないほうがいいでしょうね、少なくともきょうのところは」

「つまり、わたしも兄と同じ汚名を着せられるの？」ブルックは尋ねた。「ウルフ卿と顔を合わせたら、そういう目にあうのかしら？」

「どうなるのか、正直なところわかりません。でも、ドミニクがあなたを呼びにほかの者までよこしたら、あなたもぼくも立場を悪くする。お願いだから、屋敷へ戻りましょう」

ゆっくりとではあるが、ブルックはなんとか足を動かした。そして、屋敷に戻ったらどうなるのか深く考えないようにした。気をまぎらわせようとガブリエルに話しかけた。「ここで働いている親戚が大勢いるのね」

「大勢ってほどじゃありませんよ。いとこが数人におじと母。コッテリル家とジェイクマン家はもっといる。ぼくたちの先祖はロスデール村界隈で暮らしていたんです。西の塔から村を見渡せますよ。というか、以前はそうでした、塔が焼け落ちそうになるまでは。いまは誰も塔に足を向けません。父は生前、ここの執事だったんです。跡を継がせたかったようで、ぼくが子どものころから執事の仕事を仕込もうとしたけれど、ぼくはドミニクと遊ぶのに忙しくて、仕事を習う時間が惜しかった。だから、父の死後は新たに執事が雇われたというわけです」

「火事の原因は？」

ガブリエルはブルックの視線の先を追って塔を見上げ、神妙な面持ちで言った。「ドミニクです」

「残念な事故だったのね。ウルフ卿は塔の上でなにをしていたの？」

「火をつけたんです」

ブルックは息を呑んだ。「わざと？」

「ええ。その塔はドミニクの妹が子どものころに気に入っていた遊び場でした。最後の年、彼女はまた塔にのぼるようになった。でも、遊ぶためではなかった。のぼるたびに何時間も窓の前でたたずんでいた。その年の秋、彼女は亡くなりました」

「お気の毒に」

「ええ、ぼくたちはみんな悲しんだ。彼女はこの屋敷のみんなに愛されていたんです」

「ウルフ卿にほかにご家族は？」

「母上と女性の遠縁が数人いるだけで、ドミニクしかウルフの名前を継ぐ人はいません――そして、自分が最後のひとりになりたいと本人は思っている」

11

屋敷の階上に着いてもブルックはまだ足取りが重く、廊下の端のあの部屋にはいらずにすむ口実を必死に探していた。何度めかわからないが、足を止め、ガブリエルに尋ねた。「なぜ子爵の部屋と続き部屋になっている部屋にわたしを通したの?」

ガブリエルはちらりと振り返って言った。「ドミニクにも説明したけれど、結婚したあとにあなたの荷物を移す手間が省けるからですよ。でも、ご安心ください。ドアには鍵がかかっていますから——いまのところ」

これほど不安に苛《さいな》まれていなければ、その説明でほっとしていたはずだった。「結婚はもう決まったことなのか、本当はどうなのか知っている?」

ガブリエルはなんとも答えなかった。ただこう言っただけだ。「家族用の部屋のひとつはドミニクの妹の部屋でした。そこは鍵がかけられていて、今後もその状態にしておくことになっている。別の部屋はドミニクの昔の——」

ブルックはここぞとばかりに話を遮った。「説明はいいから、そこに案内してくれない?」

「またの機会に。ドミニクを待たせていますから」

ガブリエルは先に立ってどんどん歩いていき、とうとうドアを開けた。ブルックは自分にあてがわれた部屋のドアに目をやった。そこに立てこもったらどうなるだろう？

意気地なしに思われてもいいの？　わたしは意気地なしよ！　いいえ、そうじゃないでしょう、とブルックは自分に言い聞かせた。

家族と暮らすのは勇気のいることだった。機転も利かせなければならなかったし、うまく物事を避けたり、ごまかしたりする技も必要だった。しかし、自分の家にいたときは、どんな変化も心得ていたし、どう対処すべきかちゃんとわかっていた。いまはちがう。未知の状況だった。いまどうふるまうかで一生が左右されかねない。肝心なのは第一印象だ。ここで臆病者の烙印を押されたくはない――このままこの屋敷に残るとしたら。いまこそそれを確かめるときだ。

ブルックは部屋にはいり、うやうやしくお辞儀をした。左のほうで動きがあり、そちらに目をやると、男性が椅子に座っていた。眠そうに目をこすっている。あわてて腰を上げ、ブルックに頭をさげて、ぼそぼそとした声で挨拶をした。「お嬢さま」

右のほうでも動きがあり、別の男性が部屋の東側の角から姿を現した。執事のようなあらたまった身なりをした中年男性だった。

その人もお辞儀をし、丁重に挨拶をしたが、そのあと第三の声が威圧的に響いた。「ふたりだけにしてくれ」

ブルックは部屋を出ていく男性たちをよけて奥へと進み、アルコーブに近づくと、背後でドアの閉まる音がして、どきりとした。ウルフ卿がどこから声を発したのか、ブルックもなんとなくは見当がついた。前方のどこかだが、顔をさげたままでいると、そちらの方向にはベッドの脚しか見えない。

やがて犬が駆け寄ってきて、靴のにおいをかぎはじめた。しゃがんで、犬をかまってやりたいと衝動的に思ったが、そんなことをすれば動物好きだということがわかってしまう。いまはまだ自分のことはあまり明かしたくなかった。その犬は高さが一メートル近くあり、鼻面が長く、茶色がかった灰色の毛は短く、首と下腹は淡いクリーム色をしている。なんという犬種か判別はつかなかったが、鼻面があれだけ長いということは、吠えたら狼のような鳴き声に聞こえるのかもしれない。

犬が隣に座ったので、ブルックは思いきって尋ねてみた。「名前は？」

「ウルフだ」

「まさか本物の……」

「いや、ちがう。こいつは二、三年前に荒れ野で見つけた。まだ子犬だったが、餓死寸前だった。おれの脚に齧《かじ》りついたのさ。死んでたまるかというこいつの根性が気に入って、連れ帰って餌をやった」

「月夜に吠える？」

「おれの知るかぎりは吠えない。つまり、噂を聞きつけたな？」

「ええ。でも、信じていないわ」

「こっちに来てくれ」

ブルックは緊張した。もうじたばたしても始まらない。それに、あたりさわりのない会話もすこししたではないか。案外、冷たい人でも、執念深い人でもないのかもしれない。もしかしたらロバートが嘘をついていて、決闘を挑んでいるのは兄のほうであって、ウルフ卿は罪もないのに兄の思いこみで恨みを買っているだけなのかもしれない。ありうる話だ。わたしもウルフ卿もお兄さまの卑劣な性格の犠牲になっている可能性も考えられる。

ブルックはいくらか前に進み出たが、まだためらいがあり、目を上げることはできなかった。顔を見たら、たちどころに本性を見抜くはずだ。ブルックは人を見る目があり、それは人に本心を悟らせまいとする技を身につけて得られた思わぬ効用だった。けれど、目の前にウルフ卿の足は見えない。このまま進んでいけば、じきに壁につくわ！

やがて足が目にはいったが、そこはベッドの足もとだった。片方はシーツの下で、もう片方の大きな足はシーツの上に出ていた。ベッドに寝たまま出迎えているの？　あまりに無作法で、ブルックはぎょっとした。恥ずかしくなったが、頬にそれが表れないことを願うばかりだ。

視線を上げると、ウルフ卿の顔どころか全身も目にはいった。頬が赤くなっても仕方ない。ウルフ卿は枕をいくつも背にあてて身体を起こし、片方の脚はすっかりさらけ出しているのだから。上半身も裸で、シーツが腰まわりにかかっているだけだ。左の腿に蛭がついているのをブルックは見逃さなかった。なぜ脚がむき出しになっているのか、それで説明がつく。

ひと目で多くを見すぎてしまったので、ウルフ卿の顔に視線を向けた。まったく予想外だった。ロバートよりも美男子だ。見た目では誰もお兄さまに勝てないと思っていたのに。けれど、この人は精悍《せいかん》な魅力で兄の容貌をしのいでいる。肩も、黒い胸毛に覆われた胸板も、太い首も腕も、まさに男らしさのお手本だった。これほどあらわになった男性の素肌を目にするのは初めてだ。

なにもここまでたくましい大男でなくてもいいんじゃない？　この人の体格に恐れをなさなくても、じゅうぶん怖気《おじけ》づいているのではなかった？　脚の長さだって彼には勝てないし、あの見るからに力強い腕から逃れられるはずがない。そもそもこの人と対面して、筋骨たくましい身体を見せつけられ、どうしてそんなことしか考えられないの？　なぜならひどく野性的に見えるからだ。

櫛《くし》もはいっていない長い黒髪もそうだし、鋭い目つきもそうだ。明るい茶色の瞳に金色の斑点がいくつも散っている。琥珀色《こはくいろ》の目――そう、まるで狼のような目だ。ブルックは急に笑い出しそうになる衝動を必死でこらえた。空想にふけっても誰に責められようか。神経がすり減り、不安に駆られ、狼男や呪いの噂を聞かされ、そんなことで頭がいっぱいなのだから、想像をたくましくしても当然と言えば当然だ。

「ブルック・ホイットワースか？」

ブルックはベッドに横たわる狼の姿を頭のなかから追い出し、目の前の男性に意識を集中させた。「なぜ訊かないとわからないの？」

「疣がないからだ」

「ええ、疣なんてないわ」

「ゲイブから疣があると聞いたんだけどな……」

「そうなの？　いいかげんな人ね。そんなふうによく彼にからかわれるの？」

「ああ、あいにくそうだ」

ブルックは内心くすりと笑った。「でも彼を首にするつもりはないのでしょうね」

「あいにくね。子どものころからの友人だから、あいつはそこにつけこんでいる」

「変わっているわね、長年のご友人のことなのに……〝あいにく〟だなんて」

「おれが死んで泣くのはたぶんあいつだけだ。あいにく」

なんとも悲しい話だ。同情を買おうというわけではないのだろうが。それとも、こちらに同情心があるか試しているのだろうか。彼の表情がこわばったのを見て、どちらもちがうとブルックは判断した。おそらくそんなことまで打ち明けるつもりはなかったのだろう。そこですばやく話題を変えた。「怪我をしたの？」

「きみの兄貴からの贈りものだ。治りが悪い」

口を極めてののしるようにウルフ卿は〝兄貴〟と言った。たしかに思いは同じだが、兄をどう思っているのかブルックは話題にしたくなかった。

その代わり、太腿の蛭に目をやって言った。「心臓は狙われなかったのね」

「どこを狙ったかは明らかだろう」

紳士にしては低俗な人ね。いいえ、そもそも紳士的な態度ではない。あるいは、こちらにショックをあたえようとしているのか。後者のほうがありうるが、ショックは受けなかった。むき出しの長い脚にはショックを受けた。裸の上半身にも、だ。決闘で兄が確実にウルフ家の血を絶やそうとしたと聞いてもショックではなかった。だが、兄の目的はそうではないはずだ。兄なら命を狙ったとしてもおかしくない。

そこでブルックは言った。「それはどうかしら。なにが明らかと言えば、兄もあなたも射撃の腕前が似たり寄ったりということでしょう」

相手を侮辱してしまったと口にしてから気づいたが、ブルックが驚いたことにウルフ卿はみずから認めた。「決闘には慣れていない」

「残念ね。もっと経験があれば、あなたもわたしもこんな……」ブルックは途中で言葉を呑みこんだ。この縁談に不満だとウルフ卿に打ち明けるのは本音を明かしすぎだ。

ところが彼はどのみち察しをつけ、そっけなく言った。「したくもない結婚をしなくてすんだ？」

嘘をつけなくもなかったが、ブルックは返事をしないことにした。兄ではなく、あなたが狙いをはずさなければよかったのに、と本当は言いたかったのだけれど、訂正したところでどうなるものでもない。ロバートともども悪く思われるだけだろう。自分はホイットワース家の人間で、彼が三度も殺そうとした男の妹なのだから。

しかし、ブルックは好奇心を抑えられなかった。「どうして練習しなかったの？　まず射撃の腕を磨いてから決闘を申しこむという順番のほうが正しいと思わない？」

「怒りに順番は関係ない」

そう、ウルフ卿のような人たちにしてみればそうかもしれないが――いや、たしかに一理ある。

「だいたいきみは結婚できる年齢なのか？」

話の流れにそぐわぬ質問をされ、ブルックは思わずウルフ卿に視線を戻した。さしあたり怒りは抑えられているようだが、確信は持てない。彼のことはまだよくわからなかった。かっとなりやすく、失敗も多く、歓迎の微笑みも見せてくれないということだけはわかったが。もしかしたらにこりともしない人なのかもしれない。けれど、彼がもう一度礼儀正しくするのなら、こちらもできないことはない。

「わたしが結婚適齢期かどうかなんて誰も気にしていないでしょう——少なくとも摂政皇太子さまは気になさっていないわ、あなたの家とわたしの家に姻戚関係を結んで和解するよう要求しているけれど。でもたまたまあと数週間でわたしは十八歳になるの」

「きみのように若く、甘やかされた伯爵令嬢が結婚のなんたるかを知っているのか?」

ブルックはわずかに身をこわばらせた。「自分がなにを求められるのかわかっているわ」

「きみが?　それはどうかな。どちらかといえば思いちがいだらけだろう。だが、社交界の半数は寝巻きも脱がずに子をもうけるのだから、まあ仕方ないか」

ブルックは口をあんぐりと開けてしまい、あわてて口を閉じた。

「もっとそばに寄れ」

ブルックは動かなかった。ベッドとの距離は五十センチほどで、すでに裸の〈狼〉のじゅうぶんそばにいた。結婚はまだしていない。味見なんて許さないわ……。

「結婚のけの字も知らないと早くも証明されたな。それともきみの母上は教えそびれたのかな、妻たるもの、なにはさておき夫に従いなさい、と」

ブルックもその習わしは知っていたが、たがいに敬い、忠誠心を持たなければ、結婚生活は——自分にとって——忌まわしいものになるということも知っていた。けれど、ウルフ卿はいったいどうしたのだろう?　従順な妻になるか確かめたいだけなのだろうか。それとも、おれの従順な妻になったら楽はできないぞ、と釘《くぎ》を刺そうとしているの?

せっつかれる前にブルックは一歩前に進んだ。しかし、ウルフ卿はじっと視線を向けてくるばかりなので、もっと近づいてほしいのだとブルックは察した。さあ、決めるのよ！　どうするつもりかお手並みを拝見する？　言いなりになる？　思い出させるために……いいえ、彼と結婚しなければ、ホイットワース家は土地と爵位を失ってしまう。彼も同じ理由でわたしと結婚しなければならない。縁談はすでに成立したも同然だ。

もう一歩前に進むと、太腿の上部がベッドのマットレスの端にあたった。近いほうのウルフ卿の腕が腰にするりとまわされ、背中に上がってきたかと思うと、ブルックは引き寄せられていた。あまりにも突然のことで、あやうく胸に倒れこみそうになったが、すんでのところで彼の肩の上に伸びるベッドのヘッドボードに手をついた。けれどウルフ卿になおも抱き寄せられた。その腕は力強く、とても抗えるものではない。彼の口で口をふさがれ、がっしりとした腕が背中にまわされ、身動きが取れなくなった。

唇を奪われた。怒りをぶつけられ、それが情熱に火をつけているような気がした。いや、気がしたどころではなく、実際に情熱的だった。花嫁としてブルックを迎え入れたらベッドでどうなるのか、それを約束するようなキスだった。結婚したら一糸まとわぬ姿で肌を重ねるのだと、相手は精力あふれる男性で、ほしいものをほしいときに手に入れるのだと予感させた。胸がどきどきし、鼓動が乱れた。執拗《しつよう》に攻め立てる舌のざらつきや、肌にこすれる鼻の下の不精ひげや、うなじにあてがわれ、ぞくりとさせる指や、吐息にまじるウィスキーの香りにブルックの五感が刺激された。拒絶反応はまったく起きなかった。むしろ禁断の世界へと引き寄せられていた。

けれど、ウルフ卿の腕が背中を離れ、舌が口から出ていくと、ブルックはすぐさまあとずさりした。予行練習はこのぐらいでいいだろうということかしら。ただそれだけのことにちがいない。

ウルフ卿が口をひらき、ブルックの読みどおりだったとわかった。「きみを待ち受けているのはこういうことだ」

ブルックは部屋から逃げ出したかったが、その場に踏みとどまった。ウルフ卿との結婚を拒んだら父になにをされるかわかっている。深く息を吸って気を鎮め、ほつれ毛を結い上げた髪に押しこむと、ベッドサイドテーブルにスコッチウィスキーの壜《びん》とグラスが置いてあることに気づいた。〈狼〉は昼間からお酒を飲んでいるの？　よくない前触れだわ。それとも、治療薬としてウィスキーを飲んでいるのだろうか。

「痛みがあるの？」

「まだいたのか」ウルフ卿は不服そうに言った。金色がかった茶色の目を細めてブルックを見た。「どうでもいいだろう？」

「あなたが大酒飲みなら、どうでもよくはないわ」

「そうかい、おれは大酒飲みだ」

ブルックは舌を鳴らした。どんな話題もこじれてしまう。歳を訊かれたときはほぼ問題なく会話は進んだのに。またそこに戻ってみるとしよう。

「自分の誕生日がいつか、さっき話したけれど、あなたの誕生日はいつなの?」

「先週だった」

「二十五歳になったばかりなのね。つまり、この先十二カ月のあいだにあなたは死ぬのね?」

「あるいは、きみの兄貴のおかげで怪我をしたから、あと数日で。でも、呪いのことをどうして知っているんだ?」

「ゆうべこの近くの宿で噂話をいくつも聞いたわ」

「それでも怯えて逃げ出さなかった」

「ああいう噂は信じないから、逃げるものですか」

「そいつは残念だな」

ブルックは身をこわばらせた。「どういうこと?」

「きみはおれの妹を死に追いやった男の妹だ。ここではけっして歓迎されない」

ちょっと待って、いったいお兄さまはなにをしたの? この男性にどれだけ自分が憎まれているのか、ブルックはじわじわと呑みこめてきた。憎まれても当然だ、彼の妹さんが兄にひどい目にあわされたのだとしたら。

「兄はなにをしたの？」

「しらばくれるな！」

激しい怒りを目のあたりにして、どうしたらいいのかブルックはわからなかった。受け入れてもらえないのなら、彼には結婚などするつもりもないということだろうか。それならどうして会う気になったのかしら。そして、どうしてあんな衝撃的なキスをしたの？

「わたしはロスデール邸を立ち去るべきなの？」

「そうだ」

ブルックは息を呑み、うしろを向き、ドアへ向かおうとした。さっさとドアへ歩いていれば、ウルフ卿がつけ加えた言葉は聞き逃していただろう。「それがきみの選ぶ道なら」

ブルックはぴたりと足を止め、吐き捨てるように言った。「わたしが選んだわけではないことはよくご存じでしょう」

「おれも選んでいない！」ウルフ卿のうなり声が背後から聞こえた。

12

　階上の階段広間で、アルフリーダは廊下の突き当たりに目を引きつけられた。ウルフ卿の部屋の前でガブリエルがドアに耳をつけている。自分も同じことをしようと近づいていったが、ガブリエルはドアの前からさがり、ひそひそ声で訴えた。「ちょっと待った！　お嬢さまがいまにも部屋から飛び出してきそうだ」

「うまくいかなかったの？」

「ああ、まったく」

　しばらくドアがひらかなかったので、ふたりはそろってドアに耳をあてた。顔を突き合わせると、ガブリエルがにやにや笑っていることにアルフリーダは気づいた。彼はしょっちゅうこういうことをしているようだ。アルフリーダはブルックのことだけが気がかりで、助けが必要だと判断したら、許可がなくても部屋にはいるつもりでいた。だからガブリエルのふざけた態度に苛立った。こういうなれなれしい男と共謀するのは、盗み聞きのようなささいなことでもごめんだ。

一方、ブルックはベッドとドアの真ん中あたりで、自分自身の怒りを持て余していた。ウルフ卿が激怒する気持ちは理解できる。彼女の父親も摂政の使者が帰ったあと、同じように怒り狂った。身のまわりのあらゆることに命令を下している男性は、権力者からの命令に応じざるをえない場合、当然ながら二の足を踏む。けれど、ブルックは原因の一端すら担っていないのだから、怒りを受け止める必要はない。原因を作ったのはロバートだ。

きみはおれの妹を死に追いやった男の妹だ。

兄なら不実な行ないに走りかねないとブルックも思うものの、人殺しまでするだろうか。〝追いやった〟というのはいろいろな意味に取れる言葉だ。どれだけ好奇心に駆られていても、〈狼〉にもう一度説明を求めることはできない。この話題にさっきのような反応を示されたあとではとても無理だ。ウルフ卿は目には目をとばかりにブルックを殺して復讐を果たそうとベッドをおりてくるかもしれない。彼のことはよく知らないし、なにをやりかねない人なのかもわからない。そして、それをこちらに悟らせるつもりはないようだった。

ブルックは部屋から出ていかなかった。見せかけの礼儀正しさすら拒む彼に怒りが鎮まらず、ベッドのわきまで引き返したのだった。屋敷から追い出すことに成功したと彼はまちがいなく思っている。おあいにくさまだ。

けれど、ウルフ卿はがっかりしたようには見えなかった。それでも片方だけ上げた眉が意味深長だった。喧嘩を吹っかけられるのを待っているの？　それがお望み？　それとも、なぜこちらが逃げ出さないのか不思議に思っているだけかしら?

目の前でベッドに横たわる半裸の子爵を見つめながら、つんと澄ました婦人にではなく、気取りのないアルフリーダに育てられてよかった、とブルックは思った。さもなければ、ウルフ卿の裸にもっとどぎまぎしていただろう。彼のひたいに汗が浮かんでいる。いまは初夏だが、この部屋は汗をかくほど暑くはない。熱が出ているにちがいない。ブルックはさらにベッドに近づき、傷口が炎症していないか、彼が負傷した左の太腿を見た。

そんなブルックをしげしげと見つめ、ウルフ卿は尋ねた。「蛭を見ても平気なのか?」

「傷を癒《いや》してくれるのだから、いやな気持ちにはならないわ」

蛭よりも効果的に傷口の毒を抜いてくれる薬草をブルックはいくつか知っていたが、それは黙っていた。

そしてこう言った。「ちょっと、いい?」返事を待たず、ブルックは縫合された傷口の近くを指でそっと押し、傷口から黄色い汁が出るか確かめた。身体に触れるべきではないということは、頭に浮かばなかった。礼儀作法の明白なしきたりを破っている、と少なくともすぐには気づかなかった。頬がほてってくるのがわかったが、赤面していることは頭から追い出そうとしながら、向こうはもっと大事なしきたりを破ったではないか、と心のなかで自分に言い聞かせた。シーツで身体の半分も隠さずにベッドに横たわったまま部屋に呼び出して、キスもしてきたのだから!

「これは最近縫ったのね」

「どうしてわかる?」

すこしとげとげしい言い方だった。どんな理由があるにしろ、ブルックの助けは借りたくないようだ。ブルックにもブルックなりの理由があるが、自分の兄が憎くてたまらないから、兄の天敵の怪我を治せばせいせいするなどと説明する気はなかった。〈狼〉が死んでもなんの得にもならない——夫婦になったあとで死なないかぎりは。その考えはいまいましい兄に吹きこまれていた。

傷に目を向けたままブルックは答えた。「縫い目のまわりから新たに血が出ているけれど、蛭のせいではないわね。お医者さまの言いつけを守らなかったのでしょう」

「きみのせいさ、きょう傷口を縫い直す破目になったのは」

本気で言っているの? それもわたしのせいにするつもり? わからず屋だからベッドでじっとしていられなくて、気長に傷を癒そうとしなかったせいでしょう?

またもうっとりとしてしまうのが——あるいは、尻込みしてしまうのが——怖くて、依然としてブルックはウルフ卿と目を合わせないまま、こう言った。「それはよかったわ。傷口がひらいて出血したおかげで、蛭を使うよりも早く傷が癒えるわ」

「どうしてそんなことを知っているんだ?」

自分のことをなるべく明かさずにどう答えればいいかしら? うまくごまかすのよ!

「レスターシャーでは常識よ。もっと早く毒を抜く方法もほかにあるわ」

「女だてらにお医者さまか？　すごいな、きみの学べる学校があったとは」

嫌みを言われているとブルックにもわかった。たしかにそのとおりだ。かよえる学校なんてどこにもない。アルフリーダが教えてくれたのだ。手立てがあるのに知らん顔をして怪我を悪化させるつもりはなかった。たとえのちのち厄介なことになるとしても。

「毒が広がったら脚を失う恐れがあると知っている？　この蛭たちは傷口からすこし離れているから役に立たない。悪い血よりもよい血を吸ってしまうわ」

ウルフ卿は鼻で笑った。「どう診断しようと、それは医学を学んだ者の診断じゃないのだから、きみの見立ては信じられない。きみが言うとおりの深刻な状態なら、ベイツ先生はおれに警告しているはずだ。あと数日したら先生はまた様子を見に来るから、きみがまちがっていると、そのとき証明される」

ウルフ卿の並べている理屈は自分の考え方をもとにしているようだった。いや、自分のというよりも男性の考え方だ。たいていの男たちと同じく、どんな問題であれ女が男より知識があるなんてありえない、と決めつけているにちがいない。

そう思ったので、ブルックは肩をすくめ、彼のそばから離れた。「もちろん、好きなようにすればいいわ。でも、気が変わったときのためにひと言っておくと、侍女のアルフリーダは薬草を使った治療薬の知識が豊富だから、あなたをよくしてあげる方法も知っているかもしれない。手を貸してくれるよう説得できればの話だけれど」

「説得?」ウルフ卿は嘲笑うように言った。「相手は侍女だろう? 命令すれば――」

「いいえ、命令はしないわ。わたしは彼女に育てられたの。生後まもないころから、わたしにとって実の母よりも母親らしい存在だった。だから、今後もけっして使用人扱いはしない。それに、アルフリーダは本物のお医者さまにかかる余裕のない人たちだけを助けてきたの。つまり、紳士や淑女を助けた経験はない。だからさっきも言ったけど、あなたの怪我を見てくれないかと掛け合うことはできるけれど、彼女は自分の決めごとを破りたがらないかもしれないわ」

「つまり、その侍女は治療師か。ふつうの医者ではなく。そうなんだろう?」ウルフ卿は推測を口に出した。

ブルックは返事をしなかった。アルフリーダの秘密を暴露するつもりはない。こんな申し出はやめておけばよかった。この人もあと数日ならなんとか持ちこたえるだろう。

けれど、ブルックが黙っているのでウルフ卿はさらにこう言った。「代々伝わる知識を持ち、独学で医術を身につけた治療師がいることは知っている。医者がいない地域でも、そうした治療師が病気を治していると。ここは北の奥地だが、幸い、近くに医者がひとりいる。だが、なぜきみの侍女は貴族の治療はしない主義なんだ?」

あれこれしゃべりすぎたわ! 彼との距離が近いせいで、頭が混乱してしまったにちがいない。ブルックはそう思ったが、さらにウルフ卿にこう言われると顔から血の気が引いた。

「魔女なのか？」

「ばかなことを言わないで！　魔女なんていないわ」

「もちろんいる。おれの一族に呪いをかけたのは魔女だ」

呪いをかけられていると、まさか信じているの？　ブルックは耳を疑った。教養があるのでしょう、この人は？　迷信を鵜呑《うの》みにするほど浅はかではないはずだ。とすれば、その呪いの噂を使って、やっぱりこちらが逃げ出すように仕向けているのではないか、とブルックはふと気づいた。自分が信じているふりをすれば、こっちも信じるだろうと考えたにちがいない。ふん！　その手に乗るものですか。

ウルフ卿は一族の呪いについてそれ以上なにも言わなかった。そして目を閉じた。なけなしの体力を使いはたしてしまったようだ。まだ対面をするべきではなかった。熱がさがり、痛みも引くまで彼は待つべきだったのだ。

「お医者さまが戻るまで持ちこたえたいなら、絶対安静よ」ブルックはあたりまえのように言って、ドアのほうに向きを変えた。

「侍女に頼んでみてくれ」ウルフ卿はそう言って目を開けた。「でも、どうしておれを助ける気になんかなるんだ？」

譲歩してくるとは驚きだったが、ブルックはちらりと彼のほうを振り返った。「あなたはわたしの夫になるからよ」

その答えにウルフ卿はうなり声を洩らした。ブルックは眉を上げ、摂政の要求に応じないのはあなたのほうかしら、と無言で問いかけた。

「つまりこういう魂胆か。看病をすれば、おれに愛されると？」

「まさか。愛される理由はほかにたくさんあるに決まっているもの」

ウルフ卿はその答えが気に入らなかったようで、むっつりと顔をしかめた。「それは思いちがいだ、ブルック・ホイットワース。きみを喜んで屋敷に招き入れたわけではない。歓迎されていない気がするとしたら、それはきみが実際に歓迎されていないからだ」

ブルックは背中をこわばらせた。こちらは思いやりのある態度を通した。助けになろうとさえしている。「それなら、帰れと言えばいいでしょう」

言わなかった。そう、もちろん言うわけがない。ブルックが自発的に逃げ出してくれればいいと彼はすでに明言している。

「やっぱりね」ブルックは苦々しい口調でつけ加えた。「わたしがあなたから逃げられないように、あなたもわたしから逃げられないのよ。たがいにどれだけそれがいやでも」

13

ブルックは動揺し、子爵の部屋の外に集まっていた人びとのなかにアルフリーダもまじっていることに気づかなかった。一団に背を向け、狭い廊下を奥へと走り、ガブリエルに先ほど連れていかれた塔に出た。暗い階段をのぞきこむと、上からかすかに明かりが洩れているだけだったが、とにかく階段をのぼっていった。〈狼〉はいったいどんな場所に自分を通そうとしていたのか、この目で見たかったのだ。階段を最上段までのぼりきると、ブルックは顔から血の気が引く思いがした。円形の部屋にはなにもなく、蜘蛛《くも》の巣が張っていた。

窓は小さくて幅も狭く、日差しが細く差しこむだけだ。ここは客室ではない。物寂しい独房だ。

「ふう」アルフリーダは息を切らし、ブルックのそばに来ると、肩越しにがらんとした部屋を見渡した。「へえ、こういうことだったのね」

「ガブリエルにお礼をしなくちゃ。今夜この床に寝ないですんだんだもの」

「あなたからはけっこうよ。お礼の手立てはわたしが考えるわ――いらいらさせるのを向こうがやめてくれたら」

ブルックは振り返り、アルフリーダを抱きしめた。ただ抱きしめずにはいられなかったからだ。この屋敷にいたくない。ドミニク・ウルフとまた言い合いたくもない。負傷して、具合も悪いというのに、彼はすぐにかっとなった。すっかり元気になったらどうなることやら、だ。そうなったとして。アルフリーダに無理に協力を頼むべきではないだろう。成り行きにまかせ、やぶ医者の手にゆだねればいい。

アルフリーダはなだめるようにブルックの背中をさすりながら言った。「あの方が本当に狼ではないのなら、だいじょうぶよ」

彼が本当に狼だとはふたりとも信じていなかったので、気を晴らすためにそう言ってくれたのだとブルックにはわかった。アルフリーダの気づかいはありがたかったが、気分は晴れなかった。ロスデール邸へ向かう道すがら、結婚を拒否されなければ、いずれうまくやっていけるのではないかというかすかな希望にすがりついていた。ホイットワース家全員に対する彼の反感の根深さを思い知らされたいま、その希望も消えてしまった。

なんて気の滅入《めい》る話だろう、じつに残念なことだ。別の状況で出会っていたら、ドミニク・ウルフに惹《ひ》かれていたかもしれない。なんといっても、若く、ハンサムなのだから。家族の承諾があれば、まったくちがう展開になり、求愛だってされたかもしれない。いや、こうなって当然だったのだ。彼はただの子爵なのだから、家族が許すわけがない。父はもっと身分の高い貴族に狙いをつけたはずだ。娘のためではなく、自分自身のために。ドミニク・ウルフに娘が嫌われようとかまわないし、わざと嫌われるような仕打ちをしてやろうとドミニクが決意してもかまわないのだろう。ドミニクがそういうつもりでいることは明々白々だ。

このひどい部屋から立ち去りたくなり、ブルックは階段へ向かいながら、アルフリーダに打ち明けた。「嫌われているの。〈狼〉はわたしを逃げ出させようとしている」

「こうなることは予想していたでしょう」

「そうね。もしかしたら好かれるかもしれない、ロバート・ホイットワースの妹というだけですぐに嫌われはしないと期待したわたしがばかだったわ」

「いいえ、楽観的なだけだわ。でも、逃げ帰ったら、ご実家でつらい思いをするわよ」

「わたしが逃げたら、実家自体なくなってしまう」

「そう、つまり知恵のしぼりどころね、本当の結婚ではない結婚をする道もあるから」

「偽装ということ？」

アルフリーダは階段をおりきったところで足を止め、説明を始めた。「もしかしたら考えるのはまだ早いかもしれない。でも、わたしが言おうとしたのは、生活をともにしないという申し合わせよ。聞いたら驚くでしょうが、そういう取り決めは昔からよくあることなの。とくに格式の高い家同士が、愛や敬意に関係なく、土地や権力や富だけを目当てに姻戚関係を結ぶ場合は。ふつうはまず跡継ぎが求められるけれど、そのお役目さえ果たせば、夫も妻も好きなように暮らし、別居をつづける場合もある——そういう取り決めに夫婦で同意できれば」

ブルックは前途に希望が持てるような話だと思った。「それは本当の話なの？　それとも、なぐさめようとして言ってくれただけ？」

「うまくいった？」

「ということは、作り話なのね？」

「いいえ、本当よ。あなたは社交界のことに疎いんだったわね、ご両親がロンドンへ連れていってさしあげないせいで。でも、うちの母はわたしが生まれる前、ロンドンでお務めをしていて、そのあと田舎に戻ってきたの。街の噂話をたくさん知っていて、貴族のお屋敷の裏話で楽しませてくれたものだわ」

「憎み合っているなら、なぜそういう取り決めに同意しないことがあるの？」

「なぜならどのみち夫は好きなようにして、妻の気持ちは省みないものだから——妻の実家が怖くなければ」

なるほど、それならすこしは希望が持てる、そうでしょう？　ブルックもいったんはそう思ったものの、一分もしないうちに気持ちはゆらいだ。

ため息をついて言った。「〈狼〉はわたしの家族を恐れてはいない。むしろ逆よ。お兄さまの仕業のせいでうちの家族全員を殺したいと思っていたとしても、わたしは驚かないわ」

「あなたのお兄さんがなにをしたのか、わかった?」

「わかったのは、妹さんが亡くなったのは兄のせいだとウルフ卿は恨んでいるということだけよ。彼に激怒されたから、もっと話を聞かせてほしいとは強く言えなかった」

「決闘のりっぱな理由だけれど、むしろお兄さんが投獄されるか、絞首刑にされる理由にもなるわ。解せないのは、なぜウルフ卿はそういう行動を起こさなかったのかということね」

「なぜなら自分の手で殺したいから。三度も決闘を申しこんだのだからまちがいないわ」

「そうとも考えられるわ」アルフリーダはその可能性を認めた。「実際なにがあったのか、ここの使用人たちから聞き出せるかもしれない」

「ガブリエルに訊いたけど、ウルフ卿に訊くべきだと言われたわ。ここの人たちは誰も、話したがらないいんじゃないかしら」

「あなたにはね。でも、使用人同士は話をするものだから。ちょっとやってみるわ……それで、ウルフ卿の前では自分らしくふるまうことにしたの?」

「そういうつもりはなかったの。でも、彼が怒らせるから、本心を隠せなかったんだと思うわ」

「挑発されたんでしょう」

「そうね、たぶんわざとよ」

「でも、あなたのことはウルフ卿にあまり伝わらなかったんでしょう。笑い上戸だとか、仕返して当然の場合でも仕返しなんかしないこととか、ほかのご家族とちがってやさしくて、清らかな人柄だとか」

ブルックはため息をついた。「偽装結婚を提案しても、きっとウルフ卿に笑われるだけだわ。あの人はわたしの気持ちなどおかまいなしに、好き勝手をする夫になりそうだから。それに、どんな結婚であろうと、わたしとは結婚したくないのよ。それは一点の曇りもなくはっきりさせている。彼はとにかくわたしに立ち去ってほしがっているけれど、それはわたしもできない」

「では、惚《ほ》れ薬は？」

ブルックは驚いて目をぱちくりさせ、思わず笑い出しそうになるのをこらえた。「そんなものないでしょう」

「何種類かの薬草は——ちょうど手持ちがすこしあるけれど——つまり、刺激するのよ……。そういう薬草から作った強壮剤を村人たちは惚れ薬と呼んだの、欲望を刺激するから。ほら、欲望と愛を一緒くたにする人っているのよ。でも、〈狼〉が突然、あなたと寝床をともにしたくなって、結婚に前向きになったら、そこからはすべてうまくいくわ」

「もうキスはされたわ」

「キスですって？」

「わたしを怯えさせる作戦だったのよ。それが失敗して、彼は不機嫌になっちゃった」

アルフリーダは眉を上げた。「ウルフ卿のキスはお気に召したの？」

「いやではなかったわ。ただ――びっくりしたけれど」

アルフリーダは満足げな顔をした。「それなら上々の出だしね、お嬢さん」

「わたしにとってはね。あの人にとってはちがうけれど。たしかに不快な人ではない。妻になってもべつにかまわないわ――彼に憎まれていなければ」

「まだ会ったばかりじゃないの。こちらに来てわずか数時間でしょう。そのうち憎しみも消えますとも」

「そうとも言いきれないわ、フリーダ。それから、だめよ、さっき言っていた薬を彼に飲ませたりしないで。彼はいま怒り狂っているから、求められても困るもの。不愉快なことになってしまうわ」

「では、最後の手段として憶えておきましょうね」そう言って、アルフリーダはウィンクした。

ブルックはあきれたように目をぐるりと上に向け、ドミニク・ウルフの体調に話題を切り替えた。「薬草といえば、ロバートが負傷させた脚の具合を見てもらえない？ 快復に向かっていないし、高熱も出ているようなの」

アルフリーダは鼻を鳴らした。「病気の犬を見かけるたびに情けをかけるからといって、狼まで気の毒がる必要はないでしょう」

「気の毒がってなんかないわ」

「じゃあ、どうして助けたいの？」

「わたしに対する扱いがもっとまともになるかもしれないからよ。わたしを見るたびにお兄さまと重ね合わせるのをやめてほしいの」

「なるほど。では、まずわたしたちは昼食をとって、ウルフ卿にはあなたとの初顔合わせがどうだったか反省しておいていただきましょう。摂政皇太子さまがすばらしい取り計らいをしてくださったと気づくでしょうよ」アルフリーダはブルックの腰に腕をまわし、廊下を先に進むよう促した。「それに、侮辱されたのだから、急いでウルフ卿をよくしてあげることはないわ」

「部屋の前で立ち聞きしていたのね？」ブルックは責めるように言った。〈狼〉に使った〝よくしてあげる〟という言いまわしをアルフリーダも使ったのを聞き逃さなかった。

アルフリーダは立ち聞きしたかどうかには触れず、顎をしゃくって塔を指し示した。「わたしが言っているのは、いまおりてきた塔に関することよ。あれはれっきとした侮辱だわ、お嬢さん。それも最低最悪の部類の」

ブルックもそれには同感だったが、くすりと笑っていた。「昼食をとるのは名案ね。彼の具合も二、三時間じゃ悪化しないわ――たぶん」

14

ブルックとアルフリーダが家の裏手にまわってみると、西側のすみに大きな厨房があった。男がふたりと女が四人いて、年長の子どもがふたり、下働きをしていた。ビスケインがふたりにコッテリルが三人、ジェイクマンがひとり、そして数百年にわたり〝お屋敷〟と彼らが呼ぶこの家に代々仕えてきたそれら三つの一族ではない者がふたり。けれど、ブルックとアルフリーダがそうしたことを知ったのは、食堂へ昼食が運ばれてきて、アルフリーダが腹を立てたおかげだった。

ブルックは目の前の皿を見て、がっかりした。明らかにこれもまた〈狼〉が自分たちの追い出しを狙った作戦だ。けれど、薄切りの焦げたパンが二枚だけ載った皿がバターも添えられずに出されると、アルフリーダは激怒した。

「一緒に来て」そう言うや、まっすぐ厨房へ向かった。

自分たちが受けているけちな扱いに対して手を打つべきだとブルックも思ったが、アルフリーダが取った手段は意外なものだった。まず、使用人たちに自己紹介をさせた。使用人たちはめいめい名前と役目をおずおずと名乗り、緊張した面持ちでブルックを見た。おそらく貴婦人が自分たちの居場所にはいってくることに慣れていないのだろう。ブルックが厨房のテーブルにつくと、困惑したようだった。彼女が厨房で食事をすることに慣れているとは知らないからだ。

料理人のマーシャ・ビスケインは、ほかの女たちよりもずっと歳を取っていた。背は低く、髪はブロンドで、青い目のまわりに笑いじわが刻まれ、明るい性格をうかがわせた。あいにくいまはそういう一面は影をひそめ、ブルックとアルフリーダの存在に気を悪くしているのか、身体をこわばらせて立っていた。

アルフリーダは料理人を指差して言った。「疣ができるのがいやなら、まともな食事を出しなさい」

マーシャは顔を真っ赤にした。「旦那さまの命令に従っているだけよ」

「わたしたちにひもじい思いをさせろと？　いくつ疣を作りたい？　ご希望に沿うわよ」

ブルックは笑いそうになったが、使用人たちは怯えた顔をした。使用人を怖がらせるのは得策ではないだろう。ドミニク・ウルフと結婚するのだとしたらなおのこと。そこでブルックはマーシャに言った。「いまのは冗談よ」

「冗談を言っているようには見えません」

「彼女には変わったユーモアのセンスがあるの」そうマーシャをなだめてから、ブルックはきっぱりと言った。「わたしがあなたの旦那さまと結婚することになっているのは知っているわね。いずれ旦那さまの子を産むことになる。だから、そのために健康でいなければならないの。粗末な食事を出せと旦那さまが本気で言ったわけじゃないと納得できないのなら、厨房から出ていってもらうわ。わたしたちは自分で自分の食事を作ります」

アルフリーダもテーブルの前の椅子に座り、つけ加えた。「それからこれも憶えておいたほうがいいわ。レディ・ホイットワースはレディ・ウルフになったら、家政に鉈《なた》を振るうわよ。仕事をつづけたいのなら、高熱に浮かされたウルフ卿が理路整然と考えてお嬢さまについて命令を出したわけではないと了解したほうが身のためよ」

アルフリーダがこう言い聞かせたあと、厨房は静まり返った。そのときラストンが厨房に忍びこみ、アルフリーダの膝に飛び乗ったのは間が悪かったかもしれない。あるいはかえってよかったのか。〝魔女〟というささやき声があちこちから洩れるなか、料理人はあわてて二枚の皿に料理をたっぷり盛りつけ、ブルックとアルフリーダに出した。ここの使用人はみんな迷信を信じているの？　もしかしたらそうかもしれない。けれど、この屋敷に住むことになるのなら、のけ者扱いされるのは困る、とブルックは思った。使用人を安心させてやらなければ。

まずは儀礼的な挨拶から始めてみた。「ウルフ卿の妹さんのことを聞いたわ。お気の毒に。いつ亡くなったの？」

「二年近く前です。あんなことになって――」ジェニーという娘は涙をぬぐい、怒りをにじませて言い張った。「エロイーズお嬢さまが亡くなったことについて、なにもお話しすることはありません。その悲しい出来事のことは旦那さまにお尋ねください」

なぜ誰もがエロイーズの死について口を閉ざすのだろう。ブルックは妙だと思ったが、無理強いはしなかった。もしかしたら使用人は経緯さえ知らないのかもしれない。それにしてももっと妙なのは、エロイーズが亡くなって二年近くたつのなら、なぜ〈狼〉はそれほど間を置いてから兄に決闘を申しこんだのだろうか。

アルフリーダは出された食事にすっかり満足し、くつろいでいるようだった。どうやら自分が魔女ではないと厨房の使用人たちを納得させようとして料理を褒めたらしい。レスターシャーの話をひとしきりおもしろおかしく話して聞かせたあと、使用人たちにごくふつうに話をさせていた。

マーシャが最初にブルックと打ちとけた。というか、少なくともよそよそしい態度はあらためられた。邸内の仕事で高い地位にいるため、上流階級の人びとと接することにほかの使用人たちより慣れているせいか、昼食に出したシェパードパイをブルックに褒められると素直に喜び、ブルックがわずか十四のときに牝馬を交配させようとした夜中の冒険譚《たん》を語り、いざとなると怖気づいたという話を聞かせると、笑い声を上げさえした。

マーシャはガブリエルの母親で、ジェニーのおばだった。マーシャが警戒心を解くと、ガブリエルの快活さや愛想のよさが誰に似たのかおのずとわかった。

ブルックとアルフリーダがそろそろ厨房を出ようかというころ、マーシャは姪《めい》に用事を言いつけた。「旦那さまのところに行って、お子さまたちに栄養をつけてもらうことにしますと知らせてきておくれ」

ジェニーはぽかんとし、よく呑みこめない点を指摘した。「でも、旦那さまに子どもはいないわ」

「いつか授かりますとも。だから旦那さまもおわかりになる。とにかくそう伝えておいで」

ブルックはくすりと笑ってしまいそうになるのをこらえた。きちんとした食事を提供するつもりでいることは内緒にしようと思えば内緒にできたはずだが、どうやらマーシャは〈狼〉を恐れていない。いまはもうアルフリーダのことも怖がっていないようで、ブルックとしてはきょうのうちに少なくともひとつは目的が達成できたというわけだった。

昼食のあと二階に戻ると、ガブリエルがウルフ卿の部屋の前で待っていて、ブルックたちをつかまえて愚痴をこぼした。「ドミニクを怒らせたから、部屋に入れてもらえない。でも、ちょうどいいところに来てくれた。あなたがたでドミニクの気をまぎらわせて、ぼくが締め出されないようにしてくれませんか」

「ウルフ卿は寝ているの？」アルフリーダが尋ねた。

「いや、寝ていないと思う。頑固者だから、おとなしく休まないんだ。ドミニクをベッドに寝かせておくのは大変なんてもんじゃねぇ……おっと、これは失礼、とにかく大変なんですよ」

ガブリエルもアルフリーダもドミニクが起きているか確かめるのに二の足を踏んだので、ブルックがドアを開けて部屋にはいった。「度胸のある方だな」ガブリエルがそうつぶやく声が背後から聞こえた。

気が滅入ることに、友人でさえドミニク・ウルフの扱いに慎重になっている。アルコーブをのぞきこむと、〈狼〉は眠っていなかった。即座にブルックを見据えた。そして、その目が細められた。それでもブルックは少人数の連れを率いてベッドに近づいた。

「わたしの付添いを紹介するわ」ブルックは〝付添い〟を強調して言った。「アルフリーダ・ウィチウェイよ」

「説得にずいぶん手間取ったな」ドミニクはブルックに言った。

アルフリーダを連れてくる許可をもらったので、すぐに戻ってくるものと彼にあてにされていたとはブルックも気づかなかった。非難を受け止めてこう言った。「手間取ったわけじゃなくて、昼食をとりたかったの」

「そんなつまらないことのためにおれを待たせたのか？」ドミニクはむっつりと言った。

アルフリーダが舌打ちをした。話し出したときにもなだめるような気配は微塵もなかった。

「とんでもない。説得に手間取ったのは確かです。それに、説得はまだされていないわ。でも、よければ怪我の具合を見てみましょう」

ドミニクは立てつづけにぴしゃりと反論され、自分がどちらからもあまり好かれていないとわかったようだ。それ以上はなにも言わず、かすかにうなずいた。敵の言いなりになって彼は苛立っているのではないだろうか、とブルックは思った。看護に同意し、浮かない顔をしているが、居心地も悪いはずだ。脚を失う恐れがあることを思い、だったら手をこまねいているよりは助けを借りるほうがましだと考えたのだろう。

アルフリーダは傷をひと目見ただけでこう言った。「かなり重い炎症を起こしていますよ、ウルフ卿。身体が炎症と懸命に闘っているため、発熱し、身体がひどく熱く感じられるんです」

ドミニクは自分がどう感じているかについては触れず、こう尋ねた。「つまり、おまえは治療師なのか？」

「そう名乗ったことはありません。昔から伝わる民間療法に通じているだけです。田舎の村育ちの女ならたいていみなそうですよ。かかりつけのお医者さまの勧める治療をつづけてもいいですし、同じ効果のある薬草をこちらで探してくることもできますよ。そのほうが治りは早いです」

今回のような急病人の手当てをする準備ができているとロスデール邸の人たちにアルフリーダは知られたくないのだとブルックはわかった。だからアルフリーダは飲み薬や軟膏《なんこう》、薬草、道具などを入れた肩掛けかばんを持ってこなかった。怪我や病気を治す力があることはなるべく人に知られないに越したことはない。

「このあたりにそういう薬草が生えているのか？」ドミニクが尋ねた。

アルフリーダが返事をしようとしないので、ブルックがあわてて口をはさんだ。「一般的な薬草はレスターシャーから持ってきたわ。アルフリーダから説明があったものもあるかもしれない」

「これは取り除かなければ」アルフリーダは蛭の近くに指をあててきっぱりと言った。「あるいは、自然に落ちるまで待つか。前に蛭で治療したことがあるならご存じでしょうが、蛭は小さな傷を残し、その傷から血が出ます。銃弾でついた傷が痒《かゆ》くなる前に、その傷が痒くなるんです。でも、掻《か》いてはいけません。掻けば炎症がひどくなります」

「子どものように扱うのはやめてくれ」ドミニクは太腿に勢いよく手をすべらせ、蛭を払いのけた。

その苛立ちもあらわな態度にブルックは目を丸くした。アルフリーダの手も振り払われ、シーツに落ちた蛭はドミニクの近くでのたくっていた。

「そんなまねは――害になりますよ。しばらく――」

「もう一度おれを侮辱したら……」

〈狼〉の言葉は尻切れトンボに終わったが、脅したのは確かだった。アルフリーダが出ていこうとしないことにブルックは驚いた。アルフリーダの言動のどこが侮辱だったのだろう？すぐさま助けに駆けつけなかったこと？　わかりきった助言をしたから？　ひょっとして、ブルック自身もそう思ったのだが、〝害になりますよ〟ではなく、〝ばかげていますよ〟と言われそうだったから？　あるいは、熱のせいで、無礼があったと思いちがいをしたのだろうか。

ありうることだ。実際、これまでの粗野な態度はすべて、発熱と身体の不調によって引き起こされたものだとも考えられる。けれど、その考えは甘いのかもしれない。

侮辱された人がいるとすれば、それはアルフリーダだ。侍女を連れてここを出ていき、〈狼〉の運命は天にまかせてしまおうか、とブルックは思った。そうできたらよかった。誰にも彼にも逆らえたらいいのに、相手が摂政皇太子であっても。けれど、ブルックはまだ法律上、両親の保護下にあり、その両親によって〈狼〉の巣にほうりこまれた。腹立ちまぎれの行動に走ってもあとで気まずい思いをするだけだ。この屋敷を出ていくことはできないのだから。依然としてドミニク・ウルフと向き合わなければならず、貸しを作っておけば、駆け引きも有利にできるはずだ。

とはいえ、怒りはまだ醒めやらず、ブルックはアルフリーダに言った。「長居は無用のようね」

そう言ったのはドミニクの怒りをアルフリーダから自分に向けさせるためだった。彼を刺激して、屋敷から追い出されないものかと期待したのだ。ドミニクがそうした手痛い過ちを犯すとすれば、怒り狂っているときのはずだ。けれど、自分を自由にしてくれる言葉は聞こえてこなかった。ドミニクはこちらを見ようともせず、いまだにアルフリーダをにらみつけている。

けれど、驚いたことに、アルフリーダはそれでも手助けを申し出ていた。「お気の毒に、お医者さまの針の使い方はあまり上手じゃありませんね。傷口にはぎざぎざした跡が残ってしまうでしょう。こちらにまかせてもらえたら、もっときれいにできたのに」

「こちらというのはおまえのことか、それとも彼女か？」

「わたしです、ウルフ卿」

「だったら、〝わたし〟と言えばいいだろうが、まったく」

アルフリーダは身体をこわばらせ、あとずさりした。「わたしはあなたの侍女ではありません、レディ・ホイットワースに仕えているのですから。勝手に――」

「おれに本気で歯向かう気か？」ドミニクは声を荒らげて話を遮った。

「歯向かってなんかいません。事実を申し上げているだけです」アルフリーダははっきりと主張した。

「気をつけろよ。仮にこの縁談が成立したら、おまえに給金を払うのはおれだ」

「どうぞお好きに。でも、その必要はありません。レディ・ホイットワースはわたしにとって大事なお方です。給金がもらえようともらえまいと、わたしはお嬢さまにお仕えします」

アルフリーダはひと言ごとにドミニクをますます苛立たせた。次第に殺気立っていく表情でブルックはそれを察した。とうとうドミニクは怒鳴り声を上げた。「おれの前から失《う》せろ」

アルフリーダはそそくさとそのとおりにした。ブルックが言葉を失っているうちに、親友は部屋から出ていってしまった。ベッドの上の不愉快な人物に目を戻し、ブルックは淡い緑の瞳に怒りをたぎらせて言った。「あなたって失礼極まりない人ね、ウルフ卿。アルフリーダはわたしに頼まれて、あなたを助けに来ただけなのに」

「きみたちのおかげでおれが奇跡的に元気になったように見えるか？」ドミニクは言い返した。

「あなたは意固地な人でなしに見えるわ。アルフリーダだったらあなたをよくしてあげられるのに。怪我だって早く治ったでしょうにね——おあいにくさま！」

ブルックは足早に部屋をあとにして、たたきつけるようにドアを閉めた。胸がすくような大きな音が響いたが、怒りはいっこうに鎮まらなかった。

15

見えないものは、忘れ去られていく。本当にそうだったらいいのに！　けれど、ドミニク・ウルフが口にしたひと言のおかげで、ブルックの怒りは部屋にたどりつくまでにいくらかやわらいでいた。仮に。あの人はこう言った。仮にこの縁談が成立したら……。結婚を回避するために彼が手立てを講じる可能性は残っているのだろうか。

アルフリーダは読書用の椅子に力なく座りこんでいた。疲れたような顔をしている。さっきのようなぎすぎすした対立にブルックほど慣れていないのだ。

ブルックはベッドにどさりと腰をおろし、膝から下をベッドの縁からぶらぶらさせて言った。「あんな人、我慢ならないわ。ほかの道を考えなくちゃね」

「あんなにハンサムだとは思わなかった」アルフリーダは言った。

「それがなにか関係あるの？」

「あるわ。あの容姿なら我慢できるでしょう、少なくともあなたとしては」

ブルックは鼻を鳴らした。

「そうでもないかしら。でも、本当はどんな人か、まだわからないでしょう。痛みに苦しんでいるときが、いちばんいいわけないもの」

ブルックは人を見る目があったが、〈狼〉からは卑劣な人という印象しか得られなかった。

「〝いちばんいい〟ときなんてあの人にはないわよ」

「だったら本当にそうなのか、すこし様子を見て確かめてみないとね。それに、ほかにどういう道があるの？」

ブルックは心がゆらぎ、思わず涙が出そうになった。「知らないわ！　なにかしらあるはずでしょう――兄がやらせたがっている、毒を盛るという手段以外にも」

「ここを出ても、家には帰れない」

「ええ、知っているわ」

「ご家族は無理にでもあなたをここに連れ戻すだけ」

「知っているわよ！」そして罰としてぶたれるかもしれない。親が決めた結婚を拒否できる年齢にまだ達していなかった。

しばらくして、アルフリーダが意を決したように言った。「だったら、どこかへ逃げましょう」

ブルックはそのかすかな希望にしがみついた。「フランス語ならぺらぺらよ」

「あそこの人たちと戦争中よ。そんなところには行けないわ。スパイだと思われて、絞首刑にされる」

「スコットランドならここから遠くないわ」

「たしかにそう――でも、近すぎる。あっさり見つかってしまうでしょうね」

「だったら、船に乗ればいいわ。海岸はここからそれほど遠くないはずよ」

「一日か、二日の距離。でも、長旅を賄えるほどのお金を奥さまからいただいたの？　それに、腰を落ちつけた場所でお金を稼ぐ手立てが見つかるまでしのぐ分もある？」

ブルックは考えてみたが、たしかに旅費は足りるかもしれない。たぶん。でも、しばらく暮らしていけるほどのお金はない。涙がこみ上げてきた。

しかし、さらにアルフリーダがつけ加えた。「それか、レスターシャーにこっそり戻って、森のなかからお金を取ってくればいいわ」

ブルックは発作的に笑い声を上げた。「森に隠したの？」

「もちろんよ。このお屋敷に長くはいないかもしれないと思ったの。それに、たとえここに残ったとしても、時には逃げ出したくなって、里帰りをするという口実を使うかもしれない。いずれにしても、いつかはレスターシャーに戻るはずだと思ったの。でも、あなたもわかるでしょうけれど、どこに逃げても、結局見つけ出されてしまうわね。あなたの両親は失うものが多すぎる。使用人の一団を送って捜索させるわ」

「でも、そのときはもう手遅れよ。摂政皇太子さまが取るものを取ってしまうもの」

アルフリーダは眉を吊り上げた。「ご両親にそんな仕打ちをしたいの？　奥さまに？」

「お母さまはわたしのことなんてどうでもいいの」ブルックは強い口調で言った。「どうしてわたしがお母さまを気づかわなきゃならないの？」

「なぜならあなたは気づかっているから。そして奥さまもあなたを気づかっているからよ。こういう話は聞きたくないとわかっているわ、お嬢さん。でも、本当に奥さまはあなたのことを気にかけておられるの。なぜその気持ちを隠すことにしたのかわからないけれど、きっとそれなりの理由があるはずだわ。あなたのお父さまに原因があるのではないかと考えたことはない？　権力者がこれには価値がないと決めると、まわりの者はみな、その決定に従うしかない。さもなければ、罰を受ける覚悟がいる」

ブルックは納得がいかず、首を振った。ハリエットが母親らしくふるまったことなどほとんどなかった。ロンドン社交界にデビューする準備には熱心で、当のブルックより楽しみにしているように見えたけれど、ほったらかしにしてきた年月の埋め合わせにはならない。抱きしめもせず、〝愛しているわ〟と娘に愛情を伝えることもなかった。ブルックは両親と夕食をともにすることさえ許されなかった！　かたやロバートは許されていたのに。それでもアルフリーダの言うとおりだ。母にそんな仕打ちはできない。いたたまれない気持ちになるだろう。

ほかに手は思いつかず、ブルックは憂鬱そうにため息をついた。「あの塔にのぼろうかしら。塔の部屋にはいるたびに、未来の夫がわたしにあてがおうとした部屋はここだったと思い出すわね」

アルフリーダは舌打ちをした。「ふてくされるのはよしましょう」

「あなたはやめておけばいいわ。でも、気分転換になるかもしれない」

「ふてくされても自分が傷つくだけで、腹いせにはならないわ。だからふてくされたりしないの。でも、ウルフ卿に愛されるようにすることはできるわ」

ブルックは姿勢を正した。母も同じことを言っていた。〝ねえ、わたしのかわいいお嬢さん、彼に愛されるようにするのよ。虜にさせるの。そうすれば、連れ添って、幸せになれるわ〟

「さっき偽装結婚を勧めたわよね？」ブルックはアルフリーダの話をもう一度持ち出した。

「愛は関係ないんじゃない？」

アルフリーダは肩をすくめた。「折り合いをつけることね。そうすれば、ウルフ卿は冷たい態度をあらためるでしょう。歩み寄りを見せるか、無難な協定を持ちかけてくるかもしれない。たぶん一時休戦になる。そうしたらあなたはとどめを刺せばいい」

ブルックは噴き出した。「愛されるように彼を誘惑することを、とどめを刺すとはさすがに言わないでしょう」

「あなたがとどめを刺すのはウルフ卿の敵意よ。それさえ片づけば、どうとでもなるわ」

その興味深い提案は受け入れやすい手立てだった。どんなことがあっても出ていかないと説得すれば、〈狼〉と取引きできるかもしれない。相手のためになる条件を思いつけばいいだけだ。そこから彼と友だちになる道がひらけるだろう。愛されようとするよりも、まずは好かれること。恋愛感情よりも友情を芽生えさせるほうが先だ。そうすれば、彼に愛されるための時間を稼げる。興味を持たせ、心にはいりこむ時間を。これはまちがいなく挑戦だ。おそらくブルックにとって人生最大の挑戦になるが、心してことにあたれば……。

しかし、乗り越えられない障害がひとつだけあるかもしれない。彼に対する嫌悪感を克服できなかったら？　それでも、気持ちを隠すのはお手のものだ……いや、ここに来るまでは、の話でしょう！　けれど、感情はなんとか抑えられる。自分が本当は好かれていないのではないかと彼が疑わないかぎりは……。

16

旅行用の衣服から簡素な昼用のドレスにブルックが着替えるのを手伝ったあと、アルフリーダはドミニクに必要な薬草を取りに、使用人用の翼棟にあてがわれた部屋へただちに向かった。

ロスデール邸での初日がこんな大変な一日になろうとはブルックも思いもしなかった。不愉快な目にあわされたり、驚かされたり、怒りに駆られたりすることばかりだ。もっとも、ここにもよい面はある。温室は使われていないので、そこでアルフリーダと一緒に薬草を育てることができる。寝室は居心地がよく、いまのところまだ出ていけと告げに来る人はいない。ブルックは窓辺に立った。こぎれいな庭の景色と草を食む二頭の馬の姿に心がなぐさめられる。やれやれ、〈狼〉の屋敷になんとかはいることはいった。愛のない家族から逃げることができたのだ。それだけは忘れてはならない。そして、ドミニク・ウルフとうまくやっていくためにあらゆる手立てを尽くさなければ。少なくとも特別な結婚協定のようなものを結ぶまでは。

アルフリーダが戻ってきたので窓辺から振り返ると、色ちがいのふたつの小袋と小さな薬壜を手渡された。「赤い袋の薬草は、炎症を引き起こす毒を出してくれるわ。水をまぜて、糊《のり》状になるまで練ったら、それを一日三回、傷口に塗るの、赤みが引くまで。赤みが引いたら、青い袋の薬草を使うこと。傷口が早く閉じて、かさぶたができるわ。その小壜の薬を飲めば、ぐっすり眠れるから治りも早くなるけど、飲ませる前にあなたから説明したほうがいいわね」そう言ったあと、アルフリーダは断固たる口調でつけ加えた。「わたしは二度とあの部屋には行かない。ウルフ卿が死にかけたって知るもんですか」

ブルックはうなずいた。そんなふうに思ってもアルフリーダを責められない。それに、本気で言っているわけではないとブルックもわかっていた。相手をどう思っていようが、アルフリーダは死に瀕《ひん》している人に知らん顔などしない。もっとも、〈狼〉もいますぐ死ぬようなことはないだろうから、アルフリーダとしても世話をする必要はなかった。

ブルックは同調して言った。「わたしも行かないわ。助ける義理なんてなかったのに、わたしたちはじゅうぶんすぎるほど彼のためになることをしてあげたもの」

アルフリーダは舌打ちをし、不服そうな顔をブルックに向けて、念を押すように言った。

「いま計画を立てたばかりでしょうが。あなたが役に立てば立つほど、ウルフ卿は心をひらくの。元気になった暁には、世話をされたことを思い出し、あなたを愛するようになる」

ブルックはため息をついた。「はい、はい」

「感じよくするのよ」

「できるかしら」

「癒してさしあげるの」

「無理に決まっているわ」

「だったら、自分らしくして」

ブルックは笑い声を上げた。「それならずっとやっていたわよ！」

アルフリーダから的確な助言をされていることはわかっている。だったら、その三つを組み合わせて、やれるだけやってみよう。ただし、再びかっとならなければ、あるいは彼のつっけんどんな態度を気にしなければの話だ。

ドミニクの部屋のドアをノックすると、ガブリエルが出てきて通してくれたが、声をひそめてこう言った。「いまは寝ています」

「いや、寝ていない」ベッドから声が聞こえてきた。

狼並みの聴覚の鋭さだ——そんなことを考えたら、ぎょっとしてしまうが。けれど、あのベッドにまたも近づいていくと、さらにぎょっとした。彼の長くたくましい脚はシーツの下に隠れておらず、依然としてシーツの上であらわになっていたからだ。

蛭がまた脚に戻っているのに気づき、ブルックは舌を鳴らした。

ドミニクはいくらかふつうの口調で言った。「てっきり看病は終わったのかと思っていた」

「そう？　その推測は半分しかあたっていないわ」ブルックはサイドテーブルに薬を置いた。

「蛭は落とさないとね。軟膏をなるべく早く塗れば、快復に向かうのもそれだけ早いわ」

「そんなことは使用人にやらせればいい」

「やり方がわからないでしょう」

「きみの侍女に――」

「あなたに気に障ることをされたから、もうここには来ないそうよ」

「気に障ることをしたのは向こう――」

「わたしもここに居合わせていたわ。どちらがいやな思いをしたのか、ちゃんと知っている。でも、もうすぐ妻になる立場上、あなたの看病をするのはわたしの役目だわ。そして、それに感謝するのがあなたの役目」

ドミニクは耳を疑うようにまじまじとブルックを見た。「出すぎたまねだぞ。しかも、きみの言っていることはまちがっている。おれはきみになんの義理もない」

「そう、それでもわたしは役目を果たすわ」

ブルックは慎重に蛭を取り除き、赤い袋を手に取ると、水を探しに行った。〈狼〉の枕もとに置いてあった椅子と同じ読書用の椅子が二、三脚と小さな食卓が置いてある居間を通り抜け、先ほどここを憤然と立ち去った折りに見かけたほかのふたつの部屋に向かった。一方の部屋では近侍が服をたたんでいた。もう一方の部屋はおそらく風呂場だろう。

驚いたことに、風呂場にも暖炉があった。子爵の寝室の暖炉にくらべると大きさも装飾も見劣りはしたが、寒い日に部屋を暖めたり、風呂用の湯を沸かしたりするのに重宝するはずだ。いまは金属製の手桶《ておけ》がとろ火にかけられている。そして、この浴槽ときたら！ 部屋の主《あるじ》の体格に合わせて特別に作られたとしか思えない磁器製の長い浴槽が場所を占めていた。〈狼〉はきっと贅沢《ぜいたく》好きなのだろう。

ブルックはガラス戸のついた大きな戸棚に向かった。棚のなかには手ぬぐいが積み重ねられ、さまざまな小物が収納され、ひげ剃《そ》り用の清潔なコップもいくつかあった。

そのコップをひとつ取り出して、水差しから水をほんのすこしだけ注《つ》ぎ、糊状にまぜるために粉末の薬草を振り入れた。戸棚で見つけた清潔なスプーンでかきまぜて、手を洗った。

寝室に戻ると、〈狼〉の目がブルックと、彼女が手にしたコップに怪訝《けげん》そうに向けられた。

「すこしだけひりひりするけれど、すぐに気にならなくなるわ」ブルックは練った薬を指につけて、傷口に塗ろうとした。

ドミニクのほうへ身を乗り出すと、手首をつかまれた。「ひりひりするだけか？ 怪我が悪化したら、後悔するぞ」

「あなたってどこまで不愉快な人になれるの？」ブルックは言い返したが、すぐに反省した。彼の不機嫌にいちいち反応するのはやめなければ。「あなたは撃たれたのよ。そのときほど痛くなるようなことはしないわ」

ドミニクはそれ以上なにも言わず、手首を離した。太腿から蛭がいなくなり、気を取られていたものがなくなると、ブルックは急に彼の身体をすみずみまで意識してしまった。そして、大柄でたくましく、ハンサムな男性のそばにいること——シーツの下は全裸だということ——が気になりはじめた。さらに、傷のすぐ近くには……。

ふいに頬がかっと熱くなり、どこに触れているのか考えないようにして、手早く軟膏を塗りながら言った。「今夜、ここであなたと一緒に夕食をとろうかしら？」承諾を待たず、顔を上げ、にっこりと微笑みかけた。「そうよ、名案だわ、夜になったらまた軟膏を塗り直さないといけないし。それまでにすこしはよくなっているかもしれないわね」そして、すこしは機嫌もよくなっていてほしいものだわ、と心のなかでつけ加えた。

「そんなにすぐに？」

「ごくわずかかもしれないけれど、そうよ。炎症もいくらか引いて熱もさがっているんじゃないかしら。期待しましょう」

ドミニクはうなり声を洩らしただけだったので、ブルックは手を洗いに行った。引き返してくると、ドミニクは目を閉じていた。もう眠ってしまったの？　それとも、部屋からさがれという合図だろうか。おそらく後者だろう。そう思い、物音を立てないようにして部屋をあとにした。

17

「まだいたんですか？」ブルックが厨房にはいっていくと、ジェニーが尋ねた。

ブルックはぎょっとした。ジェニーは特別きれいな娘ではなかったが、愛らしい赤毛と鮮やかな緑の目のおかげで地味な印象は薄れていた。いまは非難がましい目をじっと向けてきている。昼食のときに厨房の使用人たちを味方につけたと思っていたのに。

「なぜもういないと思ったの？」

「なぜって、旦那さまがかんかんに怒っていたからですよ。おばの言づてを伝えに行って、お子さんたちに栄養をとらせますって言ったら」

「ああ、それね」ブルックはどうにか笑いを嚙み殺した。たしかにそんな言づては聞かされたくないだろう。

すると、料理人は肉を切り分けていた調理台から振り返った。包丁を手にしたまま、マーシャが腹立たしげに言った。「もっと言うべきことがあるんじゃないですかね。わたしらはついていたんですよ、全員まとめて村に送り返されなくて。わたしらがお仕えしているのはあなたさまではなく旦那さまなんでね――いまはまだ」

「あなたたちが誰に忠誠を尽くしているのかわかっているわ。でも、これだけは言っておくけど、どれだけウルフ卿がわたしを追い出そうとしても、わたしは出ていかない。それからこれも忘れないほうがいいと思うけど、ウルフ卿は熱に浮かされ、痛みにも苦しんでいるから、わたしの手当てで具合がよくなったら、あなたがわたしの味方になったことは彼もたぶん思い出さないと思うわ」

「旦那さまの具合をよくしているんですか、あなたさまが？」

「そうよ。わたしの侍女の助けを借りて、ウルフ卿のかかりつけのお医者さまが治すよりもずっと早く元気にしてあげるの。だから、今夜七時きっかりに、子爵の部屋にふたり分の夕食を運んでちょうだい。ウルフ卿とふたりで食事をするつもりだから」

旦那さまと一緒に過ごすという知らせにふたりの女はびっくりしたようだった。それについてひそひそ話す声が、勝手口から外に出ようとしているブルックの背後から聞こえた。願わくは、どちらか一方の側につくのはしばらくやめてほしいものだ、少なくとも、まともな食事を提供するかどうかという点では。

もう夜まですることもなかった。屋敷のなかをひととおり案内してもらいたかったが、ガブリエルが近くにいなかったので、レベルに乗って楽しむことにした。

愛馬が牧草地から連れてこられるあいだ、アーノルド・ビスケインが地所の地形を説明してくれた。ロスデール村は西方にあり、屋敷から歩いて行ける距離で、そこを越えると山や谷が広がっている。海岸は東にあり、ブルックが推測していたとおり、馬をふつうに走らせたら二日はかかるが、急がせればもっと速く移動できる距離だという。

北の方面についてアーノルドはこう言った。「森にたどりついたら、遠くまで行きすぎたとわかる」

「森はウルフ家の地所ではないの？」

「一部だけです」

目印になるものか、道が見える範囲からけっして出ないように、とアーノルドに忠告された。そうすれば、迷子にはなりませんよ、と。ブルックは苦笑いを洩らしそうになった。女性を子ども扱いせずにはいられない男はいるものだ。ガブリエルのおじの忠告にブルックが気を悪くすることはなかった。よかれと思ってのことだとわかっている。そして森が近くにあることに興奮し、ブルックはそちらへ馬を走らせた。森林地帯が好きなアルフリーダを連れてきたらきっと喜ぶだろう。

帰りの道すがら、屋敷と村の中間あたりで教会を見つけ、ここでドミニクと結婚するのだろうか、とブルックは思いをめぐらした。教会の裏には墓地があった。エロイーズがそこに埋葬されているのか、立ち寄って確かめることにした。墓碑銘を読めば亡くなった背景がわかるかもしれない。誰も語ろうとしないので、ブルックは気になっていた。しかし、教会付属の墓地に埋葬されているのは村人だけだった。墓地の奥にウルフ家の霊廟《れいびょう》があったが、ドアは施錠されていた。ここであきらめるしかない。

戻るのが遅くなり、ブルックはもう一度厨房に立ち寄り、入浴したいから夕食は予定の時刻より四十五分遅らせるようにと使用人に申しつけ、さらに湯を沸かして部屋に運んでくれないかと頼んだ。少なくとも今度は不服の声は上がらなかった。

アルフリーダが湯のはいった手桶を提げた使用人たちと部屋にやってきた。使用人をさがらせたあと、脱衣を手伝い、ブルックが風呂にはいっているあいだに、馬のにおいがついていないドレスを広げた。ブルックはすこしおしゃれをしたかったので、アルフリーダにそう伝えた。

「今夜、誘惑するの？」

「そうじゃないわ、ただきれいに見せたいだけよ」

「なにを着てもあなたはきれいに見えるわよ、お嬢さん。そうね、黄色いのにする？　緑の目の輝きが引き立つわ」

黄色いドレスはそれ以上の効果があったが、ブルックは赤面しなかった。社交界へのデビューを控え、今年になって準備を進めるなかで初めて夜会服をあつらえたときに、何度も顔を赤らめる経験をしていたのだった。アンピール様式の服を着るのは初めてではなかったが、シュミゼットで胸もとを隠さずに襟が深くくれたドレスを身につけたことはなかった。

その黄色のドレスは袖がなく、短い襞《ひだ》飾りが襟をぐるりと縁取っている。光にきらめく金色のスパンコールが襟飾りに縫いつけられていた。

不慣れなのに肌をたっぷりと人目にさらす恥ずかしさは別として、いま流行りのドレスは着心地がとても楽だった。薄くやわらかなモスリンの生地は胸の下できゅっとすぼまったあと、足首までゆったりと垂れている。ドレスの下には肌色のパンタロン！　そんな代物があると聞いてブルックは笑ってしまったが、母が雇っているお針子の説明によれば、おしゃれなご婦人たちがみなこの下着をつけているのは、アンピール様式のドレスは下になにも身につけていないかのように着こなすものだからだという。

ドレスの深くくれた襟もとのおかげでたっぷりとあらわになった素肌に、ブルックはアルフリーダからもらった首飾りをつけた。銀の鎖に象牙のカメオがぶらさがったペンダントだ。宝石箱も新調した衣装と一緒に持ってきていたが、ブルックにとってこのカメオほど大切なものはなかった。母が選んだ新しいドレスに合わせて、それぞれの色の宝石がそろっていたが、宝石箱にはいっているのはほとんどが安物だ。唯一高価なセットはエメラルドをあしらった宝飾品で、初めての舞踏会でつける予定だった。

夜のためにより優雅に髪を結い上げ、ひたいやこめかみのまわりを短い巻き毛でたっぷりと囲むように整えてもらうあいだ、ブルックはじれったそうに言った。「ねえ、急いで仕上げて。〈狼〉との夕食に遅刻しそうなの」

「いいのよ」アルフリーダは言った。「すごくきれいになるのだから、ウルフ卿も待たされた甲斐《かい》があったと思うでしょうよ。だから落ちついて、あなたの計画は彼に愛されるようにすることだと忘れないで」

口で言うほど簡単じゃないわ、とブルックは思った。けれど、もしかしたらドミニクは待っていないかもしれない。誰かに食事をとりに行かせたかもしれない。そうだったらいいのに、と思った。お腹《なか》をすかせた狼は不機嫌になるわ——なにを言っているの？　どのみち彼がわたしに愛想よくするはずはない。せいぜい文句を言われずにすめばましだ。

部屋を出ていくときに、アルフリーダに急いで厨房へ行き、まだ食事が運ばれていなかったらすぐに持ってくるよう頼んだ。ブルックはドミニクの部屋のドアを静かにノックしたが、約束をしていたので、入室を許可する声は待たなかった。夕食の時刻を過ぎていたものの、七月の日没は遅いのでまだ日は落ちておらず、ランプも灯されていなかった。今回、部屋にはドミニクひとりきりのようだった。

まだベッドの上で、重ねた枕を背にあてて身体を起こしていた。少なくとも服は着ていた。白い寝巻き《ナイトシャツ》で、胸をはだけていたけれど。それに、髪も梳《と》かしてある！　けれど、ひげは剃っていなかった。不精ひげはさらに濃くなっている。それでも具合はいくらかよくなっているのかもしれない……。

「どうしてまたそんな恰好《かっこう》を？」ブルックがベッドに近づいていくと、ドミニクはうなるように言った。

胸もとに釘づけにされた視線にブルックはとまどったが、足を止めなかった。たしかに着心地のよい最近のファッションは好きだけれど、ロンドンで流行っている深い襟ぐりにはいつになっても慣れないだろう。

「夕食のときにはいつもこういう服装をしているの」ブルックは嘘をついた。

「おれと一緒のときはやめてくれ」

それを聞いてほっとして、ブルックはにっこりと微笑んだ。「では、そうするわ。人に合わせるのは苦じゃないの」ドミニクが鼻で笑った。獣のように不機嫌な声を彼が発していたので、ブルックはこうつづけた。「訊くまでもないと思うけど、具合はいかが？　ぜんぜんよくなっていない？」

「腹が減っている。それがいまの体調だ。なぜ夕食が届かないのか、二度も言い訳を聞かされた。どういう魔法をかけてうちの料理人を味方につけた？」

「魔法なんてかけていないわ」ブルックは愛想よく返事をした。「それどころか、どう考えてもあなたの使用人たちにまるで好かれていないみたい」

「だったらなぜあいつらはおれの言うことではなく、きみの言うことを聞くんだ？」ドミニクは叫ぶように言った。

「なぜならわたしが淑女だからでしょう、当然ながら」ブルックはぴしゃりと指摘した。

「使用人はよほどのことがないかぎり、貴族の婦人に逆らうようなまねはしない。その点を見落とすなんて、きっと熱のせいね。それから、ここにいるあいだ、わたしにひもじい思いをさせようとしても無駄よ。どうしてもやりたいなら、自分で厨房を見張れるくらい元気にならなくちゃね。なぜなら、いざとなれば、わたしは箒《ほうき》を振りまわして料理人を追い出し、自分で料理を作るつもりだもの。だから、その意地悪な計画は考え直したほうがいいわよ。焦げたトーストだけで、あとはなにもなし？　あれは本気だったの？」

ドミニクは顔を紅潮させただけだった。ブルックとしても怒っていても不思議ではなかったが、昼食にまともな料理にありつけていたので、自分を空腹にさせようとしたドミニクの企てをちょっぴりおもしろがる心の余裕を持てたのだった。そういうわけで、彼をすこしなだめてあげようとしてこう言った。「そろそろ夕食も届くはずよ。なんなら待っているあいだに……」

ドミニクは叫び疲れたのか、あるいは話をしてすっかり疲れてしまったようだった。だから傷口にちらりと視線をおろしたブルックは、ほっとしてこう言った。「すこしはよくなっているようね。赤みもいくらか引いているわ」

そして急いで風呂場に行き、薬草と水をまぜて軟膏を用意した。枕もとに引き返してくると、ドミニクはまだブルックをにらみつけていた。そして驚いたことに、ブルックが彼の傷口に手を伸ばしかけると、手首をつかんでこう言った。「きみはおれがこの世でもっとも憎んでいる男の親族だ。きみを怖がらせて当然の事情がある。それなのになぜ、怖がらない？」

そこでブルックは考えこんだ。怖がるべきだと言われれば、たしかにそうなのかもしれない。けれど、わたしがお兄さまをどう思っているのか、この人は知らない。打ち明けよう、とブルックは決意した。

「なぜなら、まさかと思うでしょうけれど、わたしもロバートを憎んでいるからよ。そして、これも言っても信じてもらえないと思うけれど、わたしは自分の家族と一緒にいるよりも、あなたとここで暮らしたいの。あなたが礼儀を知らない野蛮人であっても」

「おれを侮辱するのはやめたほうがいい」

「だったら、やめるべき理由を教えてもらえるかしら」

いままでのところ、ブルックは感じのよい口調で話しつづけていた。ドミニクに微笑みかけさえし、混乱させているようだった。いいことだ。彼を驚かせ、興味を持たせればいい。警戒をゆるめさせるのだ。

「なぜ自分の兄を憎んでいるんだ？」

アルフリーダ以外の人に話したことはない。ドミニクに理由を打ち明けるべきではなかったが、気づくと話しはじめていた。

「わたしは生まれたときから兄に憎まれていたの、なぜなのかはわからないけれど。夜中になると兄は部屋にはいってきて、手で口をふさいで、わたしを殴った。跡が残るから人に見られない場所を。そして、告げ口したら殺すと脅されたわ。わたしはまだほんの子どもで、ドアに鍵をかけて兄がはいってこられないようにすればいいと気づかなかった。たしか四つか五つのころよ。そんなに幼いころの記憶はふつうあまりないものだけれど、ロバートに殴られていたことはいまでも忘れられずにいる。最後にわたしを殴ったあと、兄は何週間も病気になった。当然の報いね」

それはロバートがなにをしていたかアルフリーダが気づき、ブルックの部屋で一緒に寝るようになり、もう二度と夜中に侵入されないようドアに鍵をかけはじめたあとのことだ。ドアがつねに施錠されていて入室できないと気づいたロバートは部屋にはいろうとするのをやめたが、アルフリーダは二年近く、ブルックの部屋で寝ていたのだった。

「病気になるよう願をかけたのか？」

ブルックは思わず笑った。「願いごとをかなえる力がわたしに？」

「あるのか？」

「迷信を信じる人だとは思わなかった……まあ、自分に呪いがかけられていると信じられるくらいだから不思議ではないけど。でも、仮にわたしにそういう特殊な力があったとしたら、わたしはいまここにいないんじゃない？　予定どおり、ロンドンの社交界にデビューしたでしょうね」

「それだけか？　もっと大きなことを願うのではなく？」

そういえば、ふつうに会話をしているわ、とブルックはふいに気づいた。どちらもがみがみ文句を言ったり、相手をやりこめたりせずに。「デビューは二年も前から楽しみにしてきたのよ」

そのおかげでこの二年間はなんとか耐えてこられた。少なくともそれ以前よりもましな日々だった。胸を躍らせることがあったからだ。ロンドンに行けば最終的になにかいいことがありそうだった。もしかしたら幸せさえつかめるかもしれない。逃げ道が見つかると期待できたのだ。でも、この人もそういうことをもたらしてくれるのではないだろうか。少なくとも逃げ道はあたえてくれるわ。

ブルックはそう思っていたので、ドミニクの言葉を聞いてじれったくなってしまった。

「当然だが、きみの言う兄貴の話を信じる理由はないし、信じられない理由ならじゅうぶんにある」

「ごもっともだわ！　でも、なにがなんでもあなたを説得しようとは思わない。だから信じてくれなくてもけっこうよ。あなたに訊かれたから、わたしは答えただけ。それに本心を打ち明け合うかぎり――」

「打ち明け合いはしない」

ブルックはその言葉を無視した。「言っておくけれど、わたしはふつうなら自分の気持ちを明かしたりしない。秘密主義が習慣になっているの」

「なぜだ？」

「そうしなければ――不快なことになるから」ブルックは認めた。

〝わたしの場合〟とつけ加えたかったが、同情させてドミニクを味方につけるつもりはない。たとえ彼に同情心があるとしても、家族関係がどうだったか打ち明けるつもりはない。

「つまりきみは機嫌よくぺちゃくちゃおしゃべりをしているけれど、じつはその内面に怒りをたぎらせている？　そう言いたいのか？」

彼の推測を聞いてまずはびっくりしたが、ブルックは気づくと笑い出していた。「正解よ！　たいていはそうだけど、いまはちがうわ。それに、さっき怒りを感じたとき、あなたも気づいたかもしれないけれど、あなたに隠しておけなかった。なぜなら――」

「でも、きみが本心を明かしているのか、隠しているのか、どう見分ければいいんだ？」

「たしかに見分けるのは難しいかもしれない。だったら、思っていることはふたりとも素直に話すことにしない？」

「そういう問題が出てくるほどきみが長逗留しないですむことを願いたいね」

ドミニクに対して正直になり、かなり個人的な事情を打ち明けたあとに聞きたい言葉ではなかった。「そう、わたしはこれからも自分の気持ちをあなたに話します。あなたはといえば、もう実践している。だからあえて合意を確認することもないでしょう」

結局ブルックを不快にさせたと気づかなかったとしたら、ドミニクは目が悪いのだろう。だが、ちょうど料理が届いたので、ドミニクが返事をすることはなかった。そして、つかんでいたブルックの手首をようやく離した。彼がそうしたのは単にお腹がすいているからで、傷の手当てが早くすめば、それだけ早く食事にありつけるからだというのは見え見えで、ブルックは笑ってしまいそうになった。

縫合した傷口の上とまわりに手早く軟膏を塗ったが、なるべく彼から離れて手当てを施した。「食事をしているあいだに乾かしておけばいいわ。失礼する前に包帯を巻いてあげるわね、寝ているあいだに軟膏がこすり落とされないように」

「きみの助けはいらないと知っているだろう？」

「ええ、あなたはその点をはっきりさせている」

「だったら、なぜそれでもやろうとするんだ？」

「前にも言ったように、あなたはわたしの夫になる人だから、あなたを助けることはわたしの務めなの」

「きみはけっしてここで気持ちよく暮らせない。それはよくよく考えてみるべきだ。道はひとつしかないとわかるだろう」

ブルックは眉を上げてドミニクを見た。「出ていくべきだと？　その道だけは選ばないわ。だからあなたこそすこし考えて、潔く降参してほしいものね――やり方がわかるのなら」

「出ていけ！」

〝やれるものならやってみなさいよ！〟という言葉がブルックの口から出かかったが、すんでのところで呑みこんだ。すぐにかっとなるのはやめなくちゃ！　彼と喧嘩をしたくなることの気持ちはどこから来るのだろう？　向こうが寝込んでさえいなければ、ブルックも喧嘩をしようとは思わない。アルフリーダの薬のおかげで近いうちにドミニクは床を離れる。それに向けて手を貸しているのだから、まったくお人よしにもほどがあるわ！

18

ブルックは〈狼〉のねぐらから立ち去らなかった。しばらくドアを見つめ、出ていきたい衝動には駆られたけれど。結局、命令は無視し、小さなダイニングテーブルに用意された料理の載った盆をひとつ手に取り、ドミニクのところに持っていった。盆の上には花を生けた小さな花瓶も添えられていた。きっとマーシャからのおわびのしるしだろう、ブルックの支度が整うまで子爵さまの夕食を遅らせてしまったのだから。花の美しさにドミニクは気づきもしないだろうが。サイドテーブルに食事の盆を置きながら笑顔のひとつも見せるべきだとブルックもわかっていたが、どうしてもできなかった。盆ごと料理を膝に落とされないだけドミニクはついているのだ。

「食べさせてあげましょうか？」

突っかかるのはやめなくちゃ！　案の定、彼からにらまれた。手の届くところまで食事を運んだことにも、料理が盛りつけられた皿を手渡したことにもドミニクから礼はなかった。この人は礼儀も知らないのだろうか、それともわたしにだけ無礼のかぎりを尽くすつもり？

料理が冷めないように皿にかぶせられていた磁器の丸いふたをはずしたあと、それをダイニングテーブルに戻し、ブルックはそこで食事をとるつもりだった。彼と距離を置いて。また同じことをしているわ――粗野なふるまいに反応し、自分を好きにさせると決めたことを忘れている。そう気づき、ブルックは自分の皿からふたをはずして、盆を持ってベッドのわきに置かれた椅子のところに行き、腰をおろした。彼の態度はさておき、自分は感じよくふるまうことにした。わたしがそばにいるのはいいことだ、とわからせるのだ。

ドミニクは出ていけという命令をくり返しはしなかった。食べるのに忙しく、どうでもよくなったのかもしれない。ぴりっとしたクリームソースがかかった焼き魚はとてもおいしかった。新鮮なサラダも皿の半分を占めるほどたっぷりと添えられている。盆には小さな丸いパンとバターの載った小さな皿とデザートのシナモンスコーンも用意されていた。

ドミニクは盆に載ったほかの料理にも難なく手を伸ばしているようだった。太腿の怪我は別として、身体はぴんぴんしているし、腕も長いのだから当然だろう。ドミニクが立っている姿を見たら、背の高さに圧倒されるのだろうか、とブルックは想像した。さらに威圧的に見えるのかしら。それまでに、すこしは仲良くなっていられればいいのだけれど。

フォークを持ちながら、ブルックは差し迫った結婚には関係のない話題を持ちかけようとした。ドミニクの家族のことが知りたかったので、こう尋ねた。「あなたのお母さまはここに住んでいらっしゃらないの？」

返事はなし。答えるかどうかドミニクは迷ったはずだ。嬉しいことに、やがて彼から答えが返ってきた。「いまはロンドンの別邸に行きっぱなしだ。ここにはいやな思い出がありすぎて、母は荒れ野に戻ってきたがらない」

「疎遠なの?」ブルックは察しをつけて言った。「母とわたしの関係と同じだわ。もっともわたしには家を出るなんて贅沢は許されなかったけれど。つまり、いままでは。不思議ね、わたしたちにそういう共通点があって」

ドミニクは疑わしそうな視線をブルックに向け、むっつりと顔をしかめた。「おれたちに共通点なんかない。悪い癖だぞ、思いこみで先走るのは。しかも、見当ちがいなときにかぎって。おれは母親とうまくいっている。母がヨークシャーに戻ってこようとしないのは、単に自分の娘の思い出がすべてここにあるからだ。その気持ちはよくわかる。それに母はロンドン育ちだ。向こうで旧友たちと会って、社交行事で忙しくしていれば、すこしは悲しみもまぎれるんだろう」

今回は激昂《げっこう》することなくエロイーズのことにドミニクが触れたので、ブルックは慎重になりつつも話をつづけた。「それでもお母さまはあなたと離れて暮らすことになった。あなたが怪我をしたことはご存じなの?」

「決闘のことは知っているし、その理由も知っているが、おれが怪我をしたことは知らない。母に心配をかけたくなかったんだ。でも、いまはおれも毎年、一年の半分はロンドンで母と過ごすようになった。ロンドンに別邸があるし、海辺のスカボローにも家がある。ここには身を隠すために来ているんだよ」

身を隠すためにって、いったいなにから？　ブルックは不思議に思ったが、別のことを指摘した。「お屋敷を視界から遮るものがなにもない場所にいたら、身を隠すなんて不可能だわ」

「きみはヨークシャーの大きさを把握していないんだろう？　わが家はことわざに出てくる干し草の山のなかの針同然さ」

「だったら、玄関までまっすぐつづく道を作るべきじゃなかったわね」

「作っていない。道のほうがこっちに曲がってきたんだ」

ブルックは笑い声を上げた。どうしてもこらえられなかった。おかしがらせるつもりはドミニクにはなかったとよくわかっていた。だからこそ彼は眉をひそめ、笑ったことを咎めるようにブルックをにらみつけている。けれど、ブルックは気にしなかった。ここにいるあいだは自分らしくふるまおう、と心に決めたのだ……もちろん、四六時中ではなく——少なくともドミニクが仏頂面をしたり、歯をむいたりしてこちらを怖がらせていないときには。

そこで、屈託のない口調を崩さないように意識して、ブルックは本音を打ち明けた。「じつはね、アルフリーダは別として、わたしは誰の前でも自分らしくしていたためしがなかったの。これはさっきも説明しようとしたのよ——あなたがわたしを怒らせる前に。でも、あなたにはありのままの自分を見せたほうがいいような気がするの、あなたはもうすぐわたしの夫になるのだから。そう思わない？」

ドミニクは好奇心に駆られたように眉を上げた。「なにをほのめかしているかよくわからないな。なぜきみがきみであることをやめさせられる？　どういうことか説明してくれ。きみに問題でもあるのか？」

ブルックはまたも笑い出しそうになるのをなんとかこらえた。「なにもないわ。わが家だと実感できない家で育てられて、息が詰まりそうだっただけよ。うちでは娘は望まれていなかった。わたしのあとに息子が生まれずじまいに終わると、わたしのせいにされたわ。甘やかされた伯爵令嬢とあなたは呼んだけれど、それほど事実とかけ離れたこともないのよ」

「それならおれも信じるだろうと言わんばかりだな、きょうだい仲が悪いという話がだめなら。そういうたわ言でおれの同情を引こうとするのはやめてくれ」

ブルックはむっとして言った。「あなたって人は、同情という言葉の意味さえ知らないんでしょう——大方、子どものころは子犬でも蹴り飛ばしていたクチね。慈悲の心もなければ、やさしさもない人だって、もうじゅうぶんはっきりしている。だから、そんなにせっせとわたしを説得しなくてもいいわよ」そう皮肉まじりにつけ加えた。

すると、氷のように冷ややかな視線を向けられ、ブルックはおののいた。会話をつづけるのも、結婚前におたがいを理解することもあきらめるしかなさそうだ。そういえば、いつ結婚するのだろう。期限は設定されているの？

ブルックは尋ねもせず、それ以上ドミニクとは口をきかなかった。食事を終えたが、パンがふたつ残っていたので、それをドミニクの盆に移した。いつもの癖でそうしたのだ。食べものをアルフリーダと分け合うのが習慣になっていた。自分の盆をダイニングテーブルに戻したあと、すぐに部屋を出ていきたいところだったが、やるべき務めがひとつ残っていた。

ドミニクのそばに戻った。「お医者さまは予備の包帯を置いていってくださったかしら？」

ドミニクはサイドテーブルに手を振った。ブルックはそのときに初めて、サイドテーブルの下に棚がついていることに気づいたが、うず高く積まれた白い布はすでに細長く切り分けられていた。

そのうちの一本を振ってほどき、ドミニクの左の太腿を見つめながら頭を悩ませた。彼に近づきすぎずに包帯を巻くにはどうしたらいいだろうか。できそうもない。早くも顔がほてりはじめ、ためらっているブルックをじっと見ている彼の視線をひしひしと感じた。

「そんなふうに見るものじゃないわ」ブルックはそっけなく言った。

「おれがなにをしてもよくて、なにをしたらいけないのか、教えてくれなくてけっこうだ」

「そんなことしていないわ。そんな差し出がましいことしないわよ。〝見るものじゃない〟と言ったのは、あなたにじろじろ見られて落ちつかない気持ちになっているという意味よ」

「おれに恥じ入らせようとしているのか？」

「ちがうわ、ただ――」ブルックは言いかけて、ふいに口をつぐんだ。喧嘩を仕掛けられているのだ、とはたと気づいた。こちらをさっさと追い出すきっかけを彼は求めている。なおも結婚を拒ませようとしているのだ。看病に来るたびにこうなるのだろうか。

たぶんそうだ。ブルックの看病が必要なこともドミニクには気に入らず、だからこそ敵意をむき出しにしている。憎悪の念はけっして消えないのだろう。たとえ彼が元気になっても――。

ブルックがいつまでも躊躇《ちゅうちょ》しているので、ドミニクは包帯をひったくった。たくましい太腿に彼が自分で包帯を巻きはじめると、ブルックはほっとため息をついた。「軟膏をこすり落とさないように気をつけて。傷を空気に触れさせるようにと侍女にも助言されたから、あまりしっかりとふさがないでね。そのほうが治りも早いの。そのための薬草ももらったわ。でも、傷口がすっかり乾くまで、包帯は必要よ」

「どういう治療であれ、すぐに元気になる」

抑揚のない声だった。ブルックはちらりとドミニクを見た。ひたいに汗はにじんでいないが、まだ血の気はなく、疲れた顔をしている。

包帯の先が内側にたくしこまれ、しっかりと固定されると、ブルックは薬壜をサイドテーブルに置いた。「寝る準備ができたら、これをひと口飲むといいわ。傷の痛みで睡眠が妨げられる心配がなくなるの。安眠こそ最良の薬よ。あるいは、ウィスキーを飲むのもいいわ、基本的に同じ効果だから。ただし、薬を飲んだら、お酒はやめて」

「どうしてだめなんだ？」

「疣ができるからよ」ブルックは冗談だとわかるように、にやりと笑った。ドミニクがにこりともせず、顔をしかめたので、ブルックはつけ加えた。「朝、吐き気がするかもしれないけれど、それだけよ」

「持って帰ってくれ。医者が出していない薬は信用しない」

きみは信用しないという意味だ。ブルックは怒り出したりしなかった。そんなことをしても意味はない。

　薬壜を手に取った。「あしたの朝、また軟膏を塗りに来るわ。お湯を用意させておいて。温かい湿布をすれば、痛みがやわらぐから」

　それだけ言うと、まっすぐドアへ歩きはじめた。お礼の言葉は期待していなかったが、やっぱりなんの声もかけてもらえなかった。線が引かれていた。要するに、戦争中なのだ。そう、向こうの頭のなかでは。こちらはがんばらなければならない。辛抱して、やんわりと抗戦するのみだ。

　そういうわけで、ブルックはどうにか「いい夢を見てね」とだけ言い残し、嫌みを言い返されないうちにドアを閉めた。

19

薄暗い大きな部屋で目を開けたとき、ブルックは自分がどこにいるのかわからなかった。はっとして身体を起こし、あたりを見まわしてから、またベッドに横になり、やわらかな枕に頭を戻した。そういえばヨークシャーにいるのだった。怒りっぽくて、礼儀知らずで、ハンサムな未来の夫の家に。サイドテーブルに置いた懐中時計に手を伸ばし、時間を確認すると、八時半だった。寝過ごしてしまった。

昨夜部屋に戻ってくると、〈狼〉に突き返された睡眠薬をひと口飲んだ。すぐに効果が表れなかったので、もうひと口飲んだ。毎晩この部屋で眠れなくなるのではないかという不安があった。ドミニクの部屋につながっているドアのせいだ。こちらからは開けられないが、向こうからは開けられる。

アルフリーダはすでに部屋に来たようだった。洗面台には新しい水が用意され、カーテンはまだ閉じられたままだが、部屋はやや暖かくなっている。ブルックはカーテンを開けて、庭を見おろして微笑んだ。朝の光が降り注いでいる眺めはいいものだ。きょうはたくさんあるベンチのどこかで読書でもしようか。なにか読むものが見つかったら。

部屋にある背の高い書棚は、荷解《にほど》きをする前のほかの家具と同様に中身が空だった。室内の装飾を見れば、この部屋を前に使っていたのは女性だったとはっきりわかる。四柱式の大きなベッドにかけられた厚地のカバーは、白地にピンクの小花柄で、襞飾りに縁取られている。

絨毯は濃いピンクに黄色と栗色《くりいろ》がまじった色合いで、壁紙はラベンダー色とピンクで、これもまた花柄だった。ふたつの窓の近くにはふたり掛けのソファと座り心地のよさそうな椅子が置かれ、どちらも銀糸で織りこまれたラベンダー色の厚手の紋織物で布張りされている。ソファと椅子のあいだには手のこんだ彫刻が施された低いテーブルがある。

ブルックは鏡台に化粧品と宝石箱を置いていた。小さな机の上にはまだなにもないが、文房具を持ってこなかったので当分はそのままだろう。もっとも、ロスデール村に出かけて買ってきてもいいかもしれない。ここでそれはそれは楽しく過ごしている、と母に知らせたい気もしたのだ。

アンピール様式の流行りの服装はとても手軽なので、身支度もあっという間にすんだ。髪はドレスに合わせて白いリボンで結わえただけだった。昨夜やヨークシャーまでの道中できちんと整えていたような髪型ではなく、こういうほうがブルックは慣れていた。

たぶん〈狼〉を待たせているとは思ったが、あの部屋にまたはいっていくのは気が進まず、まずは階下におりた。厩舎に向かいがてら厨房で、自分用とラストン用に一本ずつソーセージをつかみ取り、今度もまたドミニクの種馬の気を引くかもしれないので、その場合に備えてニンジンも二本手に取った。

ラストンは、ブルックがソーセージを振ってみせると、梁からおりてきて、あとについて裏口から厩舎を出た。ごちそうを食べさせたあと、ブルックはラストンを抱き上げてなでながら、ふたつの牧草地を分ける柵の前に立ち、レベルが気づくのを待っていた。

ドミニクの馬はまたも駆け寄ってきて、ためらうことなくブルックの手からニンジンを食べた。ガブリエルが断言していた気性の荒い馬だとはとても思えない。そしてレベルはといえば、そばにやってくると、ブルックが差し出したニンジンに見向きもせず、尾を上げて、ほんの三十センチ先にいる馬に向かって盛んにその尾を振っていた。

〝まあ〟とブルックは思った。レベルは種馬たちに自分の好みを知らせているにちがいない。ロスデール邸で暮らすあいだにぜひともレベルに子を産ませたいものだが、ドミニクは自分の馬を繁殖の相手にさせてくれない気がした。これまでのところブルックの提案をことごとくはねつけているように。それに、結婚前にはなかなか切り出しづらい相談だ。けれど、あとなら、ことがすんだあとなら……。

おそらく、そうはならないだろう。ドミニクはやはり怒りに屈し、ブルックを屋敷から追い出すかもしれない。しかし、そうなるとすれば、見境なく激怒した瞬間にことは起きるはずだ。正気であれば、ブルックを排除したいがために、大事なものをすべて投げ出すわけはない。だからこそドミニクは憤懣《ふんまん》やるかたなく、あの手この手でブルックをみずから立ち去らせようとしている。

ドミニクが戦いに勝利するまでの持ち時間はどれくらいだろう？　いつまでに結婚しなければ、地所を没収され、爵位を剝奪《はくだつ》されるのか、期限はあるのだろうか。ブルックをここに送りこんだ家族は一刻も無駄にしなかった。ドミニクに訊いてみたほうがいい。それにブルックが部屋に来るのはわかっているのだから、待たせるべきではないだろう。

そう思って、ブルックは急いで屋敷に引き返し、まっすぐ階上に向かった。ドミニクの部屋のドアの前で、彼の愛犬が座って、なかに入れてもらうのを待っていた。いつもすぐに入れてもらえるとはかぎらないのだとすれば、ドアに引っ掻き傷がついていないことにブルックは驚いた。この犬はわたしより辛抱強いみたい！　ブルックは鋭い音を響かせてノックした。犬はブルックに向かってうなった。

ブルックは視線をおろし、手の近くで犬がにおいをかいでいるのを見て、にんまりと笑った。「ラストンのにおいがする？　これからもよく鉢合わせするなら、ラストンのにおいに慣れたほうがいいかもしれないわね」

ドアが開いた。ガブリエルが大きく開けたドアを押さえ、すぐさまにやりと微笑みかけてきた。「きょうのあなたは神々しいほど美しいと申し上げてもいいですか、レディ・ホイットワース」

ブルックはなんとも返事をしなかった。褒め言葉はどんな類いのものでも言われ慣れていないので、大げさに褒められてどぎまぎしてしまったのだ。部屋のなかには今度もまたドミニクの使用人が何人も集まっていた。近侍さえ部屋の角から顔をのぞかせて、ブルックに明るく挨拶をした。

ブルックは笑みを浮かべ、ベッドに近づいた。ドミニクはまだナイトシャツを着ていたが、きょうは両脚ともシーツの下に隠されていた。

「ここではいつも使用人に囲まれているの？」

ドミニクの黄金色の目は現れた瞬間からブルックにじっと向けられていた。そして彼はすでに顔をしかめている。それでも、いやそうにではあるが、返事をしてくれた。「ひとりは言われたものを取りに行ったり、おれの手助けをしたりするためにいて、もうひとりはおれの服を片づけないと気がすまない。そしてあとのひとりは頭痛の種になりに来た」

ブルックの顔から笑みが消えたが、どうにかひるまずに言った。「それがわたしのことなら――」

「ガブリエルのことさ。でも、きみも当然、頭痛の種になりえる」

「蒸し返す必要のないこともあるわ。あなたの気持ちは承知しているし、あなたもわたしの気持ちはわかっている。一時休戦するのがいいんじゃないかしら」

「結婚式の前に出ていくと約束するなら、すぐに休戦してもいい」

うなり声を上げたり顔をしかめたりするのをドミニクがやめたらどうなるのか見てみたい。そのためだけに嘘でも同意するべきだろうか、とブルックは迷った。いや、彼にぬか喜びさせるわけにはいかないと思い直し、その考えを却下した。

枕もとに立ち、ポケットから小さなはさみを取り出した。「炎症が治まってきたか見てみましょうね」

「具合はよくなった」ドミニクがぼそっとつぶやいた。

「そう？　でも、軟膏はまだ塗らなくちゃだめよ――奇跡的に元気になったのでもないかぎり」

昨日ブルックを追い払おうとしてドミニクがつかった言葉を、そっくりそのまま返したのは賢明ではなかった。ブルックはドミニクに嫌みを言われたせいで胸に忍びこんできたかすかな怒りを抑え、どうにか笑みを顔に貼りつけたが、作り笑いだと見破られるのはわかっていた。

しかし、ドミニクはこちらを見ていなかった。左脚を覆っていたシーツを持ち上げ、ブルックがはさみを近づけるより早く、自分で包帯をほどこうとした。つまりブルックの怒りを察したのか？　それならそれでいい。彼のそばにいるたびに怒りを隠していたら、感情が爆発してしまう。

「傷口からしっかり水分が出たわね」包帯がすっかりはずされると、ブルックは言った。

「きょう三回お薬を塗れば――」

「三回も？」ドミニクはぎょっとしたように言った。「軟膏の作り方を教えてくれ。自分で塗るよ」

「教えてもいいけれど、薬草の量が多すぎると、毒が早く抜けすぎて傷が広がるし、少なすぎると、効果はないの」

それは真っ赤な嘘だった。ただの冗談と言うべきかもしれない。でも、言うつもりはない。ドミニクはできるだけ顔を合わせたくないのかもしれないが、教会の祭壇の前に立つ日を別々の部屋でじっと待っていてもなにも解決しない。それに、駆け引きで上手をいくには、看病をつづけなければならない。だから彼の暴言を気にするのはやめなければ。

「すこし湿布をしたいのだけど、お湯はある？」ブルックは尋ねた。

「湯は二時間前から沸かしてある。きみの頼みごとはきちんと用意されている」

不機嫌な態度は無視して、ブルックはお湯を取りに風呂場に向かいながら言った。「こっちの部屋は暖炉に火がはいっているなら、すこしは暖かいのかしら」

そうでもなかった。暖炉の熱を逃がすために風呂場の窓は開けっぱなしにしているのではないかと思ったが、やっぱりそうだった。手桶でぐらぐらと煮え立つ湯に小さな手ぬぐいを浸し、きれいな鉢に入れて、ベッドに引き返した。手ぬぐいをしぼって広げ、傷口に載せた。

そうするころにはもう火傷《やけど》するほど熱くはなかったが、ドミニクはそれくらい熱いと思ったにちがいない。大声を上げた。ブルックが眉を片方上げて彼を見ると、不愉快そうな視線を返された。

ドミニクの気をそらすため、ブルックは考えていたことを口にした。「どれくらいすぐに結婚しないといけないの？」

「すぐもすぐだ」

「婚約は？」

「しない。摂政皇太子は気まぐれだ。気が変わりやすいから、実現を望む重要事項には具体的な期限を設定している。このばかげた縁組で金を手に入れ、借金返済を狙っている。おれたちのどちらかが結婚を拒めば、取り上げた金庫に手を突っこめるというわけだ。ただちにそれを望んでいる。だからおれたちが期日までに結婚しなければ、このばかげた命令により、摂政皇太子は喉から手が出るほどほしいものを手に入れる。最初の結婚予告が昨日の日曜礼拝で発表された。使者が帰りがけにそう取り計らっていったらしい」

ブルックはそれを知らされてすこし不安になった。「つまり、あと二週間しかないの？いっそ期間を短縮する特別結婚許可証を持ってこなかったのが不思議なくらいね」

「持ってきた。おれが遅らせたんだよ、怪我の程度を理由に。こっちは床に臥《ふ》せったまま応対せざるをえなかったから、使者も納得した。期日までにきみがここに留《とど》まることが条件だ。

もしきみが出ていけば……」

「ええ、わかっているわよ、あなたがどう思っているかは。わたしも同じ気持ちよ。これは本当よ。わたしだってこんなことにならなければよかったと思っている。もう話したけれど、ロンドンの社交界にデビューするのを心待ちにしていたのに、狼の群れにほうりこまれてしまった。厳密に言えば、狼の群れというより狼のもとに……あっ、ごめんなさい。狼呼ばわりされるのは好きじゃないわよね」

「おれを挑発するものじゃない」ドミニクは脅すような声で警告した。

ブルックは心臓がどきりとした。この人がこんなふうに凄《すご》むと、心底恐ろしい。なにをやりかねないのかわからないわ、と自分の胸にあらためて言い聞かせた。やっぱり探ってみたほうがいいのかもしれない。

そこでブルックは意を決し、皮肉まじりに切り出した。「挑発的な態度を取ってもいいのはあなただけなの？　ちょっと待って。つまり、あなたの忠告を聞き入れなかったらどうなるのか見届けるまでわたしはここに残るという前提になる。それって、破談にするとあなたは言うつもりはないという意味よね、そうでしょう？　となると、一時休戦は双方にとって最善の道という結論ね」

そう言ってしまうと、薬草を入れた袋をつかみ、軟膏を作りに風呂場へ引き返した。驚いたことに、ドミニクが大声で反論してくることもなかった。

ベッドのそばに戻ると、またも怒りを買ってしまう危険を承知で尋ねた。「結婚式はここで挙げるの、それともロンドンで？」

「実現すると思えない行事の予定は立てない」ドミニクはけわしい声で言った。

怒りを買わなかったのは、怒りがまだ鎮まっていないからだ！　そう気づき、ブルックは軟膏を手早く傷のまわりに広げて、新しい包帯を手渡した。「昼食のあとにまた来るわ。毎日朝昼晩と一緒にいただきましょうとは提案しないから安心して。でも、夕食はまたこちらでご一緒するわ」

「いちいちやかましいな、いいから時間厳守だぞ。さもなければ、料理人はクビだ」

ブルックは目を見開いた。その脅しに盾突こうとしていったんは口をひらいたが、思い直して閉じた。この人なら実際にやりかねない、たとえ料理人が友人の母親であっても。なんていやな人なの！

返事の代わりにブルックは鼻をひくひくさせた。「あなた、におうわ。熱が出て、汗をたくさんかいたせいね。まだお風呂にはいるのは無理だけど、従僕に身体を拭いてもらうくらいできるでしょう」

「よくも――」

「身体を不潔にしていると――」

「二秒でおれの目の前から消えなければ、この不潔な身体にさわらせるぞ！」

ブルックは笑いを嚙み殺し、あわてて部屋から出ていった。侮辱してはいない。彼の身体がにおったのは本当で、たぶん本人も自覚していた。ただ、言われたくなかったというわけだ。

20

ブルックは昼食のあと階上に戻ると、ドミニクの部屋のほうから廊下を歩いてくるガブリエルを見かけ、足を止めて尋ねた。「そのうち屋敷のなかをひととおり案内してもらえる?」

「あなたの家になるのだから、どうぞ自由に見てまわってください」

「じゃあ、エロイーズの部屋はどこ?」

突然、ガブリエルは警戒心をあらわにした。「なぜです? 彼女のことに触れるのはちょっと――」

「ばかばかしい。どんな人だったの?」

ガブリエルは黙りこくったが、ややあって口をひらいた。「きれいだった。すてきな女性で……」すこし顔を赤らめ、先をつづけた。「ぼくは淡い恋心をいだいていたけれど、もちろんエラは知らなくて、ぼくも自分の気持ちは言えなかった。はつらつとしていて、明るくて、ちょっぴりおてんばで、きょうだいそろって気性が激しくて、無鉄砲なところがあった。乗馬が大好きで、馬に乗るとドムに負けないくらい飛ばして。あのふたりはいつも荒れ野を馬で駆けまわって、ただの乗馬じゃなくて、競争をしていたんですよ。それにエラは自分の帆掛け舟も持っていた。ドムのと同じ舟で、操縦方法を教えてからドムが買いあたえたんです。ふたりは舟を沿岸に走らせて競争することもあった。彼女はいつもドムとぼくと一緒に遊んでいて、ドムの学校時代の親友のアーチャーとベントンが訪ねてきたときもそうだった。ぼくたちが楽しもうとしているときに仲間はずれにされるのをいやがって」

ガブリエルの説明を聞いているうちに、その娘さんと知り合えたらよかったのに、とブルックは思った。エロイーズ・ウルフは身近にいたらとても楽しい人のようだった。きっと親友同士になれただろう。

「ほかにはどんな特徴があったの？」

「自分のことは自分で決める性格だった。着るものにしても、友だちにしても、慈善活動にしても。レディ・アナはいつも自分の娘に賛同しているわけでなかったけれど。それに、エラが気に入ったものを買うのを奥さまは阻止できなかった。エラには自分のお金が、お祖母さまの遺産があったからです。レディ・アナは芸術家の後援者で、エラにも価値がある活動を選んで、それを応援するよう勧めていました。そうしたら、エラがどれかひとつではなく三つも選んだことには、ぼくたちみんなが驚きましたよ！」ガブリエルはくすりと笑った。

「ヨークの病院に、ロンドン近郊の教会付属の孤児院、それからスカボローの元船乗りたちのための養老院。レディ・アナが想定していた支援先ではなかったけれど、価値がない団体だと否定することはできなかった。そして娘の意思を尊重して、レディ・アナはそれら三つの施設への援助をいまでもつづけている」

寛大な一家だ、少なくとも女性たちは。エロイーズは自分のことは自分で決めることができてとても幸運だった。そういう類いの自由とはどんなものか、ブルックには想像もつかない。

「その夏の終わりにエラたちがロンドンから戻ってきて、エラの社交界デビューが成功したとレディ・アナが宣言すると、正直なところぼくはちょっと嫉妬した」

「どうして？」

「どう考えても成功したのは確かでしたから。のぼせあがった若い貴族がふたり、エラを追いかけてきて、すでにロンドンで始めていたのか、ここでもエラに求愛していました。エラがまだ誰からも結婚を申しこまれていなかったとしても、じきに申しこまれるだろうとぼくは思っていた。でも、やがてエラがお母上とスカボローに出かけていきました。寒さが厳しくなる前に。あの日、出発の前に、あなたが好きよとエラに言われ、胸がいっぱいになった気持ちをぼくは一生忘れない。あなたは兄にとって真の友人だから、とエラは言っていた。ドムは、アーチャー・ハミルトンとベントン・シーモンスとのほうが親しかった。学校が一緒だった上流階級の子息たちとのほうが。それでも、ぼくのほうが良き友人だとエラは思っていたようだった。とにかく、それがエラとの最後の会話になった。エラがスカボローから帰ってくることはありませんでした」

ガブリエルが悲しそうな顔をしたので、ブルックはそっと尋ねた。「どうして彼女は亡くなったの、ガブリエル？」

答えを聞くまでもなかった。警戒の色がガブリエルの顔に戻ったのを見て、なにを言われるのかブルックはわかった。「知りたければ、ドミニクに訊いてもらわなければ」

ブルックはため息をついた。〈狼〉に訊いてもけっして話してくれないわ。そう思ったものの、開かずの間だと昨日ガブリエルから聞かされた部屋を振り返り、別の方向からあたってみた。「あの部屋はどうなの？」

「エラの部屋ですか？　閉めきっているとあなたに話しましたよ」

「またの機会に部屋を見てもかまわないとも言ったわよね。いまこそいい機会だわ」

「なぜ見たいんですか？」

「なぜって、わたしがここにいる原因になった人たちのことをすこしは理解できると思うからよ。ドミニクとロバートのせいだけれど、エラもそのひとりだわ」

ガブリエルはためらったが、ひとつうなずくと、ブルックの横を通りすぎ、ドアの鍵を開けた。「ドムには言わないでください、ぼくが許可したことは」小声で言った。

ブルックは鍵をもらおうと手を伸ばした。「けっして言わないと約束するわ。出るときにドアに鍵をかけておくわね」

ガブリエルはうなずいて、階下へおりていった。

ブルックは部屋にはいると、すばやくドアを閉めた。亡くなった令嬢の部屋で興味深いものが見つかるのだろうか。どうして命を落としたのか、事情がわかるとは思えないけれど。厚手のカーテンが閉じられた部屋は暗く、黴《かび》くさかった。窓一枚分だけカーテンを開けて、部屋のなかをゆっくりと歩く。

エラが最後に見たままの状態をいま目にしているのだろう。壁に立てかけられた若く美しい女性の肖像画は別として。エロイーズ・ウルフその人だろうか。きっとそうだろう。十八になる直前に描かれた姿にちがいない――黒髪に琥珀色の目をした顔は喜びにあふれている。来るべき社交界デビューに心躍らせていた？　おそらくこの絵は彼女が死去するまでは階下の目立つ場所に飾られていたけれど、家族が見るに耐えられなくなり、閉めきられたこの部屋に保管されているのだろう。

場ちがいに見えるものはなく、ここからなにかが持ち出された様子もなかった。鏡台には香水瓶と装身具がぎっしりと並び、小さな衣装部屋もまだ衣服やボンネットや靴でいっぱいだ。美しい白い馬の絵と、海に浮かぶ二艘《そう》の帆掛け舟の絵があった。エラは戸外が好きだったにちがいない。ドミニクを描いた小型細密画《ミニアチュール》がベッドわきのサイドテーブルに置かれていた。子ども時代のドミニクだったが、大人の男性になったいまの面影を宿す年ごろには達していているようだった。ガブリエルの話によれば、エラはドミニクを慕っていて、きょうだいは仲がよかった。宝石箱のふたには狼の顔の絵柄が彫りこまれている。一族に伝わる品なのだろうか。宝石箱を開けてみると、驚いたことに、変色した小さな銀のイヤリングがひと組あるだけだった。自分の自由になるお金があったのなら、なぜ高価な宝石がぎっしりとはいっていないの？

エラはフリルのついたものも好みだったようだ。ベッドカバーにも、カーテンにも、鏡台の装飾にもフリルがあしらわれている――あるいは、年ごろの女性に成長したあと、模様替えをする暇がなかったのかもしれない。書きもの机の真ん中の大きな鉢には小さな貝殻がはいっていて、そのまわりには大きな貝殻が並べられていた。きっと子どものころに、スカボローの浜辺で楽しく遊んだのだろう。ドミニクと？　ふたりで砂の城を作ったり、一緒に泳いだりしたの？　亡くなった妹さんのことをいつか話してくれるのかしら。

机の引き出しを開けながら、ブルックの胸にうしろめたさがこみ上げた。これでは悪趣味なのぞき見だ。けれど、ロバートのせいで命を落としたことしかドミニクは教えてくれないのだから、妹さんの身になにが起きたのか知る手立てはほかにないでしょう？

最初に開けた引き出しには扇子がずらりと並んでいた。その数の多さにブルックはびっくりした。ひらいてみると、どれも手がこんでいた。それぞれレースは色ちがいで、彩色された骨にはさまざまな宝石がちりばめられており、豊富に取りそろえた夜会用のドレスに合わせて扇子も用意されていたにちがいない。変わった扇子がひとつまじっていた。木の骨に色が塗られておらず、宝石もついていない。そして扇面は白い紙で、筆記体でかすかに文字が書きこまれていた。そう、そこもまた風変りだ。宝石がついていないのだから、しばらく借りてもかまわないだろう。

手持ちの扇子がなかったのだ。その小物のことを母は完全に見落としていた。あるいは、ブルックがここに送りこまれる前に扇子が送られてくることもなかった。とにかく、扇子があれば、不謹慎なときに笑いたくなっても、手軽に口もとを隠せる。歯ぎしりする様子をドミニクに見られたくないときにも便利だろう。ブルックはその扇子をポケットに押しこみ、さらに別の引き出しを開けた。

ほかに気になるものはなにも見つからず、中身をのぞいてみるとしたら、あとはベッドの足もとの収納箱だけだった。開ける前からそうではないかと思ったとおり、収納箱には寝具がしまってあるだけだった。けれど徹底して調べるために、収納箱のなかに手を入れて、底にてのひらを走らせてみると、硬い革の感触があった。出てきたのは大きな本だったが、表紙に題名はなかった。本をひらくと、子どもっぽい殴り書きで〝見たらだめ〟と書いてあった。エロイーズ・ウルフの幼少時代の日記を手にしているのだと気づき、ブルックは信じられない思いがした。すばやくページをめくっていくと、筆跡は変化し、より大人っぽい、均整の取れた文字になっていった。仮縫い、ドレス、ハウスパーティに関する言葉がブルックの目に留まった。子どものころにだけつけていたものではなく、エラがその後もつけつづけていた日記だった。もしかしたらロバートのことも書いてあるかもしれない。エラの死につわる手がかりが残されているかもしれない。端から端まで目を通したかった。そこで、ブルックは日記を部屋から持ち出し、ドアに鍵をかけ、急いで自分の部屋に戻った。

その日はそれから一日じゅうエラの日記を読みふけり、十一歳の少女が日記をつけはじめた日から十八歳になるまでの人生を、翌日も、そのまた翌日も追いつづけ、最初から最後まで丹念に読み通したのだった。日記は読みものとしてとてもおもしろかった。エラとドミニクが吹雪で道に迷い、大きな白い狼――助けてくれた犬をエラはこう描写していた――の先導で家に帰ったくだりでは声を上げて笑いもした。少女はお兄さんの友だちのひとりに子どもっぽく熱を上げ、大人になって自分からプロポーズする前に彼が別の人と結婚してしまったらどうしようという悩みも綴《つづ》っていたが、それについては一度しか記述がなかった。きっと成長して、そんな思いつきは忘れたのだろう。

日記には愉快な逸話もたくさん書かれていた。ドミニクが地元の少女にキスをしようとして、相手に悲鳴を上げて逃げられた様子をエラが庭のすみでこっそり見ていた話。ドミニクが砂の城の上に倒れたとき――きょうだいふたりで作ったお城だった!――もう一度作り直せるからと、うっかり転んだふりをした話。エラが乗馬の競争でドミニクに何度か勝ったけれど、そのたびにドミニクがわざと負けていたのではないか、とエラが薄々勘づいていた話。ブルックは続きが読みたくて、レベルを調教したり、アルフリーダの薬草園作りに手を貸したり、あるいはちっとも気が進まない務めだけれど、〈狼〉の部屋を訪ねて傷の手当てをしたりしなければならないときには、うしろ髪引かれる思いで日記帳をいったん置いた。

日記の最後まで来て、ブルックはひどくがっかりした。エラが社交界にデビューした夏についてはほんの二、三度しか書き込みがなく、亡くなった秋のことはいっさい記述がなかったからだ。

それらのページは破り取られたようだった。エラが〝彼〟と出会った日からあとのことはすべて。初めての舞踏会で夢中になった男性について、エラはそういう呼び方しかしていなかった。そのあと六ページ分がなくなっていた。日記を破り取った人が誰であれ、最後のページは見落としたのね、とブルックは気づき、はっとした。エラが死ぬ前に証拠を消したのだろうか。いや、ドミニクがロバートに殺意を覚えるほど決定的な文言を見つけ、怒りを抑えきれずにページを破り捨てたにちがいない。最後のページは二行しか書いていないから見落としたとしても不思議ではない。

赤ちゃんの話を彼に話したら笑われたけれど、赤ちゃんのことは仕方ない。あのひどい男、ロバート・ホイットワースに人生を台無しにされた！

最後のページを読んでも、どう考えればいいのかブルックはわからなかった。つまりロバートはエラの純潔を奪っただけでなく、彼女を身ごもらせたの？　両親に嘘をつき、責任も取らず、エラに打ち明けられたときには笑いさえした？　自分の兄がエラにそれほど残酷な仕打ちをしたのかと思うと、ブルックはぞっとした。生まれてくるわが子を気にかけもしないなんて！　エラが亡くなったときに姪か甥を失ったのだと気づき、ブルックは泣いた。それでもドミニクは、妹を誘惑し、死なせたことでロバートを責めているだけだ。妹はみずから命を絶ったと思っているのだろうか――ロバートのせいで？　そうしたいきさつは破り取られたページに書かれていたのかしら？　最後の二行だけでドミニクはそう判断したのかもしれない。そうだとするなら、ドミニクがブルックを嫌っているのは、彼女の兄のせいで自分の妹が死んだからだけではなく、姪か甥も死んでしまったからだ。

なぜロスデール邸の人びとはそうした事情をブルックに話してくれないのだろう？　それとも、エラの死は悲劇的な事故だったと思っている？　とはいえ、それについてドミニクに訊く気にはとてもなれなかった。

先日の夜、二回めに夕食をともにしたとき、ブルックは嘘をつき、耳に痛みがあってよく聞こえないのだとドミニクに言った。そのおかげで彼の嫌みに反応せずにすんだ。そのあとの二日はドミニクも、ブルックを怒らせて出ていかせようとしなくなり、話をすること自体やめてしまい、ただブルックの難聴が治まるのを待った。二日間、静かに過ごせたのはよかったが、このままではどうにもならない。ドミニクの熱もさがり、炎症も引いた。つまり、彼の部屋に出入りする口実がなくなった。

日記を読み終え、エラになにがあったのか、さらに疑問が増えたので、ブルックは決断した。あすの朝になったら、耳はよく聞こえるようになったことにしよう。

21

「だからぼくを使いに出したんだな！」ガブリエルはドミニクの部屋に戻り、彼が奥の窓辺にたたずむ姿を見て、そう非難した。「そうすれば、ベッドからこっそり抜け出せるからだろう？」

「こそこそはしていない」ドミニクはちらりとも振り返らなかったが、手にした杖《つえ》を掲げ、どうやって窓辺までたどりついたか暗に示した。「これで足を引きずり引きずり歩いた」

「でも――」

「あとはどこも悪くない。熱は数日前にさがったし、傷のまわりの赤みも引いた」

「それはよかった」ガブリエルは窓辺のドミニクのそばに来た。「ミス・ウィチウェイに知らせて――」

「いや、知らせるな」

「でも、彼女に会う口実になる」

ドミニクはちらりと横を見た。「どうして口実なんか……」言葉がつづかなかった。ガブリエルの表情が理由を物語っていた。ドミニクはあきれたように目をまわした。「おまえの相手にしては歳を取りすぎていないか？」

「そんなんじゃないよ」

ドミニクは鼻を鳴らした。あの女性たちはうちのなかを引っかきまわしている。料理人を手なずけ、親友も手なずけた。いつも無表情な近侍でさえ、ドミニクがこれまで見たことがないほど、この五日間はにこやかだ。ウルフはどちらの女性にも吠えもしない。吠えてしかるべきときであってもだ。見知らぬ人間にはなつかない犬なのに。ドミニクに分別がなかったら、ふたりを魔女だと見なしたところだ。

だが、若いほうの女性は西洋白柳の下のベンチに座り、庭に降り注ぐ日差しを避けて本を読みながら、束ねていない長い黒髪を華奢《きゃしゃ》な肩のまわりになびかせている。若い娘らしく、彼女はまわりに誰もいないと思っているときは——あるいは、誰にも見られていないと思っているときは身なりに頓着しないようだ。

唇はふっくらしている。読書中に下唇を嚙んでいるのではないか、とドミニクは想像した。ブルックがここに来てから、そうしているのを三度も目にしていたが、そのたびにドミニクは彼女の口もとに目が引き寄せられた。おいおい、かぞえていたのか？　ブルックの目は魅力的で、露がきらめく草のような淡い緑色だ。肌がすこし日に焼けているから、外で過ごすのが好きなのだろう。なんと令嬢らしからぬことだ。

上流階級の女性らしく色白でいるべきだが、彼女はちがう。ほかの貴婦人たちも乗馬をしたり、散歩したりはするが、必ず帽子をかぶるなり、ベールを垂らすなり、あるいは日傘を差すなりして、繊細な肌を日光から守っている。ブルックはおとなしくしているべきなのに、恐れを知らない。ここに着いた日に寝室へはいってきたときだって、恥ずかしがっても不思議ではないのに、頬を赤らめもしなかった。怯えているふりをしていたが、その仮面もあっさりと脱ぎ捨てた。

彼女はほっそりとした体型で、身長もたいていの痩せ型の女性たちよりわずかに高いだけだが、最初の夜に身につけていた黄色いドレスでドミニクに見せつけていた胸もとは豊かなふくらみがあった……やれやれ、どう乗りきっていけばいいのやら。

着飾ったブルックにはどきりとさせられた。思いもよらないことであり、厄介でさえあった。それに、キスをしたとき、なぜ彼女は悲鳴を上げて部屋から逃げ出さなかったのか？裏目に出たあの失敗を思い返すつもりはないが、彼女の反応は処女ではないことを暗示している。きょうだいそろって素行が悪いのか？

使用人の話によれば、ブルックはこのところずっと部屋に閉じこもっていたらしい。耳に痛みがあるからかもしれない。それでも、ここ二日ほど傷に軟膏を塗りに来たときは、ほとんど話もせずにあわただしく来ては去っていったが、耳の調子が悪いようには見えなかった。なにかにひどく気を取られているようで、ブルックをからかいつづけるには、何度も同じことを大きな声でくり返さなければならないほどだった。昨日はおたがいにほんのひと言ふた言しか言葉を交わさなかった。沈黙は好きではない。

「彼女がまだ気になるのかい?」ガブリエルはドミニクの心を読んだわけではないだろうが、視線を追ってそう尋ねた。

ドミニクは牧草地に目を移してから言った。「ああ、増殖する黴のように厄介だが、気になることは気になる」

ガブリエルは舌打ちをしたが、なんとも言い返してこなかった。

それでよし。ブルックを褒めちぎる言葉を聞かされるのはもうけっこうだ。「ジョージ殿下はどんなご令嬢をおれのもとに送りこんだか知らないんだろうな。知っていたら、自分の名簿につけ加えていただろう。殿下は放蕩生活を送っている。贅沢三昧で、破目をはずし、かぞえきれないほどの愛人をかかえている。それなのに、二度や三度の決闘に眉をひそめたりするものか? おそらく摂政皇太子にご注進したやつがいる。誰のせいでこうなったか、ぜひとも知りたいものだ」

「今度はそっちと決闘をしようというわけかい?」

ドミニクは返事をしなかった。またもやベンチを見おろしたくなったが、牧草地から視線は動かさなかった。「ロイヤルは運動不足だな」

「ぼくは無理だよ! それに、おじもロイヤルを怖がっている」

「馬の乗り手を雇う必要があるかもな。やる気のある者を探してくれ」

「ロイヤルはちゃんと運動をしている。誰かが牧草地にはいると、決まって威嚇するようにまわりをぐるぐる駆けまわっているんだから」

ドミニクはくっくっと笑った。「そうなのか？」

「それに、新入りの牝馬の気を引こうとして、前脚を上げて跳ねまわっている」

「新入りの牝馬？」

「レディ・ホイットワースの馬だ」

馬を連れてきたのか？　ということは、最初からここに居つくつもりだったのか。どうなるのかわからないまま来たが、なにがあろうとここに滞在し、結婚する準備をしてやってきたのか――あるいは、おれを始末するまで居座るつもりか。

それはドミニクも考えなかったわけではない。少なくとも、最初の日にブルックが看病を申し出たときは。こちらが兄貴を殺そうとしたことを思えば、彼女の行動は筋が通らない。選択の余地がないとはいえ、兄の天敵との結婚を快諾するとは。ブルックは笑みを振りまいたり、くだらない休戦を提案したりするのではなく、摂政皇太子の干渉にドミニク同様、激怒して当然だ。それなのにあえて慈悲深い天使を演じている。別の思惑があるのか？

表面的にはブルックは兄のような冷酷な人間には見えない。だが、ロバートなら自分の妹に巧妙な駆け引きを強いるぐらいやりかねない。ブルックがすぐにドミニクを殺害すれば、ホイットワース家は当然、罪に問われる。ロバートは婚約者の看病をする体裁を整えろと妹に勧めたのかもしれない。そして、ひとたび結婚してしまえば、ブルックが夫に毒を盛ったのではないかと怪しむ者は誰もいない、というわけだ。

これまで唯一ブルックが正直に話したのは、感情を出すよりも隠すほうが慣れているという話だろう。つまり彼女も嘘つきなのかもしれない。いずれにしろ、ブルックが兄貴のためになにをもくろんでいるのかはっきりするまでは、彼女の言動を真に受けるのは浅はかだろう。

ロバート・ホイットワースは良心も道徳心もない自堕落な悪党で、そんな男とブルックは一緒に育った。なぜ実の兄が好きではないのかとブルックが語っていたあのばかげた話は、おそらくふたりででっち上げたのだろう。そして、この強制された結婚からブルックを救い出し、一家が彼女のために立てた当初の構想に戻るために殺人計画を練り上げた。その構想とは、家柄が格上の子息との縁組だったと考えられる。ブルックは今年、社交界でお披露目される予定だった。ホイットワース家はヨークシャーの子爵より身分の高い結婚相手をブルックに期待していたはずだ。

ゆっくりと視線を戻すと、ブルックはちょうど本を置き、柳の木から程近い迷路にはいっていくところだった。ドミニクは振り返って、居間の壁にかかる振り子時計に目をやり、どれくらいでブルックが奥まで進むのをあきらめるか、あるいはエラが初めて迷路に挑戦したときのようにどれくらいでお手上げになるのか時間を計ることにした。迷路の中央には木のベンチがある。のちにエラはベンチの座面に〝勝ち！〟という文字を刻み、ドミニクに自分の実力を思い知らせてやろうと、迷路の中央までどちらが先にたどりつくか勝負を挑んだのだった。

その日、ドミニクは妹とおしゃべりをして楽しい時間を過ごし、いくつか秘密も分け合った。ドミニクは、前年にともに学校を卒業したあと、賭けごとにのめりこんだ友人のベントンが心配だ、と打ち明けた。それを聞いてエラは、いつかベントンと結婚すると何年も前に心に決めていたと告白した。でも、それはもうやめたわ！　エラがそう言うと、ふたりして笑い合ったのだった。

そのときのことを思い出しても、意外なことに腹は立たなかった。エラとのよい思い出がよみがえっても、エラの人生を狂わせた男のことを最後に考えずにすむほど、もう時が流れたということだろうか。今回はその男の妹のことが頭に浮かび、もう一度時計に目をやった。十五分が過ぎていた。ホイットワース家の小娘を助け出しに行ってやれ、とゲイブに命じようとした矢先、当の彼女が迷路から出てきて、ベンチに戻り、また読書を始めた。

ドミニクはいらいらしたが、それは自分が初めて挑戦したときよりもはるかに早くブルックが迷路から出てきたからだと気づいた。そんな自分にあきれて鼻を鳴らした。ブルックを階上から注視していると、読書をしているのさえ疑わしく思えた。はかりごとでもめぐらしているのではないだろうか。最初の夜に勧められた飲み薬は毒入りなのではないかと疑ったことは否定できない。

毒薬は女が用いる武器で、正しく投与すれば、なかなか見破られないものだが、自分の疑いはまちがいだったと認めざるをえない。それでも、庭で本を読むブルックを眺めていると、その姿はとても美しく、純真に見えるので、見た目はあてにならないものだ、としょっちゅう自分に言い聞かせなければならなかった。飲み薬はブルックが飲むかどうか、目の前で飲ませてみるべきだった。

あとの祭りだと苛立ち、ドミニクは怪我をした脚をかばうことも忘れ、ベッドに歩いて戻った。かすかな痛みに気づき、それにも苛立ちを覚えた。怪我の快復を早めることにブルックは成功したからだ。だが礼など言うものか。

衣装部屋のほうに向かって怒鳴り声を上げた。「まだか、アンドルー!」

近侍はすばやく部屋の角から姿を現し、シャツとクラヴァットと靴下を腕にかけ、仕立直し中のズボンも手にしていた。「裾をまつらなければなりません」たしかに、ズボンの片脚分が切り落とされたままだった。

「裾は気にするな。べつにそれを穿いて町に出ようというわけじゃない。着替えがしたいだけだ」

ガブリエルは眉を片方上げた。「でも、どうして急にちゃんと身支度をする気になったんだい……いや、それほどちゃんとでもないか。まさか足を引きずって階下《した》におりるつもりじゃないだろう？　また傷口がひらいて、治りが遅れるだけ――」

「いい母親になれるぞ、ゲイブ。だが、おれを練習相手にするのはやめてくれ。きょう、プリシラ・ハイリーが訪ねてくる。到着したら、おれのところに案内してくれ」

「なんだってあの人がここに？　それにどうしてその予定を知っているんだい？　あちらから手紙なんて――」

「カールを使いに出した」

「どうしてそんなことを！」

ドミニクは手を振ってアンドルーをさがらせた。受け取ったのはシャツと下着だけだった。またベッドに横になり、今回は包帯を巻いた脚にだけシーツをかけた。これだけ隠していれば、プリシラにはじゅうぶんちゃんとした身支度だ。情欲を満たすために呼び出されたとは思われたくない。

だが、ガブリエルがまだ答えを待っていたので、ドミニクは言った。「なにがいけない？レディ・ホイットワースはおれとの結婚生活がどんなものになるのか知っておく必要がある」

「つまり誠実な夫にはならないと？　そのために、妻に愛人の存在を見せつけるのか？」

「元愛人だ。レディ・ホイットワースは知らなくてもいいことだが」

ドミニクとハイリー未亡人は、未亡人が再婚の意思を表明したことがきっかけで、昨年、関係を解消していた。ドミニクに結婚する気はなかった。少なくとも彼女とは。ハイリー未亡人はヨークに住んでいて、おたがいの家はさほど離れていないため、単に都合のよい相手だったのだ。とはいえ、肉体関係を結んでいた短いあいだ、彼女は二度、ドミニクを裏切った。ひとりで生きていけるほど裕福で、ドミニクに経済的な負担もかけなかったので、ハイリー未亡人に貞淑さを求めたわけではなかったが、結婚してもその浮気性が変わるはずもない。

「災いを呼んだら、自分が困るだけだ」ガブリエルは警告した。「身近な女性を嫉妬させると厄介だ」

「嫉妬深い女は結婚に背を向けるとも考えられる——結婚する前に」

ガブリエルはため息をついた。「ホイットワース家の令嬢を妻にするのはそれほど厄介なことじゃないと、どうして認めないんだい？」

「信用できないからだ」ドミニクは簡潔に言った。

「彼女の兄のせいで？」

「そのとおり」

未亡人は結局やってきたが、勝手知ったるドミニクの部屋にはノックもせずにはいってきた。「わたしはここでなにをしているのかしら、ドミニク？　あなたとわたしは円満に別れて、わたしとはもう終わったとあなたははっきりさせたくせに」

ドミニクはその不機嫌そうな口調を聞き流した。きょうのレディ・プリシラはことのほか美しかった。深いスミレ色のドレスとマント、そしてアメジストが首もとと耳で輝いている。その装いの色彩はブロンドの髪とスミレ色の瞳によくなじみ、本人もそれを心得ている。彼女の美しさに疑問が差しはさまれたことは一度もなく、若くして未亡人になったからドミニクよりふたつか三つ、年下だ。そして、金持ちでもある。彼女に魅力を感じただけで、心まで奪われなかったのはつくづく残念だ。

プリシラに笑みを向け、ベッドの隣をたたいて、近くに来るよう合図した。「相変わらず麗しい姿だな、シーラ」

プリシラはかすかに口もとをほころばせた。「そう？　あなたのためよ。なぜ呼ばれたのかわからないけれど」

「一、二週間、一緒にいてくれるとありがたい。きみに差し迫った予定がなければ」

「あら、残念ね。じつは予定があるの。今年の社交シーズン最初の大舞踏会で、来週開催されるのよ。それは逃したくないの。あすロンドンに発つつもりだったけれど、ひと晩くらい泊まっていってもいいわ、あなたが寂しがっているのなら。それにあなたはもうベッドにいるし」プリシラはにっこりとした。「そういうことだったのね」

ベッドまでやってくると、端に腰をおろし、身をかがめてキスをした。ドミニクはプリシラの腰に腕をまわして上体を支えたが、彼女がその気になる前に唇を離した。

「ロバート・ホイットワースとのこのまえの決闘の話は聞いていないのか?」

「ロンドンの噂がヨークに届くまでしばらくかかるのよ」プリシラは身体を引いた。「二度めの決闘のこと?」

「三度めがあった」

「まあ、驚いた。そんなに何度も決闘するほど彼はなにをしたの? きっとあなたの頭がどうかしたんだと向こうは思っているでしょうね。少なくとも、人に訊かれたらそう答えているわ。侮辱されたとあなたが思いこんでいるって。そんな話は誰も信じていないけれど」

「世間ではどう思われている?」

「もちろん女性をめぐってのことで、あなたたちが取り合っているという話よ。その女性は誰なの?」

「それはいいんだ。それより、決闘の結果の話をしたい」

「わかったわ」プリシラは唇を尖《とが》らせた。「あなたの悪い癖ね、言いふらしたくなるようなおもしろい話はけっして教えてくれない。それで、結果はどうだったの?」

「おれは怪我をした。重傷だったが、すでに快方に向かっている。だが、そのせいで、あの卑劣な一家の娘と結婚するよう摂政皇太子に命じられた。言うなれば、この対立を解消するために。その命令に従わずにすむ唯一の道は、ロバート・ホイットワースの妹がおれを拒み、立ち去ることだ」

「立ち去る？　つまり、彼女はここにいるの？」

「そうよ、ここにいるわ」ドアがひらいたままの出入り口からブルックが言った。

22

先に昼食をとっていればよかった。ドミニクの部屋のドアがなぜひらいたままなのか、確かめに来なければよかった。なぜなのか、その理由の張本人がブルックをまじまじと見ていた。ドミニクに腕をまわされて、ベッドの縁に腰かけているその若い女性は美しく、洗練されていて、世慣れた雰囲気を漂わせていた。ブルックは自分がまるでほんの小娘のような気分になった。実際にそうであり、こんな状況は手に余る。

「ブルック・ホイットワースでしょう？」女性は言った。「ロバートには今年、ロンドンで初めての社交シーズンを楽しむ妹さんがいるとどこかで聞いたわ。でも、ここはロンドンからずいぶん遠いわね」

「兄を知っているの？」

「あなたのお兄さまを知らない人なんている？　あんなに容姿端麗で、若くて、粋な男性を。ちょっと道楽者だと思われているけれど」

ブルックはそれを聞いて驚いたが、ドミニクがその言葉を訂正したときの仏頂面には驚かなかった。「いや、ただの悪党だ」

「そうね、あなたの気持ちはよくわかっているわ」若い女性はドミニクの頬をそっとたたいた。「でも、不思議なのはその理由ね。なぜロバート・ホイットワースにそれほど猛烈な反感をいだいているの？」ブルックに再び目を向けた。「どうしてか、あなた、知っている？」

ブルックはくわしい話は知らなかったが、たとえ知っていたとしても、このご婦人に明かそうとは思わない。その気持ちがきっと顔に出たのだろう。相手はにっこりと微笑みかけてくる前にため息をついていた。「うっかりしていたわ！　わたしはレディ・プリシラ・ハイリーよ。ヨークに住んでいるの。こんなに遠くまで足を延ばすくらいなら、わたしたち、ロンドンで会っていてもおかしくなかったわね。あなたはこちらに来たわけだけれど。みなさん、驚くわ、ロンドンでこの話をしたら――」

「話すのか、シーラ？」ドミニクが話を遮って言った。

「あら、話すに決まっているでしょう、あなた」

「噂は立てられたくないわ」ブルックは冷たく言い放ち、部屋のなかにはいっていき、薬草の袋をつかんだ。「それから、怪我の手当てをしたくないのなら……」そう言って、失礼なふるまいもかまわず、ドアを手で指し示した。愛人と遊びたいのなら、せめて怪我が治るまで待つべきだ。もうすこしで口に出してそう言いそうになった。もうすこしで。

「まあ、驚いた。したいわけがないでしょう！」プリシラは笑い、ブルックが風呂場にどんどんはいっていくのを尻目に、声をひそめてドミニクに言った。「あの人、すでに奥さん気取りでお世話をしているのね。よかったじゃない？」

ブルックはつい聞き耳を立ててしまい、そのひそひそ話に苛立って、適量よりもすこし多めに薬草の粉末を鉢に入れてしまった。薬が傷にしみるだろう。それはわかっていたが、作り直さなかった。彼の部屋から誰かを立ち退かせる権利など自分にはないと、遅まきながら気づいたけれど。

寝室に戻ると、室内に目を走らせ、さっきの女性が出ていったかどうか確かめた。全員が退室し、カールの姿さえなかった。犬だけが残り、暖炉の前で身体を丸めている。

ぶしつけなふるまいを謝るつもりはない。どういう関係であれ、ドミニクはあの女性を寝室に入れるべきではなかった。未来の花嫁が屋敷にいるときにはだめだ。黙認されるとドミニクが思っているとしたら……。ブルックは気分が落ちこみ、失望だけが胸に残った。こういうことをされたときは、どうすればいいのだろう？　どうしようもない。

「妬《や》いたのか？」

ブルックは弾《はじ》かれたようにドミニクと目を合わせた。抑えようとしても言葉が口を突いて出た。「噂好きのいやらしい人に？　妬くわけないでしょう」

ブルックはシーツをめくり、怪我をした場所がズボンに隠れておらず、すぐに手当てができるとわかり、ほっとした。その場に立ったまま、彼がズボンを脱ぐのを待つ破目になっていたら……。

頬がほてってきた。ロスデール邸に来てからドミニクの素肌はたっぷりと目にしているけれど、服を脱ぐ姿を見せつけられたら、いたたまれなくなるだろう。ほとんど視線をはずさないドミニクにブルックはどぎまぎしていた。彼は反応を見定めているのだろうか。わたしに対抗するために利用できるものはないかと探している？

「そういえばきょうは怒鳴らなくてもいいんだな」ドミニクは指摘した。

「なんですって？」

「また聞こえるようになったんだろう？」

「耳がすこし不調だっただけよ。でも、快復したわ」ブルックは赤面することなく答えた。

「プリシラはおれの具合が心配なんだよ」ドミニクはさりげない口調で言った。

わたしが愛人の話を聞きたがっていると本気で思っているの？「わたしもそうよ。あなたのことより自分がかわいそうだけど。あなたは以前と同じことをすればいいんだもの。なんであれやっていたことをね。そういえば、ふだんはなにをしているの？」

ドミニクは包帯をほどきはじめた。「先祖たちがあれこれ手を出した事業を処理している管理人たちと会合を持つほかは、大陸遠征軍のために馬を繁殖させている。正確に言えば、将校向けに」

「つまり、ふつうの兵士はサラブレッドに乗れないということ？」

「差別が気に入らないと言いたげだな」

「ええ、よくないと思うわ」

「軍に送りこむ馬に誰が乗るのか、こちらが条件をつけているわけじゃない。特殊部隊向けに家畜をまとめて買いつけることもある。でも、一般の兵士はなんであれ乗りものはあたえられない。徒歩で移動する。戦争がなかなか終結しない理由のひとつはそれだ」

傷口にかさぶたができて、炎症もすっかり引いたのを確認し、ブルックはほっとした。アルフリーダの薬が効いたのだ。具合はすっかりよくなっているはずだ。だったらどうしてドミニクはそう言わなかったのだろう？　看病に来るのをやめてほしくなかったから？　というよりも、助けてくれたお礼をブルックとアルフリーダに言いたくないからだろう。

愛人なんかが訪ねてこなかったら、この軟膏はきょうは使わなかった。配合を多くした薬を塗ると、息を強く吸いこむ音が聞こえたが、ドミニクはなにも言わなかった。ブルックも視線を上げて彼の顔を見たりはせず、傷口とその周囲に薬をやさしく塗りこんだ。自分が傷つきやすい性格ではなく、この二日間、耳に痛みがあるふりなどしなければよかった、とブルックは思った。長い時間そばにいたけれど、ここに到着した日とくらべて、ちっとも関係は改善されていないからだ。エラの日記を読んでから、ますます兄とエラのことや、赤ちゃんのことをドミニクと話したくなった。エラが亡くなったいきさつについて知りたいという気持ちもさらに強くなっていた。けれど、妹の話題は彼を怒らせるとわかっていたので、あたりさわりのない会話から始めることにした。

けれど、そうする間もなく、必要以上に薬を塗りこんでいたことにもうわの空で気づかずにいるうちに、ドミニクに訊かれた。「怪我が治ったら、おれの太腿をさすれなくなって寂しくなるか？　きょうは楽しんで薬を塗っているようだな」

ブルックはすばやく手を離した。「ちょっと考えごとをしていたのよ」

「ほかの部分もなだめてみたいと？」

ブルックはぐっと歯を食いしばり、餌に釣られて怒らないように自分を抑えた。「わたしが考えていたのは、さっきあなたが言っていた家業というのはどういうものかしらっていうこと」

「当然気になるよな」ドミニクは嘲笑うように言ったが、疑問には答えてくれた。「炭鉱業だ。でも、祖父が事業を拡《ひろ》げたあと、競争がかなり激しくなったから、船を建造し、石炭を国外で売れるようにした。海運業は大きな利益を生むようになり、いまは石炭以外の商品も運んでいる。それから土地の賃借についてはたいていおれが自分で処理している」

「牧羊場はないの？」ブルックは興味を引かれて尋ねた。「ヨークシャーを通るあいだにたくさんの羊を見かけたわ。きっと羊はヒースが好きなのね、このあたりにはふんだんに自生しているもの。それに羊毛は石炭と同じくらい利益を生むでしょうし」

「どうして羊のことを知っているんだ？」

「くわしくはないわ。父が牧羊場を所有しているだけ。実際の管理はしていないけれど」

「きみの家族の話は聞きたくない」

ブルックはそっとため息をつき、新しい包帯をドミニクに手渡し、塗り薬がついた手を洗いに行った。書庫ですばらしい蔵書を見つけたので、本を読んであげましょうかと彼に申し出るつもりでいた。けれど、愛人が来ているあいだはふたりきりで過ごしたいだろう。もしかしたらあの女性は愛人ではなく婚約者かもしれないとふと思い立ち、ブルックは血の気が引いた。そうだとするなら、非常識なふるまいをしてしまった。

「ほかにもう決まっていたの？」枕もとに戻ってくると、ブルックは出し抜けに尋ねた。

「決まっていたって、なにがだ？」

「ほかの人と結婚する予定だったの？　だからわたしたちのことにあくまで反対なの？」

「〝わたしたちのこと〟なんてものはない」

また言い逃れをされたら、苛立ちでうなり声を洩らしてしまいかねない。今度ばかりはブルックも単刀直入に尋ねた。「レディ・ハイリーと結婚の約束をしていたの？」

「いいや、プリシラはロンドン社交界が大好きだからおれの妻には向いていない。愛人たちのひとりだ」

「愛人たち？　同時にいったい何人かかえているの？」

ドミニクは無造作に肩をすくめた。「おれが満足するだけの人数だから――たいていはふたりか、三人だ」

ブルックは口をあんぐりと開けたが、それも一瞬のことだった。これもまたこちらを逃げ出させる策にちがいない――それならそれでいい。興味を持ったふりをして、話を合わせてみることにした。「一度にひとりずつ相手にするの、それとも、みんな一緒に？」

ドミニクは驚いた顔をして、笑い出しそうに見えたが、笑わなかった。「おもしろい発想だな。でも、最初の質問に答えると、結婚を約束した相手はいなかったが、きみの兄貴を葬り去ったら、隣人のエルスペス・ショーに求愛を始めるつもりだった」

その話には信憑性《しんぴょうせい》が感じられ、ブルックは気まずさを覚えた。そういえば、彼には思いを寄せる女性がいるかもしれないと、レスターシャーにいたときに思ったのだった。それでも、ガブリエルから聞いた話によれば、ドミニクはウルフ家の名を継ぐ最後のひとりで、このまま最後のひとりになることを望んでいるという。つまり、ドミニクは結婚するつもりがないのではなく、ただ父親になるつもりがないということだ。けれど、もしそうだとするなら、こちらは事前に知っておくべきことだ、そうでしょう？　ゆくゆくは子どもがほしいと思っているのだからなおのこと。

「ということは、結婚はしようと思っていたけれど、夫婦生活は送らないつもりだったの？」

ドミニクは眉根を寄せた。「どこからそんなことを思いついたんだ？」

ブルックは頬を赤らめた。ガブリエルがわたしに嘘をついたの？　それにしても、訊かなければよかった！　自分とベッドをともにしないのか、子ども以外の理由で気にしていると言わんばかりだ。

ブルックはあわてて説明した。「論理的に考えて出た疑問なの。ガブリエルから聞いたのよ、あなたは自分を最後のひとりにして家系を途絶えさせようとしていると」

ドミニクは鼻で笑った。「ずいぶん昔に酒を飲みながら話したことさ。まさかあいつが真に受けているとは知らなかった」

「じゃあ、本気じゃなかったの？」

「いや、本気だったが、ほんの一週間ほどでそういう考えは捨てた。ばかげた思いつきだったのさ。もとはと言えば――」

なぜ途中まで言いかけてやめたのだろう、とブルックは不思議に思ったが、察しをつけて尋ねた。「呪いのせいでということ？」

ドミニクは一瞬だけ打算的な表情を浮かべた。「いや、噂がロンドンまで広がったあとに笑いものにされたせいさ。あの街の若いやつらは、通りでおれの前を通りながら狼の鳴きまねをしておもしろがるようになった。自分がどういう男と結婚するのか知らなかったのか？」

ドミニクは最後にそうつけ加えて悦に入っているようだった。ブルックは鼻先で笑いたい気分だった。あの手この手で追い払おうとする彼のやり口をいつか笑い飛ばす日が来るだろう。きっと口から出まかせを言っているだけなのだから、反論することにした。

「誰もあなたにそんなことはしないでしょう、怒ったあなたは野獣のようだもの。その場で殺されるんじゃないかと縮み上がるでしょうよ。だから家系を終わらせたいと思った本当の理由はなんだったの？　そんなふうに思ったのがわずか一週間だったとしても」

ドミニクはしばらくブルックをにらみつけていた。彼を嘘つき呼ばわりしたのも同然だったと、ブルックは遅まきながら気づいた。さっさと部屋から出ていったほうがいいかもしれない……。

けれど、ドミニクは打ち明けた。「妹が死んだばかりでおれは絶望しきり、先行きになんの希望も持てなくなっていたからだ。でも、いまはきみの兄貴に復讐することが未来を明るくしている」

それなら信じられる。出ていけ、と再び言われるだろうとブルックは身構えた。ホイットワース家からすべてを奪い取れば、復讐を遂げられるからだ。それとも、ロバートが死なければ満足しないのだろうか。

しかし、ドミニクはそうは言わず、語りはじめた。「狼の鳴きまねは本当にあったことだ。二、三年のあいだに二度ほどだったが。学生たちのちょっとした悪ふざけさ。最初にやられたときは怒らなかったわけじゃない。その場でひとりをつかまえてみると、そいつはふるえ上がって、学校の友愛会に加入するための度胸試しだったと明かした。最後になった二度めには、若いやつらが集団でふざけたまねをした。数にものを言わせようとしたのだろうが、その日、おれは学校の友人、ベントン・シーモンスとアーチャー・ハミルトンのふたりと一緒だった。ベントンは通りを走って、逃げた四人を追いかけた。あとのふたりはその場に残り、友人たちの逃げ足の速さを笑っていたが、笑っていられたのはアーチャーにひとりが殴られ、もうひとりが手袋を顔に投げつけられるまでの話だ。その男は〝ふざけたことをするな〟と捨て台詞《ぜりふ》を吐いて逃げていったけどな。アーチャーもそんなくだらないことで決闘を申しこんだりはしないが、とにかくそのときは思いきり笑わせてくれた」

ドミニクがそういう話を自分に打ち明けてくれたことがブルックは信じられなかった。〈狼〉の内面には別の男性がいる。ブルックがまだ会ったことのない人であり、いつかはともに笑い合い、愛することができるかもしれない人が。けれど、ドミニクにはドミニクの人生設計があったということも、もう一度ブルックの頭をよぎった。その計画も、いまではわたしのせいで――いいえ、兄のせいで、台無しになってしまった。ロバートのどんな行動がきっかけとなり、一連の出来事を招いたのか、依然として推測するしかなかったが。

あらためて尋ねてみようかと思ったが、出かかった言葉を呑みこんだ。その話題はドミニクを怒らせるだけだ。さしあたり、じゅうぶんうるさく問い詰めていた。それに来訪者とゆっくり過ごしたいだろう。

「きょうのところはご婦人のお友だちに疲れさせないようにしてもらってね。いまは安静があなたの味方だから。あすの朝、怪我の様子を見に来るわ」

「今夜も日課どおり、夕食には来るんだろう」

ブルックは口論するつもりはなかったし、プリシラ・ハイリーがまだ屋敷にいるのなら、今夜ドミニクの部屋で夕食をとるつもりもなかった。彼の魂胆には気づかないふりをした。結婚しようがどうしようが、今後も愛人たちを手放すつもりはないと、わざと思い知らせていることには。

「とうとう出ていく決心をしたのでないのなら。そう決心したのなら、薬はプリシラに渡してやるといい。今夜は彼女が看病してくれるさ」

ブルックは返事をしなかったが、ドアをたたきつけるようにして閉めて、部屋をあとにした。

23

　レディ・ハイリーはドミニクの部屋で午後を過ごしていた。そのあいだブルックは自分の部屋で、ドミニクの部屋との境目の壁際をうろうろと歩きながら、隣でふたりがなにを話しているのか聞き耳を立てていた。何日も世話を焼いてきたというのに、ドミニクの関心がさっさとほかの女性に移ってしまい、ブルックは苛立ちを覚えた。盗み聞きをした家族の会話で、なぜ兄が両親に〝〈狼〉はあいつを受け入れっこない〟と言ったのか、ブルックはいまになって呑みこめた。ドミニクは洗練された美しい女性と一緒にいることに慣れているからだ。

　それに引き換えブルックは美しくもなければ洗練されているわけでもなく、ただドミニクの妹の死をつねに思い出させる存在でしかなく、それは今後も変わらない。ドミニクが摂政皇太子の要求に応じず、出ていけとブルックに命じる可能性もまだある。おそらくドミニクはそういう行動に出ても、先ほど説明していた家業をひとつくらいならどうにか維持できるのだろう。炭鉱業か海運業のどちらか一方だけでも継続できれば、裕福な暮らしは守れる。

もしかしたら摂政皇太子にその旨を提案した書状をすでに送ったということはないだろうか。あるいは、あのふしだらな婦人がきょう、そういう考えを彼に吹きこむかもしれない……。

ブルックはうつむいて指先を見つめ、この爪でいますぐどうしてやりたいか想像をめぐらした。そして壁に耳を押しあてた。相変わらず隣の部屋からはなにも聞こえてこない。小声で話していても不思議ではない――あるいは、言葉がいらないことをしていても。そんなことを考えているうちに、ブルックは夕食の前に馬に乗りに行きたくなった。

厩舎に行ってみると、ブルックににおいがついていた猫をウルフがとうとう捜しにやってきていた。ウルフはドアの前に立ち、毛を逆立てて吠えているが、ラストンはといえば、厩舎の床に座り、静かに脚の毛繕いをしている――それとも爪を研いでいるのか。

アーノルドが近づいてくると、猫は追い立てられるように梁の上に戻っていった。犬が飛びこんで追いかけようとしたが、逃げられてしまった。ブルックは同情の言葉をつぶやいてウルフの横で足を止めると、耳のうしろをさすってやろうとしたが、犬は興味を示さなかった。

「そいつならすぐにあきらめますよ、だから猫のことは心配ご無用だ」アーノルドは言った。

ブルックはにやりと笑った。「わたしが心配なのはウルフのほうよ。ラストンは喧嘩となると、性質《たち》が悪いの」

「ゲイブを呼んで、犬を屋敷に連れ戻してもらいましょう」アーノルドはそう言ったあと、ブルックに意外な頼みごとをした。「ところで、ロイヤルはあなたの愛馬のレベルが気になっているようですよ、ブルックさま。でも、旦那さまが療養中のいま、進んであの獣を運動させてやろうとする者はおりません。ロイヤルはブラシをかけるのも鞍《くら》をつけるのもなかなかやらせてくれませんし、ドミニクさま以外は誰も乗せようとしません。そこで、もしよかったら、ピーターがあなたさまの馬に乗って、牧草地を分けている柵沿いに走らせてもかまいませんかね？　ロイヤルがレベルを追いかければ、すこしは運動になるんじゃないかと思いましてね」

「ロイヤルに乗れるかわたしが試してみてもいいわ」年配の馬丁がぎょっとした顔をしたので、ブルックはあわてて言い繕った。「やっぱりやめておきましょう。ひと乗りしてくるから、乗馬から戻ったら、どうぞやってみて」

「あまり遠くへは行かないでくださいまし。うちの女房がゆうべ、お月さんに暈《かさ》がふたつかかっているのを見ましてね、そいつは激しい嵐が来る前触れなんですよ。何百年も昔のそういう嵐の日に、当時のウルフ家のいちばん年長《うえ》のお嬢さんが亡くなりました。お嬢さんの乗った馬車が暴風雨のなか、土手からすべり落ちたのは、呪いのせいなのか、単なる事故だったのか、誰にもわかりませんがね」

ブルックはアーノルドをまじまじと見た。迷信を信じているの？　村人たちはみんな？　だとしたら、くだらない呪いの噂がなぜ何百年も語り継がれているのか、それで説明がつく。

狼男の噂が始まった理由も。

ブルックは礼儀正しく微笑んだが、太陽が輝き、雲も黒くはないので、きょう雨が降ると言われても信じられなかった。アルフリーダもしょっちゅうこれから雨になると予測するが、あたったためしがない。

しかし、たがいにその気のあるそぶりを見せている二頭の馬の話題がちょうど出たので、目標のひとつに触れておくいい機会だ。「レベルとロイヤルをしばらく一緒に放牧させてもかまわないわ」

アーノルドは顔を紅潮させた。「わたしの一存ではなんとも。ロイヤルは一流の競走馬なんですよ。ロイヤルの子どもは数千ポンドもの価値がある。旦那さまが軍用馬の繁殖を始めてから、ロイヤルは子作りをしていません。でも、ご結婚後に旦那さまにご相談されたらいいかもしれませんよ」

誰もがみな、結婚するものと思っている。花嫁と花婿だけが、どうにかして結婚を回避する道はないかと希望を捨てずにいるというわけだ。ドミニクはいまもこちらを追い出すための最新の作戦を実行中だと思うと、鞍をつけてもらったレベルに乗ったブルックはつい、全速力で馬を駆って屋敷をあとにしていた。

今回は道を離れ、北西へ向かった。鋤《すき》で耕された畑をいくつか通りすがりに眺めると、作物がすでに成長していた。村の南側と北側に農地が点在している。樹木がきちんと列を成す果樹園もあった。牧羊場はひとつしか通りかからなかった。小作人がいるとドミニクは言っていた。つまり、土地は所有しているけれど、そこに住んでいる人たちに好きにやらせているのだろうか。遠くから見ていると絵になる景色なので、村を訪ねてみようかとも思ったが、きょうのところは人と触れ合う気分ではなく、そのまま馬を走らせた。

ヨークシャーの田園風景はとても美しく、馬を疾走させていると、髪をなびかせる暖かな風も心地よかった。レスターシャーよりもここの景色のほうがブルックはなんとなく気に入った。

より自然が豊かだからかもしれないし、農地と痩せた荒れ野が交互に広がっているからかもしれない。あるいは、ただ単純に、家族から遠く離れている土地だからいいのかもしれない。

無作法で、手に負えない子爵が相手であっても、ここにいるほうがブルックはのびのびできた。けれどドミニクが我を通し、こちらはすぐに出ていく破目になったら？　せっかくの機会なので最初の予定よりも遠くまで足を延ばし、見られるうちにヨークシャーを見ておくことにした。

牛の群れに行き合って、ブルックは驚いた。身体の大きなアンガス種と掛け合わせた、毛足の長いスコットランド原産の品種のひとつだった。この地方の人びとは自給自足に励み、必要な食料を育てたり、交配させたりしてすべてを賄っている。

小川を渡ってさらに北へと進むと、その川幅はかなり広がり、川になった。ブルックはいったん馬を止めて、勢いよく流れる川を眺め、このまえ夕食で食べた魚はこの川から捕ってきたものだろうかと思い返した。さらに進んでいき、遠くから見かけた、ぽつんと一頭でいる羊のほうへ向きを変えた。近づいていくと、じつは犬であることに気づいた。かなり大きな犬だ。手綱を引いて馬を止めたが、好奇心に駆られ、ゆっくりともうすこしだけ近づいた。この犬がどこかからぶらぶらと歩いてきたのだとしても、近くに住居は一軒もなく、見渡すかぎり、人が住めるような場所はここ北の奥地にはない。北のほうに小さな城の廃墟《はいきょ》がいくつかあるが、近くのそうした廃墟は壁が二、三カ所残っているだけで、わざわざ様子を見に行くまでもない。きっとこの犬は迷い犬なのだろう。

レベルは犬に近づこうとしなかった。そこでブルックは鞍の上から降り、牝馬が逃げていかないように脚を縛った。近づいても犬は逃げようともせず、こんもりとした草やぶの横に座り、ブルックを見ていた。ドミニクの犬に似ていたが、こっちのほうが大きく、背中に灰色の毛が筋状に生えているほかは色が白く、だから遠くから見たときに群れからはぐれた羊かと思ったのだ。羊どころか、美しい犬で、顔も目のまわりの太く黒い縁取り以外は真っ白で、目も白く見えるほど淡い色合いだった。

一メートル余り手前でブルックは片手を差し出し、においをかがせようとしたが、犬は近づいてこなかったし、ブルックもあえて距離を詰めなかった。これだけ大きな犬と仲良くなろうとするのはいい考えではなかったかもしれない。けれど、この犬はどこかの飼い犬だ。野良犬のようには思えない。おとなしすぎるし、好奇心が旺盛すぎる。やがて、犬は空気のにおいをかぐように鼻を上に向けた。手についたドミニクの犬のにおいをかぎつけたのだろうか。

突然犬が悲しげな遠吠えを発した。ブルックはぎょっとして、こわごわあとずさりし、犬が立ち上がると、さらにうしろにさがった。「ねえ、たぶんわかっていると――」

犬が哀れっぽい鳴き声を洩らし、耳をぴくりと動かすと、ブルックは足を止めた。まさかとは思うけれど、この犬は人間の声を初めて聞いたのではないだろうか。それはまずありそうにない、と思い直し、もう一度話しかけた。「そう、たぶんわかっているわよね、どうやって自分の家に帰ればいいのか。わたしが探してあげなくてもだいじょうぶよね。それか、わたしについてきてもいいわよ。すてきなわんちゃんだもの、たぶんロスデール邸の誰かしらがあなたの飼い主さんを知っているんじゃないかしら」

ブルックは身を翻し、急いでレベルのもとに引き返した。鞍上《あんじょう》に戻るとほっとひと安心し、うしろを振り返り、犬を見た――犬だとするなら、の話だが。たしかに狼であってもおかしくない大きさだ。しかし、その思いつきはすぐに退けた。イングランドの狼は絶滅したはずだし、さらに言えば、狼なら獰猛で、人を脅かす存在であってしかるべきだが、この動物にそんなところはまったく見られない。

犬はまた腰をおろし、依然としてブルックを見ていた。餌になるものがあればよかったが、ロイヤルのために持ってきたニンジンしかなかった。ロイヤルが牧草地の柵のところに来なかったので、ごちそうをあげそびれていたのだ。ブルックはそのニンジンをポケットから取り出し、犬のほうにほうってやった。犬がニンジンを食べるのかどうかわからなかったが。あとで試しにドミニクの犬にやって、確かめてみたらいいかもしれない。

馬に乗ってその場をあとにしながら、ブルックは最後にもう一度振り返った。犬はじっとしたままだったが、もう一度遠吠えを発した。ブルックはぞくりとし、レベルを急き立てて全速力で走らせた。

24

「きょうは使用人全員が顔を出すの?」これまで一度も見かけたことのない別の侍女が新しい水を運んでくると、プリシラは文句をつけた。「夕食は料理人が届けに来たわ。前にそんなことがあったかしら?」

ふたりはドミニクが居間から運び入れたチェス用のテーブルを前にしていた。きょうここでするだろうと予想していたことではなかったが、プリシラは勝ち負けにこだわりのない性格であり、ドミニク同様、怪我をした彼の脚に負担をかけることはしたくなかったのだ。ドミニクを負かす見込みがあった対戦相手は、これまでプリシラと彼の母親のふたりだけだ。ガブリエルもチェスのやり方こそ知ってはいたものの、対局に必要な粘り強さに欠けているため、さっさと終わらせたくてわざと負けるのがつねだった。

ドミニクはクイーンの駒を動かした。「使用人たちはきみがここでなにをしているのか、知りたがっているだけさ。約一年ぶりに訪ねてきたわけだから」

プリシラはドミニクのクイーンを後退させる位置にナイトを動かした。「もっともらしい理由を忘れないで。使用人たちはすでにあなたの未来の花嫁に味方していて、わたしが波風を立てていると思っている」

「彼女はここに来てまだ五日だ」ドミニクは一笑に付したが、ブルックが使用人たちの心をつかんでいることに気づいていた。ほんの数日ではなく、何週間も彼女がここにいる気がするのは、短いあいだにたっぷりと顔を合わせていたからだろうか。

「それとも、あなたの使用人たちは近いうちに旦那さまの地所が摂政皇太子さまのものになることを心配しているのかしら？」

ドミニクは顔をしかめた。「必要なら彼女と結婚するが、本当はしたくない。地獄のような結婚になるのだから、それを回避するために手を尽くして当然だろう？」

「でも、そうではなかったら？　彼女はお兄さんのような人ではないとしたら？　ロバートがあなたの怒りを買って当然の行ないをしたとはいえ、いわゆる自分勝手な遊び人というだけで、それ以上の悪人だとは誰からも思われていないわ。だったら、どうして花嫁を咎めるの？　彼女がある男性の妹だという理由だけで、その男性をあなたが――」

「キューピッド役を買って出るとはきみらしくないぞ、シーラ」

プリシラは笑った。「誰がなんと言おうと、あなたは自分の思うとおりにする人でしょ。わたしはただあなたの気をそらしただけよ。チェックメイト」

ドミニクは笑い声を上げて、立ち上がった。プリシラは今夜泊まっていくことになり、あなたの脚には気をつけるからと請け合って、ベッドで一緒に寝ましょうかと申し出てさえくれた。その申し出をドミニクは断ったが、床に就くまでは話し相手になってくれないかとプリシラに頼んだ。二、三時間前にとった夕食にブルックも同席するのではないかという期待があったのだ。プリシラに腕枕をしてベッドに横たわりながら、ふたりで話をしていた。ドミニクは頃合いを見計らってそうしたのだ。そのうちに料理が運ばれてきたが、ブルックは現れなかった。

ドミニクは夕焼けを眺めようと、庭を見渡せる北側の窓辺に立った。この窓辺からは日の出がある程度臨めるし、南に向かう曲がりくねった道もすこし見えるのだが、日の入りは光が大きく広がらなければ、部屋からは見えなかった。今夜は黒い雲が立ちこめていたせいで、日没の景色はまったく見えなかった。

「北は雨が降っているようだ。暗くなる前に家に帰ろうとしなくてよかったな」

プリシラも窓辺のドミニクのところに来た。「荒れ模様ね」

「あすの朝、出発する前にはおさまっているだろう」

「雨の日に移動するのはかまわないけれど、暗いなかはいやなの。それに風は北向きに吹いているようだわ。ここには影響がないかもしれない」プリシラは視線をおろして言った。

「そっちの脚に力をかけてもいいの?」

「ゲイブがいないときだけだ。まったく小うるさいからな、あいつは。べつに痛みはない。

一度傷口がひらいたあと、ベイツ先生がしっかりと縫合してくれた」

「本当に痛くないの?」プリシラは親しみをこめた笑みを浮かべ、怪我をしていない太腿の上のほうに思わせぶりに手を置いた。

プリシラの思惑を先回りしてドミニクはくっくっと笑った。「熱は二日前にさがったばかりだ。傷は痛くもなんともない。たぶんあの女が塗りこんでいる魔法の薬のおかげだろう」

「ねえ、わたしと結婚していればよかったのよ、しようと思えばできたんですもの。そうすれば、こんな大変な目にあわずにすんだのに」

プリシラと結婚しても決闘は避けられなかったはずだ。どっちみちロバート・ホイットワースは自分のしたことの報いを受けなければならないのだから。そういう事情をプリシラに話すわけにはいかない。エラが死んだ原因を言いふらさないでくれと口止めしても、噂話が大好きなプリシラのことだからあてにはならない。

とはいえ、事実を知らないので、プリシラはドミニクの境遇をおもしろがっているようだった。けれど、プリシラはブルックの威勢のよさを気に入ったということも口にしていた。まったく女というやつは。人の意見はそれぞれで、どんな気まぐれを起こすかわかったものではない。

そこにドアが突然開けられ、ガブリエルの声がした。「レディ・ホイットワースになにかあったようだ。乗馬に出たきり、帰ってこない」

ドミニクは笑みを浮かべかけた。「そうなのか？」しかし振り返ってみると、ガブリエルの不安そうな顔が目にはいった。「出かけてどれくらいたつ？」

「少なくとも三時間は。夕食に戻ってこなかった」

となると、自分の意思で出ていったということか。ドミニクは驚いた。ブルックに愛人を見せつけても効果はないと思っていたが、もしかしたらこっちの怒りと相まって、ついに彼女を追い払えたのかもしれない。「いい知らせだな」

「いいや、そうじゃない。レディ・ホイットワースの侍女は半狂乱になっている。自分を置いて出ていくわけはないと言い張っているし、ぼくもそう思う。それに、出ていくにしても、馬でというのはないだろう。あの方の身になにかが起きたんだ。しかも、もうすぐ外は暗くなる」

安堵の念が吹き飛んだ。「アンドルー！」ドミニクは大声を上げた。「片脚分を切り落としていないズボンを持ってきてくれ。雨がしのげる外套《がいとう》もだ」

「外に出るのは無理だ」ガブリエルが反対した。

「無理なものか。彼女が荒れ野で死んだら、おれが殺したと摂政皇太子に思われる。村にいないか、もう誰かに調べさせたんだろうな？」

「真っ先にそこを捜した」

「ロイヤルに鞍をつけてくれ」

「ドム、頼むから、こんなにすぐにまた馬に乗るのは無理だ。ぼくはただ、男手をかき集めるだけかき集めてレディ・ホイットワースの捜索に取りかかる許可をもらいに来ただけだ」

「それはそれでやればいいが、馬に乗って遠くまで捜しに行けるやつはそう多くないし、うちの馬を使うにしても、全部に行きわたるほど鞍はない。それに彼女のことはおれに責任がある。そうでなければよかったが、事実は事実だ。だから反論は聞かない」

ガブリエルがあわただしく部屋を出ていったとたん、プリシラは醒めた口調で言った。

「ブランデーを見つけてベッドに持っていこうかしら」

「レディ・ホイットワースが心配じゃないのか？」

「どうしてわたしが心配するの？　きっとあなたが見つけ出すわよ。たぶん、馬に乗っているうちに雨に降られたから、どこかで雨宿りしているんじゃないかしら」

「そうかもしれないな」

ドミニクが部屋を出ると、ウルフもあとからついてきた。まずはブルックが使っている部屋に立ち寄って、犬ににおいをかがせるために手回り品を持ち出すことにした。ところが、部屋はがらんとしており、あたかも荷解きをすませていないかのようだった――もしくは、入り用なものを持って出たのか。道に迷ったのではなく、逃げたという可能性も残っている。捜し出されたくない人物を捜すとなると、さらに厄介だ。

階下におりると、料理人が待ちかまえていて、差し入れを突き出し、「あの方のお食事がまだです」とひと言だけ言い添えた。

マーシャが気を揉んでいるのは明白だった。それはアーノルドも同じだった。厩舎に行くと、年嵩《としかさ》の馬丁からまた別の差し入れを突き出された。そして、ロイヤルの鞍に角灯をふたつくくりつけてから、手綱をドミニクに手渡した。

わめき声が聞こえ、ドミニクは屋敷のほうに目をやった。ブルックの侍女がこちらに駆けてきていて、それをガブリエルが制止しようとしていた。侍女はガブリエルの手を振りほどき、さらに駆け寄って、問い詰めるようにしてドミニクに尋ねた。「こんなにお嬢さまを動揺させるなんて、いったいなにをしたんですか？　心が乱されないかぎり、お嬢さまはけっして遠出はしないのに！」

取り合っている暇はない。ドミニクはアルフリーダに返事さえしなかった。家に連れ戻すようガブリエルに言い残し、その場をあとにした。

牧草地の向こう側にまわり、いったん馬から降りて、ブルックの部屋の鏡台から持ち出したリボンのにおいをウルフにかがせた。「捜せ」と犬に命じた。狩りには何度も連れ出していたので、ウルフならきっとブルックのにおいをかぎ分けられるはずだ。

ウルフはあたりのにおいをひとしきりかいだあと、ブルックが馬を向かわせたとアーノルドが言っていた方向に走り出した。

まだ薄明りが残っていたが、雨に降られる前に角灯のひとつに火をつけた。遠からぬ北の空は荒れ模様のようで、遠方は灰色の分厚いカーテンに隠れているように見えた。ウルフは平気な様子でどんどんそちらに進んでいった。ドミニクは馬の背にまたがった。雨のなかで本当に馬を走らせるつもりか？　ブルックのために？

ドミニクは馬に拍車をかけて前へ進みながら、これでブルック・ホイットワースを嫌うべきまた別の理由ができたな、と思いをめぐらした。

25

城の廃墟に風が吹き抜け、あまりの強風で時折り月光も差しこんだが、雨が降りしきるせいで、風にたわむ木さえ薄暗がりのなかではろくに見分けられなかった。稲光が見えるのは遠方だったが、雷鳴が轟《とどろ》くのでもっと近い気がした。

寒くて、空腹で、濡《ぬ》れた衣服が不快でなければ、冒険のようなものだと見なすこともできたかもしれない、と三方を石壁に囲まれた納戸でうずくまりながらブルックは思った。そもそもお城に納戸なんてあったのかしら。

数百年前にどんな用途で使われていたのであれ、この部屋は幅が一メートルほどで、奥行きも一メートル半ほどしかないものの、少なくともまだ崩れていない石の天井があり、石の床も濡れていなかった。かつてはドアがついていたのだろうが、ずいぶん昔に朽ちていた。

そこに座って何時間も過ぎたような気がしていた。時間の流れがやけに遅かった。大雨が降る暗闇のなかでロスデール邸へ戻ろうとしても、道に迷うだけだ。助けが来なければ、朝までここで待つしかないが、そうなる可能性はどのくらいだろう。アルフリーダには心配をかけてしまう。ドミニクはブルックがなかなか帰ってこないことを知りもしないか、知ったとしても気にも留めないだろう。

さっきは豪雨がぐんぐん迫ってくる様子を見て、ひるみはしたものの、気分が高揚もした。こういう光景を目にするのは初めてだった。逃げきろうとしてみたが、自然の動きはあまりにも速かった。

雨が降りかかってくると、ブルックは馬を停止させた。どちらを向いても、一メートル先さえ見えなくなり、どうしていいのかわからなかったのだ。手綱をゆるめて、好きにさせたら、レベルはロスデール邸に戻る道を見つけるかもしれない。あるいは、完全に迷子になってしまうだけか。やがて大きな犬の遠吠えが聞こえた。というか、それが犬であって、ほかの生きものではないことをブルックは願った。

ドミニクにはあの途方もない噂がある。そして彼の飼い犬は、狼の血がまじっていてもおかしくないほど身体が大きい。きょう遭遇した犬はさらに大きかったが、威嚇してはこなかった。どちらの犬もレスターシャーでは見たことがないので、この地方特有の犬種にちがいない。北部のこのあたりで誰かが交配させて、あれだけの大型犬を生み出したのだろう。そうならそうと、ドミニクは教えてくれればよかったのに。こっちはつい、狼の群れが絶滅の危機を逃れてすこしだけ生き残っているのではないかと考えてしまったではないか。

ブルックは馬の向きを変え、犬を捜しに引き返した。一瞬、空想にふけり、さっきの犬に呼ばれているのではないかしら、と思ったのだ。犬が飼われている家や、飼い主や、暖かな炉辺へ案内してくれようとしているのかもしれない。雨がしのげる場所ならどこでもよかった。ただし、動物の巣穴は想定していなかった。犬が座っていた横のこんもりと盛り上がった草やぶの裏側には穴があり、ブルックが近くに行くと、犬はその穴のなかに姿を消した。

ブルックは馬から降りて、穴のなかをのぞきこもうとしたが、暗くて、なにも見えなかった。たとえ乾いていたとしても、巣穴にはいっていくわけにはいかない。その代わりに北のほうに目を向けた。廃墟の城を見かけた方角だ。そこなら雨宿りできる場所があるのではないか。雨脚が激しく、雲も低く垂れこめているので、いまは視界が悪いけれど、北へ馬を走らせれば、たどりつけるかもしれない。あるいは、説明すれば、あの犬がそっちに連れていってくれるかも……。

ばかげた考えだが、それでもブルックは巣穴に向かって話しかけた。「せっかくだけど、遠慮するわね。廃墟のほうに行ってみようと思うの。よかったら一緒に来てくれないかしら?」

ブルックは再び、鞍上に戻った。犬は巣穴から顔を出し、ブルックが去っていく姿を見ていた。ブルックは犬がついてくるか確かめようと振り返ったが、すでに背後はほとんど見通しがきかなかった。

廃墟にたどりつき、ブルックはがっかりした。城はほとんど残されていなかった。壁から落ちた石のかたまりがあたりに散らばっていた。大きな木が立っている場所はかつて中庭か、もしかしたら大広間だったのかもしれない。雨はわずかばかりしかしのげないが、その木の下でレベルの脚を縛ると、ブルックは苔で覆われたすべりやすい石の上を慎重な足取りで進み、雨宿りできる場所を探した。

部分的に残った石段をのぼれば階上の部屋につづくはずだが、いまや階上には雨風しかない。地下室におりる階段はないかと思ったが、依然として雨は土砂降りで、視界はかぎられていた。けれど白いものがちらりと見えたかと思うと、犬が突然、走って通りすぎた。ブルックも急いで犬のあとを追って、壊れた階段の先に行くと、犬はそこで座って、ブルックを待っていた。そのときに階段の横の納戸を見つけたのだった。

ブルックはその狭苦しい部屋にはいり、犬もなかに招き入れようとしたが、すでに走り去ってしまっていた。あの犬はわざわざこの場所に案内してくれたのだろうか。それとも、ブルックがつぎにどうするのか気になって腰をおろしただけ？　どちらにしても、ブルックは犬に「ありがとう！」と叫んだ。そして、その狭い納戸の奥にはいれるだけはいった。奥の壁は苔に覆われていたが、そこに寄りかかり、目をつぶると、馬を降りて、乾いた場所に腰をおろすことができてよかったと感謝の念に浸った。

馬が近づく音が聞こえたかと思うと、ほの暗い光が見えてきた。雨はまだ降りしきっている。ブルックはさっと腰を上げ、納戸の出入り口に進み出た。頭巾をかぶった大柄な人物が角灯を提げ、ブルックが哀れなレベルを残してきた木のほうに馬を連れていっている。助けが来たわ！　この人は飼い犬を捜しに来ただけかもしれないが、それでもブルックは心からほっとした。

「ねえ、ちょっと！」ブルックは大声で叫んだ。

「やっぱりここか……」

〈狼〉だ。彼の声はどこにいてもわかる。あの人にだけは助け出されたくなかったのに。そもそも、ベッドを抜け出してなにをしているの？

26

またずぶ濡れになるのはいやだったが、ドミニクが必要以上にここにいたがるとは思えなかったので、ブルックは提案した。「暗くてもロスデール邸に戻る道がわかるなら、ここを出るわ」

うんともすんとも返事がないので、彼にああ言ったけれど、やっぱり考え直した。必要に迫られるまで、土砂降りのなかにはできれば戻りたくない。ところが、ドミニクは近づいてきて角灯を預けると、馬のほうに引き返していったので、たぶんいますぐ屋敷には戻らないのだろう。ブルックはそう察しをつけて、じゃまにならないよう角灯を奥のすみに持っていった。

出入り口に戻ってみたが、外はすっかり暗くなり、馬もドミニクの姿も見えなかった。壊れずに残っているもっと広い部屋を探しているのだろうか。いや、もしそうなら角灯が必要だ。馬から鞍を取りはずしているだけなのかもしれないが、まずはこの部屋の様子を見に来るべきだったのに。ふたりでいるには狭すぎるのだから。

ドミニクがまたも出入り口にぬっと現れたので、ブルックは奥の壁際に引っこんで、場所を空けた。納戸にはいるのに、ドミニクは身をかがめなければならなかった。ブルックの頭も天井につきそうなくらいだから、まっすぐには立てないはずだ。革の袋をふたつほうってよこし、明かりのついていないふたつめの角灯を入口におろして外套を脱ぐと、しずくが落ちるほど濡れていたので納戸の外に置いた。その外套のおかげで、服も、うしろでひとつに結んだ髪も、ブルックとはちがって、濡れずにすんでいた。

「今夜は帰らないつもりなの？　道なら知っているんでしょう？」

「ああ。でも、安全じゃない。地面はぬかるんでいるし、川は氾濫していた。それに深い水たまりもある。無理はしたくない」

その昔こういう暴風雨の最中に馬車の事故で亡くなった人がドミニクの一族にいたと、アーノルド・ビスケインが話してくれたことをブルックは思い出した。こちらの安全を気づかって、屋敷に帰るのは朝まで待つことにしてくれたとは、ドミニクも親切だ。

しかし、彼はこうつけ加えた。「すべって脚を折りかねないときに、ロイヤルの身を危険にさらしたくない。運がよかったよ、遠出してもそういう事態を招かなくて」

もちろん、わたしのことなんか考えてくれるわけないでしょう！　ブルックは歯嚙みし、ドミニクが狭い空間の向こう端から動かないことを願った。この部屋はふたりの人間が動きまわるには手狭だ。

「毛布を広げてから差し入れを食べればいい」

この袋には食べるものがはいっていたのね！　ブルックは手早く二枚の毛布を広げて石の床に敷くと、部屋の奥に座り、袋に手を伸ばした。袋のなかには小さなミートパイがはいっていて、ブルックはそれを取り出して、食べはじめた。ドミニクはブルックと向かい合わせで座ることもできたはずだが、隣に横向きで寝そべり、肘枕をすると、頭は奥の壁につきそうになり、脚はやけに場所を取っていた。

ブルックはドミニクの正面にまわりこみ、文句をつけた。「あなたが横になったら、ふたり分の場所がないわ」

「じゅうぶんある。きみも横になって、おれの隣で丸くなればいい。枕もあるぞ」

腕枕のことだろう、とブルックは見当をつけたが、ドミニクはまだ肘枕をついていた。快く申し出たという口ぶりでもなかった。狭い場所に敵と閉じこめられ、身動きも取れないのだ。快く思わなくて当然だ。それに脚も……。

ブルックは心配になり、ドミニクの左脚の太腿に目をやった。「脚は痛む？　縫い合わせた傷口がまたひらかなかった？」

「確かめたいなら、ズボンを脱ごうか？」その提案にブルックが見るからに驚いた顔をしたのか、ドミニクはなだめるように言い直した。「傷にはしっかりと包帯を巻いてあるし、もうたいした痛みもない、きみの看病のおかげで」

これは感謝の言葉なの？　ブルックは耳を疑ったが、やがてドミニクはこうつけ加えた。

「今回助けに来たのは、看病してもらったお礼だと考えてくれ。貸し借りはなしで、きみは家に帰れる」

自分の家という意味だろう、彼の家ではなく。けれど、差し入れの食事が飢えをやわらげてくれたので、ドミニクに言われたひと言で落ちこむまい、とブルックは気を取り直した。

「わたしの居場所がどうしてわかったの？」

「ウルフが先導してくれた」

「どこにいるの？」

ドミニクは鼻を鳴らした。「たぶんここの南側にある狐《きつね》の巣穴に向かってまだ吠えているんだろう。ここに来たのは、ある年の夏、急な嵐に見舞われて、こういう廃墟に避難したことがあるからだ。このあたりで雨宿りできる場所はここだけだから、無傷で残っている最後の部屋をきみが見つけたかもしれないと思ったんだ」

無傷とは言いがたいが、そういえば吹きつける風はドミニクの大きな身体でほとんど遮られている。寝そべったのはそのためなの？　もしそうならば、たしかに――紳士的だ。

犬が吠える声が聞こえはじめた。

「今度はおれを捜しているようだな」

外で突然吠え出したのはウルフなのかしら？　それとも、あの白い犬がまだ廃墟にいて、ドミニクの声にとまどったか、なにかの脅威を察知したの？　けれど、ドミニクは外で吠えている犬は当然ウルフだと思っているようで、飼い犬に声をかけていた。何度も。あれがウルフなら、たぶんほかの犬のにおいをかぎつけたのだろう。あたかも誘いかけるように、いまやせつなげに吠えているのだから。

しまいにドミニクは叫ぶように言った。「こっちに来い！」

ウルフが納戸にはいってきて、雨に濡れた身体をふるわせて水気を振り払った瞬間ブルックは思わず悲鳴を上げた。ウルフはドミニクの足もとで伏せをして、くーんと鳴き声を立てている。ドミニクはうなり声を洩らし、ブルックはやれやれとばかりに目をぐるりとまわして顔に飛んできた水しぶきをぬぐった。

そんなブルックをまじまじと見つめ、ドミニクは興味深げに尋ねた。「雨のなか、どうやってこの廃墟を見つけたんだ？」

「助けを借りて」

「どこから？」

「魔力よ」ブルックはにやりと笑った。ドミニクがふんと鼻を鳴らしたので、ブルックはわかりやすく説明した。「雨の降りはじめに通りかかっていたから、すんなりここに戻ってこられたの」

犬にこちらへ呼び戻されたと話しても信じてもらえまい。

「乗馬に出かけて何時間も戻ってこないから、きみの侍女は半狂乱になった。おれの地所に住む男たちは、ほぼ総出できみの捜索にあたっている。おれは、きみはとうとう正気に戻り、これっきりロスデール邸に戻ってこないだろうと考えたんだが」

だったらどうしてわざわざ自分で捜しに来たの？　ブルックは当然そう訊くべきだったが、訊けばおそらく口論に発展する。狭い場所でそれだけはごめんだ。ここを出ていくこともできないし、たたきつけて出ていくドアもないのだもの！

「いずれにしろ、ここはショー家の地所じゃないから、問題ない」

よかった、あたりさわりのない話題で！「ここもまだあなたの土地なの？」

「いや、ちがう。ただし、ロスデール領の北西まで伸びるこのあたりを所有しているのが誰であれ、おれの知るかぎり、この土地を使用したり、耕して農地にしたりはしていない」

「本当に？」ブルックはあの犬の飼い主のことを考えながら、そう尋ねた。

「じつはよくわからないんだ。ここまでは何年も来ていないんでね。待てよ、ひょっとしたらイアン・ショーがこの土地を買い上げたとも考えられるな」

「なんだかよくないことみたいな言い草ね。それとも、隣人のショー家の娘さんに求愛するつもりでいたのは、領地を広げるためだったの？」

「きれいな娘なんだ」

ブルックは続きを待ったが、それ以上話が広がる様子はなかったので、ずばりと質問した。

「その人を愛しているの？」

「どういう娘かもよく知らない。ロスデールの領地を拡大し、ひとつ、ふたつある諍いをおさめるのに有効的な縁組だったというだけのことだ」

「諍いというのは土地をめぐって？」

「十年前、イアン・ショーは自分の領地でウルフ家の人間を見かけたら、誰であろうと撃つと宣告してきた。おれは、未遂であっても、そっちがそういう行動に出たら、牢屋にほうりこんでやると宣告した。だが、両家の敵対関係は土地が発端だったわけじゃない。五代前の先祖同士が決闘をしたんだ。当時の武器は剣だった。おれの先祖はその決闘で片手を失い、それで諍いに決着をつけるべきだったが、そうはいかなかった。やがて、おれたちの祖父母の代の両家のおばたちが派手なつかみ合いの喧嘩をして、その後何十年も語り継がれる醜聞になった。おれの聞いている大きな衝突はそのふたつだ。それよりずっと前から反目し合っていたようだから、ほかにもあったはずだが。忌まわしいウルフ家の呪いが始まったのと時を同じくして反目も始まったようだ。伝えられている話によれば、生まれの卑しい愛人を連れて歩いているという理由で、ショー家の連中はコーネリアス・ウルフというおれの先祖を罵倒し、つきあいを避けるようになったらしい。コーネリアスは気ままに欲望を満たすことだけにかまけている快楽主義者で、ウルフ一族のなかでも厄介者で有名だったんだ」

ブルックはドミニクを見つめながら首を振った。「両家には悪《あ》しき因縁があるのに、ご令嬢に求愛するのをショー家が許したとほんとに思うの？」

「なぜだめなんだ？」ドミニクは肩をすくめた。「因縁といっても、突き詰めてみれば——大昔の話だ。娘がロスデール家の女主人の座につけば、ショーも両家の地所の境界問題に気を揉まなくてよくなる。それに、おれの見たところ、ショーは頭が悪そうだ」

「娘さんはそうではないと？」

「べつにどうでもいい」

そんな言い草は寂しいものだ。「結婚生活の理想が低いのね」

「ほかにどんなことが求められる？」

「幸せと愛と子宝に恵まれた結婚」

「きみの願望のようだな」

「あなたはそうじゃないってこと？」

「愛は儚《はかな》いもので、幸せもそうだ。子をもうける機会もないことはなかったが、焦っていなかったからな」

「皮肉屋なのね——少なくとも、あまり楽天家ではない、そうでしょう？　でも、幸せと愛は手にはいらないものではないわ。長続きするかどうかはひとえに本人次第よ。それは納得できるでしょう？」

ドミニクは鼻を鳴らした。「どっちも骨が折れるだろう」

「ちょっとした努力といった程度のことだわ。あるいは、ただ受け入れればいいだけかもしれない。なにかを成し遂げるためには、それを成し遂げられると自分を信じなければならないの」

ドミニクは眉を片方上げた。「今度は哲学者気取りか？　きみには驚かされっぱなしだな」

小ばかにしたような言い方をされても、ブルックは気分を悪くしなかった。「妻の頭が悪かろうが気にならなくても、それが子どもたちに受け継がれるのはあなたもいやなんじゃないかしら。つまり、べつにどうでもいいというさっきの言葉は正しくない。やっぱり気にしているはずだわ」

「正解を確かめる機会はないんじゃないか」

ブルックは身をこわばらせた。話題の矛先が自分たちに向けられてしまった。また口論になったら、ここは厄介な場所だ。身体を触れ合わせずには身動きも取れず、膝が触れ、右の腰に触れるほどドミニクが脚を折り曲げた姿勢でいるときには。彼の上を這《は》っていかなければこの部屋から出ることさえできないだろう。

賢明にも、挑発には乗らなかった。毛布の袋をひらいて、さらに二枚取り出し、一枚をドミニクに手渡した。ドミニクは毛布をたたんで枕にした。依然として膝は曲げたままでいなければならない。さもなければ、足先が外に出て、雨に濡れてしまう。

「すこし寝るといい」ドミニクは言った。「すぐに夜が明ける。幽霊に起こされても、無視しておけ」

ブルックは目を丸くした。「幽霊って、どんな幽霊なの？」

「古い城や廃墟になった塔のなかには幽霊が出るので有名な場所もある。おれはぜんぜん信じていないが、ひょっとしたらひょっとする」

「ここも出ると言われているの？」

「さあな。でも、いずれにしろ、幽霊は害がないから、出ても悲鳴は上げるな。悲鳴ごときじゃおれは目を覚まさない」

ブルックは目をぐるりとまわした。最後に付け足された話がなければ、冗談ではないと思ったかもしれない。今夜はドミニクの腹のうちが読めなかった。からかおうとしているのか、見えすいたほら話を聞かせようとしているのか。ふたりでいても、くつろげるようになったように見える――彼は依然としてこちらを追い払おうとしているが。

それでもドミニクの隣に身を横たえるのは抵抗があった。彼は目を閉じて、もうおしゃべりはおしまいだと合図を送っているけれど。とはいえ、そうしたいのはやまやまだが、座ったまま眠れるとも思えない。もう寒くはなく、ドミニクの隣で寝るのかと思うと、すこし身体がほてりもしたが、毛布にくるまり、彼には背を向けてそっと横向きに寝そべった。

ドミニクの脚で場所をふさがれていたので、ブルックも膝を曲げるしかなかった。けれど、ドミニクにお尻を押しあてずに脚を曲げる余地はなく、恥ずかしさを覚えた。ドミニクがすでに寝てしまい、こちらがなんとか楽な姿勢をとろうとして、身体に触れてしまっていることに気づかれなければいいのにと願いながら、ブルックは身体をもぞもぞさせた。楽な姿勢になんて、どうしてもならないわ！

「身体を動かすのをいますぐやめなければ、今夜は眠れなくなるぞ」

どういう意味かブルックはよくわからなかったが、とにかくぴたりと動きを止めた。廃墟の外では風がうなり、雨が降りしきっているけれど、彼のぬくもりに包まれるのは気持ちいいものだわ。そんなことを思っているうちに、いつのまにか眠りに落ちていた。

27

目覚めると、ドミニクに抱きついていることにブルックは気づいたが、彼も同じくブルックに腕をまわし、脚をからませていた。こんな恰好でふたりともどうやって寝ていたのかしら？

どうやら寝ているあいだにドミニクのほうに寝返りを打ったらしい。彼の胸に顔をつけ、腕に抱きかかえられているということは。ドミニクは片方の脚をまっすぐに伸ばし、足先が納戸の外に出ていたが、雨はやんでいた。もう片方の脚は膝を曲げて、ブルックの脚のあいだに差し入れられている。ドミニクの下敷きになっている脚がすっかりしびれていた。けれど、へたに動いてドミニクに気づかれてしまったらと思うと、脚を動かすのをためらった。いま彼が目覚めてこんな恰好を見られたら、恥ずかしくてたまらない——あたかも寄り添って眠りたかったかのように、彼にぴったりと身体をつけていたなんて。

「騒ぎのあいだじゅう寝ていたな」

ブルックはぎゅっと目をつぶった。そうすれば、頬に赤みが差すのを止められるわけではなかったが。「騒ぎってなんのこと?」ドミニクから聞かされていた幽霊の話を思い出して、声をうわずらせた。

「夜中に馬たちが交尾していた」

ブルックはぱっと目を開けた。「そうなの?」

ドミニクが片肘をつくと、今度はその肘と手首のあいだにブルックは頭をつける恰好になり、彼に上から見おろされた。「不服じゃないんだな」

「その逆よ。いつか馬の飼育場を持ちたいと思っているの。これはいいきっかけになるわ」

「生まれてくる仔馬がきみのものになると誰が決めた? ロイヤルの種付け料に五百ポンドを請求している」

「契約は結んでいないし、自分の馬を夜のあいだ拘束しておかなかったのはあなたの落ち度だから、請求はできないでしょう」

「そうかな?」ドミニクはブルックの頰に指の背をゆっくりと走らせた。「でも、夫婦ならほかの方法で交渉できる」

「わたしたちはまだ――」〝結婚していないわ〟とつづけようとした言葉はドミニクの口でかき消された。

ブルックは顔を背けようとはしなかった。未来の馬の飼育場がかかっているのだから、それはできない。そう思ったものの、つぎの瞬間には思考が停止した。

ドミニクの味は刺激的だった。ブルックは唇をひらき、舌を迎え入れた。束ねた髪の下のうなじに手をまわし、やさしく彼を愛撫《あいぶ》した。ドミニクの手が首すじから胸もとにおりてきて、すこしためらった。てのひらで胸の先にそっと触れられただけで、乳首が尖り、疼《うず》くような刺激が爪先まで駆け抜けた。そこで初めて乳房に指が広げられ、そっとつかまれた。

胸にあてがわれた手の感触が心地よくて、ブルックはもうすこしであえいでしまうところだった。一歩まちがえたら、やめないでとせがんでいたかもしれない。けれど、いずれにせよ、キスは深まり、さらに熱を帯びてきた。ブルックの脚のあいだに差しこまれていたドミニクの膝がせり上がり、やがて太腿のつけ根に押しあてられた。今度はブルックもあえいでしまったが、彼の唇で口をふさがれて声はかき消された。けれども、ドミニクに引き起こされた快感は消えず、身体を彼にこすりつけたくてたまらない衝動にブルックは駆られた。口のなかに舌を差しこまれては引き抜かれ、胸をなでられるうちに、どうしようもなく興奮にうちふるえ、得体の知れない衝動が全身に広がった。それでもこの狭い部屋では、動きまわる余地も、求めるものに手を伸ばす余地もない。ブルックはドミニクに覆いかぶさられ、身動きが取れなかったが、彼のほうは意外にも……。

突然、キスが終わった。

「続きをお望みかもしれないが、だめだ。きみは抱かない。抱いたら最後、きみはロスデール邸から出ていかないだろう」

すぐには理解できなかったが、やがて性的能力を自慢されたのだとブルックは気づいた。にやにやしながらそんなことを言うなんて！　「ベッドではそんなに上手だと自分で思っているの？」

「ベッドでは、そう言われてきた。このどう見ても原始的な場所ではどうだろうな？」ドミニクは肩をすくめた。「たぶんここでも同じだ」

ブルックは笑いたいような、なにかで彼をたたきたいような気がした。まじめに言っているのだろうか、それともまたからかっているだけ？　顔をほころばせていることから考えれば、後者だろう。やっぱりふたりでいて前よりもくつろげるようになっているにちがいないし、もしかしたらわたしを好きになりはじめたのかもしれない。そんなことをブルックは思ったが、それも一瞬のことだった。あらゆる言動を考え合わせれば、そうではないに決まっている。そう思いあたり、ブルックははっと息を吞んだ。求めてきたと非難されたの？

「どうしてわたしが望んでいると――」

ドミニクはブルックの唇に指をあてて、黙らせた。「目でものを言い、やわらかなさわり方にも表れていたのだから、抵抗しても無駄だ。でも、そうすれば魔法をかけたように愛してもらえると考えているなら、それはまちがいだ」

ドミニクは身体を起こし、出発の準備を始めるようだ。

すばらしいキスがこんな幕切れになったことにブルックは怒りを覚えた。「こうなったのはわたしのせいではないでしょう」

「きみのせいじゃない。きみの馬のせいだ。馬が交わる声を聞いたのは久しぶりだった。あれはまさに野生の本能だな」

そう言われながらドミニクに目をじっと見つめられると、ブルックはいささかうっとりとしてしまった。ぎらりと光った彼の目は時折り見せていたような危険を孕《はら》みもせず、じつに情熱的に輝いていた。彼はわたしに欲望をいだいている。一瞬、そんなふうにブルックは思ったが、その考えもすぐに頭から追い出した。

ドミニクはまたにやりと笑ったが、今度は嘲笑うような笑みを浮かべ、さらに話をつづけた。「もちろんきみとベッドをともにするのはかまわないが、これだけははっきりさせておく。そういう関係になっても、きみが信頼されることはない。ここにいてもきみは愛や幸せに恵まれることはないということだ、ブルック・ホイットワース。子宝にはきみの希望を超えるほど恵まれるかもしれないが、それ以外はなにもない。ここから逃げ出したいなら、まだ間に合うぞ」

もちろん、まだ間に合う。少なくともドミニクはそう思っている。精神病院送りにするという父の脅しをドミニクに話したほうがいいのかもしれない。あるいは、兄の望みどおりにドミニクを毒殺するべきかもしれない。まちがいなくいまはドミニクに毒でも盛りたい気分だ。

ドミニクが外へ出て、馬に鞍をつけに行くと、ブルックは腰を上げた。毛布を袋にしまい、もうひとつの袋をつかんだ。そこで思い直し、差し入れの袋を空にして、白い犬のために食べものを残しておいた。まだ近くにいるか、自分たちが出発したあとに廃墟へ戻ってきた場合に備えて。お腹はすいていなかった。ドミニクが空腹ならいいのに。

天気がよくなったのはすでに知っていたが、日差しのもとに出ていくのは気持ちがよかった。太陽が出ているのとそうでないのとでは大ちがいだ。ゆうべはやけに不気味な風景に見えていた。いまは中庭に大きな水たまりがいくつかあるものの、景色は見ちがえたように美しい。ブルックはあたりを見まわしてみたが、白い犬はどこにもいなかった。けれど、ウルフが走りまわり、そこらじゅうでにおいをかいでいた。

「きみが見つかってよかった」

本当にそう聞こえた？　鞍帯をしっかりと締めているドミニクはこちらに背を向けていたので、ブルックは確証が持てなかった。納戸のなかで言われたこととまるでちがうことが暗にほのめかされている。

「どうして？」ブルックは固唾《かたず》を呑んで訊いた。

「きみに荒れ野で死なれたら、摂政皇太子は望みのものを手に入れるはずだからだ――財産をすべて没収し、おれを牢屋送りか絞首刑にする口実を」

夢もロマンもない話だこと！　彼らしからぬことを言われたのかと期待した自分がばか

だった。

けれど、彼が実際に口にしたことにブルックは言葉を返した。「それはどうかしら。最近の皇太子さまは道徳的な考え方をしているし、人命を粗末にしない姿勢が支持を集めているわ。あなたがしてもいないことで告発されたり投獄されたりはしないはずよ」

ドミニクは小ばかにするように笑った。「王室は昔から手段を選ばず——」

「それはそれとして、なぜゆうべ、わたしの捜索をやめなかったの？　あの雨のなか、何時間も馬を走らせていたでしょうに」

「ああ、たしかに——そうせざるをえなかった」

厳密に言えば、問いかけの返事にはなっていなかったが、ドミニクは、馬に乗せてやろうというように手を差し出した。ブルックはドミニクのほうに歩を進めたが、ひとりでレベルの背に上がれるので、その申し出は無視した。あまり淑女らしくはないが、それを言うならこの状況はなにもかもそうでしょう！

鐙《あぶみ》に足をかけたまま、ブルックはしつこく答えを訊き出そうとした。「それで、なぜだったの——ねえ？」結局はっと息を呑むことになったのは、ドミニクに腰に手をあてがわれ、鞍の上に身体を持ち上げられたからだった。

「自己防衛のためかな、さっきも説明したように」ドミニクは自分の馬のところに戻り、鞍に荷物をくくりつけた。

ふたり並んで馬に乗り、廃墟をあとにしながら、ブルックはうしろを振り返り、あの美しい白い犬は見送りに出てくるだろうかと思いをめぐらした。そして、あの犬がどこで暮らしているのかまた疑問に思い、ドミニクに尋ねた。「イアン・ショーは犬を繁殖させているの?」

「いいや」

「それは確か?」

「ウルフを見つけたときに確かめた」

それならあの犬は迷い犬にちがいない。雨の心配がなさそうなときに、またここへ来てみよう、とブルックは思った。自分の家に帰る道が見つかる手助けをしてあげるのだ。あの犬のおかげで雨宿りできる場所にたどりつけたのだから、せめてそれくらいはしてあげなければ。

28

「二度とこんな怖い思いはさせないで」厩舎の入口に立っていたアルフリーダは、ブルックに駆け寄りながら叫んだ。

「わたしはだいじょうぶよ。不思議な助っ人《すけと》がいたの。あとで話してあげる」

「いずれにしろウルフ卿が捜し出してくださったのね。これからはあの方を好きになれそうな気がするわ」

ブルックは鼻を鳴らした。「やめて。あの人がわたしを捜しに来たのは、わたしが荒れ野で死んだら、摂政皇太子さまに絞首刑にされるのではないかと心配だったからよ」

まだ追跡をつづけているかのように、犬のウルフがブルックについて厩舎から出てきていた。けれど、今回はドミニクと一緒にブルックを捜し出してから初めて近くに寄ってきた。ブルックがちらりと下に目をやると、ウルフはまたも靴のにおいをかぎ、くーんと鼻を鳴らしている。本当に？

ブルックは舌を鳴らした。「はっきり決めなくちゃね、ウルフ、わたしと友だちになりたいのか、なりたくないのか。どっちにしても、優柔不断な態度はやめてちょうだい」アルフリーダに視線を戻し、ため息をついた。「人間のほうのウルフはわたしを追い出すと決めたままよ」

「でも、あなたはまだその決心を変えさせようとしている？」

「万策尽きかけているところ。怪我の手当てをしてあげても、ありがとうのひと言もかけてもらえないのだから。手当てのおかげでよくなったと本人はちゃんとわかっているのに。それでも、彼はわたしの真意を信じていない。兄との最後の会話を盗み聞きしていたはずもないのに」

「どんな会話だ？」

肩越しに振り返ると、ドミニクがすぐうしろまで来ていた。ブルックはうめきたい気持ちになったが、話の大半はおそらく聞こえなかっただろう。「べつに特別な話じゃないわ。そのときの兄はあいかわらずいやな人だっただけ——あなたみたいにね」ブルックはそうつけ加え、アルフリーダを引っぱって、ずんずん歩いていった。

お風呂とニンジンのことが頭に浮かび、厨房を通りしな、熱い湯を部屋に運ぶよう指示し、ニンジンを一本つかんで、つぎにウルフを見かけたときに備えて階上に持っていった。お風呂でのんびりする前に、彼の怪我の状態を確かめるべきだろう。ドミニクが自室に戻るつもりなら。もしかしたら、ほかの人の部屋に行くのかもしれない。すこぶる元気そうだし——

ブルックのおかげで。仮に脚をかばっていたのだとしても、こちらはまったく気づかなかった。

ブルックは顔と手と腕を洗い、すばやく着替えをすませたが、気になっていることがあった。これは事前に尋ねておかないと。「あの人は帰った?」

「元愛人のこと? 彼女なら夜明けに発ったわ」アルフリーダが答えた。

「元?」

「こちらの使用人の話によればね」

昔の愛人同士のわりになれなれしすぎたわ、とブルックは内心むっとしたが、靴を履き替えると、お風呂を待たなくていいのかとアルフリーダが抗議した。

「わたしを助けに来たせいで怪我を悪化させていないか、ちょっと確かめるだけよ」

「あの方は本当に親切にしてくださって――」

「やめて」ブルックは目をむいた。「いざとなれば、ひとりで夜を明かして、今朝になったら自力で帰り道を見つけていたわ」

「意図は明確だわ。ウルフ卿はなんとしてでもあなたを無事に連れ戻したかったのよ」

その過程で、一歩まちがえればドミニクはさらに怪我をしていたかもしれない。それはわかっていたので、ブルックも反論しようとは思わなかった。あの廃墟の納戸でほかになにがあったか、アルフリーダに知らせる必要はない。もっと楽天的な性格なら、ドミニクのキスは明るい兆しだと思ったかもしれない。壁を崩し、憎悪を打ち破る一歩になったかもしれないと。けれど、あんな弁解をされたら、そんなふうには思えない。それでも、半裸でベッドに横たわるドミニクの姿をまたしても目にして、彼の身体にじかに手を触れることはなるべく考えまいとした。単なる傷の手当てであったとしても、ゆうべはたがいの腕のなかで眠ったのも同然で、今朝はあんなに熱い口づけをされたのだから……。

思い出すと顔がほてってしまい、アルフリーダに気づかれないよう顔を背けた。ベッドの上のニンジンが目に留まり、それをポケットにしまった。

それにアルフリーダが気づいた。「お風呂のお湯と一緒に朝食も届くわ。お腹がぺこぺこで待てないの？」

「これは彼の犬によ」

侍女は鼻を鳴らした。「あの犬っころに笑われるわ。犬は肉以外には見向きもしませんよ」

ブルックは顔をしかめて部屋を出た。それが正解かもしれないが、そうでないことを願った。あの白い犬に好物ではないニンジンをやったら、うしろめたく感じるかもしれない。餌を置いていこうと袋を空にしたとき、肉はあまり残っていなかったのだ。今度遠乗りに出たら、肉をすこし持っていってあげよう。あの犬にはゆうべ助けてもらった借りがある。

ドミニクの部屋のドアをノックすると、ドアを開けたのはこれまでとちがう従僕で、ブルックを通したあと部屋を出てドアを閉めた。例によってドミニクは、ブルックが視線を向ける前から彼女をじっと見つめていた。ベッドの縁に座り、シャツのボタンははずされている。療養用に仕立て直したズボンをすでに穿いていたが、包帯をほどいて傷の様子を確かめてはいないらしい。

「安心して」ブルックはベッドのほうに歩いていった。「わかっているから、きょうはもうわたしの顔は見飽きているわよね」一夜をともに明かしたしね。「ちょっと怪我の様子を見たいだけだから――」

「無駄口をたたきすぎだな、先生」ドミニクは皮肉っぽく言った。「やることをやって、出ていってくれ」

ブルックは顎をこわばらせたが、もしかしたら傷の痛みがぶり返したのかもしれない、と気づいた。彼の場合、痛みと怒りっぽさが連動する傾向があるようだった。

「いいかしら？」包帯のことをそれとなく尋ねた。

「ああ」

いつものドミニクなら自分で包帯をはずしていたが、きょうは別だった。強情さも連動の組み合わせに加わった。しかも包帯を巻いた部分をベッドにつけて座っている。どうやってほどけばいいのかしら？

その疑問を解決するように、ドミニクは腰を上げ、怪我をした脚に体重をかけないように、右足に重心を置いて立った。ブルックはあわてて身をかがめ、ドミニクの気が変わって作業がやりづらくなる前に包帯をほどいた。ほどいていくと、最後のひと巻きだけ、傷口に包帯がほんのすこし貼りついていた。

傷と縫合の具合を調べて、ブルックはほっとした。「よかった。赤みも腫れもないわ。ゆうべの冒険は負担にならなかったようね」

「それは議論の余地があるな。石の床で寝たせいで肩がガチガチに凝っている」

その訴えをブルックは聞き流した。「すぐに着替えをしないのなら、包帯ははずしたままでもいいわ。空気にさらせば、かさぶたが固まるから」

身体を起こし、サイドテーブルに置いておいた薬草の赤い袋を手に取って、ポケットにしまった。もうこれは必要ない。そして、青い袋も手に取った。

「毎日まだ数時間は怪我をした脚を休ませることをお勧めするわ」ブルックは青い袋をドミニクに手渡し、話をつづけた。「脚を休ませるあいだ、この袋にはいっている粉末の薬草をかさぶたに振りかけるといいわ。治りが早くなるの。ふつうのズボンを穿くときは、傷の部分にまずは包帯を巻くこと。それから、傷口を湯船につけるのはまだだめよ。部分的に洗うならいいけれど」

「おれの身体がくさいとまた言いたいのか？」

くさくはない。彼のかたわらでひと晩過ごしたのだから知っている。口論を避けるため、ブルックはそれ以上なにも言わないことにした。立ち去ろうと、うしろを向いた。

「きみがやってくれればいい」

ブルックがちらりと振り返ると、ドミニクはまたベッドの縁に腰をおろしていた。シャツを脱いでいる。「なにを?」ブルックは尋ねた。

「おれの身体を洗ってくれ」

ブルックはゆっくりと向き直った。すでに頬に赤みが差しはじめたが、なんとか口をひらいた。「だめよ、そんな――悪いけれど、そこまでの世話は焼けないわ――ただし、あなたがきょうにでもわたしと結婚するつもりなら、もちろん話は別よ」

そういうふうに言えば、すんなりと話に決着がつくとブルックは思ったが、ドミニクはこう言い返してきた。「おれの助けになることが自分の務めだという口実で、すでにきみはおれの部屋に何度もはいりこんだ。それなら、きみの務めとやらにどんな手助けが含まれるのか、いまさら言い逃れられまい」

言い逃れようと思えば言い逃れられたが、そんなことをしても仕方ないとブルックは思った。自分と暮らしたらどれだけ不愉快な思いをするか知らしめ、恥をかかせるために理不尽な要求をこれからも突きつけるとドミニクは主張している。

ブルックが従うと勝手に決めつけて、カールに命じた。「盥《たらい》に洗い水を入れて手ぬぐいと一緒に持ってきてくれ」

この困った状況を先延ばしする手はないものかと、ブルックは必死に頭をひねった。「まずはお湯を沸かさせなくていいの？」

「その必要はない。カールはつねに風呂場の暖炉で小さな手桶に入れた水を温めているから、お湯の支度を待たなくていい」

なるほど。では、濡らした手ぬぐいで彼の身体を拭くのはどれだけ厄介だろう？　かなり厄介ね。ブルックは心のなかでうめき声を上げた。けれど、彼の作戦はうまくいかないと見せつけなければ。〝だから、感じよくするのよ、妻になったつもりで〟と自分に言い聞かせた。

カールがサイドテーブルに盥を置いて立ち去ると、ブルックは手ぬぐいをしぼった。ドミニクはいまもベッドの縁に腰かけているから、少なくとも手は伸ばしやすい。けれど、いざ手ぬぐいを手に目の前に立つと、彼の視線に射すくめられた。まるでブルックの心を見通そうとするかのように、あるいは親密さを強いられた反応を推し量るかのような鋭い視線だった。ドミニクはあの手この手で追い出しにかかっている。妻になったらこういう世話をいやがると本気で思っているの？　べつにへいちゃらだわ。そんなことを思って、ブルックは顔を赤らめた。まだ奥さんじゃないのよ。

まずはドミニクの顔にゆっくりと、ていねいに手ぬぐいをすべらせた。信じられないほど美しい顔立ちに気づかないふりをしようとしたが、それは無理だった。顎も鼻も秀でたひたいも均整がとれている。束ねるには短い髪が顔の左右にひと房ずつ垂れていた。その髪をわきによけようと持ち上げると、絹のより糸のような手ざわりがした。

頬に不精ひげがびっしりと生えているのが感触でわかり、手ぬぐいは薄すぎたかもしれない、とブルックは気づいた。もっとも、耳もきれいにしようとしたのはいい考えではなかった。なぜならうなじに鳥肌を立たせてしまい、あわてて肩に移った。

「ゆうべ硬い床で寝たせいでそこが凝っている」ドミニクはささやくような声でつけ加えた。

「揉んでくれないか」

ブルックの手が止まり、息も止まった。胸がどきどきしていた。ドミニクの目をのぞきこんだら、きっとその場でとろけてしまう。それでも、務めの話をまた持ち出される前に、マッサージをしなければいけない。なんとかやり遂げるには、指で揉んでいるのはドミニクの肩ではないと想像するしかない。そういうわけで、ブルックは彼の肩越しに寝室の壁を見つめた。やがて、彼が気持ちよさそうにうめく声が聞こえた。

マッサージの途中だったが、そそくさと手ぬぐいをつかみ、腕にすべらせた。もう一度マッサージを求められたら、手ぬぐいを投げつけてやるわ。ドミニクの手を取り、指を一本ずつ拭いた。作業に没頭するあまり、彼の手が汚れていないことにすぐには気づかなかった。

すでに手を洗っていたの？ドミニクの目に視線を戻した。残りの部分も彼が自分で拭けばいいのに。こちらがしてあげるよりもずっと手早く、楽にできるのだから。

ブルックがそう言おうとした矢先、ドミニクに手をつかまれ、胸に倒れこみそうになるほど手前に引き寄せられた。「もうすぐ妻になる身として、務めを忘れるな。これは必要性の問題じゃなく、選択の問題で、選ぶのはおれだ。つづけろ」

こっちの考えはお見通しというわけね！　頬がかっと熱くなり、ブルックはうしろにさがり、手ぬぐいをゆすいでしぼり、今度は胸を拭いた。やさしくではなく、鬱憤を晴らすように力を入れ、不必要なほど長々と手ぬぐいをこすりつけたが、それは彼の胸板の広さと腹筋のたくましさに気を取られたからだったのかもしれない。けれど、皮膚が赤くなってしまったことに気づいたとたん、唐突に手を止めた。ドミニクはひと言も文句を言わなかった。

ブルックはうしろめたくなり、できるだけ早く終わらせて部屋を出ていくことにした。けれど、背中に手を伸ばそうとして身をかがめた拍子に、ドミニクの二の腕に胸がかすめ、彼が今朝てのひらを胸の先端にそっと走らせたときに味わった快感と同じ刺激を覚えた。ああ、なんてことなの。

あわてて身体を引いて、また手ぬぐいをゆすぎ、今度はベッドに上がって、身体のうしろ側をきれいにするために背後にまわった。うなじを手ぬぐいで拭くと、また鳥肌が立った。首と耳が敏感らしい。妻なら今後の参考に憶えておきたい豆知識だが、ブルックは忘れようとした。それを手助けしてくれたのはドミニクの犬で、ベッドに飛び乗ってきて、ブルックをじっと見つめた。この犬の最近の不思議な行動を思うと、いささか落ちつかない気持ちになる。

視線を向けられていなかったので、ドミニクの背中にこれまでよりもやさしく手ぬぐいを走らせ、従順な婚約者になったつもりで肩をもうすこしマッサージした。彼に愛されるためにとにかくなんでもやってみるのよ。

そう思っていたところ、ドミニクがウルフに気を取られ、身を乗り出して脇腹をなでてやったのを見て、ブルックはなんの気なしにこう言った。「狼じゃないとあなたは言うけれど、何代か前に狼の血がまじったのかもしれないわね」

「ああ、ありうるな。でも、べつにどうでもいい。こいつは人に慣れていて、おとなしい」

ドミニクとはちがって。ブルックはなおも話をつづけた。「イングランドで狼は絶滅したとされているのはわたしも知っているけれど、どうしてもうすべて死んでしまったとわかるのかしら」

「起きるべくして起きたことだからさ。王たちが単に毛皮を貢物として要求するのではなく、狼に賞金を懸けはじめたせいだ。何百年も前に死に絶えてしまったが、北部の土地は広大で、人も住んでいない。ひょっとしたらそこで少数の群れが生きのびているかもしれないが、まあ、たぶんそういうことはないだろう」

前回この話題が出たときのように、今度もまた一蹴されるかとブルックは思っていた。ドミニクの飼い犬の祖先は狼で、何百年も昔のことではなく、もうすこし最近にヨークシャーの荒れ野を歩きまわっていたかもしれないという主張に賛同してもらえるとは思いもしなかった。

けれど、ドミニクはつづけて言った。「犬ではなく狼ではないかという目で見るのをやめたら、たぶんきみもウルフが怖くなくなるだろうし、狼のような動物が荒れ野で遠吠えをしているという噂も信じなくなるだろう」

ブルックはまた頬を紅潮させた。「ばかなことを言わないで」彼女はぴしゃりと言った。「ウルフとわたしはすでに大の仲良しよ。わたしの手についたラストンのにおいをかぎ取ると、そわそわするけれど」

「ラストン？」

「アルフリーダの猫よ。厩舎であなたの馬丁頭のために鼠をつかまえているわ」

「猫は役に立つ。猫を連れてきたらおれに反対されるとは思わなかったのか？」

「わたしがここにいることについて、あなたはなにもかも反対なのね、ウルフ卿」

そんなことはないと否定するとしたらいまが絶好のタイミングだろうが、期待はずれに終わった。ドミニクが背を向けているのをいいことに、ブルックはポケットからニンジンを取り出し、ウルフにやった。ウルフはニンジンを受け取り、ベッドの反対側におりたかと思うと、すぐにぼりぼりと音を立てはじめた。

ブルックはくすりと笑った。そしてまだ顔をほころばせているうちにドミニクが言った。

「あいつはなにを齧っているんだ？　またおれのブーツをかかえこんでいるなら――」

「ニンジンよ。好物だって知らなかったの？」

「さてはその手を使ってこいつと仲良くなったんだな？」

「ちがうわ、いま初めて気づいたのよ」

「じゃあ、どうしてニンジンなんか持っていたんだ？　自分の馬にやるつもりだったのか？　ひとりでの乗馬はもうだめだぞ。今後は馬丁を連れていけ」

「わかったわ。それに乗馬をするつもりじゃ――」

　部屋のドアがひらく音が聞こえて、ブルックは途中で口をつぐんだ。ふたりの使用人が手桶に汲《く》んだ湯を運び入れていた。ブルックはドミニクの背中に手ぬぐいを投げつけ、ベッドからすばやくおりると、ドアのほうにまっすぐ向かった。

「ご所望のお風呂にはいるときは傷口をくれぐれも濡らさないことね」ブルックはドアから出ていきながら、語気を強めて言った。

　うしろで笑い声がした。笑うなんて！

　いけ好かないなんてものじゃない。あの人はまちがいなく意地悪だわ。

29

その日はドミニクと顔を会わせないよう部屋に引きこもり、ブルックは食事もそこですませた。隣室から聞こえる頻繁に人が出入りする物音から察するに、日に数時間は負傷した脚を休ませることというこちらの助言に耳を傾けるつもりはないようだ。昨夜と今朝あれだけたっぷりと活動したあとなのだから、少なくともきょう一日は脚をゆっくり休ませるものと思っていたが、どうやらそうではないらしい。厩舎に行って大事な馬たちの様子を見てくる、と廊下でガブリエルに知らせる声すら聞こえてきた。

ブルックが主導権を握れたのもつかの間だった。ドミニクに近寄りたくも、彼の仕掛ける厄介な駆け引きにかかわりたくもないのはやまやまだが、それはできないことも、避けていたらふたりの問題は解決しないこともわかっていた。そう、問題といえば、ドミニクがせっせとこちらを追い出そうとしていることだけだ。結婚すればそれも終わるのだろうか。それとも、あの意地の悪さは生まれつきなのか。それでも、恋に恋する乙女のように屋敷のなかでつきまとうつもりはない。もはや彼の部屋に出入りする口実がなくなってしまったのだから、彼と会い、一緒に過ごすもっともらしい理由が必要だ。まったく、こんなに早く怪我が治らなくてもよさそうなものなのに。

アルフリーダがたっぷりふたり分ある料理を携えて、早めの昼食をとろうとブルックの部屋にやってきた。「一夜をともにしたのだから、もうかわいがってもらったんでしょうね？」食事の盆を小さなテーブルにおろしもしないうちに侍女は尋ねた。

ブルックはふたり掛けのソファに腰をおろして白状した。「何度かキスはされたけれど、信じられない口実を引き合いに出されたわ」

「というと？」

ブルックはふんと鼻を鳴らした。「ふたりの馬が交わった物音を夜中に聞いたんですって。それで欲望が刺激されてしまったらしいわ」

「そこに便乗しなかったの？」

「しようとしたわ」ブルックはぼそぼそと言ってから、うめき声を洩らした。「でも彼が途中でやめてしまったのよ、抱かれたらきみはロスデール邸を出ていかなくなる、と言い張って」

アルフリーダは笑ってしまい、テーブル越しにブルックからぎろりとにらまれた。咳払いをして、真顔になって指摘した。「そんなのは大ぼらですよ、あなたもそれを見破るべきだったわね」

「だったら、彼の本当の理由はなんだったのかしら？　わたしはその気になっていて、それは彼も察していたのに」

「もしかしたらあなたの狼さんはじつは紳士的な方で、夫婦の営みを始める儀式をベッドもない場所でしたくなかったのかもしれない。あなたが実家に帰ることをまだ期待しているうちは、それを認めないでしょうけれど」

「たぶんそうね」ブルックは、風よけになろうとしたドミニクを紳士的だと昨夜は思ったことを思い出した。

「それで、ウルフ卿は嵐のなか馬を走らせ、あなたを連れて帰るほど怪我も快復し、英雄的な行ないで――」

「あの人の動機を買いかぶらないで。無理してまでわたしを捜し出そうとしたのは、自分のため以外のなにものでもないのよ」

それはどうかと言わんばかりにアルフリーダは舌を鳴らした。「いずれにしても、ウルフ卿と一緒にいるために新たな手立てを見つけないとね。あなたの計画はうまくいくかもしれないわ、ウルフ卿にまだ認めてもらえなくても。さっき厩舎に出かけていくのを見かけたの。食事が終わったら、そこで合流してみたら？　あなたがどれほど馬好きか、ウルフ卿はもうご存じ？」

「馬の繁殖に興味があることは知っているわ。それは名案だけど――」ブルックは、ドミニクが廊下でウルフに、ただいまと呼びかける声が聞こえ、いったん言葉を切った。「やっぱりいいわ。きょう顔を合わせても、脚を休ませていないと彼に小言を言うのがおちだから。あした厩舎に会いに行くわ、彼がまた厩舎に行くのなら」

「あるいは、ウルフ卿が愛馬の調教を再開するなら、乗馬につきあうか。あちらから提案されるかもしれないわね、あなたがまた迷子にならないかどうか信用できなくて」

ブルックはまた鼻を鳴らした。「今後は馬丁を連れていけとすでに言いつけられたわ」

「だったら、婚約者なのだからあなたに付き添ってもらうほうが適切だと言えばいいわ。せがんでごらんなさい、あなたと一緒じゃなければ、お供はつけないと」

ブルックはくすくす笑った。「あの人にせがんだらどうなるか知っているの？　風に向かって叫ぶようなものよ。やるだけ無駄なの」

「わたしをくじけさせようとしているわね、お嬢さん。ウルフ卿とあなたのあいだに立ちはだかる山は乗り越えられそうもないことはわかっているわ。ウルフ卿があなたのお兄さんを恨んでいるのは妹さんが亡くなったせいばかりか、お腹の赤ちゃんの命まで奪ったせいでもあると知ってしまったいまとなってはなおのこと。ウルフ卿の妹さんの日記にそんなことが書かれていなかったらよかったのにね」

「そうね」ブルックはいささか沈んだ声で言った。

日記を読んでいるところを見つかったときに、日記の最後に書かれていたくだりについてアルフリーダに話して聞かせていたのだった。その日アルフリーダはもう一度、惚れ薬を作ってあげましょうかと持ちかけてきた。せめて憎悪を克服して、結婚生活の楽しい一面へ飛びこめるように、と。ブルックは今度もまたその申し出を断っていた。ドミニクに本当に愛してほしいからだ。愛している気になるだけではなく。

「このままわたしの言うことを聞いていればよかったのに」アルフリーダはそのときのことを持ち出して言った。「当初の予想をはるかに超える厳しい状況ね。こうなったら、非常手段に出ないと。あの薬を作ってあげるわ」

「でも、あの人に欲情してほしいわけじゃないのよ」

「愛情と欲情は切っても切れない関係なのよ」侍女は立ち上がり、ドアのほうに歩いていった。「とにかく手もとに置いておけばいいわ、役に立ちそうな状況になった場合に備えて」

前日大変な目にあったせいで、疲れに負け、外にはまだ薄闇が広がっているうちにブルックはベッドにはいった。大きな遠吠えで目を覚ましてみると、日はとっぷりと暮れていた。枕もとのランプをつけ、懐中時計を見た。十時半。ローブをさっとはおり、急いでドミニクの部屋に行き、彼が部屋にいるか確かめようとしたが、いざドアをノックしようとしたところでためらった。彼が部屋にいたら、どう言い訳をする？　けれど、部屋におらず、荒れ野で遠吠えをしていたら？　もちろんそんなわけはない。夜中に思いついたおかしな考えをブルックは頭から振り払った。あんなのはただのばかげた噂だけれど、とにかく根も葉もない噂であることをきちんと確認しておきたかった。自分が納得するためだけではなく、噂を払拭する助けにもなれるからだ。

静かにノックして、待った。ドアがほんのすこしだけひらいた。出てきたのはアンドルーで、すぐにこう言った。「旦那さまは散歩にお出かけになりました」

すばらしい。それこそ聞きたくなかった言葉だ、あのくだらない噂を裏づけてしまう。

「あの悲しげな遠吠えは聞こえた?」

「犬が村からこのあたりまでさまよってくるんですよ」

そうなの? それとも使用人たちは主人の奇行癖を言い繕うことに慣れているの? 「旦那さまはいつもどちらへ散歩に行くの?」

「村です。寝つけないときには酒場に入り浸っていますよ」

ブルックはアンドルーに礼を言って自分の部屋に戻ったが、すぐにベッドにははいらなかった。酒場ですって? ひょっとして、そこにお気に入りの給仕係でもいるのかしら。自分ではなくほかの女性たちに目を向けている彼に腹が立った。最初は元愛人で、今度は酒場の給仕係? すっかり目が覚めたブルックは自分の目で確かめてやろうと思い立ち、服を着て、屋敷を抜け出した。

そのすばらしい夏の夜、村へつづく広い道には月の光が降り注いでいた。ほどなく村に着き、明かりの灯った騒がしい場所を突きとめた。そこまでまっすぐ歩いていったが、並んだ窓の前で足を止め、まずはなかをのぞいた。ドミニクはひときわ背が高く、どこにいるのかすぐにわかった。ガブリエルのほか、五、六人の男性たちに囲まれている。

今夜のドミニクはくだけた服装で、領主らしくは見えなかったし、領主らしくふるまってもいない。〈狼〉の新たな一面を目のあたりにし、ブルックは興味をそそられた。平民たちと笑い合い、酒を酌み交わし――ちょっと待って、歌を歌っているのは彼なの？　嬉しい驚きだったのは、ドミニクはみなから好かれているらしく、地元の男たちは彼と一緒にいてもくつろいでいるようだった。ドミニクがいきなり遠吠えを発すると、ほかの者たちも一緒になって遠吠えし、すぐにみなそろって笑い出した。

ブルックは顔をほころばせた。狼の血がまじっているというあの噂を彼はもはや気にしていないにちがいない――仮にこれまで気にしていたのだとしても。そうだとするなら、自分のことを打ち明けてくれたほかの話のうち、どれくらいが本当のことで、どれくらいがこちらを追い払うための作り話だったのだろうか。

少なくとも彼は酒場で女たちと戯れてはいなかった。ブルックはロスデール邸へ戻ろうと窓に背を向けたが、その拍子に誰かにぶつかって、息を呑んだ。

「まあ、落ちつけって、娘さん」ぶつかった相手の男が言った。「長《なが》っ尻《ちり》の男がいるなら、なかにはいって、そいつに言ってやるといい」

抵抗する間もなく、ブルックは酒場のなかに引っぱりこまれていた。即座にドミニクに見つからなかったら、すぐさま逃げ出していただろう。部屋の奥にいる彼と視線がからみ合い、ブルックはその場で立ちすくんだ。やがて赤い頰の元気な給仕係が飲みものをブルックの手に握らせ、にっこりと微笑んだ。ブルックは酒場で働く女たちにさっきまで反感をいだいていた自分がうしろめたくなった。

「で、あんたの男は誰なんだ？」店に引きこんだ男が尋ねた。

男に目をやると、このなかの誰かが怒鳴られるのをいかにも期待してにやにやしていたので、おそらくがっかりさせてしまうだろう。「わたしはドミニクの婚約者なの」まったく予想外なことに、男は笑い出し、ブルックから聞いたことを大声で店じゅうに広めた。はやし立てる声で酒場は大騒ぎになり、男たちはドミニクの背中をたたきはじめた。

「その噂はおれたちも聞いていた」ひとりがそう言った。「ほんとだってこれでわかったな！」

別の男はどうしてもブルックから目を離せないといった様子でドミニクに言った。「旦那さまは運がいい」

ドミニクはにっこりと微笑みながらも、こう切り返した。「さあ、どうだかな」

その言葉はどっと笑いを誘った。おそらく酒場にいる全員が全員、ブルックがドミニクの様子を見に来たのだと察しをつけているからだ。さて、彼にどう説明すればいいだろう？

ドミニクが近づいてきたので、ブルックは地元のビールをぐっと呷《あお》った。やがて祝杯がつぎつぎに挙げられ、健康と幸せを口々に願う声を聞いているうちに、ブルックは思わず笑みを浮かべていた。

だからドミニクはそそくさと酒場からブルックを追い出さなかったのかもしれない。これまで飲んだことのない味のビールをさらに何口か飲むうちに、酒場まで押しかけて迷惑がられたのではないかとくよくよ悩むのはやめにした。

けれど、とうとうドミニクに中身がまだ半分残っていたグラスを取り上げられた。「そろそろ帰るぞ」

ブルックはうなずいて、先に立ってドアを出ると、階段で足もとをよろめかせた。

そのとたん、腰にドミニクの腕がまわされた。「家まで運んでやらないとだめかな」

ブルックはドミニクを見上げた。「そうしたいの？　まさか、そんなはずはないわね。ロスデール邸はどっちだったかしら？」

ドミニクは笑った。「酒は飲み慣れていないのか？」

「まあ、そうね。ワインは飲むけれど、たまにね。でも、わたしならだいじょうぶよ。下を見ていなくて、階段があることを忘れていたの」

「なるほどな」

懐疑的というよりもからかうような口調だった。聞きたいことを聞こうとするのはやめるべきだし、彼が自分に親切にする理由はないことを忘れてはならない——いまはまだ。

屋敷につづく道に着くと、ドミニクが腰から手を離し、ブルックはがっかりした。彼に腕をまわされているのは心地よかったのだ——とても安心できて、まるで誰かのものになったかのようだった。村から帰る姿を小作人たちに見られているかもしれないから、守ってくれるようなそぶりを見せたのだろうか。ちらりとドミニクを見上げ、酒場で目撃した男性は自分の知っている人ではなかったのだとブルックは悟った。上着も、クラヴァットの類いも身につけず、ほかの村人たちと変わらぬ服装だった。それに、村人たちに領主扱いをされていなかったし、好かれているようにも見えた！　本当のドミニク・ウルフをブルックはもっと知りたくなった。

「ロスデールで生まれ育つというのはどんな感じだったの？」

ドミニクは視線をさげ、その質問に驚いたような顔でブルックを見た。「すばらしい生活だ。牧歌的で、平和で——少なくとも家族がここで一緒に暮らしていたころは」

もうなにも言わないほうがいい。なにもかもが妹の死につながるの？　けれど、すこしだけ飲んだビールの勢いを借りてブルックは言った。「馬を繁殖させたいという自分の気持ちに気づいたのはいつ？」

「馬の群れを自由にした日だ」

ブルックはにやりと笑った。「まさか」

「いや、本当だ。無謀といえば無謀だが、どうなるのか見てみたかったんだ、罰を受けるのは別として。ゲイブが手伝ってくれて、牧草地の奥の細長い柵を引き倒したから大脱走になるはずで、実際にそうなった。当時馬丁頭だったアーノルドの父親が馬を追いかけて走りまわる姿を見て、おれたちは腹をかかえて笑った。一週間部屋に閉じこめられる罰を受けるだけの価値はあった。そのとき、おれはまだ九歳だった」

「お父さまの代から馬の飼育をしていたのね」

「ああ、父の前は祖父もだ。そのいたずらをするまでは、祖父や父のあとにつづきたいのかよくわからなかった。いたずらをしたときはたしかに愉快だったが、すぐに後悔し、すべての馬は捕獲できないかもしれないと心配になった。とくに父の愛馬だった名馬が。自分で乗るために、その種馬の子がほしかったんだ」

「それで、その血統の仔馬は手に入れられたの？」

「もちろん。ロイヤルの父馬だ」

「よかった」ブルックは微笑んだ。ドミニクとのなごやかな会話を楽しみながら、星明かりのなかを並んで歩いた。「酒場にいた人たちは、あなたのそばにいてもびくびくしていなかった。あの人たちを見ていたら、レスターシャーの実家の使用人たちのことを思い出したわ。子どものころは、使用人たちと一緒にいるときがいちばん楽しかったの」

「きみの両親は使用人とのつきあいを許していたのか？」

「両親は知らなかったのよ」ブルックはくすりと笑った。「使用人たちがわたしの本当の家族だったわ」

屋敷にたどりついた。ドミニクはブルックのために玄関扉を開けたが、彼女のあとからなかにはいってこなかった。ブルックはうしろを振り返った。「ベッドにはいらないの？」

「別の言い方があるんじゃないか？」

なにを言われているのかわからなかった。やがてブルックは気づき、顔から火が出た。

「そういう意味じゃ――」

「ああ、もちろんわかっている。でも、おれはまだ自分のベッドに行くほど酔っていない。楽なことだと思うのか、隣の部屋で寝るのは？」

ブルックははっと息を呑んだが、その音はドミニクには聞こえなかった。酒場へ引き返そうと、すでに玄関扉を閉めていた。

30

ドミニクはまだ眠くなるほど酔っていないのかもしれないが、彼の捨て台詞のあとはブルックも眠れなくなった。ほしくてたまらないから、わたしがすぐ近くで寝ている状況にドミニクは悩まされている、と思いたいところだが、それはないだろう。キスは二度されたけれど、どちらのときも彼がしたくてしたわけではない。

わたしのベッドに来ないかという意味だったのよ、とドミニクに言えばよかったのかもしれない。彼の驚きを想像し、ブルックはくすりと笑った。もしそうしていたら、彼は申し出に応じたかしら？　いや、婚前に応じることはないだろう。

ブルックはため息をつき、月光が降り注ぐ庭が見渡せる窓辺にたたずんだ。また眠りに戻るには、厨房におりて、温かいミルクを取ってきたほうがいいかしら——。白い動物が屋敷のほうにゆっくりと走ってきた。まあ、驚いたわ、あの白い犬はわたしをここまで追いかけて、垣根の内側にはいってきたの？

急いで階段をおり、音楽室から屋敷の裏手に出た。音楽室には背の高いフランス窓があり、そこを抜けると、庭の上に張り出す広いバルコニーに出る。庭に通じる階段のおり口で足を止め、犬が来るか様子を見た。来た。ゆっくりと階段をのぼってくる。ブルックはにっこりと微笑んでいた。

「自分のペットがほしいとずっと思っていたのよ」そう犬に話しかけ、手が届くところまで犬が近づいてくるや、耳のうしろをさすってやる勇気が湧いた。「そう、乗りものにはしないペットがね。ここに住みたい？　もしそうなら、ついてきて。落ちつき先は朝になってから見つけましょうね」

話を理解したかのように、犬はブルックのあとから家のなかにはいってきた。ブルックはまず厨房に立ち寄り、夕食に食べた濃厚なシチューを大きな椀《わん》によそって、部屋へ運んだ。使用人が近くにいなかったので、変わった友だちは誰にも気づかれなかった。

椀を床に置き、ドアを閉め、犬がすぐにシチューを食べはじめる様子をブルックは見守った。たぶんここで飼うわけにはいかないわね……そう、許可を取りつけなければだめだ。けれど、ラストンについてドミニクが話していたことを考えれば、たぶん許してもらえる気がした。あの人は犬好きだから、許してくれない理由はないでしょう？　いや、もちろん理由は考えられる。こちらの自由にさせまいというだけの理由で許してくれないかもしれない。

心配するのはあすの朝でいい。それから、厨房の使用人に尋ねて、ウルフにどんな餌をやっているのか教えてもらわないと。ブルックの友だちは大きな椀によそったシチューをほんの数秒でたいらげていた。

空になった椀に水を満たし、犬の隣の床に座って、仲良くなろうとした。耳のうしろをさわらせてくれたので、もっと本格的になでてもいやがられないだろう。実際にやってみたところ、やはりそうだった。犬は床に寝そべった。腹をさすってやると、雌だとわかった。ブルックはすっかり虜になっていた。この子を飼う手立てをなんとしても見つけるわ。

朝になり、アルフリーダが汲みたての水を入れた水差しを持って起こしに来ると、ブルックは白い犬がロスデール邸に来た夢を見たことを思い出して、顔をほころばせた。とても生々しい夢だったけれど、現実にはありえそうもない夢であり、だからこそ、ベッドの足もとでその犬が寝ているのを見て、ブルックは息を呑んだ。

とっさに、犬がここにいることを釈明できるまで毛布で隠しておこうと思ったが、結局アルフリーダにこう告げた。「心配しないで。新しくペットを見つけたの。人懐こいのよ」

「どうして心配するの――たしかに大きな犬だけど。今朝はもうラストンに会いに行ってきたから、近づかないほうがいいわね」

「ただの犬よ、フリーダ」

「そう？　あなたがその犬を部屋から連れ出して、みんなが悲鳴を上げて逃げ出す前に、だいじょうぶだと屋敷の人たちに説明にしておくわ」

ブルックはにやりと笑った。あとずさりしながら部屋を出ようとしているが、アルフリーダの考え方は現実的だ。「あなたもこの子を好きになるわ!」

「なぜ誰もかれも、わたしが誰を好きになるだの、なにを好きになるだの、あれこれ言うのかしらね」アルフリーダはぶつぶつ言いながら部屋をあとにした。

ブルックは犬に話しかけながら、すばやく服を着た。悲鳴についてはアルフリーダの冗談だったと思いたいが、犬を部屋から出す前に、話をつけておくべきかもしれない。しかし、ドアのほうに歩きはじめると、犬がベッドから飛びおりて、あとをついてきたので、ブルックは立ち止まり、片膝をついた。

「すぐに戻ってきて、走りまわれるよう外に連れていってあげるわ。だから待てるわね?ここにいるのよ?」

明らかにこの犬は人に慣れている。うなりもせず、歯をむきもしなかったが、簡単な命令はもちろんのこと、自分の話が通じたのかブルックはよくわからなかった。けれど、犬は部屋の真ん中で座り、また身体をなでても抵抗せず、ブルックがすばやくドアのほうに移動してもその場にじっとしていた。ところが部屋を出たとたん、ブルックはあやうくウルフにつまずきそうになった。ウルフはドアのいちばん下で鼻をくんくんさせ、ブルックの横をすり抜けて部屋にはいろうとしたが、それより早くブルックはドアを閉めた。二匹を引き合わせてもいいけれど——仲良くやってほしいものだ——飼っていいと許可をもらうまではだめだ。少なくともウルフは吠えもせず、部屋にいるお忍びの客の注意を引こうとはしていない。

しかし、最悪の部類の注意をすでに引いていた。「なんの騒ぎだ？」ドミニクが部屋の外にいて、自分の犬の様子を見ていたのだ。「またニンジンでおれの犬を骨抜きにしたか？」ウルフがブルックの部屋にはいろうとしてドアを引っかきはじめたので、ドミニクは近づいてきた。「部屋のなかにもっとニンジンがあると思っているのか？」

「きっとそうね」ブルックは嘘をついた。

けれど、両手を大きく広げてドアの前に立ちはだかったのはあからさますぎて失敗だった。そのせいでドミニクはブルックをわきに押しのけて、ドアを開けた。ウルフが部屋に駆けこんだが、別の犬を見たとたん、ぴたりと動きを止めた。ドミニクも部屋の入口で足を止めた。

「狼か」信じられないというように言った。

ブルックは鼻を鳴らした。「狼を見たこともないのに、どうしてわかるの？」

「見たことはある。いいか、この動物に二度と近づくな」

ブルックは横からまわりこんでドミニクと白い犬とのあいだに割りこもうとしたが、ドミニクが腕を突き出し、行く手を阻んだ。「やめて」ブルックは食ってかかった。「人懐こい犬なのよ」

「人懐こい犬がどういうものか、そもそも知っているのか？　尻尾を振ってくるのさ、じっと座って、つぎの食事を見るような目できみを見たりはしない。こいつは殺さないと」

ブルックは息を呑んだ。「やめて！」

哀れっぽい鳴き声が聞こえ、ウルフを見た。ウルフは腹這いになり、くんくん鳴きつづけながらもう一匹の犬のほうにじりじりと近づいている。ブルックは目を丸くし、呆然としながら推測したことを口にした。「この犬はウルフのお母さんなんじゃないかしら」

「なにをばかな」ドミニクはあざけるように言った。

「よく見て。群れに戻りたいと母親に許しを請うはぐれた子犬の姿だわ」

「こいつは飼えない」

「どうしてだめなの？　あなたはウルフを飼っているわ。あなたのペットだって、見つけたときは野生動物だった。あなたに馴りついたんでしょう」

「しつけられていなかったからだが、いまはちゃんとしつけてある。でも、こいつは」ドミニクはブルックの堂々たる友だちを指差した。「すっかり大人になった野生動物だ」

「おとなしく座って、威嚇するようなことはなにひとつしていないのに、よくそんなことが言えるわね」

「本物の狼は室内で飼えないぞ」

「狼じゃないわよ」

ドミニクは鋭い目つきでブルックをちらりと見た。「ほう、いまは狼は絶滅したと考えているわけか、絶滅していないと二度もおれに言い張ったきみが」

ブルックは顎を突き出した。「あの子はわたしを助けてくれたの。土砂降りのなか、五十センチ先も見えなかったときに、吠えてわたしに合図を送って、廃墟へ連れ戻してくれた。人に慣れているわ。初めて会ったときもわたしにうなり声を上げなかったし、今朝はアルフリーダにもうならなかった。あなたに威嚇されてもうならなかったでしょ。この子を飼いたいの。どう考えても狼じゃないわ」

返事の代わりにドミニクはブルックの手を取り、部屋から連れ出し、階段をおりて応接間に向かった。「どういうこと——?」

その問いかけに応えるように、ドミニクはポケットから鍵を取り出し、曲線を描く塔につながる大きな部屋の南東の角へ歩を進めた。ブルックは屋敷のなかをひとりで探検していたときに塔の部屋にはいろうとしたことがあったが、そこは鍵がかかっていたのだった。

ドミニクがドアの鍵を開けると、白い犬を殺すあいだ塔に閉じこめておくつもりだろうかと思って、ブルックは緊張した。なんとしても抵抗しようと覚悟を決めたが、その部屋のなかで見たものに目を奪われてしまった。

31

薄暗い部屋に足を踏み入れながら、ブルックの背中に寒けが走った。湾曲した壁は、床と同じくきめの粗い灰色の石で作られていた。埃《ほこり》よけなのか、白い布で覆われた絵が数枚、壁にかけられている。部屋の真ん中の低いテーブルの上には古い収納箱が置かれていた。そのほかになにがあるのか、部屋に窓がないため、よく見えなかった。唯一の明かりはドアを開けた出入り口から差しこむ光だけだ。その光のなかで埃が舞っていたものの、塔の上階の部屋とはちがい、蜘蛛の巣は見当たらなかった。

そのときのいやな記憶がよみがえり、ブルックはふと尋ねてみたくなった。「わたしが到着したときに、あなたが押しこめようとしていた塔の部屋の状態を知っている？　蜘蛛の巣だらけだったわ」

「そうか？　子どものとき以来のぼっていない。だが、掃除すればきれいになっただろう。寝泊りするのに、ただじっとして、なにもしないつもりだったのか？」

ドミニクはそう言いながら、笑みを浮かべさえした！　ブルックは口を一文字に結んだ。

屋敷には使用人が大勢いるのに、使用人扱いをするつもりだったとほのめかしているのも、ここから逃げ出させるための作戦の一環だ。

「ちょっと待っていてくれ」ドミニクが部屋から出ていった。ブルックはぎゅっと目をつぶり、ドアが閉じる音が聞こえてくるのを待ったが、彼は火のついた蠟燭《ろうそく》を手に戻ってきた。戻ってこなければよかったのに。ドミニクの目は蠟燭の明かりに照らされて輝いていた――狼の目のように。ドミニクにまつわる噂が広まったのもうなずける。

「その収納箱にはなにがはいっているの？」ドミニクが収納箱の横に蠟燭を置くと、ブルックは尋ねた。

「小間物や宝石、気に入った装身具、先祖たちの日記帳」

日記帳？　エラの日記から破り取られたページはこの収納箱にしまわれているのだろうか、とブルックは思いをめぐらせた。なかを見てもいいか、思いきって訊いてみようか？

「おのおのが少なくともなにかひとつ、保管しておく価値のあるものを残している。収納箱にはいりきらないほど大きなものもいくつかある、たとえば絵のように。この絵は二百年前のものだ」

ドミニクは一枚の絵画の覆いを取りはずした。ブルックははっと息を呑んだ。二頭の狼の絵だった。一頭は純白で、もう一頭は灰色だ。二頭の身体は引き締まり、獰猛な輝きを宿した目で、捕食動物らしい顔つきをしていた。そして、白い狼はブルックが屋敷にこっそり連れこんだ犬に気味が悪いほど瓜《うり》二つだった。ドミニクがこの絵を見せにここへ連れてきたのも無理はない。

「この絵はもっと古い」

ドミニクはまた別の絵画の覆いをはずしたが、ブルックは最初の一枚から目が離せずにいた。一頭はいまにも飛びかからんばかりの様子で座り、もう一頭はたらふく食べたばかりだというような満足げな表情を浮かべて手前に寝そべっている。「どなたが描いたの？」

「コーネリアス・ウルフの娘のコーニーリアだ」

「その方は狼たちにこんなに近づくことができたの？」ブルックはとても信じられないというように尋ねた。

「いや、望遠鏡で狼を観察して日記帳に記録した。屋根裏部屋にはコーニーリアの絵がさらに十枚ほどあるが、すべて題材は狼だ。どうやら狼の虜になったらしい。イングランドの別の地域では狼は絶滅したと考えられていたかもしれないが、コーニーリアが生きていた時代には北部ではまだ狼たちは生き残っていたようだ。ウルフ家でまたひとり、本物の狼の虜になる者が現れるのかな？」

ブルックはびっくりした。ふたりの結婚を彼はいま認めたの？　きっとからかっているだけだ。そこで、こう尋ねた。「どうしてこの絵をここにしまいこんでいるの？」

「狼が大きく描かれているのはこれ一枚きりでね。見事な絵画だろう。ずっと自分の部屋に飾っていたが、十八になったときに、すこし子どもじみていると思っておろした」

「使用人があなたの部屋でこの絵を見ていたのなら――あなたに狼の血がまじっているという噂がささやかれるようになったのも不思議ではないわね」

ブルックの推測を聞いて、ドミニクは眉を上げた。「そのばかげた噂が始まったきっかけは、おれが子どものころに学校でふざけて遠吠えするようになったからだろう、年下の生徒たちを怖がらせようとして。とにかく、コーネリアスの娘は必死でこの絵を完成させた。ほかの絵では狼はもっと遠くにいる構図だ。でも、この絵だけは狼がまるで目の前にいるかのように描こうとした。描き上げるまで何カ月もかかった。この二頭はつがいで、しょっちゅう一緒にいたが、同じポーズをとったところを確認するのにずいぶん手間取った」

「どうしてそういういきさつを知っているの？」

「本人が日記につけていたからだ。先祖の多くもそうだった。一族の呪いや、それに対する考えが日記に書き残されている。ばかばかしくて信用できない話もある。だが、その呪いはこのふたりのせいだという意見でみな一致している」

ドミニクが覆いの布をはずしたもう一枚の絵にブルックはようやく目をやった。正装をしたエリザベス朝時代の貴族が、同じく華やかに着飾って椅子に腰かけた女性の肩に手を置いて立っている絵だった。夫婦の肖像画によく見られるポーズだ。

「この人たちはどなたなの？」

「男はコーネリアス・ウルフ、例の一族の厄介者だ。この絵が描かれたのは新たにロスデールの領主の座をあたえられたときで、コーネリアスはすっかりいい気になっていた。一緒に描かれているのは愛人だ。ヨークのどこかの貴族の隠し子ではないかと考える者もいたが、大方の考えではロスデールの村娘とされている。だが、コーネリアスはこの娘を引き立てて、貴婦人のようななりをさせ、そのように扱い、友人たちにもおもしろ半分にそう紹介した」

「そのせいで隣人たちの嘲笑と反感を買った？」ブルックはショー家のことを思い返し、そう推測した。

「ああ。だが、意に介さなかった」それはいかがなものかと言わんばかりの口調でドミニクは言った。「前にも言ったが、コーネリアスは快楽主義者で、自分の楽しみだけにかまけていた。彼にとってこの愛人はただの慰みものだった。肖像画をコーネリアスが描かせたとき、自分と結婚してくれるものと愛人は思ったはずだが、結婚の話をにおわせると、一笑に付された」

「それはちょっと――」

「救いようのない厄介者だ」

「ああ、なるほどね。この女性があなたの一族に呪いをかけたのね、彼に希望を打ち砕かれたから」

「そんなところだ。コーネリアスとその直系の者が不幸になるよう呪いをかけて、彼女は去った。そして、その日のうちに謎の死を遂げた」

「コーネリアスに殺されたの？」

「いや、ちがう。彼女の身になにが起きたのか、ふたつの説がある。ひとつは、実家に帰って自殺したという説。もうひとつは、親戚の牧師に魔術を使っていると糾弾され、火あぶりの刑に処せられたという説だ。だが、それ以外の情報はなにも伝えられていない。名前さえも、だ。当時、身分の低い者から貴族にいたるまで、魔女の存在は広く信じられていた。魔女の疑いをかけられるのはわけないことだった。十年後にコーネリアスが結婚し、第一子が死産すると、やっぱりあのときの愛人は魔女だったのだと人びとは確信した。愛人の呪いのせいで悲劇が起きたのだと」

「でも、人は死ぬときは死ぬわ、事故であれ、病気であれ」

ドミニクは妙な表情を浮かべてブルックを見た。「もちろんだ。おれの一族だけが死を独占しているわけじゃないし、第一子ではないが、若くして亡くなった者もいる。ウルフ家になんらかの呪いがかけられているのだとしたら、不幸に見舞われる呪いだ」

「コーネリアスの愛人がかけた呪いがあなたの言うように漠然としていて、彼の第一子が生まれたときに亡くなったのなら、どうして〝二十五歳〟で亡くなるという噂にふくらんだのかしら？」

「それもまた謎だ。二十五歳で亡くなったウルフ家の人間は、父も含めてこれまでに三人だけということを考えると。むしろ、われわれは二十五歳までしか生きられないとされている。第一子はみなそうだった」

「ひとり残らず?」

「ああ、ひとり残らずだ」

「お父さまはどうして亡くなったの?」

「父と母は果樹園にいた。父は木にのぼって、母のためにリンゴをもごうとしたとき、木から落ちた。高い木じゃなかったが、落下したときに首の骨を折った。葬儀のあと、母は果樹園を焼き払った。樹木が植え直されたのは喪が明けてからだ」

「お気の毒に」

「きみの言葉を借りれば、事故は起きるときは起きる」

「日記はすべて読んだの?」

「いいや。ある日記はラテン語で書かれ、フランス語の日記もいくつかある。おれは根気がなくて、ラテン語もフランス語も身につかなかった」

「フランス語ならわかるわ。教えてあげてもいいわよ——あるいは、フランス語の日記を読んであげてもいいわ」

「つまり、そういうことをしにここに来るつもりか?」

ブルックは顔をしかめたが、ドミニクは絵にまた布をかけていたのでそれに気づかなかった。ブルックは先に立って部屋を出た。依然として新しい友だちを追い出さないようドミニクを説得しなければならないが、それに失敗する覚悟もしておかなければならない。ドミニクが二頭の狼の絵を見せたのは、あの美しい動物がどれだけ人懐こく見えようが、ペットとして飼うのは無鉄砲だと説き伏せるためだ。彼がわざわざ手間をかけて、あの白い犬は狼だとこちらを納得させようとしたことにブルックは驚いた。そこまでする必要はなかったのに。

そういうわけで、塔を出て、ドアに鍵をかけたドミニクがこう言い出したときは、思わず耳を疑ってしまった。「あいつの住む場所を作らせよう。馬から離れた、東側の芝生の生け垣の裏に。ただし、馬たちを脅かしたら、あるいは一頭でも死なせたら、追い出す。よくないと思いつつやってやるわけだから、なにかあれば、即、方針変更だ」

ブルックは盛大にお礼を言いたかったが、こちらがいかに感謝しているか知ったら、ドミニクの気が変わってしまうかもしれない。そこで、ただうなずくだけにして、急いで階上に戻り、ウルフが母親との再会を無事に果たしたか確かめることにした。もっとも、二頭の関係がブルックの推測どおりだったとしての話だが。ただ単にウルフは相手が手強いと認識し、それ相応の行動に出ただけとも考えられる――結婚する予定の〈狼〉を相手にブルックがそうしているように。

32

犬なのか、狼なのか、いずれにしても、ブルックはその二頭に夢中になり、その日は時がたつのも忘れた。出会いを記念して、新しい友だちを嵐《ストーム》と呼ぶことにした。そして、ストームの住み家の設営にみずから立ち合い、雨がしのげるように小屋を建てるべきだと主張するだけでなく、ぜひ地面に穴も掘ってほしいと頼んだ。そっちのほうがストームにはなじみのある隠れ家だろう。ドミニクはその小さな場所を二メートルほどの高い柵で囲もうとしたが、ウルフがその柵を飛び越えようとしてあやうく怪我をしかけたので、完成を待たず、柵を解体させた。

二頭は出会った瞬間から、たがいに離れられなくなっていた。ともに子犬のように荒れ野を駆けまわった。ブルックがレベルを調教していると、二頭は一緒についてきたが、牝馬もいやがってはいないようだった。しかし、ドミニクがブルックたちに合流しようとすると、ロイヤルはいやがった。飼い犬が屋敷のなかで自分と一緒にいるよりも、外でストームのそばにいたがるのがドミニクはおもしろくなかったようだ。だが、それについて無理強いはせず、夜間は二頭とも室内に入れてやることで問題を解決した。使用人たちは喜ばなかったが、ブルックは喜んだ。とはいえ、ストームは狼というよりも犬のようにふるまう。だから、そのうち使用人たちもストームに慣れるだろう。いよいよ来るべき時が来たら……。

つぎの日、ブルックがロスデール邸で過ごす二度めの日曜日、婚姻の予告が再び読み上げられた。ふたりにはあと一週間しかない。ドミニクが結婚を回避する道を見つけ、ブルックは精神病院送りにならずに実家に戻ったとしても、あの両親のことだから、ストームは飼わせてもらえず、悲しみに暮れることになる。つまり、ドミニクとの結婚を望む理由がひとつ増えたというわけだ――彼に愛されるようにするべき理由が。いずれは。

ブルックを追い出そうとするたくらみは、廃墟で一夜を明かして以来いったん保留されているようだった。もしかしたら犬たちのおかげかもしれない。昨日もきょうもブルックはほとんどの時間を犬たちと過ごしていたが、ドミニクもそうだったので、彼と顔を合わせる口実を探す必要はなくなっていた。昨日は、夕食を一緒にとる心づもりだとドミニクから言い渡された。こちらを困らせようと思っての提案であっても不思議ではないので、夕食で同席できることが楽しみだとわざわざ知らせはしなかった。

狼だと思っている動物を飼わせてくれたことでドミニクはこちらの心をすっかりつかんでいたが、ブルックはそれも自分の胸にしまっていた。もちろん、狼が問題を片づけてくれるのではないかとドミニクは期待しているのかもしれないが、率直に言ってそれはないだろう。

もっとも、あの夜に起きたことを考えると、結婚式まで残り一週間となり、ドミニクは自棄《やけ》になったのかもしれない。けれど、わずかに疑問に思っただけだった。彼が狼狽《ろうばい》を装えるとは思えない。そして、夕食の最中にロンドンからの手紙が届くと、まさに狼狽しているようだった。

ドミニクは手紙に目を通したとたん、立ち上がった。「母が病気だ。今夜のうちに旅の荷物をまとめて、早く寝ろ。夜明けに出発だ。馬車では海岸まで時間がかかりすぎる。馬に乗れば、あすの正午前にはスカボローに到着できる」

「わたしは馬車で追いかけてもいいわよね」

「だめだ。一緒に来い」

「でも――」

「一緒に来るんだ。夜明け前に起きて、出発前に腹ごしらえしておけ。急がせてすまないが、母だけがおれに残された身内だ」

さらに指示を出してから、ドミニクは食堂をあとにした。ブルックはアルフリーダに知らせようとすぐに階上へ戻った。最速の手段でロンドンに行くドミニクの計画が侍女は気に入らなかった。自分が含まれていないのでなおさらだ。

「海岸まで馬を飛ばすなんて危険だわ」アルフリーダは警告した。「朝早く起きるのなら疲れるでしょうし、鞍の上で居眠りだってしかねない」

ブルックはくすりと笑った。「それはないわ。スカボローにドミニクの小さな帆掛け舟があるの。馬車で行くよりもうんと早く彼のお母さまのもとにたどりつけるわ。それに、舟に乗るのは初めてだから、きっと楽しめるはずよ」

「あるいは、風が凪《な》いで、舟は止まるかもしれない。帆掛け舟が進むには風が欠かせないけれど、風が吹かないことだってあるのだから」

それはそうだが、そのせいで足止めを食らうかもしれないとドミニクは思っていないようだった。さもなければ、ロンドンまで馬で行こうと提案していただろう。「舟ならどれだけ速いか考えれば、一時間や二時間風が凪いでもたいしたちがいはないわ」

「あるいは、結局ロンドンに着かないかもしれない。それは考えてみた？　ウルフ卿はあなたのことで自暴自棄になっている。時間切れで、結婚から逃れられなくなりそうだから」

「やめて」ブルックはすばやく服を脱いで、寝巻きに着替えた。けれど、アルフリーダの気持ちを鎮めることも考えついた。「ここの暮らしは気に入っている？」

「ええ」

アルフリーダが頬を染めた？　ブルックは目をぐるりとまわした。もちろん、ガブリエルのせいだ。アルフリーダが自分を好きになるというガブリエルの予言は正しかったのかもしれない。

「わたしもよ、予想していたよりもずっと。ここに残りたいの。ドミニクに愛されたいのよ、そうすればここに住めるから。彼とふたりきりで旅をすれば、いい方向に転がると思うの」

「それならこれを持っていって」アルフリーダは小さな薬壜をブルックの手に握らせた。「旅のあいだ、ここぞという時がたぶん訪れるわ。ウルフ卿を求めているとはっきりわかったのだから、これを使うこと」

ブルックは惚れ薬を侍女に突き返しはしなかったが、言うだけは言った。「舟で行くのよ。でも、ロンドンに着いたら薬のことを心に留めておくわ。残りのものを荷造りして、ロンドンまで持ってきてね、結婚するまでここには戻らないから。ガブリエルがあなたに同行するわ」

「あの人が?」

「ロンドンに着く前にくれぐれもガブリエルを殺さないでね」ブルックはからかうように言った。

侍女はふうっと息を吐いた。「小さな帆掛け舟に乗るあなたのことも同じくらい心配だから、約束はしないわ」

33

海を渡る風にボンネットが飛ばされそうになる。顎の下でリボンをしっかりと結んでおいてよかった。「船室はないの?」ブルックはドミニクの手を借りて、舟に乗りこみながら言った。

「これは帆掛け舟だぞ」

「でも――」

「沿岸をちょっと移動するために設計された舟だが、これでロンドンまで遠出したことは何度もある、星を頼りに」

船室があるのではないか、とブルックは期待していたのだ。そこでしばらく風から逃れたり、もうすこし仮眠を取ったりできるのではないかと。興奮のあまり昨夜はほとんど眠れなかった。スカボローにあるドミニクの別邸のソファで、小一時間ほどうたた寝はしたが。その短い時間にドミニクは舟を掃除し、馬をロスデール邸に連れ戻す手配をつけ、旅の寝具と食料を用意した。城の廃墟の床で眠れたのなら、帆掛け舟で眠れないことはないだろう。

スカボローの屋敷はこぎれいで、使用人もちゃんとそろっていた。居間の窓は大きく、そこから北海を見渡せる。大海原を目にしたのは、ブルックはこれが初めてだった。ドミニクの気分がうわの空でなければ、急遽《きゅうきょ》決まったロンドンへの旅に胸を躍らせていたところだ。彼はお母さまのことを心配している。けれど、高熱が出ていること以外容態はわからないので、なぐさめようがなかった。

帆掛け舟は全長が六メートルはあり、どうせ小さいだろうと決めつけたアルフリーダの予測を裏切った。前方に主帆とそれより小さな帆があるだけで、どちらも背の高い一本の柱についていた。甲板は広く、両側にベンチが取りつけられている。港を出ると、ブルックはベンチに座った。かなり風が強い。日の光にきらめく青緑色の水面を切り裂くように進むにつれ、ぐんぐん上がっていく舟の速度に驚いた。海岸が背後に遠のいていくと、今度は不安になってきた。舟に乗るのも、陸地から遠く離れるのも初めてだ。泳ぎの心得があればよかった。けれど、突風が吹き、ボンネットが飛ばされて舟のうしろの海に落ちると、ブルックは笑い声を上げていた。

主帆を調整しているドミニクには、べつに報告しなかった。強い風が吹きつけるなかでかなり手こずったが、髪は三つ編みに編んでまとめた。舳先《へさき》が南へ向くと、右手に緑の細い海岸線が見え、左手には青い海だけが広がったが、水平線の向こうにはほかの船舶も航行しているのだろう。

「イングランド海軍の艦隊が見えるかしら?」ブルックは疑問を口にした。

「連中はこのあたりの海域を支配している。すでに何隻かイングランド海軍の巡視船のそばを通りすぎた」

小型の望遠鏡をドミニクから手渡されたが、ブルックがのぞいてみても、青い海と空しか見えなかった。「向こうで戦っているの?」

「いや、密航船を監視しているだけだ。封鎖を突破しようとする船舶に砲撃する。その戦略は功を奏した。戦争が始まって以来、わが国の艦隊は倍増したが、フランスの艦隊は半減だ。海上封鎖のおかげでナポレオンは船の建造に必要な材料を調達できないからな。この海域で戦闘を行なって、残りの船をあえて危険にさらしはしない。それに、ナポレオンは陸地では強みを発揮するが、海上では勝手がちがう」

「だったら、わが国の艦隊が砲撃している相手は誰なの?」

ドミニクは肩をすくめた。「フランス側の間諜《かんちょう》を密航させようとした船舶や密輸業者だ。イングランド人は法外な値段であってもフランスのブランデーを好むから、フランスでもイングランドでも恐れを知らぬ船乗りたちは密輸で荒稼ぎする誘惑に勝てない。でも、密輸業者は白昼ではなく、夜間に仕事をする。とはいえイングランド海軍と密航船とのあいだの衝突を避けて、おれたちは海岸線沿いに進んでいる」

しばらくして、ブルックはピクニック用の籠からサンドイッチを取り出して頬張った。新鮮な空気を吸っていると、お腹がぺこぺこになるわ！　やがて、おぼつかない足取りでドミニクのほうに向かい、彼もつまめるように足もとに籠を置いた。ドミニクが下に目をやりもしないので、危なくて舵輪《だりん》から手を離すこともできないのだろうか、とブルックは考えをめぐらせた。

手助けを申し出てもよかったが、あからさまに笑われはしないまでも、そんな提案はたぶん断られる。けれど、エラの日記を読んだから、ドミニクが妹に舟の操縦方法を教えたことはブルックも知っている。それほど難しくないのかもしれないし、笑われはしないかもしれない。

「ひと息ついたらどうかしら。舟の操縦を教わるのは時間がかかる？」

「この大きさの舟にこれまで乗った経験は？」

「ええと、じつは未経験よ、どの大きさの舟であれ」

「航海術はけっこう複雑だ。何週間も海に出なければ身につくものでは――」

「でも、妹さんには教えた――」

ドミニクがブルックに鋭い視線を向けた。「どうしてそれを知っている？」

開かずの間であるエラの部屋に入れてくれたガブリエルを巻きこむつもりはない。そこでブルックは言い訳がましく言った。「あなたは妹さんのことをなにも話してくれないでしょ、どうして亡くなったのかということさえ。だから使用人たちに尋ねたの。使用人たちもそれについてはロをつぐんでいたけれど、誰かからちらりと聞いたのよ、あなたに手ほどきを受けてから、妹さんはひとりで舟を走らせるのが好きだったって」

ドミニクはもはやブルックを見てはいなかった。まっすぐ前に目を向けている。ブルックも返事は期待しなかったが、やがてドミニクは語りはじめた。「二年近く前に亡くなったとき、妹はまだ十八だった。ロンドン社交界に華々しくデビューしたが、結婚の申し込みには応じなかった。求婚者が殺到し、母もすべては把握しきれないほどだった。おれも最初の数週間はロンドンで妹たちに同行していた。行事に明け暮れる毎日を楽しく過ごしている妹の姿を微笑ましく見守っていたが、軍の仕事というじゃまがはいった。供給できる頭数を超える馬の急ぎの注文がはいり、買いつけ先が列挙された一覧表も渡された。ほとんどがアイルランドの飼育場だった。馬をかき集めるのに何カ月もかかるとにらんだが、案の定そうだった。だから、その後はエラの社交シーズンを見届けられなかった。葬儀へ参列することすらかなわなかった」

ブルックは息を呑んだ。ドミニクの怒りがぶり返した。怒りを声に聞き、表情に見て、もう口を閉ざすのではないか、とブルックは思った。けれども知りたいことはまだ聞いていなかった。

なんとか話をつづけてもらえるよう水を向けてみた。「大事な時期に妹さんのそばについていられるよう、馬の買いつけに人をやることはできなかったの？」

「できただろうな。でも、軍の担当者はおれと仕事をすることに慣れていて、おれならほかよりも足の速い馬を用意できるという信頼関係がおれたちにはあった。理由は知らされなかったが、ヨーロッパで大がかりなスパイ網を新設するために馬が必要になったんだろう。いずれにせよ、その任務を最優先しろという圧力をかけられた」

ブルックは勇気を振りしぼりながらも、おずおずと尋ねた。「その年、妹さんはどうして亡くなったの?」

「初秋のころだった。社交シーズンが終わったあと、エラの求愛者がふたり、ロスデールまで追いかけてきたが、エラはどちらも好みではなく、寒さの厳しい季節になる前の数週間、スカボローに連れていってほしいと母に頼んだ。戻ってくる前にその青年貴族たちが立ち去ってくれるものと期待して。

だが、スカボローに滞在中、妹が無謀にもひとりで舟に乗りに出かけた日、急に悪天候に見舞われた。何時間たっても帰ってこなかったので、母は心配のあまり半狂乱になった。町じゅうが気を揉んで、港の船舶がほぼ総出で捜索に出た」

「妹さんは——発見されたの?」

「ああ。二日後、何キロも離れた海辺に流れ着いていた。波に打たれ、遺体の損傷は激しく、母は直視に耐えられなかった。だが、遺品のロケットを渡されて、エラだと認めた。十六歳の誕生日におれが贈った品で、裏に〝じゃじゃ馬〟と刻ませたものだった。エラは笑って喜び、普段着のときにはいつもそのロケットを身につけていた。当然、母は悲しみに打ちひしがれ、おれに連絡するすべもなく、やむなく一週間後に葬儀が行なわれた。

おれはヨークシャーに戻って初めて、エラが亡くなったという衝撃的な事実を聞かされ、エラが生まれつき無鉄砲だったことや、急な嵐に見舞われた不運を母と嘆き合った。おれは妹のおてんばぶりを諫《いさ》めなかった自分を責めた。母は母で、エラをスカボローに連れていった自分を責めた。母は涙ながらに葬儀の模様を話してくれた。それによれば、エラの女友だちが何人か参列し、エラも出席予定だったクリスマス前のハウスパーティで会えるのを楽しみにしていたのにと悔やみの言葉をかけられたらしい。求愛者も数名、顔を見せ、悲嘆に暮れていたようだった。ロスデール邸とスカボローの別邸両方の使用人が全員参列した。誰もがみなエラを愛していた。ただひとつ奇妙だったのは、エラが海で命を落としたと思われる日に、侍女がスカボローの屋敷から急に出ていくという出来事があった。その後、エラの宝石がほとんどなくなっていることに母が気づいた。嵐のあとエラが戻らず、心配で騒然となった屋敷の雰囲気に乗じ、その若い侍女は出来心で高価な宝石を盗んだのではないか、と母は思った。地元の当局がその侍女の行方を捜したが、侍女は見つからずじまいに終わった」

一連のやるせない出来事と自分の兄がどうかかわるのか、ブルックはさっぱりわからなかった。悲しい気持ちになりつつも、これまでになく頭が混乱していた。こっそり読んだ日記のことを持ち出すわけにはいかない。あるいは、その最後のページで暴露された決定的な事柄も。

けれど、心で感じていることなら口にできる。「気の毒に思うわ、妹さんが嵐から生還できなくて」

「生還できなかったわけじゃない」ドミニクは抑揚のない声色で言った。「本人にその気がなかったんだ。でも、そうだとはすぐにはわからなかった。一年間の喪が明けて、さらにその半年後までは。ある夜、妹が好きだった場所に、西側の塔にある子ども時代の遊び部屋にはいっても、もう妹の死についてくよくよ悩みはしないのではないか、とおれは思い立った。そこでおれは妹の古い日記を手に取った。子どものころに体験したことがたくさん書かれていて、おれも登場していた。だが、ロンドンで社交界にデビューした時期からヨークシャーに戻ってきたころの書き込みを見つけて、おれは驚いた」

ドミニクが日記を読んだとき、ページはまだ破り取られていなかったのだろうか、とブルックは疑問に思った。あるいは、あの最後の二行のことを言っているの？　たしかにあれだけでもじゅうぶん決定的だ。あれ以上の内容がなくても、ブルックの兄に殺意をいだいて不思議はない。それに、塔に火をつけても。その夜を境に、ドミニクは激しい怒りをかかえるようになったにちがいない。

ブルックは彼の目の前のベンチにそっと移動した。その夜読んだ日記にどんなことが書いてあったのか、尋ねる必要はなかった。ドミニクに訊きたいとも思わなかったが、黙っていれば変に思われるかもしれない。

「そのころの書き込みにはどんなことが？」

ドミニクはブルックをちらりとも見なかった。「社交シーズン中に恋に落ちたすばらしい男性について書き綴られていた。結婚するならエラ以外は考えられないと自分の両親を説得したら結婚しよう、とその男はエラに約束した。ふたりきりになるために、母の監視の目をかいくぐって妹はその男とひそかに会っていた。逢瀬《おうせ》を重ねたあるとき、男は妹を誘惑した。しかし結局、きみとは結婚しない、結婚するつもりなどもともとなかったと言われ、エラは驚き、ショックを受けた。子を身ごもったことを恥じてというより、失恋の痛みと相手の裏切りのせいでエラはやすらぎと慰めを海に求めた。自分で意図した行動で、ほかにどうしようもなかった、とエラは実際に日記に書き記した。最後のページまで相手の名前は伏せていた、人生を台無しにされたと相手の男を非難するまで。そう、エラはあの日、嵐から逃れようとしなかった。命を奪われるがまま嵐に身をゆだねたんだ」

「本当にお気の毒だわ」

ブルックの言葉は耳にはいらなかったかのようにドミニクはさらに話をつづけた。「これほど激しい怒りを覚えたことは一度もなかった。その部屋に持ちこんだ角灯を床に投げ捨て、ひどい内容のページを破って、炎に投じた。日記帳を丸ごとその場に残して燃やしてしまおうかとも思ったが、懐かしい思い出が書き残されているから、いつか読み返したくなったり、いずれ母に見せたくなったりもするだろうと思い直し、エラの部屋にしまっておいた。だが、火は消そうとしなかった。おれはロンドンへとまっすぐ馬を走らせ、純真な妹を誘惑した男を捜しに行った。赤ん坊を身ごもらせ、挙げ句にそれを告げた妹を笑った男——嘘つき野郎のきみの兄貴を！」

ブルックは縮み上がった。破り取られたページになにが書かれていたのか、全容を知らなければよかった。もうひと言も兄をかばうことはできない。エラに対する残酷な仕打ちは弁護の余地がない。

「決闘できみの兄貴が負った怪我は重傷ではなかった」ドミニクはさらにつづけた。「それでじゅうぶんだろうと思ったが、やっぱりそうではなかった。正義が果たされていないという思いがくすぶった。あいつは借りを返していない、妹の命に対してだけではなく、子どもの命に対しても。二カ月後、再度決闘を申しこんだが、そのときは完全に的をはずし、向こうもはずした。おれの怒りはどうしてもおさまらなかった。二度めの決闘のあと、きみの兄貴はおれと顔を合わせるのを避けていたから、おれはさらに数カ月待って、また決闘を申しこんだが、さらりとかわされた。そこで双方の介添人を巻きこんで、ロンドンで居場所を突きとめた。証人たちを前にしては、さすがにきみの兄貴も決闘の申し出を拒むことはできなかった」ドミニクはとうとうブルックに目をやって、冷ややかにこう締めくくった。「おれたちを取り巻く事情は厄介だ。きみの兄貴が生き長らえていることが不愉快でたまらない」

「兄は卑劣で、軽蔑すべき人で、残忍でさえあるとわたしも思うわ」ブルックは言葉を選んで応じた。「それは誰よりもわたしが知っている。そして、兄は自分だけがかわいくて、誰のことも大事にしない。家族のことも、友人のことも。しまいに誰かに殺されるでしょうね。当然の成り行きで。でも、それがあなたであってはならないわ。もう一度決闘をしたら、あなたは牢屋送りにされるでしょう、首を吊られなかったとしても」

「きみの兄貴が身内になったらなおのこと厄介になる」

エラの死についてドミニクが口にしたときから熱を帯びていたが、ここに来て会話の行方は危険を孕んだ。けれど、ドミニクが激怒している様子を見ているうちに、帆掛け舟の上でふたりきりだという状況にブルックはあらためて気づかされた。彼の怒りをやわらげなければ、すぐにでもパニックを起こしてしまいそうだ。

「ねえ、身内だからといってつねにうまくいくわけじゃないわ。時には喧嘩もするでしょう、それも手荒く。あなたがときどき兄を殴り倒しても、誰も眉をひそめないでしょうね。わたしにそれだけの腕力があったら、自分でやっていたと思う。それに、摂政皇太子さまもとやかく言わないわ、身内の問題なのだから」

ドミニクは怪訝な顔でブルックを見た。「おれに兄貴をぶちのめせと勧めているのか?」

「必然的な流れで身内同士になるわけだけど、そうなったら、殺しさえしなければ、兄になにをしてもあなたはお咎めを受けない」

ドミニクは目をそらした。少なくとも顔から怒りは消えたので、ブルックはほっとひと息つきかけた。楽しみにできる選択肢を提示したのだから――。

「くそっ」

ブルックは目をぱちくりさせて、ドミニクの視線の先をたどると、大きな船が高速でこちらに向かっていた。不安を感じ、ブルックは尋ねた。「いまに速度を落とすのかしら？　それともこちらに衝突するつもりなの？」

「おれたちを殺すのに近づく必要はない」

どういう意味かブルックはわからなかったが、いきなりドミニクが猛然と舵を切り、おかしな方向に舳先を向けた。つまり、岸にまっすぐ向かった。そこには波止場なんてないのに！

34

海岸線がぐんぐん迫ってきて、というか、舟が岸辺に向かってどんどん進み、ブルックは悲鳴を上げた。衝突する！

ドミニクは大声で言った。「手すりにしっかりつかまれ！」

すぐに手すりをつかまず、しゃがみもしなかったら、舟が岸に乗り上げたとき、投げ出されていたかもしれない。ブルックはおののきながら、恐る恐る立ち上がり、舟の側面からあたりを見まわした。手すりから五十センチほど先は岩だらけの岸辺だった。あえて岩場に乗り上げたのね！　突然腰に腕をまわされて、手すり越しに身体を持ち上げられたかと思うと地面に降り立っていた。

「わたしのかばんが！」ドミニクにそう叫んだ。

ほどなくドミニクはふたりのかばんを片手に持って舟から飛びおりると、空いているほうの手でブルックの手をつかんだ。「走れ！」なんの説明もなくそう大声を上げた。彼の無鉄砲でとっぴな行動にブルックはいらいらしはじめていた。

「舟は動かなくなったんじゃない？」後れを取るまいとして、ブルックは息を切らしながら言った。

「心配するのは舟が持ちこたえてからだ」

「持ちこたえてからって、なにから？」

返事はなかった。ドミニクはブルックの手を引きながら沿岸から離れるようにして走りつづけた。ようやく足を止めたのは、幹の太い大木にたどりついたときだった。ブルックがドミニクをにらんでいると、すさまじい爆発音が空《くう》を切り裂いた。

ドミニクが身をすくめたのがわかった。そのときになってようやく、なにが起きたのかブルックは気づいた。「舟が砲撃されたの？　わが国の海軍に？」

「きっと密航船を見つけて追跡していたんだろう、それでおれたちがそうだと勘ちがいされた。ほかにまともな理由は思いつかない」

「でも、砲撃されるとあなたはわかっていた、そうなんでしょう？」

「いまは戦争中だ。おれたちがフランス人だと疑う理由があれば、海軍は躊躇しない。でも、まさか本当に攻撃されるとは思わなかった。ただ、きみを乗せているから危ない橋は渡りたくなかった」

ブルックは眉をかすかに上げたが、頬をゆるめずにはいられなかった。わたしのために舟を岸に乗り上げたの？　でも、その舟を失ってしまった。どちらにとってもこれはひどく困った展開だ。

「こんな田舎で戦争かい、大将？」呼びかける男の声が聞こえた。

ドミニクたちのほうに歩いてきた男は背の低いにこにこした若者で、もともとは上物だったがぼろになった上着を身にまとっていた。近くに住むどこかの貴族からの施しものだろうか、とブルックは思った。ドミニクはこの若者にばったり会って喜んでいるようだった。ここがどこなのかわからなかったとしても、教えてもらえるからだろうか。いや、たぶんわかっているのだろう、何度もこっちに旅したことがあるのだから。

「いや、あれは血気盛んなわが国の軍艦だ」ドミニクは話していた。

「あんた、フランス人にまちがわれたってわけか？」若い男はくくっと笑った。

「それできみは？」

「なんの騒ぎか様子を見に来ただけだ。うちの村は近くだよ、よければ案内しようか？」

「ああ、よろしく頼む。それから馬を二頭調達したい」

「馬ならあるよ、速いやつがね。でも、ローリーに相談しないとだめだ。なんでも決めるのはローリーだから」けれど、さらに男が四人と少年がひとり、木立のあいだから駆け寄ってくると、若い男は不平を洩らした。「ちゃんと話をつけてたんだよ、ローリー、無事に。この人たちをあんたのところに連れていくところだった」

それを聞いても、新たにやってきた者たちは武器をおろそうとしなかった。少年までがピストルを握りしめている。ドミニクは即座にブルックを背後に押しやった。ブルックはそれでも彼の二の腕の陰からちらりとのぞき見した。

ほかの村人たちはまったく友好的には見えなかった。ローリーはいちばん背が高い。少なくとも最初の男が目を向けている相手だ。残忍そうに見えるのは、黒い太い眉が片方だけ、醜い傷跡でまっぷたつになっているからかもしれない。頬にもまた別の傷が長く走っている。誰かに顔を切りつけられる前は美男だったとしてもおかしくない。やがてもうひとつの傷にブルックは気づいた。首にぐるりとついている幅の広い傷跡だ。輪縄でついた跡に見える。きっと首を吊られかけたことがあるにちがいない。そう思いあたり、ブルックはふるえ上がった。絞首刑に処せられるのは重罪犯だけだ……。

「さっきの騒音はなんだったんだ?」ローリーが強い口調で尋ねた。

「こちらの旦那の舟が海で吹き飛ばされた」

ローリーは傷跡がないほうの眉を上げ、薄い灰色の目でドミニクをざっと見た。ふたりの背丈はほぼ同じだった。ドミニクのほうが筋骨たくましいが、死刑からどういうわけか逃げのびた男はもっとがっちりとして、胸板が厚かった。しかし、村人たち——あるいは彼らがどういう集団であれ——の長《おさ》にしてはそれほど歳を取っていない。おそらく三十前だろう。

「あんた、貴族か、それともただの着道楽の旦那か?」ローリーはドミニクに尋ねた。

「貴族だが、この状況には関係ない」

「おっと、それがあるんだな」

ドミニクの腕に力がはいるのを、ブルックは二の腕にあてていた頰から感じ取った。彼は全身を緊張させているようだ。きっと目に野生の色を帯びたことだろう。ドミニクは戦いに臨む構えだが、五つの武器が彼に狙いを定めている状況を考え、ブルックはぞっとした。

しかし驚いたことに、ドミニクの口調は穏やかだった。「武器をおろしたほうがいいだろう。こちらは危害を加えるつもりはない」

ローリーは肩をすくめた。「こっちは同じ言葉は返せないな。舟のことは残念だったが。高く売れただろうに。とにかく一緒に来てくれ。言い分を聞いてやるよ、あんたが生きるか死ぬか決める前に」

ドミニクは一歩も動かなかった。「村のことを聞かせてもらいたい、招待に応じるか決める前に」

そう聞いて、何人かは忍び笑いを洩らしたが、ローリーはふたりがついてくるものと決めこんで、すでに歩きはじめていた。誰かが背後から呼びかけた。「旦那はそのままだぜ、ローリー」

ローリーはちらりと振り返った。「二秒以内に歩き出さなければ、女の足を撃て」

「そんなにきょう死にたいか？」ドミニクは意地の悪そうな声音で静かに言った。

「ほう、あんたも言うな」ローリーは笑った。「けどな、こっちには最終手段がある——その女だ。悪いな、大将、わざわざ女を連れてきてくれて。でも、とにかく一緒に来てくれ。怪我人が出る前に、一杯やりながら話し合おう。あんたに交渉材料があるか見てみようじゃないか」

ドミニクはブルックに腕をまわし、わきにしっかりと引き寄せて、歩きはじめた。

「犯罪者の集まりかなにか？」ブルックは小声で言った。

「海岸に近いから、たぶん密輸でもしているんだろう」

「船もないのに？　森にひそんでいる追いはぎじゃないかしら、〝速い〟馬があるなら――さっきの話が嘘でないとしたら」

「だが、交渉次第で解放してくれそうな口ぶりだった」

「希望が持てるってこと？　それはどうかしらね」

「貴族の力を見くびったらいけない。あのローリーという男は、貴族は約束を守るとおそらくわかっている」

恐怖心を抑えるため、ブルックは楽観的になろうとしたが、だめだった。ドミニクは丸腰だ。力ずくで脱出しようとしたら銃弾を浴びるだろう、何発も。大柄なドミニクは的になりやすい。自分たちを捕えた者たちを殺すと脅しをかけたのはいいとしても、もしもドミニクが死んでしまったら……。

35

ブルックは森のなかのひらけた場所を見渡した。どうやらここで犯罪者たちは暮らしているようだ。そこそこの大きさの小屋が四軒立っているだけで、どう見ても村ではない。五軒めは建設中で、材木がぎっしり積み上げられた荷馬車が横づけされていた。あたりに菜園も商店もなく、道すら通っていない。一軒の小屋の前に大きな焚火《たきび》が燃えている。大鍋が火にかけられ、火を囲むようにベンチが並んでいた。

そこに十数人が集まっていたが、半数は幼い子どもを抱いた女たちだった。ほとんどの者が警戒するような目でブルックとドミニクを見ているが、ある若い女はブルックに向かって恥ずかしそうに微笑みかけ、数人の子どもたちも同じように笑みを浮かべていた。

ブルックとドミニクは焚火のほうに連れていかれた。ローリーは地面から酒壜を拾い上げてひと口飲むと、ドミニクに差し出したが、ドミニクは首を振った。ローリーがブルックをしげしげと眺めると、ドミニクは彼女の肩にまわしていた腕を離した。荒っぽい事態に備えているのだろう、とブルックは気づいた。

ローリーは一歩うしろにさがってから尋ねた。「すこし落ちつく時間が必要か？　話し合う前に？　いつもは街道で金品を奪っているが、こちらまで出向いて、進んで差し出されたものも拒まない」

「手持ちのわずかばかりのものを取るのもいいが、馬を二頭貸してくれたら、百ポンド入りの財布をつけて馬を返そう」

「あるいは、あんたを拘束して身代金をせしめることもできるな、旦那。百ポンドだって？　あんたにはもっと価値があるんじゃないかね」

「すでに摂政皇太子から拘束されて身代金を求められている」ドミニクはうなるように言った。

男たちは笑った。明らかにドミニクの話を信じていない。

「で、殿下になにを要求されているんだい？」ローリーは尋ねた。

「彼女の指に指環《ゆびわ》をはめることだ」

ドミニクが親指でブルックを指したとたん、一同がどっと笑い、ブルックはむっとした。けれど、ローリーはブルックに近づいて、にやりと笑った。「そういう身代金なら喜んで払おう」

そのひと言のせいか、あるいはローリーがブルックの頬をさわろうとしたせいかわからないが、ドミニクはいきなりローリーを殴りつけた。ふたりは地面に倒れこみ、何挺《ちょう》もの銃を向けられているにもかかわらず、ドミニクはローリーの頰にこぶしをたたきつけ、そこでようやく三人の男たちに頭《かしら》から引き離された。

「あんたは貴族の旦那かもしれないが、あまり頭はよくないな」ローリーは腹立たしげにそう言いながら立ち上がった。「とにかく頭を冷やせ。おい、旦那を縛っておけ、くれぐれも縄はしっかりとな。そっちの娘は――」

「あたしが引き受けるよ」女の声が割ってはいった。

ブルックが振り返ると、年配の女が近づいてきた。白髪まじりの髪に灰色の目、日に焼けた顔をしたその女は、中年から老年にさしかかった年恰好だった。値踏みするようにブルックの全身に視線を走らせたあと、けわしい顔でローリーを見た。

ドミニクは身体を押さえている三人の男に激しく抵抗し、そのうちふたりはすでに地面に伸びていた。しかし、ほかの四人が飛びかかり、ドミニクを押さえつけようと加勢した。新たな四人を相手にしてもドミニクは勝ったかもしれないが、年嵩の女がこうつづける声が聞こえて、抵抗をやめた。「りっぱな家で育てられたご令嬢だとわからないのかい？　こちらの娘さんはあたしが預かる」

ブルックは息を詰め、きっとローリーは笑って取り合わず、老女を追い払うのではないかと身構えた。けれど、そうはならなかった。ローリーは身体の向きを変えて、ドミニクを縛り上げている男たちに手を貸した。老女はブルックをいちばん奥の小屋に連れていった。なかにはいってみると、思ったよりずっときれいだった。新しい木材の強いにおいが快適にも感じられた。ふたり用の広いベッドには明るい色彩のキルトがかかっている。椅子が四脚並んだテーブルがあり、板を張った床にはラグマットも敷いてあった。家具はどれも古びていて、かなり使いこまれているようだった。

「くつろいでちょうだい。あたしはマティよ」

老女があとから小屋のなかにはいってくると、ブルックはくるりとうしろを振り返った。

「ねえ、教えて、あの人たちはわたしの婚約者をどうするつもりなの？」

マティは首を振った。「息子は機転が利く子でね、あたしらを金持ちにする機会を見つけたときは、とくに。金を稼ぐことで頭がいっぱいなのさ、お連れさんが貴族だとわかったもんだから。金にならないとなると、なにをするかわからないね」

ブルックはすこし青くなった。あまり物騒なことにはならないという言葉でも期待したの？　でも、この人がローリーの母親なら、助け舟を出してくれるのではないかしら。どうにかして同情を引けば、もしかしたら……。

「ローリーは息子さんなの？」

「ああ、そうだよ。自分なりの筋を通すまっすぐな子さ――たいていは」

どういう意味だろうかとブルックは頭をひねったが、訊くのはやめておいた。老女はテーブルにつき、身ぶりで勧められたブルックも椅子に座った。「いいお宅ね。この森にはどれくらい住んでいるの？」

「まだひと月もたっていないね。仕事場にする街道は毎年変える。うちの男たちの首には懸賞金がかけられているから、ひとつところに長くはいられなくて。だから、毎年新しい小屋を道から離れた場所に建てるけど、それほど遠くじゃない、往来の多い新しい街道に二、三時間でたどりつけないとね。あんたがたは婚約してどれくらいだね？」

「まだ知り合って一週間よ」もっと長い気がする！

老女はびっくりしたような顔をした。「で、すでに相手のことがそんなに心配なのかい？」

「心配しているのはあの人のほうです、親思いだから。お母さまが病気になって、だから大急ぎでロンドンに向かっているところだったの、彼がお母さまのことをとても案じているから」

「で、あんたは結婚したいのかい？」

「ええ、でも、向こうはそうじゃなくて」ブルックはため息をついた。

マティはきっぱりとした態度でブルックを指差した。「いい人を見つけたと思っている娘さんにあたしはいつも言ってるの、愛されたいのなら相手を誘惑することだってね。あんたの場合、りっぱな貴族が相手なんだから、ベッドをともにしてしまえば、まちがいなく結婚できる」

誘惑という言葉を聞いたとたん、ブルックは顔を赤らめた。アルフリーダも同じ考えで、だからこそ旅行かばんに忍ばせているあの薬を持たせてくれたのだ。けれど、たとえその気になっても、生きて朝を迎えることすら不確かなときに、どう誘惑できるの？

老女は舌打ちをした。「ローリーはなにをしでかすかわからない子だ。不憫《ふびん》だよ、あんたの婚約者みたいなハンサムで男らしい男の腕に抱かれて寝たらどうなるか、あんたがそういうことを知らずに死ぬのだとしたら。ローリーに掛け合って、あんたがあの貴族に道理をわからせて、ローリーに払うべきものを払うよう説得させてやってくれって頼んでみようかね。心配しなさんな。少なくとも最後の夜は婚約者と過ごせるよう、なんとかしてやるから」マティはそう言い残して、小屋を立ち去ろうとした。

「だったら荷物がいるの！」マティが口約束で終わらせない場合に備えて、ブルックはそう叫んだ。

けれど、その後何時間もたつうちに、マティにぬか喜びさせられただけではないか、と疑いはじめた。日が暮れはじめた。焚火に面した窓の前にずっと貼りついていたが、ローリーの姿もドミニクの姿もちらりとも見えなかった。けれど、向こうの見張り役がふたり、この小屋を監視しているのはわかった。どこかの小屋で、ドミニクはローリーと話をつけようとしているのかしら？　それとも、縛り上げられているわけだから、殴られているのだろうか。ドミニクの身になにが起きているのか、自分の身にまもなくなにが起きるのか、ブルックは想像をめぐらしてぞっとした。けれど、ローリーの母親の発言力が強く、夜のあいだにドミニクを連れてきてくれたらどうなるのだろう？

お腹がすいて、疲れてはいるものの、ブルックは不安でたまらず、窓辺に立って外の様子をうかがいつづけた。

36

「あの男の要求は途方もない」ドミニクは怒りもあらわに言った。「おれは選択肢をいくつか挙げた。あいつとその仲間のためにロスデール村に隠れ家を用意してやるという条件さえ提示した——不本意ながら」

小屋の戸口からはいってきたとたん、ブルックはドミニクに抱きつき、いまも彼の腰にしっかりとしがみついていた。「向こうは同意したの？」

「まだ無理な注文をつけている。それに、無理を通そうとしておれたちをここにいつまでも足止めしたら、あいつの要求に応えてやろうにもない袖は振れないということになる。摂政皇太子に総取りされるわけだからな」

自分がなにをしているのか気づくとブルックはふいにばつが悪くなったが、ドミニクは苛立ちのあまり、気づきもしなかったかもしれない。ブルックは身体を引いて言った。「それは説明したの？」

「あの男には関係ないことだ。そのうちあの老女があいつを呼びに来た。おれを監禁していた小屋の裏でふたりが言い争っている声が聞こえたが、話している内容まではわからなかった。でも、そのあとおれは縄を解かれて、きみのもとに連れてこられた。どうしてなのか知っているか？」

「あの女の人はローリーの母親なのよ。ほしがっているものを息子にあたえるよう、わたしからあなたを説得してほしいんじゃないかしら。あなたが要求に応じなければ、今夜がわたしたちの最後の夜になるというようなことを言われたわ」

「最後？」

「どっちに転ぼうと、あすの朝には片がつくと彼女は思っているようよ」

「だったら、今夜のうちに逃げないと」

「どうやって？　戸口も窓も焚火に面していて、そっちにはこの小屋を監視している見張りがいるわ」

「野営している連中の大半が寝たら、小屋の裏側の壁を破る」

小屋は建てられたばかりだ。見張りの注意を引きかねない物音を立てずに、製材されたばかりの壁板を壊せるとは思えない。交渉で折り合いがつかなければ、ここから抜け出す道はないだろう。でも、いまはここでドミニクとふたりきりだ。ローリーのお母さんは約束を果たしてくれた！　旅行かばんが届けられてすぐに、薬壜は取り出しておいた。けれど、こっそりと薬を垂らした飲みものをドミニクが飲まなければ、薬が手もとにあっても宝の持ち腐れだ。

ブルックから誘いかけることもできなくはないが、結婚を回避できる道があるのではないかと頑《かたく》なに思っているドミニクが結婚初夜を前倒しする提案を受け入れるとは思えない。けれど、何度も興奮させられてきた男性と狭い部屋でふたりきりになり、ベッドもそばにあるという状況にブルックの心は乱されていた。ああ、この人がこんなにハンサムじゃなければいいのに。無関心でいられたらいいのに。彼にとって好都合な結婚になりうると交渉できる手立てが思いつけばいいのに、と思ったが、ブルックが求めているのはもう一度キスをしたいということだけだった。なんてはしたないの。でも、キスが上手な彼がいけないのだ。それでも、この犯罪者集団の隠れ家から生きて出られなかったら、結婚はできない。つまり、ドミニクとキス以上のことをしたらどうなるのか、それを確かめる機会はこれっきりになるかもしれない。

「すこし寝たらどうだ」ドミニクはそう勧めた。「起きる時が来たら、起こしてやる」

「お腹がすきすぎて眠れないわ」

戸が再びひらいた。見張りを戸口に立たせ、マティが運んできたのは料理を載せた盆と角灯――それにワインの壜だった！　マティは盆をテーブルに置き、ブルックに言った。「さあ、持ってきたよ。最後の食事になるかもしれないから」そこでちらりとドミニクに目をやった。「ひと口ひと口味わってお食べ」そして、ドミニクのほうに歩いていき、太っ腹なお方だと褒めそやしたり、不運に見舞われたものだと同情を示したりして、媚を売った。老女はなにをたくらんでいるのだろうか、とブルックは訝《いぶか》しんだ。さっきは下手に出るような気配はなかったというのに。たぶんマティはドミニクが怖くて、悲惨な末路が待っていると脅すようなことはできないのだろう。武器が向けられた瞬間からドミニクは殺気立った気配を発散していたのだから。

注意がそれた隙にワインをそれぞれのグラスに注ぎ、ドミニクに飲ませるほうのグラスに惚れ薬をそっと垂らした。タイミングはぎりぎりだった。マティがテーブルに戻ってきて、料理の皿をテーブルに並べ、盆を回収した。そそくさと小屋から出ていこうとしている様子だった。付き添ってきた見張りはさらに警戒の目を光らせており、ローリーの母親が小屋の外に出るとすぐに戸を閉めた。

ブルックはドミニクとテーブルにつき、彼がたっぷりとワインを飲んだのを見て気をよくして、自分も同じように飲んだ。惚れ薬を飲んだドミニクがどうなるのか先が読めず、そのためすこし神経質になり、いま自分たちが置かれている危険な状況とは関係ないことをあれこれ話した。犬のこと、馬のこと、彼の母親の病気のこと、そしてアルフリーダから伝授されたさまざまな体調不良の治し方のことも。「病に効くそういう薬草をかばんに入れておいてよかったわ。それに食事をすませたら安心してひと眠りできるわね、今夜あなたと一緒ならきっとどんな危険からも守ってくれるはずだもの。ほら、あなたってほんとに大男でしょ、ここの誰よりも大柄だわ」

「よくしゃべるもんだな、おしゃべり女《バブリン・ブルック》みたいに」

ブルックは息を呑んだ。「よくもわたしの名前に引っかけて言ってくれたものね」

「よくもなにも、おれはなんだってやりたいようにやるさ」ドミニクはにやりと笑った。

「ブーツに短剣を忍ばせている。武器を持っていないか、身体を検《あらた》められなくて驚いたが、短剣を携帯せずに家を出ることはない——人けのない場所できみの兄貴に遭遇しないともかぎらないからな」

ブルックはくるりと目をまわし、肩をすぼめてマントを脱ぎ、小屋のなかが暖かくなったことに彼は気づかないのだろうかと不思議に思った。不思議といえば、ドミニクの口もとから目が離せないような気がしていた。そして、このまえキスをされたときにどんな感じがしたかまざまざと思い出された。彼の手に目を向けると、その手で胸をじかに愛撫されたらどんな心地がするのか想像が広がった。彼もきっと同じことを考えているにちがいない。どうしてベッドに運んでくれないの？

そうはならず、ドミニクは話をつづけた。「きみに言われて思い出したが、おれはごろつきが十人くらい束になってかかってきても、ちゃんと相手にできる。おれたちはだいじょうぶだ。逃げる最中に見つかっても、音もなく始末してやるさ」

ブルックはきゃっきゃっと笑い声を上げたが、やがてそんなふうに笑ったことに気づいてはっと息を呑み、勢いよく椅子から立ち上がった。「もう疲れちゃった」

「だったら、すこし寝ろ。出発する時が来たら、起こしてやる」

ドミニクも一緒に寝るというほのめかしだったが、明らかにそれはまずい。そういう官能的なことを考えるのをブルックはどうしてもやめられなかった。すぐに彼がキスをしてくれなかったら叫んでしまいそうで怖かった。ベッドに向かう足取りはふらふらと揺れた。

「ワインを飲みすぎたようだな」

「たぶんね」ブルックはもぐもぐ言いながら、服を脱ぎはじめた。

よく考えもせず、靴と靴下ばかりかドレスも脱いでしまったが、やわらかなキルトの上でゆっくりと身体を伸ばすと、ドミニクのうめき声が聞こえ、そこで初めて自分の行動に気づいた。けれど、ブルックはこう愚痴をこぼした。「暑いわ。ねえ、暑くないの？」

ブルックはベッドに横たわっていたが、両肘をついて身体を起こすと、ドミニクは少なからず驚いた顔をした。それとも、とうとう薬が効いてきたのかしら？「ストームのことでお礼がしたかったの。でも、おもに、きょうわたしを守ってくれたお礼よ」

ドミニクは興味を引かれたように眉を上げた。「どうやってお礼をするつもりだ？」

からかうような口ぶりだった。ブルックは彼の目を見つめたまま、ベッドの上のかたわらを軽くたたいた。ドミニクは鋭く息を吸ったが、すでにベッドのほうに歩きはじめていた。

ブルックの隣に横たわり、むき出しの腕に手を置き、その手をゆっくりと肩まで動かしていった。「本当にいいのか？」

固唾を呑んで様子を見守るこの瞬間、いいのかどうか、ブルックはなにひとつわからなかった――ただ、唇が重なる感触をもう一度味わいたいということだけは確かだった。脈が乱れ、奇妙な具合に身体の内側がうねり、息をするのも忘れ、それらすべてに圧倒されそうだった。返事の代わりにドミニクの顔を引き寄せ、唇と唇を触れ合わせた。

その感触はすばらしく、とてもしなやかで、暗黙の約束に満ちた巧みなキスにブルックは引きこまれた。ドミニクの舌がなぶるように唇を這う。前にしてくれた情熱的なキスにまで高まればいいのに、とブルックは願った。たまらなくそういうキスがほしかった。だからこそほどなくして、みずから積極的になり、うなじに手をまわし、淑女らしからぬほど性急にドミニクを引き寄せた。

情熱がそこにあることは確かだったが、ドミニクはそれを抑えようとしていた。なぜなのかブルックはよくわからなかった。もっとも――飲むグラスをまちがえたのでないかぎり！それでもかまわない。全身を駆けめぐる切迫感以外は、なにもかもどうでもよかった。その切迫感はドミニクに触れられるたびに強くなっていった。歯で首すじをそっとこすられ、そのあと同じ場所にこの上なくやわらかなキスが追いかけてくる。濃厚なキスがふいに訪れたかと思うと、顔のあらゆる場所をそっと指でなでまわされた。このままでは頭がおかしくなるわ！

とうとうブルックは彼の唇を口もとから逃がすまいと頬を両手ではさみ、正気を忘れてさらに情熱をほとばしらせた。けれど、ドミニクが反撃に出て、ブルックの身体の向きを変えさせて腹這いに寝かせ、身動きが取れないように背中にのしかかると、耳のうしろに熱い吐息を吹きかけて言った。「ゆっくりとだ。まだ何時間もある」

いいえ、時間はそんなにないわ！　またじゃまがはいるかもしれない。そうしたら機会はついえてしまう、もしかしたら永遠に。それに、鍵のかかった部屋にいるわけではない——いいえ、鍵がかかっていることはかかっているけれど、自分たちは外に出られず、ほかの人たちはなかにはいってこられる！　けれど、ブルックはそういうことを口に出しはしなかった。ドミニクにされていることで頭がいっぱいだったのだ。

背中に短いキスの雨が降らされると、そこから鳥肌が広がった。再び仰向けになるまでドミニクが服を脱いでいたことにも気づかなかった。キスはもはや穏やかでもなければ、ゆったりともしていない。抑えていた情熱は解き放たれ、ブルックはその嵐にすっかり巻きこまれた。てっきりドミニクもそうだろうと思っていたが、また彼がのしかかってくると、その黄金色の瞳を見て、この狭苦しい小屋で愛を交わすつもりはないのだとわかった。結局は紳士だということ？　薔薇の花びらを散らしたやわらかなシーツの上で抱いてやらなければ、と考えているのだろうか。ブルックは素朴な女性に育てられ、自然に感謝し、生活のなかの単純なこと——乗馬の躍動や顔に降り注ぐ日差し、髪を揺らす風、押しつぶした薬草の香り

――を楽しむようになった。いまはそこに、この男性のやさしい愛撫を加えてもいい。

ブルックはドミニクの頬に手をあてて、思いきってこう言った。「じゃまがはいらないなら、身体を重ねてあなたを感じたいの――内側にも。だからやめないで、嵐のような本能にとらわれているときには」

ドミニクはまた鋭く息を吸ったが、そのあとゆっくりと唇の端を上げて笑みを浮かべた。まあ、どうしてあの笑顔は彼をさらにすてきに見せるの？

自分の言ったことでドミニクをぎょっとさせてしまったとしてもかまわなかった。のしかかられる感触を味わい、肌に触れ、彼を自分のものにする喜びを知りたかった。ブルックは両手をドミニクのむき出しの肩にすべらせ、背中に爪を立てて、そっとこすった。肌着をするりと脱がされると、乳房がすっかりあらわになり、ドミニクの目にさらされ、両の手で思うままにされ、やがて口にもなぶられ、ブルックはドミニクの前で乱れに乱れた。ひとつに結わえていたドミニクの髪をほどくと、素肌に髪を感じた。胸のさわり方が巧みだから気持ちいいのか、豊かな胸を褒めてくれるから気持ちいいのか、どちらなのかわからない。いや、そうではない、口でしてくれる愛撫が最高であることはまちがいない。

小さなあえぎが洩れ、悦《よろこ》びがほとばしっても驚きはしなかった。ドミニクはブルックのとくに感じやすい部分を探しているようだった。性的快感が得られるとは思いもしなかった場所で――膝の裏側や指先、うなじなど、自分でさわってもなんともない場所で。つまり、ドミニクだからだ。ドミニクだけが快楽をもたらしてくれる。あるいは、これも高まる一方の興奮のせいかもしれない。

下穿きのパンタロンも脱がせてもらわなければならないが、これはするりとはいかなかった。ひもが見つからなかったらドミニクに引き裂かれてしまうかもしれないとブルックは思い、手を貸して、脱がせやすいよう腰を浮かしさえした。ドミニクの手にかかると、服を脱がせる作業さえ愛撫になった。ブルックの身体に手を添えて、薄いメリヤス地の下着を足首までおろして爪先から抜き取ると、今度はむき出しの脚に下から上へとゆっくりと手をすべらせていった。けれど、その手が脚のつけ根にたどりつき、指が一本、内側へそっともぐりこんでくると、これまでに味わったことのない衝撃を覚えた。ブルックは鋭くあえぎ、快感に貫かれ、血が全身を駆けめぐった。肝心なところはまだこれからなのに、信じられない心地だった。もっとよくなるのなら、病みつきになってしまうかもしれない。

猫のように身体をすり寄せたかったが、ドミニクの両手と口がまた身体の上へとのぼってくると、ブルックは彼の腰に脚を巻きつけ、求めている場所に彼を封じこめた。再び唇が触れ合ったとき、ドミニクに奪われそうになっていることにブルックは気づかなかった。あっという間の出来事で、鋭く突かれたとたんブルックは驚きの叫びを上げたが、声は彼の口で受け止められた。拒否反応を覚え、思わずドミニクを押しのけようとしたが、すんでのところで、これは覚悟するべき痛みで、すばやくすませてくれてむしろ感謝するべきだと思い出した。痛みがすぐに消え去り、彼に満たされているというすばらしい感触があとに残されたのだからなおのこと――そして、それだけではなかった。また別の感覚が高まり、やがて爆発し、絶頂の波にブルックは洗い流された。しかもドミニクはまだ身体を動かしてもいないのに！　この上ない快感が押し寄せ、彼を包みこむ内側が脈打った。ドミニクは信じられないという顔でブルックを見おろしていた。ブルックは爪先を丸め、猫が喉を鳴らすような甘いうめきを洩らしそうになった。

どうしても顔がほころんでしまう。ドミニクはまだブルックを見おろしたまま、何度か巧みに腰を突き上げ、絶頂を迎えた。その様子はすばらしい眺めだった。けれどそのあと、ドミニクがブルックの上に倒れこんできた。ブルックはさらににっこりと微笑んだ。彼の髪に手を走らせる。もう二度と眠れないのなら、こんなふうにして寝てもかまわない気がした。

この隠れ家から脱出するまでは危険な状況は終わらないという暗い見通しはわきに押しやった。けれど、さしあたりは天国のようなところにいるのだから、余すところなく楽しみたかった。ドミニクもそう思っているようだ。少なくともベッドをおりていないということは。あまりにも気だるく、誘いをかけて気を散らしてしまう前にドミニクが寝ずの番をするつもりでいたことを思い出させてあげることもできない。自分のそんな行動を思い返しても、ブルックは顔を赤らめもしなかった。ただ、至福の心地で眠りに落ちた。

37

ブルックはいまごろになって赤面していた！　ドミニクは窓から差しこむ陽光に毒づいている。ふたりとも朝まで眠りこけてしまい、脱出する機会は失われてしまった。抱いてほしいとブルックが誘ったせいで。ドミニクはベッドを降り、自分の服をかき集めた。昨夜ドミニクの髪からほどいたひもを敷き布団の上に見つけ、ブルックはそれを彼に振った。

ひもを受け取りながら、ドミニクが口にしたのはこのひと言だけだった。「ウルフのためにストームも飼う」

ブルックはかすかに眉をひそめ、なぜ彼がいまそんなことを言ったのだろうかと頭をひねったが、ストームを飼わせてくれてありがとうと彼にお礼を言ったことを思い出した。そして、思わず笑い出していた。ドミニクもにやりと笑った。こんなふうに自然に笑うことができるのなら、いずれこの人になじんでいくはずだ、とブルックは気づいた。そして、向こうもこうしてからかうことができるのなら、いずれわたしになじんでいくはずだわ。ドミニクに愛されるようにする計画は――ゆくゆくはということだが――うまくまわりはじめたが、自分も同じ罠《わな》にかかってしまったのだろうか。

マント以外の服を身につけながら、当代の衣服はきっと寸暇を盗んで忍び会う恋人たちのためにデザインされているんだわ、と冗談めいたことをブルックは思いついた。ぱっと脱がせて、ぱっと着られる仕立てなのだから。その思いつきをドミニクにも聞かせようかと思ったが、彼はまたしてもかなり真剣な表情を浮かべていた。ロンドンに向かう旅にきょう戻れるのか、ロンドンにたどりつくことはできないのか、ほどなく判明するからだ。

それでも、どんなことがふたりの身に降りかかっても、ドミニクならなんとかしてくれるのではないか、とブルックは信じていた。本気でそう思っていたのだ。身体つきもたくましく、身のこなしも俊敏で、どんな可能性にもあらかじめ備えていることを思うと、すべての不安を取り除けないにしても、とても心強かった。けれど、備えもせずにふたりがしたことがブルックは無性に気になりはじめた。いや、自分がしたことと言おうか。ゆうべのことを彼に持ち出されたら、身の置きどころがないだろう。

惚れ薬の効果が消えてしまったいまとなっては、ブルックは気おくれするばかりだった。自分に対するドミニクの態度が変わるとは思わないが、追い出そうとするのはやめてくれるのではないかという期待はある。ふたりがいきなり幸せな恋人同士になって、たがいに離れがたくなったわけではない。ふと、ブルックの頭に世にも恐ろしい考えが浮かんだ――ロバートのしたことへの報復として、妹を身ごもらせた上で結婚しないのかもしれない。いや、それで正義が果たされたとブルックは思うとしても、おそらくドミニクは思わないのだから、ばかげた発想だ。

とにかく、いまやドミニクはブルックと結婚するつもりでいる。つまり結婚しないのではないかという疑いは払拭された。ドミニクは以前、ブルックとベッドをともにしてもかまわないと言っていたが、それは本当だったと昨晩、証明された。もっとも、ベッドの外での態度がどうなるのか、それはまだわからない。彼の敵意は奇跡的に消えるだろうか、それとも敵意をすこしずつ取り除く努力をつづけなければならないの？

つぎの日曜日に誓いを交わしてみなければ、その答えはわからないだろう。結婚したらがらりと変わるなんて期待はしなかった。少なくとも、すぐには変わらないだろう。それに先日の夜、あの廃墟でキスをしたときに釘を刺されていたのだ。肌を合わせても、たちどころに愛情が芽生えるわけではない、と。つまり、この男性と心をかよわせるには何年もかかるかもしれない——そもそもそれが可能だったとして。仲睦《むつ》まじい夫婦を目指すより、まずは友好関係を築く努力を重ねたほうがいい、とブルックは自分に言い聞かせた。

どうすればその目標を達成できるのか、いまだによくわからなかった。とりあえずわかっているのは、ドミニクを喜ばせることを提供しなければならないことだ。予想を裏切ることを。かといって、こちらの身体を差し出すということではない。ほしくなったらいつでも手にはいるのだから。ふたりのあいだに絆《きずな》が生まれるようななにか別のことだ。未解決の謎はどうだろう？　そんなものが見つかるとして、だが。馬の繁殖のような共通の目標は？　だめだ、こちらのためにはなるが、ドミニクには恩恵がない。ドミニクは喜ぶが、こっちとしてはあまり乗り気ではないことでなければ。それなら、彼のために犠牲を払って尽くしているとわかってもらえる。兄に毒を盛ろうかと提案したらどうかしら……。

おそらくドミニクならその提案に飛びつくと気づき、ブルックは声を上げて笑いそうになった。でも、そんなことはぜったいにできない。毒殺なんて無理だ、たとえ相手が卑劣な兄であっても。そもそも、この追いはぎ集団の小屋をきょう立ち去れるかどうかだ——無事に。

戸を一度だけたたく音が大きく響き、ぎくりとした。いつからノックをするようになったの？　だが、ドミニクはあわてて戸を開けはしなかった。まずはブルックのマントを手に取り、彼女に着せかけた。

戸はまだ閉じたままだ。これはいい兆しだろう。礼儀を重んじているということだ。ドミニクは戸口に向かい、戸を開けた。外にローリーがいた。いささかきまり悪そうな顔をして、仰々しく腕を振り、ドミニクとブルックに小屋を出ていくよう身ぶりで示した。追いはぎたちのほとんどが家族とともにそばに立ち、やり取りを見守ろうとしていた。

「あんたの最後の提案を呑むことにした」ローリーはそう言いつつも、手放しで喜んでいるふうではなかった。

ドミニクは答えた。「百ポンドか？」

「二百じゃなかったか？」

「そういえば百五十だったかもしれないな」

「よし、決まりだ！」ローリーは即座にそう言った。

取引きを結んだしるしにあんたの外套をいただく」ドミニクににらまれると、ローリーはにやりとしている。「だけど、いまはこう言い添えた。「おれの気がすまないだけさ、旦那。だからよこしてくれ。おふくろが思うに、あんたは約束を守ってくれるってことだけど、おれはそこまで信用してないんでね」

ブルックは信じられない思いがした。ドミニクは肩をすくめて外套を脱ぐと、それを差し出した。マティがふたりの解放に手を貸してくれたらしい。ドミニクが昨日耳にした親子の言い合いは、てっきりドミニクをブルックのいる小屋に行かせてやれとマティがローリーに詰め寄っているせいかと思っていたが、そうではなく、この件について口論になっていたのかもしれない。

ブルックはマティを見つけ、そばまで出向くと、短いけれど、心をこめて彼女を抱きしめた。「ありがとう。わたしの婚約者は必ず約束を果たすわ。信用してくれてだいじょうぶよ」

「息子にはヤワな年寄りだと思われてるけど、あたしは若い恋人たちが好きなだけだよ。自分の若いころを思い出すからね」マティは射るような目でブルックを見た。「それにあたしは人を見る目がある」

ローリーが声をかけてきた。「おれも抱きしめてもらえるのかね？」

「また殴り合いたいか？」ドミニクがぼそっと言ったが、どっと笑いが起きただけでその場はおさまった。

縄で仕切られた馬小屋で、三頭がすでに鞍をつけて、待機していた。「こいつを巻いてもらう」ローリーは、ドミニクとブルックのそれぞれに目隠しの布を手渡した。「アクセルが手綱を引いて、あんたたちを森の外へ連れていく。おれたちとしては、今年はもう小屋を建て直すのはごめんだ。だから、わかってもらいたいんだが、ここへ戻ってくる道があんたにばれるのは困る。おれのいとこが住んでいる場所を教えておく」ローリーはドミニクに紙切れをよこした。「馬と金はそこに届けてくれ。いとこはおれたちの居場所を知らない。だから訊いても無駄だ。おれたちの稼業にいとこを巻きこむのをおふくろがいやがってるんでね」

ドミニクはすべてを承諾した合図にひとつうなずき、ブルックに目隠しをしてやって馬に乗せると、自分も馬に乗り、目隠しをした。「なかなか楽しませてもらった」ドミニクは別れ際にそう言った。「二度はけっこうだが」

それを聞いてブルックは頬が熱くなってきた。自分と、おそらくマティだけが、ドミニクがいま言った最初のひと言の意味を察したことだろう。

最初はゆっくりと森のなかを進んでいったが、道に出ると動きは速まった。しばらく道を進んだあと、ようやくアクセルは馬を停止させ、目隠しをはずすようふたりに伝え、手綱を手渡すと、道端の木立のなかへ姿を消した。

そのうしろ姿をドミニクはしばし見送った。「結局、あの連中は居場所を移すだろうな。あの荒くれ者はおれに負けず劣らず疑い深い。今回の件でおれの外套しか手にはいらないと本気で思っている」

ブルックはにっこりと微笑みそうになるのをこらえた。自由になったことが嬉しくて仕方なかった。「でも、彼の母親はわたしを信じていたわ――そして、わたしも彼女に言ったの、信用してくれてだいじょうぶだって。そうなんでしょう?」馬を駆って、人けのない道を進みはじめたドミニクに尋ねた。

「おれは約束した」ドミニクはうなるような声で言った。全速力にまで速度を上げると、冷笑するように鼻を鳴らした。「これが速い馬だって?」

38

ほかの重大事がすべて解決したので、ロンドンに急ぎながらドミニクはまた母親のことが心配になった。おそらく明晩ロンドンに着く。追いはぎに出くわす前に海岸線をかなり南下していたのは明らかなので、そう判断していた。通りかかったいくつかの町で乗り換えて、馬を飛ばしつづけた。宿屋で一泊し、夜明けとともにまた道に出た。快適さよりもとにかく先を急ぐことが肝心だとブルックもわかっていた。わざわざそれを口に出しはしなかったが、愚痴もこぼさなかった。ただの一度も。

いくら乗馬好きとはいえ、その日の夜になるころにはさすがにブルックもくたくたになっていた。けれど、その気になれば自分の足で歩いてウルフ家の別邸にはいっていけたはずだ。ドミニクに抱き上げられ、玄関のなかに運ばれなくても。

執事がふたりをなかに入れた。白髪頭の丸々と太った人物で、すでに寝巻き姿だった。そんなにもう夜遅いの？　こんなに疲れているということはそうなのかもしれない。

「熱い風呂と温かい食事がほしい。それから必要な者を起こしてくれ、ウィリス」ドミニクは命じた。「だが、まずは掃除の行き届いた部屋を教えてくれ、レディ・ホイットワースを案内する」

ブルックは口をはさんだ。「食事だけでいいわ。お風呂にはいったらそのまま居眠りしてしまいそうだから」

「こちらさまは怪我をなさっているんですか？」ウィリスはドミニクのあとからあわてて階段をのぼりながら尋ねた。

「いや、疲れているだけだ。すこしでも早くここに着こうと急ぎすぎたのかもしれない。母の具合は？」

「手紙をさしあげたときよりおかげんは悪くなっています、ドミニクさま。早いお越しに感謝します」

ウィリスがドアを開けるまでドミニクはブルックをおろさなかった。ブルックはベッドを見つけると、まっすぐそこに向かい、食事も朝までいらないと判断した。それをドミニクに告げようとちらりとうしろを振り返ったが、すでに部屋を出て、ドアも閉まっていた。ブルックはため息をつき、気をそそられるベッドから離れた。鏡を探して、どれだけくたびれた姿になったか確かめようとしたが、部屋に鏡はなかった。そこでふたつある窓の一方に近づいた。屋敷の正面側の通りと街灯が見えた。夜更けで馬車の往来もなく、街は静かだ。ロンドン！　街中の通りも馬を飛ばしてきたので、ロンドンの様子をろくに見る余裕もなかった。たぶんあしたになれば……。

またベッドに目を向けていると、ドミニクがドアをノックして、許可も待たずになかにはいってきた。水差しを提げ、温かな料理の載った皿を持っている。

ブルックは疲れすぎて礼の言葉も言えなかったが、彼の心づかいに笑顔で応えた。

「母は眠っている」彼は言った。「侍女もだ。朝になるまで母の病状はわからない」

「なにをばかなことを。侍女を起こせばいいでしょう。きょうは死ぬ思いでここまで馬を飛ばしてきたのに、なにもわからずに寝るなんて」

「ひたいはまだ熱い」

ブルックはドミニクを抱きしめたかった。なすすべもないという顔をしていたのだ。実際、母親を助けるためにできることはなにもない。できるとしたら腕のいい医者を呼んでくるくらいだ。

「朝になったら、かかりつけ医を呼んだらどうかしら。悪い想像をふくらませる前に、まずはお医者さまから説明を聞くのよ。それにこれは憶えておいて、夜のあいだ熱は上がらないわ」

それでもまだ心配そうな顔をしていたが、ドミニクはうなずいて、部屋を出ていった。ブルックはとにかく手と顔を洗い、料理を半分だけ食べ、ベッドカバーの上に倒れこんだ。服を脱ぐのはひと苦労どころではなく、一日じゅう馬に乗っていたので、身体が痛かった。うとうとしたところで、一緒に夜を過ごそうとドミニクを誘えばよかったと思いあたった。さっきのちょっとした励ましよりも大きな慰めを彼にあたえてあげられただろうに。

朝になり、新しい水と手ぬぐいを持ってきた侍女に起こされた。朗らかな侍女で、来客の知らせを受けると、使用人たちは活気づくのだと話していた。奥さまのご子息は別として、泊り客はめったに来ないからだという。朝食と風呂のお湯もすでに運び上げられているところのようだった。

ブルックが通されたのは実用性を重んじた部屋で、ロスデール領に向かう途中で宿泊した宿屋の部屋よりも家具が少なかった。ベッドはやわらかかったが、ランプが載ったサイドテーブルがわきにひとつあるだけだ。そのほかには、幅の狭い縦長の衣装戸棚、洗面台と衝《つい》立《たて》のない小さなブリキの浴槽、それに読書用の椅子が一脚あった。けれど、テーブルも鏡台も書きもの机もなく、もう一度部屋のなかを見まわしたが、やっぱり鏡はなかった。どうやら屋敷の女主人は泊り客を歓迎しておらず、仮に来客があっても、客人に長居させない構えのようだ。

けれど、湯を入れた手桶を運んできた使用人にまじって、片手に背もたれのある椅子、もう片方の手に小さな丸テーブルを持った従僕がいて、その椅子とテーブルを窓辺に置いた。ブルックは思わず笑い声を上げた。少なくとも使用人たちは来客を迷惑がっていない。ソーセージをはさんだ丸パンを食べていると、階下にいらっしゃれば、もっとしっかりした朝食を召し上がれますよ、と侍女のひとりが教えてくれた――あの階段をきょうなんとかおりられればの話だ、とブルックは思った。やれやれ、馬を飛ばしたせいで身体が痛い。ゆうべの痛みはまだ序の口だった。浴槽に足を踏み入れながら、熱いお湯で脚の痛みがやわらげばいいのに、と願った。一般的な大きさの浴槽で入浴できたら、筋肉痛に効いたかもしれない。けれど、この小さな円形の浴槽では、腰をおろすのがやっとで、膝をかかえるしかない。湯船につかるというより、ただ浴槽のなかに立ち、身体を洗ってもらい、石鹸を流してもらい、出る、という造りだ。けれど、そうやって入浴を手伝ってくれる侍女もいない。アルフリーダの到着まで、あと二、三日はあるだろうし……。

旅行かばんがまだ部屋に届いていないといまごろ気づき、ブルックははっとした。昨日着ていたドレスを洗濯に出す前にまた袖を通すのは気が進まない。

そう思った矢先、ドミニクが許可もなく部屋にはいってきた。入室の合図にドアをこつんとたたいただけだ。ブルックは悲鳴を上げて、小さな浴槽に身を沈めようとしたが、それは無理だったので、ドミニクのほうを向いて浴槽の側面にしがみつき、そこを盾に身を隠そうとした。

「すまないが、ゆうべは荷物のことを忘れていた。馬の世話を引き受けた従僕が玄関に置きっぱなしにしていた」ドミニクはベッドに旅行かばんを置くと、浴槽に近づき、ブルックの頬に手をあてた。「おはよう」

ブルックはあっけにとられ、困惑し、そして頬がかっと熱くなった。こんなことはまずいと彼もわかっているはずだ。まだ結婚していないのだから——それとも、ついに結婚する気になったのかしら？　愛を交わしてから、ドミニクの態度は変わった。あからさまにではないが、わずかには。ブルックに触れるのをためらわなくなり、昨日と一昨日の二日間は馬の乗り降りに手を貸してくれ、抱きかかえて屋敷のなかに連れていってくれ、いまはいまで、やさしく頬に触れてくれた。そして、追いはぎたちの隠れ家を出てからは、殺気立った暗い表情は一度も見せていない。そういうことはあまり深読みするべきではない。たしかにそれはそうだ。ドミニクはまだ母親のことが心配でならないのだから。それでも、愛を交わしたおかげで、ふたりの関係が変わったのではないか、とどうしても思わずにはいられなかった。

「さっさとしてくれ」ドミニクは先をつづけた。「母はいま起きている。病状についてきみの意見が聞きたい」

そう言い残すと、部屋を出て、ドアを閉めた。ブルックはため息をついた。助けが必要だから親切にしてくれただけなのかもしれない。

入浴をすませた。使用人が湯の手桶をふたつ余分に置いていってくれたのでなんとか髪も洗ったが、石鹸をきれいに洗い落とせたか定かではなかった。

〝さっさとしてくれ〟という彼の言葉が頭から離れないまま、風になびかせるようなつもりで髪を揺らし、すばやく乾かしたが、ヘアブラシがないことに気づき、笑ってしまいそうになった。アルフリーダは小さな帆掛け舟のことや、ブルックが鞍上で居眠りをして落馬するのではないかということを心配するので頭がいっぱいで、ブラシを荷物に詰め忘れたようだ。きょうは生活必需品を買いに行くとしよう。ありがたいことにドミニクに金を無心する必要はない。手持ちの金は四分の一しか持ってきておらず、残りはアルフリーダに預けてあったが、旅行かばんにではなく、ポケットに入れていた。かばんにしまっておいたら、追いはぎたちに見つけられてしまったかもしれない。

髪はうしろで結んだので、よく見なければブラシをかけていないとはわからない。淡いアプリコット色の日中用のドレスを着て、廊下に出ると、誰に訊かなくてもレディ・アナの部屋はどこなのかわかった。階上でドアが開いているのはそこだけだったのだ。

ベッドに近づいていった。ドミニクがかたわらに立ち、母親の手を握っているが、彼の母はまた眠っているようだった。ひと目見ただけで、この女性が死ぬかもしれないとブルックは思った。ドミニクの顔色を見なくても、彼もそう思っているとわかった。アナ・ウルフはすっかりやつれており、元気なときはどんな様子だったのか想像もつかない。ナイトキャップからのぞく黒髪は艶がなく、顔は白い羊皮紙さながらに青白く、唇はひび割れている。目をしっかりと開けている力すら残されていない。そして、うまく呼吸できないような息づかいだ。

すぐさまブルックはベッドのわきのテーブルにあったグラスに水をたっぷりと注ぎ、母親を起こして水を飲ませるようドミニクに伝えた。ドミニクは母親にやさしく手を貸してベッドの上で起き上がらせたが、彼の母は水をほんのふた口か三口飲んだだけで、目もろくに開けず、身体を起こしていられなくなり、横になった。

ドミニクはブルックを廊下に連れ出した。「医者はもう帰った」声をひそめて言った。「肺炎と診断された。たいていの場合、命にかかわる。それに母はおれがきみをここに連れてきたことで動揺している。話をしてよけい衰弱させてしまった」

「ということは、説明したのね？」

「母はとっくに知っている。摂政皇太子の使者が帰ったあとすぐにロスデールから母に手紙を出したから。おれたちがもうすぐ結婚することへのお祝いを、今週の初めごろ医者から言われたそうだ」

ブルックはたじろいだ。「つまり、世間に知れ渡っているということ？」

「母の医者の耳にはいっているなら、噂は広まっているにちがいない。殿下《プリニー》は秘密だと思っていないようだが、母がいま心配しているのは、好奇心をそそる噂や憶測ではすまなくなるのではないかということだ。わが家としては、エラのことは誰にも知られたくない」

「当然だわ」

「母を——治せるかい、おれを治してくれたように？」

どうしてもロンドンに一緒に来てくれとドミニクが求めたのはひとえにこのためだろう。

馬車に乗っても日曜日までには到着したと考えられるのだから。ロスデールを発つ前に、レディ・アナの容態は高熱が出ているということしかドミニクから聞いていなかったので、アルフリーダからはふつうの風邪を癒す薬草を渡されていた。だが、肺炎は重い病だ。

ひたいにしわを寄せ、ブルックはドミニクに言った。「あなたのお母さまの具合がよくなりそうな薬草を二種類、アルフリーダからもらってきたけれど、どちらももっと必要になりそうだわ。だからきょうは薬局に行かなくちゃいけない。それからこちらの料理人と話もしないと。一日に一度、あなたのお母さまに飲んでいただくスープに必要な材料があるか確認するためにね」

「馬車を待機させている」ドミニクはブルックの手を取り、階下におり、玄関を出た。

行動の先を読もうとしたの？　それともあらゆる不測の事態に備えているだけ？　そんなことを思い、ブルックは舌を巻いた。

お茶に必要な薬草のヤナギトウワタの根とコロハの種子はどちらも見つけることができた。ドミニクがこんなに急いでいなければ、もう一軒寄って、ヘアブラシを買っていた。

屋敷に戻り、厨房に向かう前だったが、ブルックはそう口にしていた。だから、一日が終わるまでにブラシが部屋に届くのではないか、と期待したのだ――ドミニクが新たなこの思いやりのある態度をつづけるのなら。地獄のような旅の埋め合わせをしているだけなのかもしれない。もしくは、母親を助けてもらうために、親切にしてこちらを操ろうとしているのか。ドミニクのこういう一面を、追いはぎたちの小屋に捕らわれる前には見たことがなかったので、望まない結婚に抵抗するわけではない日常ではどうなのかわからなかった。けれど、そのうちわかるだろう……。

39

「水にいったいなにを入れたの?」

アナ・ウルフの口調にブルックは縮み上がった。ドミニクが心配そうに進み出て、母親の手からグラスを取り上げ、怪訝な顔でブルックを見た。朝飯前だと本気で思っていたの?どうやらこの母親は息子と同じく文句の多い病人になりそうだ。

ため息をつき、ブルックは言った。「カイエンヌペッパーとレモンです。呼吸が楽になるんですよ——それを飲めば。それからいま注いだお茶は、鬱血した肺をきれいにする働きがあり、簡単に言えば、汗が出ます」

「汗はかかないわ」いかにも貴婦人が言いそうな返答だった。

「きょうは汗をかきたくなりますよ。汗をかくことはよくないものを身体からてっとり早く取り除く方法ですから。より早く体調がよくなる助けになるんです」ドミニクが紹介の労をとってくれず、看病に来たとアナはすでに説明されていたようなので、ブルックはこう言った。「ブルックです、何者かとお思いかもしれませんから、いちおう申し上げておきますが」

「あなたが誰かはちゃんとわかっているわ」アナは蔑むように言った。「あの人の妹でしょ」

ブルックは身をこわばらせ、ドミニクにちらりと目をやった。ドミニクはいったんブルックをわきに引っぱっていった。「きみの兄貴がしたことも、そのせいでエラがどういう行動に出たのかも、おれと同じころから母も知っている。母には隠しておけなかった。前もって謝っておく。母を看病するのはつらいことになるかもしれない」

なるかもしれないですって？　ブルックはおかしくもないのに笑い出しそうになった。自分ばかりか母親からも嫌われていると知ったら、わたしに助けを拒まれると思ったの？　けれど、ドミニクにはもう嫌われていない。信頼して母親の病気を治してもらおうとしているのだから、嫌っているはずはない。

ブルックはうなずき、ベッドのそばに戻った。似た者親子だ。ふたりとも同じ目つきでにらんでくる！　ため息を洩らし、アナに言った。「兄のことはすみません。でも、わたしは兄とはちがいます」

「あなたはわたしの家で受け入れられているわけじゃないのよ」

ドミニクが口をはさもうとした。「母上――」

「彼女が受け入れられることは今後もないわ。この毒蛇を連れてこないでと言ったはずだけど」

この年配の女性は自分の思っていることをはっきりさせたかもしれないが、発話はゆっくりで、ぜいぜいと息を切らしてもいた。手を借りて、ベッドの上で半身を起こしていた。いまは目をはっきりと開けている。ドミニクの目と同じく、琥珀色の瞳だ。

ここを去るべきだ、とブルックは思った。自分の存在がこの女性の神経を逆撫《さかな》でしている。ブルックは部屋を出ていこうとしたが、ドミニクは彼女の腕に手をかけて引き留め、母親に言った。「彼女はぼくの頼みで母上の看病に来ている。それはもう話しましたね、薬草の効能の知識を使って、ぼくの怪我を迅速に治してくれたことも。たしかに兄は卑劣な男だが、彼女は信用できます。でも、母上が元気になられたら、ぼくたちはここを出ていきます。それをまだお望みなら」

「わたしの水に粉の香辛料を入れたのよ！」アナは咎めるように言った。「というより、カイエンヌペッパーってなんなのか、あなた知っていたの？」

「たしかに変わった響きがしますね。でも、はねつける前に、説明どおりになるのか試してみたらいかがですか？」ドミニクは有無を言わせぬ顔でグラスを母親に手渡した。

アナはグラスを受け取ったが、口もとには上げなかった。文句がすんだら飲んでくれるとブルックは期待したが、まだ文句はすんでいなかった。アナは懇願と命令が半々に入りまじったような声でドミニクに言った。「彼女との結婚はだめよ、ドム。わたしたちが失ったものをいやでも思い出させる人なんだから」

「もうぼくの人生を勝手に決めることはできませんよ、母上。自分のことを決める責任はぼくにある。それに、医者の見立てでは、母上の病状は快方に向かわず、悪化している。医者は匙《さじ》を投げたけれど、ぼくはあきらめません。だから、ぜひともブルックの指示に従って、不平を並べるのは控えてください。それとも、病気を治したくないんですか、母上？」

「あなたが彼女と鎖でつながれるのを見るために？　それなら死んだほうがましだわ」

ドミニクは口汚く毒づき、怒って部屋から出ていきながら、一緒に来いとブルックに言った。けれど、ブルックはすぐには動かなかった。ドミニクがドアのほうに歩き出したとき、アナの目に涙がこみ上げたことに気づいたからだった。アナの考えは理解できる。この人はなによりも息子のためになることを望んでいるのだ。アナの目で見れば、ブルックほどひどい結婚相手はいない。

ドミニクは部屋のすぐ外でブルックを待っていた。彼がドアを閉めるとすぐにブルックは言った。「わたしがここにいるせいであなたのお母さまはひどく取り乱してしまったわ。快復のためには安静にしていなければならないのに。わたしが寝室に出入りしたら、お母さまは気が休まらない」

「つまり、母の病気を治してくれないのか？」

「もちろん治してさしあげるわ。肺炎の治療法の長所は、わたしが薬を届ける必要がないということよ。ただ薬をまぜて、煎じればいいの。お母さまが薬をきちんと飲むようあなたが見てくれればいいわ。あるいは侍女にまかせてもいいしね」

「助かるよ。それについてはきみにまかせる。用事をすませたらすぐに戻る。例の金をおれたちがひと晩世話になった悪党どもに届けないとな」

ブルックに向けたドミニクの目は、その夜にふたりがしたことを思い出しているのだとありありと物語っていた。そう気づき、ブルックは顔を赤らめた。

40

「で、ロンドンに戻ってくるという手紙ひとつよこさずか？」

ドミニクが振り返ると、銀行の外にふたりの親友がいて驚いたが、アーチャーの傷ついた表情を見て思わずくすりと笑わずにはいられなかった。「昨日の夜遅くに馬で到着した。今朝こっちが手紙を送ったとしても、ゆうべから家に戻っていないんだろう？」

「おっと、そうだったのか」アーチャーはやぶ蛇になったというような口ぶりで言った。

ベントンはアーチャーを肘でついてからドミニクに言った。「やあ、久しぶりだな。こっちもいいことがあったが、きみもそうらしいな。これはまた祝杯を挙げないと、だ」

ドミニクは眉を上げた。「それをふたりでやっていたのか？」

「こいつはどうだか知らないが」アーチャーはベントンを肘でつつき返した。「ぼくはもう素面《しらふ》さ」

「ふたりともテーブルに突っ伏して寝たから」ベントンは言い張った。

「ぼくは寝ていないさ」アーチャーが心外だとばかりに言った。「でも、きみが寝ている姿はたしかに見た。まったく退屈だったよ。もう少しでいびきをかいているきみをあそこに置いて帰るところだった、あの給仕係が相手をしてくれなかったら。でも、せっかくだ、もう一軒行こう。いいな?」

友人たちは両わきからそれぞれ腕をつかみ、通りを横切って、なじみの酒場のひとつにドミニクを連れていった。これまでの経験上、抵抗しても無駄だとわかっている。それにドミニクもふたりに会えて懐かしかったのだ。子どものころから知っていて、学校にもともにかよった仲なのだから。

アーチャーは三人のなかでいちばん背が高く、あとのふたりに五センチ以上の差をつけていた。ゴールデンボーイとよく呼ばれるが、資産家の家柄のせいばかりではなかった。ブロンドの髪に緑の目をした圧倒的な美男子で、結婚相手としてもっとも人気のある独身男性と社交界で目されており、女主人という女主人の招待リストの最上位に名前が載っていた。一方、茶色の髪と目をしたベントンも同じく容姿端麗だが、賭けごとに目がないという評判が少々立ってしまい、そのためアーチャーほどはパーティに招待されない。だからロンドンから離れた地域で結婚相手を探しているのかもしれない。

残念だが、ドミニクとベントンはあまり顔を合わせていなかった。ベントンは西部でとある公爵の娘に言い寄っていたが、どうやらそのご令嬢が成人になる前から近づきになろうと求愛を始めたらしい。尻を据えてひとりの女性に求愛するとは献身的だ、とドミニクは思ったが、ベントンがそういう方針を決めてからほとんど会っていなかったので、成功したのかわからなかった。だが、友人たちが祝杯を挙げていたのはたぶんその縁談のことだろう。アーチャーは時折りロスデール邸を訪ねてくるので、ドミニクはアーチャーとはもっと頻繁に会っていた。

テーブルにつき、アーチャーが飲みものを注文した。ドミニクはどうしてもひと言言わずにはいられなかった。「疲れた顔だな」

「ああ、疲れているさ。言わなかったか、ベントンが居眠りをしているあいだ金品を盗まれないか、ぼくはひと晩じゅう起きて見張っていたって？」

「きみの家に連れて帰ってくれればよかったじゃないか」ベントンがあげつらった。「ぼくだってテーブルに突っ伏すより、ベッドで横になれたらありがたかった」

「でも、そうしたら楽しめないだろう？」そう言い返したあとアーチャーはドミニクのほうを向いた。「で、聞かせてくれよ、プリニーがきみと結婚させたがっている娘は少なくともかわいいのか？」

「させたがっているだって？　いったいどういう話を聞いているんだ？」

「きみがホイットワースの妹と結婚することになったという噂が街じゅうを飛びかっている」アーチャーが言った。「ホイットワースが得意になっているぞ、ほら、摂政皇太子手ずからきみの干渉をやめさせてくれるから、もうばかげた決闘をしなくてすむとな。あいつは本当にプリニーと昵懇《じっこん》の間柄なのかい？」

「面識すらないんじゃないか。でも、このまえの決闘が初めてではなかったと摂政皇太子の耳にはいった。それで、おれの身ぐるみをはがそうとしている、もしもおれがホイットワース家と結婚による縁戚関係を結び、復讐をやめなければ」

「決闘が一度ではすまないなんて、ホイットワースはなにをやらかしたんだ？」ベントンはドミニクになりかわって怒りをあらわにした。

「こういう上品な店で怒りをぶちまけるものじゃないさ」ドミニクは言った。「この話はやめておく」

「本当に？」アーチャーが文句をつけた。「まだ黙っているつもりか？　こいつを酔わせないとだめだな、ベントン」

ドミニクは目をぐるりとまわした。ロバート・ホイットワースがなにをしたのか話せないこともなかった。結局のところ、ふたりは親友なのだから。しかし、どういう理由であれ事実が洩れたら、母はけっして許してくれないだろう。もっと言えば、自分自身を許せなくなる。

そこで話題を変えようと、ベントンにこう尋ねた。「祝杯を挙げていたということは、言い寄っていたご令嬢に結婚を承諾してもらえたってことか？」

ベントンはぱっと顔を輝かせた。「来月、結婚することになった。もちろん、きみたちをふたりとも招待する」

「では、おめでとうと言わせてもらおう。しかし、おまえも〝粘り〟という言葉に新たな意味を加えたな。かれこれ二年か、彼女を口説き落とすのに？」

ベントンはにやりと笑った。「いや、彼女はひと月もしないうちにぼくに惚れた。二年かかったのは彼女の父親を口説き落とすまでさ！」

一同は笑った。ドミニクが全員におかわりを注文した。しかし、アーチャーがうとうとしはじめると、ドミニクはベントンに言った。「本当にひと晩じゅう寝ずの番をしていたようだな。家に連れて帰ってやってくれ。今週中にまた会おう」

友人たちを残し、馬車を拾ってボンド街に走らせ、ブルックのためにブラシと櫛のセットを、なにかとびきり美しい品を探すことにした。文句らしい文句も言わずについてきてくれた感謝のしるしとして。てっきりぶうぶう言われるだろうと思っていた。知り合いのほかの婦人たちなら道中ほとんど愚痴の言いどおしだっただろう。だが、ブルックはそうではなかった。あの女性はなんとも名状しがたい人物だ。こちらの敵意に、笑みと断固たる決意で立ち向かってくる。論理的すぎるほど論理的で、現実的すぎるほど現実的で――素直すぎるほど素直だ。そして、希望を持ちすぎるほど希望を持っている？　彼女は本当にこの縁談を望んでいるのだろうか。それとも、拒んだ場合に起きる事態への恐れが勝っているだけだろうか。どちらの気持ちもすこしずつあるのかもしれない。

ブルックが屋敷に現れてからの出来事をすべて思い返し、すでに彼女との思い出がたくさんあることにドミニクは驚いた――そして、そのひとつひとつを憶えていることにも、いくつかの思い出に笑みさえ浮かべてしまうことにも。ブルックは驚くべき女性だ。大胆で、知的で、美しい。そして恐れを知らない、大体においては。野生の狼に遭遇したのに、逃げもしなかったとは！　あるいは、もしかしたら恐れをうまく隠しているだけだろうか？　かっとすることもあるが、あたり散らすわけではなく、いつまでも怒っていたりはしない。おもしろい怒り方だ。

官能的でもあり、処女にしては大胆だ。いや、処女だったと言うべきか。そして彼女に求められた。彼女のほうから求めてきたのだ。

最初に通りかかった店でブルックに贈るブラシのセットを見つけた。そして、結婚予定日の前後に彼女の誕生日が来ることを思い出した。さらに何軒か、宝石をおもに扱う店に立ち寄ったものの、これといって目に留まるものはなかったが、やがて彼女の瞳の色とよく似た淡い緑色の小さなペリドットがまわりにちりばめられた彫金のカメオを見つけた。ドミニクはそれを買ったが、買い上げたあとにそれがじつはロケットだったと気づいた。なかになにもはいっていないロケットを贈るのは贈答品として中途半端な気がしたので、画廊を探していると、オールド・ボンドストリートをはいったところに一軒あった。

用事をすませ、北へ引き返しながら、早く屋敷に帰れるよう辻《つじ》馬車はないかと目を光らせた。だから通りがかりのどの商店にも目を向けておらず、ある店からちょうど出てきた人物には気づかなかった。挨拶の声も聞こえなかった。だが、突然目の前に登場して行く手を遮るロバート・ホイットワースを見逃すはずなどない。あるいは、ホイットワースきょうだいの類似点もそうだ。だからこそ至近距離に立つ男がより目についたのだ。ブルックと同じ淡い緑の目に、黒い髪。

「やあ、やあ、未来の義弟くん」ロバートはせせら笑うように言った。

「まだロンドンをうろついて乙女たちの操を奪っているのか、ホイットワース？　それがお得意なんだろう？　まだ誰もおれの代わりにおまえを始末していないとはびっくりだ」

「それを言うならびっくりなのはこっちさ、かわいい妹がまだおたくに毒を盛っていないとは。やると約束したのにな――ははあ、そういうことか、妹は結婚式がすむまで待っているというわけだな」

まるで腹に一発、こぶしを食らったかのようだった。ドミニクは一瞬息もできなかった。しかし、明らかにロバートはただ毒舌を吐いてこっちを煽《あお》っているだけだ。「彼女はおまえとはちがう」ドミニクは鼻であしらうように言った。

ロバートは鼻で笑った。「妹の虜にされたか？　ころりとだまされて？　妹は意外と美人で頭もいいってわけか」

数十人もの通行人に見られているにもかかわらず、素手でこの男を殺してやりたいという強い衝動が一気にこみ上げた。だが、正気がそれに勝った、かろうじて。それでもドミニクは強烈な一発を頬にお見舞いし、ロバートをよろよろと一、二メートルあとずさりさせた。

敵の顔に浮かんだ驚きの表情を見ても、ドミニクの怒りはすこしも鎮まらなかった。むしろまたたく間に殺意が芽生えるほど怒りは高まり、ドミニクは一歩前へ足を踏み出した。ロバートはさらにあとずさった。この男に闘志などない。ただの臆病者で、いたいけな乙女を狙う女たらしで、道徳心のかけらもない最低最悪な下種野郎だ。

「おれたちはまだ親戚じゃないぞ、ホイットワース」ドミニクは吐き捨てるように言った。

「身内になったら、こんなものではすまない」

41

「わかっていただかないとなりませんよ、レディ・アナは癇癪持ちで、しばしば心にもないことをおっしゃる方だと」ヒビットさんはそう言いながら、ブルックが昼食をすっかり食べて空になった皿を厨房の作業台からさげた。「そう、つい先月、奥さまは使用人に腹を立てて、全員をクビにしました。その後、二日かけてわれわれを捜し出して雇い直し、二度と大量に解雇させるようなまねはしないでちょうだいと警告する、ということがありました」

ブルックは声を上げて笑い、料理人は自分を元気づけようとしているのだと気づいた。背が低く、でっぷりと太ったこの男は、まだ完全には味方につけていない本邸の料理人とはぜんぜんちがう。こっちの料理人はとても話し好きだ。けれど、いまの話から察するに、レディ・アナの部屋を訪ねて不愉快な思いをさせられたことは、使用人たちも全員すでに聞きつけているにちがいない。アナのためにスープを作っているあいだ、何人かがひそひそ話をしていた。侍女のメアリーがアナの昼食を載せた盆を取りに来て、ブルックがスープの椀もその盆に追加すると、まずは味見をするようメアリーに要求された。

ブルックは愕然《がくぜん》としたが、淡々とした口調を保ちながら応えた。「すでに椀一杯分を飲んだわ。厨房で働いている人たちもそうよ。毎日新しく作らなければ無駄になるから。ニンニクと身体によい野菜を何種類か煮込んで濾《こ》したスープで、傷めた肺の細胞を癒す効果があると考えられているのだけど、ニンニクが好きなら、味わいも楽しめるわ。それからあなたには奥さまがちゃんとスープを一滴残らず飲み干すようにちゃんと見ていてもらわないとね。さもなければ、ウルフ卿に報告が行くでしょう、あなたは彼のお母さまの療養を妨害している、とね」

侍女は頬を紅潮させ、盆を持ってそそくさと立ち去ったが、ブルックは侮辱され、それを厨房の使用人に目撃されたことにまだ気分を害していた。

厨房は昼食の準備でかなり暑くなっていた。ひたいの汗をぬぐいながら、ブルックはビットさんに尋ねた。「庭はある？」

「狭い裏庭ならありますよ。ロスデール領のお屋敷のような見事な庭園じゃないが、いま時分ならまだ涼しいでしょう。居間から外に出られますよ」

ブルックは笑顔になり、厨房を出て、居間を探したが、玄関広間を横切ると、堂々たる風貌の貴婦人が屋敷にはいってきて、ウィリスの声が聞こえた。「ようこそお越しくださいました、公爵夫人。いつもながらに光栄に存じます」

「わたしの大切な友だちの具合はよくなって、ウィリス？　手紙に体調のことはなにも書いてなかったのよ」

「まだ思わしくないですが、ウルフ卿が来られたので、すぐによくなることでしょう」

「そうね、アナの慰めになるわ」そこで公爵夫人はブルックに目を留め、尊大な態度で命令した。「そこのあなた、わたくしにお茶を持ってきてちょうだい。あなたの奥さまの部屋までね。ぼやぼやしないですぐに」

厨房で何時間も過ごしていたせいで、たしかに身なりは乱れているかもしれないが、きょうは散々侮辱を受けてきた。このうえ使用人にまちがわれるのはごめんだ。ブルックはきっぱりと言った。「使用人ではありません。レディ・ブルック・ホイットワースです」

「ハリエットとトーマスの娘？　あっそ！」公爵夫人はさっさと階段をのぼっていった。

ブルックは身を翻し、屋敷の裏に向かいながら、歯を食いしばるまいとこらえた。すこしして庭に足を踏み出すと、深く息を吸って気を鎮めようとした。小さな庭には夏の花が咲き誇り、さまざまな香りが漂っていて、背の低い果樹がいくらか木陰もこしらえていた。大きさの異なる石像が庭じゅうに点在し、中央には凝った造りの噴水もあった。馬の鳴き声が柵の向こうから聞こえてきて、足音を忍ばせて柵に近づくと、馬や馬車がおさめられた長い厩舎が延びており、どうやら街区で共有しているようだった。

噴水まで歩いていき、そこで腰をおろし、薔薇の蕾《つぼみ》を取ろうと身をかがめたところで背後からドミニクに声をかけられ、どきりとした。「毒性の植物を探しているのか？」

ブルックはゆっくりと身体を起こしたが、眉は即座にひそめていた。「どうしてそんなことを言うの？　怪我や病気を治す薬草しか使わないとあなたも知っているでしょう」

「そうじゃないやつをこのまえの夜はおれのワインに入れようとして、結局自分で飲んだんじゃなかったか？」

ブルックははっと息を呑んだ。推測しているだけ。そうに決まっているが、ブルックが急に頬を染めたのは、おそらくドミニクが好色な笑みを浮かべてこうつけ加えたからだ。「その結果、なかなか忘れがたい思い出になった」

ブルックは恥ずかしくて惚れ薬のことはどうしても口にできず、あの夜のふるまいがいつもとはちがったとドミニクに気づかれず、釈明もせずにすめばいいと願っていた。けれど、ドミニクは察しをつけた成り行きに不快になってはいないようで、むしろその逆だった。それでも自分だけ必死になっているような気がして、白状するのは気が引けた。

そこで部分的にだけ事実を認めることにした。「ローリーの母親に勧められたのよ、あなたを誘惑したらどうか、と。わたしたちにとって、あれが最後の夜になるかもしれなかったから」

ドミニクは笑った。「で、きみをおれのベッドに走らせるような薬をきみが実際に持っているんじゃないかとおれは思ったわけだ。残念だな」

本気でおもしろがっているの？　目に見えない緊張が張りめぐらされている気がした——

たったいま薬の話が出たではないか。「誤解がないよう念のため——」

「いや、相当ばかにならなければ、結婚式の前だか直後だかにきみに殺されるとは信じられない。ホイットワース家の人間を巻きこむことになるのだから。それとも、きみがそれで絞首刑になっても、あいつはかまわないってことか？」

ブルックは頭が混乱した。「なんの話——」そう言いかけて、息を呑み、推測したことを口にした。「兄に会ったのね！」

「悪魔さ、おれが会ったのは」ドミニクはうなるように言った。

「どんな話を吹きこまれたの？」

「きみがあいつに約束した、おれに毒を盛るという話だ！」

ブルックは息を吸い、ドミニクの胸を平手打ちした。「それで、あなたは兄の話を信じたの？　どうしてわたしがそんなことをするの？　わたしはあなたを助けたのよ。それに、あなたに負けないくらいわたしも兄が嫌いだと何度も話したことだって憶えているでしょう？　結婚したらあなたに毒を盛れ、とたしかに兄は持ちかけてきたけれど、あまりにも荒唐無稽だからわたしは返事すらしなかった。まして約束なんてしていないわ。それに正直言って、兄が本気で提案したとは思わなかった。あなたを好きになるなとは釘を刺されたけれど。あなたを好きになったら、それは家族への忠誠に反する行為だと言われたわ」ブルックは鼻を鳴らした。「家族に忠誠心なんてないのに。だから、わたしがやってもいないし、やろうとも思っていないことで責めるのは金輪際やめて。わたしがするのは人助けであって、人殺しじゃない。それを筋道立てて考えるつもりがあなたにないのなら、わたしからはもうなにも言うことはありません」

ブルックは憤然とし、ドミニクの前を横切って立ち去ろうとしたが、そこで彼に腕をつかまれた。ドミニクは言った。「きみの兄貴の話は信じなかった。だが、こう警告されたよ、きみは予想以上に美しく、賢くなったから信用するな、と」

「そういうことを兄が言うのは底意地が悪く、迷惑な人物だから。あなたを怒らせて、自分はのうのうと街を歩いているけれど、エラは自分のせいで死んだとあなたに思い出させようとして言うのよ！　子どものころから兄は意地が悪かったわ。兄のことなんか理解しようともしなかった。とにかく避けていたの。たぶん兄はあなたがその場でまた決闘の申し込みをしてくることを期待したのよ。そうすれば摂政皇太子さまはあなたを処罰するしかない。あるいは、別の期待があったのかもしれない、あなたが怒りの矛先をわたしに向けないか、と。あなたは現にそうしたけれど。わたしを殺せば、当然、あなたは兄を殺そうとはしなくなる、牢屋に入れられるわけだから。これはただの推測よ。兄がどんなつもりなのかも、近ごろはどういうことができるのかも知らないもの」

「きみの兄貴は若い娘を死に追いやり、なんの咎めも受けずにいる！」さらにドミニクはこう言った。「きみのお茶も魔法の薬も母には飲ませない」

なんてこと、これでは振り出しに戻ったようなものだ。「もう遅いわよ！」ブルックはドミニクをにらみつけた。「あなたのお母さまはポットで出したお茶もスープも飲んだわ。でも、心配しないで、まずは毒味をしろと侍女に侮辱されたから！」

「それは悪くない考えだな。よし、わかった、きみはヒビットにレシピを渡して、まずは毒味をさせればいい。だが、きみは母から離れていたほうがいいだろう」

ブルックはドミニクをかすめるようにして彼の横をすり抜け、肩越しに言い捨てた。「わたしはあなたから離れていたほうがいいわね！」

42

庭から部屋に戻る途中、ブルックは図書室に立ち寄って、しばらく読書に没頭しようと本を取ってきた。気が動転していたので、題名は見もしなかった。ロンドンの歴史書か。行き当たりばったりで抜き出した本にしては悪くないわね、と読書用の椅子に落ちつきながらブルックは思った。けれど、ドミニクとの関係がこじれて動揺するあまり、読書には集中できなかった。それもこれも彼の母親から寄せられている反感と兄が引き起こしたごたごたのせいだ。

時間がたつにつれ、さらに気が滅入ってきた。ストームを通じて心がかよい合った気がして、ロンドンに来る前の数日で、ドミニクに愛されるようになるという目標は進展したと思っていたが、それももうだめになったからだ。ロンドンに向かう道中はドミニクの心の扉はひらいていた。驚くべき快楽に導いてくれ、人生最高の夜を授けてくれ、とてもやさしく守ってくれたときにはたしかにそうだったのだ。そうしたこともなにもかもおしまいだ。ドミニクは兄を憎むように、またわたしのことも憎むようになったようだ。

それでも、あきらめるわけにはいかない。依然として結婚はしなければならない。それに、ウルフ家並びに使用人たちとの関係は良好ではないものの、家族のもとに戻るよりは、ドミニクの妻になったほうがよりよい未来を望めるのだ。

アルフリーダから偽装結婚の話を前に聞いたが、そうしてみたらどうかとドミニクに相談する頃合いかもしれない。あるいは相談というよりも、彼が引き換えにほしがりそうなものをこちらがあたえるという取引きをするのはどうだろうか——でも、なにと引き換えにすればいい？　ブルックはかなり頭をひねったが、ドミニクは気に入るけれど、負担はあまりかからないことはひとつしか思い浮かばなかった。見返りにブルックがなにを受け取るのか聞けば、少なくとも冗談ではないと彼も信じるだろう。だから、侍女から知らせを受けて、ドミニクと夕食をともにするという予定がわかったときには喜びもした。

とはいえ、その日ドミニクに言われたことにまだ腹が立っていたし、母親に毒を盛ろうとしているのではないかと責められたこともそうだった。そういうわけで、食堂にはいっていくと、硬い笑みをドミニクに向けながらもブルックはこう尋ねた。「料理人はもう死んだ？」

ドミニクは笑った。「それはまだだが、母は呼吸が前よりも楽になった」

「それはよかったわ。だけど、感謝したいのなら今後はわめかないで」

「わめいてなんかいない」

「わめいたわ」

「わめくというのはこうだ！」ドミニクはわめき声を上げて言い分を証明しようとした。

ブルックには同じに聞こえた。ドミニクは立ち上がり、隣の椅子を引いた。ブルックは長いテーブルの反対側の端の席についた。ドミニクはその状況をなんとかしようとしているようだった。自分の望む席にブルックを座らせるべきか検討しているのか、その場にしばらく突っ立っていた。椅子に腰をおろしかけると、ブルックはほっと安堵のため息をついたが、どうやらドミニクは考え直したようで、末席に座るブルックのところまで来て、彼女の右隣に座った。

ドミニクに愛想が尽きていなかったら、ブルックは笑っていたかもしれない。さっきは冷ややかで、疑ってかかっていたから、彼なりに譲歩を見せたということ？　けれど、ブルックの怒りはほとんど兄に向けられていた。ドミニクとの関係を振り出しに戻されてしまったからだ。

ドミニクは洗いたてのシャツ姿で、上着はつけていなかった。昼間は上品な貴族らしくきちんとした服装をしていたことを考えると、この別邸にもひととおり衣装を備えているのだろう。ブルックのドレスもきれいに洗濯されていたが、すこししわが残っていた。蒸気をあててしわを伸ばすよう、侍女の誰かに頼んでもよかったが、おそらく無視されるのがおちだ。

「あなたのお母さまのために勧めた食事療法をつづけるつもりなら、二種類のお茶を少なくとも毎日四杯ずつ飲ませないとだめよ」

「きみが見てくれればいい。母ももうきみに抵抗しない」

「あなたがやってちょうだい。わたしに対して考えを変えさせようとあなたがなにを言ったとしても、お母さまの態度は変わりっこないわ、あなたの態度が変わらないのと同じく」

「きみのせいじゃない。どうしようもないことのせいなんだ、失われてしまったことの」

ブルックはふんと笑った。「わたしの家族はちがう考えだとどうして思うの？　わたしは、この縁談に応じなかったら、精神病院に入れて、一生出してやらないと言い渡されたわ。わたしたちはちがう見方もできたかもしれないけれど、わたしは信用できないとあなたは判断した。それならそれでけっこうよ。それを話し合いのテーブルに載せて、おたがいに相手を信用しない関係だと認め合ったらどうかしら？」

「おれを信用しない理由はきみにはないだろう、おれは――」

「なんですって？　わたしのことで兄がついた嘘に耳を傾けておいてなにを言うの？」

「きみが意外にも美しく、賢い女性になった、ときみの兄貴が言った話は傾聴に値すると認めよう」

ブルックは自分の耳を疑い、ドミニクをまじまじと見た。彼はさらりと言ってのけ、まるでからかっているかのようにも聞こえたが、こういう話題でふざけるわけはない。そう思い、ブルックはなにも言い返さなかった。料理が並びはじめた。ブルックは料理に手をつけようとしなかった。ドミニクもそうだった。彼は返答を待っているようだった。口喧嘩をしたいの？　彼の思うつぼにはまるものですか。

ブルックは深く息を吸い、気を鎮めた。「言うまでもなく、あなたはこの縁談に最初から乗り気ではなかった。そして、せっせとわたしにも二の足を踏ませようとした。でも、わたしは逃げないわ。家族のもとに帰るより、ここで鬼と暮らしたほうがましだから。でも、ちょっと教えてほしいのだけれど、わたしたちはじつは考えを同じくしていると思ったことはない？」

「どういう意味だ？」

「まだ結婚すらしていないけれど、わたしたちには驚くほどたくさんの共通点があるわ、敵同士のわりに」

「たとえば？」

ブルックは一瞬、歯ぎしりをせずにはいられなかった。本当は敵同士ではないぞ、と反論する絶好の機会だったのに、彼は反論しなかった。

「たとえば、わたしたちはふたりともわたしの兄を憎んでいる。ふたりとも馬が好きで、馬の繁殖に関心もある。それに、どちらも他人に自分の将来を決めつけられるのが嫌いだわ。そうそう、犬も好きだしね。ふたりとも使用人と友だちにもなっているわ、貴族にしてはめずらしく。そして、わたしたちが結婚するのは、摂政皇太子さまに借金返済の手立てはほかをあたってもらうためだけれど、だからといって無理に本当の結婚と見なす必要はないわ。

その代わりに友だち同士になれるかもしれない。だから、取引きを提案させてほしいの。あなたとわたしは――」

「笑わせようとしているのか？」

ブルックは眉根を寄せた。「ぜんぜん、そんなつもりはないわ」

「おれたちは友だちになどけっしてなれないさ」

たしかにいまの状況を考えれば突拍子もない話に聞こえるだろうが、ブルックはなおも食いさがった。「もっとおかしなことだって実際に起きているわ。それに、あなたはまだわたしがどういう取引きを持ちかけているのか聞いていないでしょう？」

「ああ、そうだったな」

「わたしたちは名ばかりの夫婦になればいいの。あなたはわたしと顔を合わせる必要すらない。〝家族〟を避けるのはわたしの得意技よ。それから愛人を作ることをお勧めするわ。屋敷に連れてきてもかまわない」ブルックは気おくれしないうちに、と一気にまくし立てたが、まだ取引きを結ぶための交換条件ははっきりさせていなかった。「毎年一頭サラブレッドをわたしに買ってくれるなら、わたしはそれで大満足よ。だから愛人はたくさん作ればいいわ。呪いが現実になったとき、わたしは馬の飼育場を自分で所有していたいの」

「つまり、いまはあの呪いを信じている？」

ドミニクの下唇が意味ありげに曲線を描いた。ブルックは彼をおもしろがらせるつもりはなかったが、どうやらそうなってしまったようだ。「いいえ、わたしが思っているのは、あなたは命知らずな行動に走りすぎているということよ。何度も決闘をして、見つかったら片っぱしから砲撃される封鎖線を突破して舟を海に出して、ほかにどんな危険を冒すのがお手のものなのか誰にもわからない。代々のウルフ家の男性たちがあなたに負けず劣らず危険を顧みないのなら、呪われた一族と噂されても不思議ではないわ。それに、あなたが二十五歳の一年間をどうにかして乗りきったら、わたしは自分の馬たちをあなたの牧草地に加えるだけだわ。繁殖計画にわたしも口を出せるかぎりは」

「おれの跡継ぎの出産計画はどうなんだ？　そっちにも口を出すんだろう？」

ブルックは頬がかっと熱くなった。「それは遠まわしに名ばかりの夫婦はいやだと言っているの？」

「はっきり言ったはずだが、この結婚でおれがひとつだけ迷惑に思っていないのは、きみをベッドに迎えることだ。これまでの経験にもとづけば、きみもおれとベッドをともにするのはまんざらでもないという印象を受けた」

ブルックは顔を赤らめた。「決めつけすぎだわ！」

ドミニクはなまめかしい笑みを浮かべた。「そうかな？」

ブルックの顔はさらに赤くなった。「いずれにしても、あなたが愛人を作らないことにはならないでしょう。いい人を作るようお勧めするわ」

「おれが愛人を作ってもいいというのが交換条件というわけか」

「ええ、そのとおり。あなたにその気があるなら、提案もするし、選ぶお手伝いもするわ、強いて言うなら――わたしたちはいずれ友情のようなものを築けるんじゃないかと思うからなの」

「それで、おれが賛成する動機は？」

「愛人たちを守るため」ブルックは抑揚のない声で言った。

ドミニクは眉を上げた。「つまり、脅しか？」

ブルックは肩をすくめた。「わたしには鋭い爪があるのよ」

「よくよく考えてのことか？」

まさか、そんなには考えていない。一時間ほど前に思いついただけだ。その場しのぎのような提案はめったにうまくいかない。少なくとも、後悔はつきものだ。自分から立場を悪くしてしまったのだろうか。

けれど、ドミニクは返事を待たなかった。「おれが若死にするなら――きみの論理で言うと――おれの馬がすべて自分のものになるまで待てばいいじゃないか」

「あなたがわたしになにか遺《のこ》してくれるとあてにしていないの。地所はお母さまが相続するでしょうしね」

「きみの家族はそうはさせないはずだ」

「だったら命を粗末にするのはやめて、死なないで。なぜならわたしがここにいるのは兄のせいだから、自分の家族にけっして恩恵を受けさせたくないの。もし遺言書がないなら、書いておくべきよ、ホイットワース家が潤わないようにきちんと除外して。そして、わたしが成年に達するまではあなたのお母さまを後見人に指名しておくの。そうすれば、うちの家族はわたしをもう好きなようにはできない」

「ありがとう、おかげで食欲が戻った」

眉をひそめるブルックをよそに、ドミニクはすでに目の前に用意されている料理を食べはじめた。ブルックは尋ねた。「わたしが真剣だと思っていないのね？」

「さて、どうなるかな」

43

レディ・アナの部屋に二度と足を踏み入れるものかと誓ったにもかかわらず、翌朝ブルックはみずから朝食を階上に運んだ。お茶の効果が昨日どれだけ出たか確かめるだけだと自分に言い聞かせたが、あの婦人が本当に態度をあらためたのか、自分の目で見てみたかったのだ。ドミニクは自分の母親がようやく聞き分けたと思ったのかもしれないが、ブルックはそうとは思えなかった。

けれどもドミニクの母は眠っていた。侍女が枕もとに控えているということは、ちょうど眠りについたところなのだろう。そこで、わざわざ起こしはせず、朝食は冷めないように、使用人に言いつけて、いったん厨房に戻させた。目が覚めたら食べればいいのだから、快復のためには食事よりも睡眠のほうが大事だ。

大きな屋敷のなかでドミニクがどこにいるのかわからなかったが、べつに捜しているわけではなかった。結婚式まであと二日しかなく、気晴らしになることを願って、買いものに出かけることにしたのだ。摂政皇太子から結婚を命じられ、許可証もおりていたので、三回めの結婚予告が読み上げられるまで待つ必要はなかったが、あたえられた猶予期間のぎりぎりまできっと待つことになるのだろう。

ブルックはマントを取りに行き、執事を捜し出し、ウルフ家の馬車をまわすよう頼んだ。

「ちょっと買いものがあるの。でも、それより街をまわって、昨日、本で読んだ場所をいくつか見てみたいのよ」

「ヴォクソール庭園は必ずお出かけになるべきですよ、ブルックさま。一年のなかでもこの時期はとりわけ色鮮やかで、見どころがそれはたくさんありますから、あちこち見てまわったら丸一日かかりますけれど」

ブルックはにっこりとした。「じゃあ、きょうのところはちらっとのぞくだけにするわ」

「ええ、それがいいでしょう。きっと旦那さまが今度ゆっくりと時間をかけて、連れていってくださいますよ」

そうかしら？　ドミニクの屋敷に滞在するのはここで三軒めだが、どこの邸内もドミニクは案内してくれなかった。そして、ブルックがロンドンを訪れたのはこれが初めてだと彼もわかっている。自分がよく知っている街を見せてやろうか、と声をかけてくれても罰はあたらないはずだ。

ウルフ家のロンドン別邸の御者はそのむっつりとした表情から察するに、ブルックの希望に合わせてロンドン見物につきあうのが億劫《おっくう》そうだった。あるいは、もともとこういう顔つきなのかもしれない。従僕がふたり同行したが、どちらもブルックと目を合わせようとしなかった。ロンドンの使用人たちのことはブルックも誰が誰だかわからないし、知り合う機会もないだろう。ドミニクと結婚してもロンドンに住まないのなら。

　母親の病気が治ったら、あるいは治ると仮定した場合、ドミニクはどうするつもりだろう。前に聞いた話では、いままでは一年の半分はロンドンで母親と暮らしていたということだが、妻を娶《めと》ったあともそうしたいものだろうか。そういう事柄は相談できてしかるべきだが、それにしても日常的な問題をいったいいつ話し合うのだろう？

　昨日、薬局へ向かった道すがら、ロンドンの景色はろくに見ていなかった。肩が触れ合うほど狭い辻馬車の座席で、ドミニクと隣り合って座っているようなときにはだめだ。その短い乗車中、彼以外のことはなにも考えられなかった。

　この古い街に初めて来たのだから、もっと胸を躍らせていなければおかしい。きっとわくわくしていたはずだ——予定どおり社交界にデビューするために母と訪ねていたら。母への思いを考えれば、おかしな話だ。あるいは、母への思いが欠けていることを考えれば、ということか。アルフリーダは正しかったのだろうか。そうした思いはあまりにも長いあいだ押し殺してきたから消えてしまったのか、それともあまりにも心の奥深くに埋められているので、もはや害をおよぼすこともないのだろうか。泣きたくはないし、涙なら涸れるほど幼いころに流していた。

御者は南のほうへはあまり足を延ばそうとしなかったが、波止場の近くには連れていってくれたので、テムズ川と川面《かわも》に停泊している船舶を眺めることができた。その数があまりにも多いので、乗船券を買って、世界のどこかに消えてしまえばいいのではないか、とブルックはまたしても思った。

けれど、助言をし、一緒に行くと賛同してくれるアルフリーダはそばにいないわけで、ふと頭をよぎっただけだ。一度却下した思いつきをまた蒸し返したのは結婚を控えて不安になっているせいだ、と彼女の友人なら考えただろう。けれど、結婚はしたいのだ。〈狼〉をひと目見た瞬間から彼と結婚したいとブルックは思っていた。けれど、いま不安なのは結婚初夜のことだった。

昨晩の夕食の席でドミニクに言われたことを考えると、初夜はベッドをともにすることをまちがいなく期待されている。今度はきれいな部屋で、ワインやたぶん甘いものも用意されていて……初めてのときと同じくらいすばらしいのか、それとも惨めなことになるのだろうか。結婚相手の人格を母親からけなされ、妹を信用するべきではないと未来の義兄に吹きこまれたドミニクの心境を思うと、おそらく後者だ。

ヴォクソール庭園目当てで出てきたのだが、馬車を降りてなかにはいるのはやめにした。ウィリスの言ったとおりだった。見物するところがあまりにも多く、ひとりではいる気になれなかった。けれど、ハイドパークを馬車で通り抜け、週末ともなれば、貴族の馬車でいっぱいになるという小道を通った。なんでも人と会ったり、ただそこにいることを人に見られたりするためだけに集まる有名な場所なのだそうだ。隣接するロットン通り《ロウ》でいつかレベルに乗りたい、とブルックは願った。ハノーヴァー広場《スクエア》でセントジョージ教会を見た。上流階級の結婚式が執り行なわれる場所だ。ここで自分も結婚するのだろうか。

両親はおそらくここをしばしば訪れるのだろう、とふと思った。でも、父にも母にも連れてきてもらったことはない。兄はロンドンにいるけれど、兄とどこかに出かけたこともない。いまは婚約者さえいるけれど、彼に連れてきてもらった場所は薬局だけだ——彼の母親の用事で。この街ではひとりぼっちだ。アルフリーダもそばにいない。あと一日二日たたなければ彼女は来ない。

ボンド通りで市内見物を終え、ブルックは馬車を降りて靴を探すことにした。足の水膨れに塗る軟膏の材料を買いに薬局も探してみることにした。旅行用のブーツは日常的に履くのには適さないのだ。従僕ふたりは礼儀正しく距離を置いてあとからついてきた。店のなかまではついてこないので、ブルックはひとりでいくつもの店にはいった。新しい靴を買って、すぐに履き替えたあとも、通り沿いの店に何軒かはいり、軟膏用のキンセンカも手に入れた。

ロンドンの高級店でお金をつかうのは思っていたほど楽しくはなかったが、ブルックは買いものをつづけた。というよりも、おもに店のショーウィンドーをのぞいてまわっていた。なぜかといえば、ウルフ家の屋敷に急いで帰るつもりはなかったからだ。もしかしたら、ドミニクは逃げたと思って、心配しているかもしれない――あるいは喜んでいるか。

ブルックは歯嚙みし、また別の店にはいったが、はいってからなにを扱っている店か気づいた。織物だ。ロンドンの生地屋。新調した衣装があるから、生地はべつに必要なかったが、それでも国内最大の港町にどんな品がそろっているのか、店内を冷やかさずにはいられなかった。

「まったく、なんなんだよ、ブルック。いつになったら落ちつくのかと思いはじめていたところだ」

ブルックは目をつぶって身をすくめた。お兄さまにあとをつけられていたの？

「これを早くしまえ」

なにかを手渡され、ブルックは反射的にその手を閉じ、渡されたものをマントのポケットに入れた。店の正面をちらりと振り返り、従僕に店内の様子を見られていないか確認しているロバートの姿を見て、ブルックはさらに不安をつのらせた。

「今度はなにをたくらんでいるの、お兄さま？」問い詰めるように言った。

「そういう口のきき方はないだろう、おまえを助けようとしているときに」

「ドミニクに毒を盛る約束をしたと本人に言ったときのように？　そんな助けはわたしを殺すようなものだわ。それともそういう狙いなの？」

ロバートは肩をすくめた。「おれたちの問題を解決してくれる」

兄の口から聞けるとは思えないことを聞くわけはない。兄が親身になるはずがない。

「なにをくれたのか知らないけれど、捨てるわよ。そもそもどんな理由であれ彼に毒を盛るつもりはないけれど、お兄さまのためになんてぜったいにしませんから」

「劇薬じゃないさ」ロバートは言い張った。「おまえを追い出す程度に頭を混乱させる作用があるだけだ。おまえを追い出して、それであいつがすべてを失えば、それでいい」

そんな言葉は信じられない。無一文にするのであれなんであれ、ドミニクを生かしておきたいと臆病者の兄が思うわけがない。決闘を何度も申しこまれるほどのことをしでかしたのだから。

「わたしと結婚したあとも、彼がまだお兄さまを殺そうとすると本気で思うの？　それはないわ。ドミニクは誠実な人で、家族を殺そうとするはずがない――お兄さまとちがって。もっとも、気を失うほど殴りつけるくらいなら、今後は許されるわね」

仕上げに薄ら笑いのひとつも浮かべてみればよかったかもしれない。ロバートは怒りで顔を青ざめさせたが、ブルックにこぶしを振り上げると、彼女は顎を突き出してうなるように言った。「さあ、どうぞ、殴れるものなら殴ればいいでしょう。ぜひ牢屋まで面会に行きたいものだわ。それを実現させるために〝殺される〟とわたしは悲鳴を上げるかもしれない。そこまではさすがにしないと思うなら、考え直したほうがいいわよ」

「あばずれが」ロバートは立ち去り際に毒づいた。

「乙女の凌辱者《りようじよく》」ブルックは兄にだけ聞こえる声で言った。

ロバートは足を止めなかった。両手ともこぶしを握ったのをブルックは見逃さなかった。そして壊さんばかりの勢いで店のドアをたたきつけ、ロバートは出ていった。けれど、兄にこういう口をきいたのは初めてだった。どれだけ兄を憎んでいるか、もっと前からはっきりさせておくべきだったのかもしれない。ただ兄を避けるのではなく。まだ幼くて、避ける手立てがわからなかったころに兄から受けていた苦痛をこちらは忘れたか、許したと兄は思っているのだろうか。

渡された薬壜の中身がなんなのか、ごみ箱に捨てる前ににおいをかいでみるまでもなかった。ロバートは否定していたけれど、毒物の一種にちがいない。ドミニクを無き者にしようとするのをやめない理由がある――ただ単純に、やり遂げるまでは安心できないからだ。

44

その日の午後、ブルックが屋敷に戻ると、ほどなくして屋敷の主人が新たに馬を連れて帰ってきた物音が聞こえた。けれど、部屋で休んでいると、ドミニクが新しく馬を連れ帰ったということはひとつの意味しかないと気づいた。愛人がすでにいたのか、手早くきょう見つけたのか。あるいは、昨晩、夕食のあとに。いずれにしても、取引きを成立させるために馬を調達してきてくれたのだろう。様子を見に行かなければ。涙を止めることができたら、見に行こう。

「そんなにつらいの？」

「フリーダ！」ブルックは笑い声を上げて、ベッドから飛び起きた。「早かったわね」

「早く着くようにしたのよ。大きな馬車を交代で走らせるのをガブリエルはいやがったけれど、うまく説得したわ」

「叱りつけたり、あるいは……？」

「〝あるいは〟のほうがうまくいったわ」侍女はにんまりと笑った。

ふたりとも積もる話があった……いや、ふたりというか、ブルックのほうに。ロンドンまでのアルフリーダの旅はとくに波乱もなく、走行中の馬車での仮眠にまつわる不快感についてはほんのふた言三言でまとめられた。ブルックは波乱に満ち満ちた旅をしたが、そのほとんどをうまくごまかし、ロンドンに到着する前に初夜を前倒ししたことにはなんとか触れずにすませた。結婚式が終わったら、打ち明けてもいいだろう。話しても、恥ずかしくなったり、小言をちょうだいしたりしないころになれば。

けれど、ロバートと口論したことと、ドミニクの腹立たしい態度については話し、こう締めくくった。「あの人はゆうべ、どこかの女性と過ごしたのよ」

「そうなの？　でも、あなたがたはまだ結婚していないし、関係も結んでいない」

「結婚式の前の出来事はどうでもいいと言おうとしているの？」

「結婚はもともとウルフ卿が望んだことではないし、プロポーズもなかったんでしょう？　だったら、もちろんそうよ、どうでもいいの。いざ結婚したあとにそういうことが起きたら、話は別よ。手もとに用意したことはないけれど、男性がベッドでことを果たせなくなるという評判の薬草があるの。ロンドンで手にはいるか探してみるわ。その評判が事実か、誰かに使って試してみたいと昔から思っていたの。実験台にするほど嫌いな男性に会ったことがなかっただけでね」

「その効果は一生つづくの？」

いわ」

「いいえ、もちろんちがう」アルフリーダはウィンクした。「あなたをそんな目にあわせな
アルフリーダは冗談でこちらの気持ちを明るくしようとしただけだ、とすこし遅れてブルックは気づいた。もっとも、ドミニクの不実なふるまいも結婚前は不問に付すという意見は筋が通っている。例の取引きを持ちかけたのはほかならぬブルックなのだからなおのこと。

旅行かばんが運ばれてくると、ブルックもアルフリーダに手を貸して荷解きを手伝った。けれど、従僕たちがさがったとたん、ドアを静かにノックする音が聞こえた。まったく予想外なことに、ドミニクが廊下に立っていた。外出用の服装をしていた。それとも、いま帰ってきたところ？　昨夜ドミニクが会っていたのではないかと疑って、想像をふくらませた相手の女性をブルックは即座に思い浮かべた――きょうもまた？　密会ごとに馬一頭を要求するべきかもしれないわ、と頭のなかでうなり声を上げた。

ドミニクは折りたたんだカードをブルックに手渡した。「母に届いた招待におれも含まれているから応じることにした。母の友人たちのほとんどは、おれがこの時期にはこっちに来ているものと思っている。今夜八時までに準備をしておけ。そうそう、それなりの服装をしてくれ。おれたちが出席するのは舞踏会だ」

ブルックはドミニクと女性たちのことを考えるのをぴたりとやめた。「お母さまがご病気なのにパーティに？」

「母はよくなっている。自分で確かめに行くといい。それに、これは母からの勧めだ」

「あなたはダンスなんてするの？」

「四本脚のときは多少ぎこちなくなるが」ドミニクは足もとにちらり目をおろした。「よかった、きょうは二本脚だ」

ドミニクの冗談にブルックはくすりと笑った。「そういう意味じゃないわ」

「おれが無教養なヨークシャーの武骨者だからか？」

ブルックは目をぐるりとまわし、冗談につきあった。「ええ、そのとおり」

「まあ、いずれにしろ目的もある。おれたちが周知のとおり、いかにうまくいっているか、殿下に知らしめるために出席するというわけだ」

「おでましになるの？」

「おそらく。レディ・ヒューイットのパーティをひいきにして、顔を見せることで有名だ。昔からの友人同士なのさ。だから、今夜は喧嘩はなしだぞ、おしゃべりさん」

ドミニクは歩き去った。初めての舞踏会への興奮がすでに胸いっぱいに広がりはじめていることにブルックはろくに気づきもしなかった。振り返って、アルフリーダに頼もうとした。

「荷解きを――」

「聞いていたわ。お母上が重い病気だから、あなたはウルフ卿と一緒にロンドンに急いだんじゃなかったの？」

「たしかに重病だったの。でも、あなたのレシピが役に立ったようよ。この目で確かめてはいないけれど。わたしの存在が彼のお母さまを動揺させてしまったから、離れていたの。わたしはまったく好かれていないのよ」

「わたしは義母になっていたかもしれない女性が嫌いだった。わたしの母も自分の義母が嫌いだった。あとにつづかなくていいのよ。ウルフ卿の母上はあなたがたの子どもたちのお祖母さまになる方でしょう。子どもたちのために好きになる努力をするのよ」

そういうふうにブルックは考えたことがなかった。実母のハリエットも子どもたちの祖母になる。願わくは、子どもたちがめったに会うことのないお祖母さまに。そう、子どもたちをかわいがってくれる祖母がひとりいれば、それでよしとしよう。ブルックはそう思って、ひとつうなずくと、アナの部屋にまっすぐ向かった。

今度は眠っていなかった。ブルックがベッドに近づいていくと、アナはもはや青白い顔色ではなく、唇のひび割れも治っていた。しっかりと開いている目には警戒の色も浮かんでいた。主治医は見立てを誤ったのだろう。ドミニクの母親は死期が近づいているようにはまるで見えない。

「もう患者を訪ねてこないのではないかと思っていたわ」

かすかに笑みも浮かべた？「訪ねてほしくないと思われている気がしましたので」

「たしかにいい患者ではないと認めるわ。それは謝ります」あれだけひどくあたっておいて、ものは言いようだ。けれど、アナは素知らぬふりはしなかった。「気づいていなかったの、どれだけ非常識な脅しがわたしたちの身に、そしてあなたの身にも差し迫っているのか。全財産を摂政皇太子に没収されるかもしれないという脅しが。爵位も、屋敷も、炭鉱も、ドムの船舶も。わたしたちを打ち捨てて、物乞いにでもさせようとしている。選択肢はいっさいあたえずに」

「摂政皇太子殿下はご自分が利用できるいい機会だと思ったんでしょう。殿下の期待はずれに終わらせるには、わたしたちにいいことをしてやったと思わせなければなりません」

アナはにやりと笑った。「いいわね、その発想。同じことをわたしも思いついたのよ。たしかに、そうなれば摂政皇太子に地団太を踏ませてやれるもの、そうでしょう？」

ブルックはかすかに顔を赤らめて打ち明けた。「自分の手柄にはできないわ。発案したのは息子さんなんです。今夜連れていってくれる舞踏会に、摂政皇太子殿下がおいでになるなら、そこでひと芝居して、わたしたちがこの縁組を喜んでいるという印象をあたえようと」

アナは咳払いをした。「ねえ、わたしもこの問題におよび腰になっているわけじゃないのよ。あなたもわかっているでしょうけれど、ドムはあなたにこの縁談を断らせようとしていたの。残念だけれど、あの子はなろうと思えばひどく無愛想になれるのよ。でも、あなたは逃げ帰らなかった。それなら仕方ないわ。双方にとってほかに打つ手がないという事実を受け入れたの。だから、とにかくがんばらなければね、わたしたちみんなで」

それは本心だろうか、という根本的な疑いがブルックの胸に宿っていたが、それもアナがこうつけ加えるまでのことだった。「それから――息子の脚とわたしの病気を治してくれてありがとう。どちらもあなたはやらなくてもよかったのに、進んでわたしたちを助けてくれたのだと、気づいたの。気立てのいい娘さんなのね、ブルック・ホイットワース。驚くべきことよね、あなたの家系のことを思えば」

ブルックは思わず苦笑した。褒められたかと思ったら、舌の根が乾かぬうちに中傷だ。けれど、自分自身の気持ちもそう変わらないではないかと思い直し、こう言った。「残念ながら、家系は選べませんから」

「わたしは息子の幸せを願っているだけなの。あなたにはそれができるかしら?」

「ほかの人の罪でわたしを責めるのをやめてくれれば、可能だと思います」

「それならドミニクが言ったように、あの子の肩にかかっているわね」

45

アナに言われた最後の言葉を胸に刻みながら、ブルックは舞踏会の準備を急いだ。あの言葉は希望になった。ずっとほしいと願っていた家族をウルフ家に見つけたのだろうか。

八時に出かけるとドミニクは言っていた。入浴し、身支度をして、髪をまとめてもらうのにほんの数時間しかなかったが、アルフリーダの助けでなんとか間に合った。

つややかな黒髪の最後のひと房に櫛を入れて整えると、アルフリーダはうしろにさがり、ブルックをしげしげと見た。「お姿が――」アルフリーダは途中で口をつぐんでしまった。いまにも泣き出しそうな顔さえしている。

ブルックはくすりと笑った。「そんなにひどい？」

そう言われて侍女は鼻を鳴らした。「いままでいちばんきれいだわ。あなたのお母さまはあなたを喜ばせようとしたのね」

それを聞いて、今度はブルックが鼻を鳴らした。「母はドレスの色を選んだだけよ。デザインはわたしが選んだの」

「奥さまが今夜のあなたをごらんになれたらよかったのに」そうぼそりとつぶやいたあと、声を大きくしてつづけた。「このドレス姿のあなたを肖像画に残しておくべきです、ってあなたのご主人さまに話してみようかしら」

「やめてちょうだい。家族の一員としてわたしを記念に残したいとドミニクは思わないでしょうし、少なくとも壁に飾りたくないでしょう。それを置いておいても、あの人の返事に、たぶんあなたは腹が立つと思う」

アルフリーダは眉根を寄せた。「どうして自信をなくしたの？」

「ドミニクがわたしの取引きに飛びついたことは別として？　それとも、昨日兄に遭遇したあと、彼の怒りがまた見え隠れしてきたことは別として？」

「取引きって？」

「べつになんでもないの。単なる仕事の取引きで、いつかそのつながりでドミニクと友情を結ぶことになるかもしれないけれど。それだけはまだ期待しているの。それはそうと、遅れるのは困るわ」

アルフリーダはブルックの首にまわしたエメラルドのチョーカーを留めて、準備を締めくくった。先にエメラルドがついた飾りピンはすでに髪に差してあり、手首にはブレスレットが輝いている。夜会服は三着ともこれらの宝飾品に合わせて作られ、それぞれ色合いの異なる淡いグリーンの装飾で差をつけていた。これはライム色のシルクのドレスで、銀のスパンコールで縁取りされていた。とはいえ、この部屋にはちゃんとした鏡は備えられておらず、自前の小さな手鏡しかなかった。けれど、アルフリーダなら場ちがいな恰好で送り出すはずはないとブルックは信頼していた。

「ウルフ卿に会ったら、まずはにっこりしなくちゃね」

「そうすれば、シュミゼットで胸もとを隠していないことに気づかないかしら？　シュミゼットなしでイブニングドレスを着たら、ドミニクのお気に召さなかったの」

「お気に召したわよ。お気に召さなかったのは、そういうあなたに反応してしまったからでしょう」アルフリーダは抑揚のない声色で解説した。

ブルックはくすりと笑った。アルフリーダにほのめかされたことは知らないほうがよかったのかもしれない。侍女になにか怪しまれないうちに、そそくさと部屋をあとにした。そして、本当ににっこりと微笑んだ。ドミニクが階段の下で待っていたからだ。襟が大きくくれていることを彼にはまだ知られたくなかったので、飾り房のついた薄いショールをはおり、胸もとで合わせた。

夜会用の服装をしたドミニクを見るのは初めてだった。黒い燕尾服《えんびふく》の下にダークグレーの胴着《ウエストコート》をつけ、純白のクラヴァットを完璧なかたちに結び、黒っぽい髪はうしろできっちりと結ばれ、ひと房の髪もほつれていなかった。近侍もロンドンに来たのかしら？　ドミニクがクラヴァットをあの凝ったかたちに結んでいるところを想像してみようとしたが、無理だった。

「とてもハンサムに見えるわ」ブルックはなんとか顔を赤らめずにそう言った。

「嬉しいってことか？」

ブルックは眉根を寄せかけたが、やがて気づいた。「ええ、もちろんそうよ。ご婦人たちを夢中にさせるもの」

「それは勘弁してもらいたいが、きみが喜ぶならまあいい。さあ、行こうか？」

ブルックはドミニクの先に立ち、玄関を出て、待機している馬車に向かった。ドミニクが手を貸すよりも早く、御者の手を借りて馬車に乗りこんだ。先日辻馬車に乗ったときに座った位置の反対側の席に座り、ドミニクと向かい合わせになるようにしたが、いざ乗りこんでくると、彼は結局ブルックの隣に腰をおろした。今回は並んで座っても身体が触れ合わないだけの広さがある馬車だったが、それは関係ないようだった。ドミニクはそれでも近すぎるほど近くにいて、ブルックの頭のなかは彼のことでいっぱいだった。あと二日でわかる、彼との結婚がなにかしらの変化を見せるか……。

「今夜はおれとしか踊ってはならない」

ブルックは横目でドミニクを見た。「それは婚約中の男女にとって一般的なことなの？というか、わたしたちって婚約しているの？」

「勅令だからプロポーズの必要はない。そういうわけで、おれたちは婚約中だ。だから今夜のきみに付添い《シャペロン》は必要ない。母は手配しようかと申し出てくれたが、おれは断った。きみだって愛人候補をおれに教えるのをシャペロンに聞かれたくないだろう」

ブルックは頬が熱くなった。「わたしはそういうことをする予定なの？」

「それがきみの提案だったんじゃなかったか？」

たしかにそうだった、取引き成立の後押しになる刺激的な条件を投げかけたときに。それなら仕方ない。自業自得と言うべきか。とにかく彼にがみがみ言わないで、なんとかやってみせるわ。

やがて、ドミニクにはすでに愛人がいて、見返りとして馬を連れ帰ったのだろうということをブルックは思い出した。けれど、念のために尋ねてみた。「わたしに馬を買ってくれたの？　あなたはきょう馬を一頭、家に連れてきたそうだけど」

「ああ」

「どういうところの？」

「その馬が？」

「あなたの愛人よ」

「まだいないさ。馬はきみがここにいるあいだ乗るために買ってきた。きみの愛馬はロスデールに残っているから。結婚祝いの贈りものと思ってくれ」

「それは――ご親切に。ありがとう。サラブレッド？」

「ああ、繁殖にふさわしい馬だ」

ブルックは自然と顔をほころばせ、ちょっと馬を見たいから馬車を止めて、とすんでのところでドミニクに頼みそうになったが、大喜びしていることは知られたくない。この取引きは案外うまくいくかもしれない。手に入れる馬のことだけを考えて、その見返りに彼がなにを手に入れるのか考えないでいられれば。

46

夢がかなったのかもしれない。初めての舞踏会で、いちばんハンサムな列席者と踊れるなんて。刺激的なひとときに心から酔いしれた。ブルックは目がくらむ思いで、いつまでも終わらなければいいのにと願った。

ふたりが会場に到着し、ドミニクがブルックを婚約者だと告げると、場内がざわついた。ドミニクの決闘のことはロンドンの社交界で周知の事実であると、ブルックは事前に聞かされなくてもわかった。最後の決闘は人目にさらされたので、当然ながら噂も出まわった。しかし、ドミニクが命を狙っていた相手がほかでもない、これから姻戚関係を結ぼうとしている一家の跡取りであると全員が全員知らなかったとしても、これで一同の知るところになった。なぜこうなったかという事情はわからないようで、ダンスフロアに向かう途中でふたりは何度も足を止められ、こんな言葉をブルックも耳にした。「プリニーの機嫌を損ねたら、うまくいかないこともあるぞ」とか「こうなったらロバートに礼を言うべきじゃないか？」とか、もっと露骨なものになると「ロバートはなにをしでかしてあんなことに……？」と訊いてくる者もいた。

ドミニクはそう訊いてきた相手の前から黙って立ち去っただけだった。しかし、そもそも決闘を申しこんだ理由を、舞踏会に集まった誰もがドミニクに尋ねたくてうずうずしていることだろう。なぜドミニクがなかなかダンスフロアを離れようとせず、四曲も連続で踊っているのか、それで説明がつく。

ドミニクは気の小さい人ではない。それはブルックもよく知っている。察するに、噂好きな人たちにつつかれて、いずれ腹を立てるはずで、その怒りの発露をなるべく遅らせ、騒ぎになるのを避けようとしているのだろう。結局、この縁談はドミニクにとって穏便にすませられる話題ではない。ブルックなら礼儀正しく応じることもできる。ドミニクがそばについていてくれるなら、うるさい質問もかわすことができるだろう、きっと……。

「そのひと言が部屋じゅうを駆けめぐり、みんなも納得するわ、わたしたちが――」

「おれはきみの心が読めるのか？」ドミニクが口をはさんだ。

「けっこう得意でしょう？　だから、わたしがなにを言おうとしていたのか、あなたはちゃんとわかっている気がするわ。でも、今夜わたしたちの結婚についてあれこれ訊かれてもあなたがぜんぜん平気なら、そういう質問をされずにすむ名案をわざわざ教えたりしないけど」

「聞くだけ聞こうか」

「いまここでキスしてくれたら、摂政皇太子さまはわたしたちにいいことをしてくださって、わたしたちは愛し合って結婚するのだと、みなさん思うでしょう」

「つまり愛はすべてを解決する、ということか？」

「それはどうかわからないけれど、あなたがわたしとここでなにをしているのか説明がつくでしょう」

「となると、今夜はご婦人と戯れる機会がつぶれるってわけか。それとも、もうそれはきみの関心事ではなくなったのかな？」

ブルックもそこには頭がいっていなかった。ただドミニクを助けて、怒りを爆発させる場面を避けることだけを考えていたのだ。自分のことをあとまわしにして、彼を気づかうのはやめたほうがいい。けれど、ブルックが黙りこくっているうちに、ドミニクはダンスを中断し、彼女を抱き寄せた。舞踏場のダンスフロアで本当にキスをされると、考えごとがどこかに消えてしまい、情熱に火がつけられた。息を呑む声がいくつか聞こえてくる。そのうちのひとつは自分の声だったのかもしれない。それでもかまわなかった。重ねた唇をドミニクが官能的に動かしているときには、なにもかもどうでもよくなる。ブルックが彼の首に腕をまわしかけたところでほかの男女がまわりながらぶつかってきて、ふたりは身体を離した。

ブルックは笑い声を上げた。そして微笑んだまま、この隙に乗じてドミニクの手を取って、ダンスフロアを抜け出し、わきのほうへ引っぱっていった。誰も失礼な質問をしに近づいてこなかった。

ブルックは声をひそめて言った。「うまくいった、というか、うまくいきかけているようね。噂が場内を駆けめぐるまで数分はかかるかもしれないけれど」

「機会がつぶれると言ったのは冗談さ」

「そうなの？」

ドミニクは肩をすくめた。「経験から言わせてもらうと、女性は手が届きそうにないものをほしがるものだ」

ブルックは鼻を鳴らした。「ばかげたご説ね」

「では、きみはまだ経験していないんだな。これぞ人間の本質であり、男たちを悩ませもする」

人間の本質についてならブルックもよく知っている。それとも彼はまだ冗談を言っているの？

「とはいえ」ドミニクはさらにつづけた。「今夜は純粋無垢《むく》な娘さんたちばかりだから、まあ、関係ないな」

ブルックはまだここに集まっている人たちをちゃんと見ていなかった。きらめく光や美しい衣装、未来の夫に魅せられていたからだ。けれど、うら若き乙女に手を出してはいけないとドミニクが考えているのがわかってよかった。「きょうの舞踏会は、社交界にデビューするご令嬢のお披露目会なの？」

「いや、そういう名目じゃないが、いずれにしても今年デビューする娘たちが招待されているだろう」

ブルックは大勢の招待客たちにざっと目を走らせて、結論を出した。「ここに集まっている女性の半分もあなたが言うほど若くないわ」

「そうか？　だけど、令嬢たちはシャペロンと一緒に来ている。そして、シャペロンはたいてい、よぼよぼのおばあさんじゃない」

ブルックは目をぐるりとまわした。「じゃあ、決めればいいでしょう」

何人かまとまってドミニクに挨拶に来る人たちが何組かいて、ブルックも紹介された。来るべき結婚のお祝いを言いに来るドミニクの友人たちもいた。ある派手な風貌の友人はこう言った。「なあ、ドミニク、決闘でこういうことになるのなら、おれも決闘する相手を探すべきだな」

ドミニクは含み笑いを洩らした。「あまり苦痛を伴わない方法を勧めるよ」

苦痛という言葉でブルックは思い出し、ふたりきりになった瞬間に声をひそめて尋ねた。

「四曲も踊って、怪我の痛みはどう？　まだ痛くないと言おうとしても無駄よ」

「知ってのとおり、きみがやってきて、熱が出る一週間も前から怪我をしていた。きみがしゃしゃり出る前からすでに治りはじめていた」

「わたしの質問の答えになっていないわ」

ドミニクは肩をすくめた。「我慢できる程度だ。きみにやさしくさわってもらえればよくなるだろうな。また惚れ薬を使ったらいいかもしれないぞ」

からかっているのね。惚れ薬のせいではなかったとドミニクを納得させた手ごたえがある。だからブルックはほんのすこし頬を赤らめただけだった。けれど、ドミニクが微笑んでいるということは、知人たちからお祝いの言葉をかけられても不快に思わなかったということだ。

しかし、口うるさい老婦人が近づいてきて、また別の推測をぶつけてきた。「で、こちらのお嬢さんが原因だったの？　うちの娘に近づくなとホイットワース家はあなたに対してそれほど頑なだったっていうことかしら？」

「あなたが噂好きだと承知していますが、作り話はやめてもらえませんか、ヒラリー。摂政皇太子殿下に送りこまれてくるまで、ブルックには会ったこともなかった。これまでの経緯もあなたに詮索される筋合いじゃありませんので」

ドミニクはたしかに笑みを浮かべてはいたものの、鋭い口調にそのご婦人はぷりぷりしながらいかにも腹立たしそうに立ち去った。ドミニクはもはや微笑んでいない。黄金色の瞳に獣のような光が宿り、そのせいか、もう誰も近づいてこなかった。

ブルックはあらためて舞踏場のなかをざっと見渡して、そこにいる四分の一ほどは中年の男女で、娘に付き添っている父母だと気づいた。半数近くは社交界に今年デビューするか、あるいは二年めを迎える若い人たちで、相思相愛の相手か、少なくとも良縁を得ようと集まっている。アルフリーダが揶揄《やゆ》してそう呼んでいたことがあるように、たしかに〝婚礼市《いち》場《ば》〟だが、大勢の若い男女が出会いを求めて一堂に会する場はほかにあるだろうか。それこそがお膳立てされた機会であり、伝統になっていた。本当なら自分もそこに仲間入りする予定だったのだ、もしも……。そんなことが心に浮かびかけたが、ブルックはそれを引っこめた。

少なくとも今夜ここにいるホイットワース家の人間は自分ひとりだと確信していた。ロバートは社交界にデビューする令嬢たちのお披露目会も含めて、パーティに顔を出すことを禁じられていた。ブルックに言わせれば、父がこれまで振ってきたなかで唯一まともな采配だった。父と兄の口論を立ち聞きしたわけではなかったが、使用人が何人か聞いており、それに関するひそひそ話をブルックも小耳にはさんだのだった。〝醜聞を隠そうとして、どえらく高くついたな〟〝面倒な生娘に手をつけたもんだから〟〝もうパーティに行くのも禁止されたらしいぞ。じゃあ、どうやって花嫁を見つけるのかね？〟

けれど、そもそものことの起こりは最初の決闘が起きる前の年のことだ。母はエロイーズ・ウルフらが巻きこまれた悲劇のことを知っているのだろうか。おそらく知らないのだろう。いずれにしても母はあの放蕩息子を溺愛している。父もそうだ。父はいつまでも息子に腹を立てていたためしがない。もっとも、一度だめだと決めたら、頑固に反対する性格だけれど。

大勢の参加者に依然として目を走らせながら、ブルックは言った。「あなたと同じくらいの年恰好の婦人たちがあそこに集まっているわね。盛んにおしゃべりしている人たちよ、あのなかに嫁入り前の娘さんはいないようよ。ああ、あの人はどう？」

ドミニクはブルックの視線の先をたどり、笑い出しそうな顔をした。「本気だとおれを納得させたいのなら、もっとうまくやらないと」

取引きに同意したとは彼はひと言も言っていない。〝さて、どうなるかな〟と言っただけだ。必死になっているブルックをおもしろがっているだけなのか――本気にしていないのか。十人並みの容姿の若い女性を勧めても、本気だと思われないのはあたりまえだ。そこでブルックは落胆を押し殺し、ドミニクより何歳か年上に見えるが、べつにかまわないだろうと思い、そのきれいな女性を顎で指し示した。「あの人は？」

「いいかもしれないな」

ブルックは歯噛みし、てのひらに爪が食いこむほどぎゅっとこぶしを握った。「だったら、ダンスにお誘いするべきね」

「まずはきみの番犬を探さないと」

「犬なら二頭とも地元に残してきたでしょ」

ブルックは冗談のつもりで言ったので、ドミニクに不思議そうにこう訊かれて、いささか驚いた。「ロスデールを自分の地元だと思っているのか？」

自分がそう思っていることにブルックはわれながら驚いた。「ええ、言われてみればそうね。でも、もうすぐそうなるんでしょう？」

ドミニクはそれに対して返事をしなかったが、代わりにこう言った。「きみはおれに愛人を押しつけようとしているようだが、おれはきみに男をあてがうつもりはない。きみにぴったりの番犬を見つけた。近づいてくる男たちをかわしてくれるはずだ」

そう言うと、ブルックを連れて人だかりのなかを歩きはじめた。「あなたはあの人と踊るの？」

ドミニクは視線をおろし、ちらりとブルックを見た。おもしろがるような目で！「そうしろとおれに勧めなかったか？」

「そうだけど、でも——」

「相手にその気があるのか見てみるよ」

「一度会うだけでわかるの？」

「もちろん」

ドミニクがいまさっき言っていた〝番犬〟とされる人物の前で足を止めると、ブルックは目をつぶり、やがて大きく見開いた。ちょっと、待って、お母さまだなんて！

「何年も前にお会いしましたね、レディ・ホイットワース、憶えておられないかもしれませんが。ドミニク・ウルフです」彼はわかるかわからないほどごく軽く会釈をした。「あなたの娘さんが誰ともダンスをしないように見ていてもらえますか――娘さんたっての希望で、ぼくがよそで楽しむあいだ」

ブルックは顔を真っ赤にして、ドミニクがその場を立ち去り、舞踏室を横切って、彼女が指し示した婦人のほうへ、とびきりの美女のほうへ歩いていく姿を見送った。

「結局、狼じゃないのね」ハリエットは言った。「あえて言うなら、華麗な獣《けだもの》といったところかしら。信じられないわ、ロバートに感謝するべきことがあるなんて」

「お母さま、いったいここでなにをしているの？」

47

ドミニクは舞踏室を横切りながら、ブルックをホイットワース家の人間のもとに残してきたのはいい考えではなかったかもしれないと気づいた。母親のもととなるととくに。ブルックの両親はロンドン社交界に娘をデビューさせ、厳選した結婚相手を見つけてやる心づもりでいた。ロバートを駆り立て、つい先日ドミニクを煽るようなまねをさせたのがハリエットだったとしても意外ではない。ドミニクにブルックとの結婚を拒んでほしいとホイットワース家の人びとはこぞって願っていたことだろうが、ドミニクが拒まないので、母と息子は目標に向かってまだなにかたくらんでいるのかもしれない。

ドミニク自身の母親はつらい状況のなかでもなんとかがんばろうとしているものの、いまでもエラを失った悲しみに暮れているので、ブルックと顔を合わせるたびに、娘に死なれたことを思い出してしまうだろう。そうした懸念がドミニクを悩ませつづけた。

「もうすぐきみの花嫁になる娘さんはあの女性と話しながら浮かない顔だな」アーチャーが並んで歩きはじめながらさりげなく言った。

ドミニクは足を止め、振り返ってブルックをちらりと見た。「母親だ。自分の家族が好きじゃないと彼女は言っていたが、いろいろなことを言うから、本当かどうかおれにもわからない」

「ずいぶんな言いようだな。彼女の言うことすべてを疑っていたら、進展しないぞ」

〝進展って、なにが?〟とドミニクは思った。「彼女ははっきり認めていたよ、自分の気持ちを隠すことに慣れていると。少なくとも、それについては信じられる」

「あるいは、それが嘘かもしれないだろう?」けれど、アーチャーは急に笑い出した。「今夜、彼女を見たとき、きみがうらやましくなった。きれいな娘だときみは言っていたけれど、それだけではきみの婚約者の説明になっていないよ。紹介してくれ。彼女が隠しごとをしていても、ぜんぜんかまわない」

「だめだ」

ブルックに目を釘づけにしたままアーチャーは提案した。「きみのために喜んで彼女を連れ去ってやるよ、国外にでも。花嫁はさらわれたとでも言えばいい。嘘にはならないし、それならきみも責めを負わない、そうだろう?」

「全財産を失うだけだ」

「だったら、結婚式が終わるまで待って、きみから棘《とげ》を抜いてやるよ」

「彼女はべつに棘ってわけじゃない」ドミニクはぶつぶつ言った。「だけど、おまえが鬱陶しくなってきた。どこかへ行ってくれ」

友人はついてこないとわかっていたので、先に歩き出して、その場を立ち去った。初めて顔を合わせてからというもの、なにをやるにしても、頭のなかはブルックのことでいっぱいになっていた。ただ我慢して彼女を受け入れるだけではなく、それ以上のこともできるかもしれないと考えそうになったことさえ何度かあった。ふたりで過ごしたあの夜、情熱に火をつけられ、ドミニクはすっかり満たされた。ことと次第によっては、難なくブルックを愛せるかもしれない……。ことと次第！　その条件はあまりにも多すぎる。それでも、こちらには解せないばかげた取引きのせいで、浮気を容認するブルックに後押しされて別の女性に近づこうとしている。

ブルックの希望ならば、その取引きをこれ幸いと受け入れるつもりだったが、遅まきながら自分にその気がないことにドミニクは気づきはじめた。そのとたん、道は阻まれ、ブルックが屋敷にやってきた日に感じたあらゆることが戻ってきた。

摂政皇太子殿下がおべっか使いを三人従えて、ドミニクの行く手に立っていた。相変わらずすこぶるダンディで、幅の広い下襟の淡い黄緑色のサテンの燕尾服におしゃれな白いズボンを合わせている。その丈の長いズボンは親友ボー・ブランメルが考案したと言われているので、殿下が着るのは当然といえば当然だった。ほぼロンドンじゅうがブランメルの独特のスタイルをまねしていた。レースのクラヴァットもブランメルの手によるもののようで、おそらく殿下の二重顎を隠すためにかなり高い位置でふわりと結ばれていた。とはいえ、もう五十路《いそじ》に近い。どんなに派手な衣装に身を包んでも、忍び寄る老いは隠せない。

摂政皇太子殿下が今夜現れるかもしれないとドミニクもわかっていたが、来ないのではないかと期待もしていた。どうやらプリニー――殿下は友人たちにそう呼ばれている――は、ドミニクとブルックが到着する前に、すでに舞踏室にはいっていたようだ。そうでなければ、登場したときに起きるざわめきでドミニクも気づいたはずだ。残念ながら。あらかじめ心していれば、いま思っていることを隠す時間が稼げたはずだった。

「例の娘が美人だとは聞いていなかった」摂政皇太子はドミニク越しにブルックを見てそう言うと、ドミニクに微笑みかけた。「さぞ嬉しかろう」

「こちらがどう思うか、殿下は気になどかけないでしょうに」

ドミニクがそう冷ややかに言うと、摂政皇太子はいささか気まずそうな顔をした。

「まあ、そうだが、少なくともおまえは命令に従っている。引きつづき励め」

少人数の一行は立ち去り、ダンスフロアの縁をそのまま進んでいった。ドミニクは身じろぎひとつせず、あらわにすれば絞首刑に処されかねない感情をなんとか抑えた。あの御仁が議会に承認された資金だけで生活できず、あればあるだけつかってしまい、ほかの者ならとうに債務者専用の監獄送りにされるほどの借金を重ねたせいで、自分の人生が一変してしまうことを思うとやりきれなかった。

ドミニクは振り返り、摂政皇太子がブルックのほうに向かっていないか確かめた。向かっていなかった。ブルックをひと目見たおかげで怒りが消えた。皮肉だ。いつもならブルックこそ怒りの原因なのに、今夜はちがう。

再びシャーロット・ウォードのほうに歩を進めた。たった一週間の火遊びのあと、まもなく再婚したと噂に聞いたが、新しい夫の名前をドミニクは思い出せなかった。ブロンドに明るい青い目のシャーロットはとびきりの美女だが、ドミニクの興味を長くは引きつけなかった。あまりにも気分屋で、依存心が強すぎた。あるいは、それはメリッサのことだったろうか。愛人が多すぎて、すこし飽きてきたのかもしれない。

「シャーロット」ドミニクは彼女の手を取り、礼儀正しく指の背に口づけて、ダンスフロアに手を振った。「踊ろうか?」

シャーロットはにっこりと微笑み、差し出された腕を受け入れた。けれど、ほんの二回まわったところで、眉を吊り上げてドミニクを見つめ、むくれた口ぶりで言った。「プリシラと別れたあと、わたしのところに戻ってくるまでずいぶんかかったわね。彼女のどこがよかったのか想像もつかないわ。ちなみにここに来ているわよ」

「気づかなかった」こちらの様子を見ているかブルックにまたも目をやらずにいるだけで精いっぱいだったので、プリシラ・ハイリーの姿を人だかりのなかに探しはしなかった。

シャーロットはふうっと息を吐いた。「婚約者に夢中になっているようなのに、わたしにしか関心のないふりはやめて」

たしかにここに集まっているほかの婦人たちはブルック・ホイットワースの足もとにもおよばない。昔の愛人たちを掘り起こして、新しい愛人を見つけても、なぜ妻よりもそちらがいいのか説明は苦しくなる。

さしあたり、ドミニクはこう逃げを打った。「こみ入った事情でね、お膳立てされたというか」

それを聞いてシャーロットは笑った。「結婚前の遊び納めというわけね」

再婚はしているけれど、よりを戻すことには乗り気になったようだった。だが、ドミニクは気づくと方針を変更していた。「じつは、折り入って頼みがある――それから、おれたちが円満に別れたことも思い出してほしい」

シャーロットはふくれ面をしてみせた。「そういうふりをしただけ。本当は胸がつぶれたのよ」

ドミニクは笑いそうになったが、なんとかこらえた。「だからすぐに再婚したのか？」

シャーロットはにんまりと笑みを浮かべ、そうではないというように手を振りさえした。

「相手はびっくりするくらいにお金持ちなの。再婚しない手はないでしょう？」

「きみはもう未亡人ではないから手は出せないな」

「気が咎めるのね？」シャーロットはため息を洩らした。「いいわ。それで、頼みってなあに？」

「おれに平手打ちをしてくれ、怒った顔をして」シャーロットが笑ったので、ドミニクはさらに迫った。「頼む」

「本気なの？　でも、いったいなんのために？」

「さっきも言ったように、こみ入った事情だ。だが、考えてみてくれ、おれたちが別れたとき、胸がつぶれたのが本当なら、遅まきながらどうだ？」

「そこまで言うなら……」シャーロットはドミニクの頬を平手ではたいた。

48

ブルックは母から答えを聞けずじまいだった。ハリエットのロンドンの友人がふたり、すぐに近づいてきて、紹介されたり、巧妙に探りを入れられたりしたからだ。そのふたりと面識はなく、今後も知り合いたくはなく、兄を殺そうとした男性となぜ婚約することになったのか説明するつもりもなかった。ハリエットもどうにか無礼にならないように気をつけながらも、説明はしないですむよう質問をかわした。

やがてドミニクが戻ってきて、ブルックをまたダンスフロアに連れていき、前のダンスの相手が途中で立ち去った曲を最後まで踊ろうとした。ブルックは苛立っていた。それを母が会場にいるせいだということにした。ドミニクがあの女性に誘いをかけたからではなく。

「痛かったと願いたいものね」ブルックはドミニクに目を向けずに言った。目を向けたら、にらんでしまっただろうし、自分がいらいらしていることは彼に知られたくなかった。

「なぜだ？」

ブルックは心のなかでうめいたが、答えは用意してあった。「もちろん、あなたが失敗したからよ」

「てっきりお母上と話しこんでいるのかと思った」ドミニクはしれっと言った。「まさかきみに見られているとはな」

「たぶんみんな見ていたわ。あるいは、少なくとも聞き耳を立てていた。それに母は友人がここに大勢来ていて、わたしとはろくに話もしていないの。だから、母との会話に気を取られてあなたたちの進展を見逃すということはなかったの――進展というか、進展がなかったことというか少なくとも母は見ていなかったわ。あの女性は手まで上げて、さっさとあなたを追い払ったけれど、いったいあなたはどんなふうに言ったの？」

ドミニクは無造作に肩をすくめた。「単刀直入に。うまくいくときもあれば、そうでないときもある」

「よく引っぱたかれるの？」

「よく、というほどじゃない」

ブルックは大きく息を吐いた。「これじゃサラブレッドが手にはいらないわ。もっとうまくやらなくちゃだめかもしれない。ほら、ろくに知り合いでないのなら、何度かダンスをして、すこし相手のことがわかってからにするとか」

「きみに合わせただけさ。さっきの女性はきみが選んだから。シャーロットとおれにはじつは過去がある。それどころか、おれの昔なじみの女性たちが大勢、今夜ここにいる。だが、彼女たちをはずしても、まだ何人か、会ったことのない女性はいる——きみがまだつづけさせたいのなら」

つづけてほしくなかったが、そんなことは言えないので、ブルックは仕方なくうなずいた。ドミニクはどちらでもかまわないようだったが、このまえの夜、〝取引き〟のおかげで、厄介な疑念を新たにいだいていたドミニクもおもしろがるようになった。その後も引きつづきドミニクの気をそらしもしている。そしてブルックとしても、たとえ自分がだしにされてもおもしろがられているほうがましだった。少なくとも結婚式が終わるまでは。結婚初夜に彼に冷たく、乱暴に扱われるのはぜったいにごめんだ。結婚をすればふたりの関係がなにかしら変わるのではないか、とまだ淡い希望をいだいていた。ほら、馬のことを考えてみて、とブルックは自分の胸に言い聞かせた。馬のことを考えればいいのよ。

ドミニクは再びブルックを母親のもとに残し、ダンスの相手を探しに行った。ブルックは歩み去るドミニクの背中をにらみ、悔やみはじめた。あのばかげた取引きを彼はちゃっかり口実にしているけれど、こちらはなんの口実にもならない。どうしちゃったのかしら？　けれど、どのみち浮気はされるでしょう？　おそらく彼に愛されるようにはならないから。だからあまり——かっかするのはやめないと。

「これですこし話ができるわね」ハリエットが言った。「テラスに出ましょうか、ここではふたりきりになれないから」

ブルックはドミニクから目をそらし、母の友人たちが近づいてくるのに気づいた。母のあとから外に出ると、指摘した。「お母さまはドミニク・ウルフと知り合いではないのかと思っていたわ」

「何年も前に会ったらしいけれど、憶えていないわ。でも、若い子は大人になるとがらりと変わるものだから。もしドミニクのことを知っていたら、それほど動揺しなかった――」

ブルックは冷ややかに話を遮った。「心にもないことを思っているふりをするのはやめて、お母さま。大体、ここでなにをしているの？」

ハリエットはたじろぎ、ため息をついた。「あなたのお父さまがロンドンで用事があったの。ほんの数日しか滞在しないわ。トーマスに勧められたのよ、今夜ここに来て、強制的な結婚の噂に社交界はどんな反応をしているのか確かめたらどうか、と。あなたをドミニクと結婚させるという摂政皇太子さまの要求に、わたしたちが喜んで従うつもりでいると、あなたのお父さまはみなさんに印象づけたがっているの。あなたたちはどうしてまだ結婚していないの？」

「ドミニクは最後の決闘でひどい怪我を負ったから、先延ばしになっていたの」

ハリエットは舞踏室のほうにちらりと目をやった。「快復が早いわね。あなたの手当てのおかげかしら？」

ブルックは興味深げに眉を上げた。「わたしが薬草にくわしいことを知っているの？」

「もちろんですとも。あなたはここ何年ものあいだ、わたしにほとんどなにも打ち明けてくれなかったけれど、あなたの侍女から聞いたわ」

「だったら、なぜお父さまの身体の痛みをやわらげるよう、わたしたちに頼まなかったの？」

ハリエットは鼻を鳴らした。「あなたのお父さまは、あなたたちからなにかしてもらう資格はないわ――それとも、自分の父親だからというだけで、あなたはお父さまを愛しているの？」

「冗談でしょう？　自分の住んでいる家にときどきいて、避けていた人というだけの存在だったわ。あの人を愛するどんな理由がわたしにあるの？」

「そう思うのも仕方ないわね」

「でも、あんなに薄情な人なのに、お母さまは愛していた」

そう非難してブルックはせいせいした。たとえ事実であろうとも、さっきの発言にハリエットまで含めることはできなかったが。お母さまを愛する理由もなかったとはさすがに口にできない。

ところが、母は意外なことを言い出した。「どうしてわたしがあなたのお父さまを愛していたと思うの？　まだ若いころは愛せるようになると希望をいだいたけれど、そうはならなかった。だから現実に合わせたの、あの人の怒りに触れないよう慎重にふるまうようになり、わたしも同じくらい冷たい人間だとあの人に思わせた。残念だけれど、トーマスのような人は世の中にいるの。人を愛することができず、愛されることもない。ウルフ卿がそういう人でないといいのだけれど」

だいじょうぶ、ドミニクはそんな人ではない。少なくとも家族思いで、愛する亡き妹の仇《かたき》を取るためには命も惜しまず、愛する母親の身が心配になれば、危険を冒してロンドンに急ぎもした。その半分でいいから自分にも愛情を傾けてくれたら、たぶん幸せになれる。

　そんなことをブルックは思ったが、ハリエットにはこう言っただけだった。「彼はいい人よ、友人や家族を大事にしているの」

　ハリエットは微笑んだ。「それで、結婚式はいつなの？」

「日曜日よ」

「わたしも参列していいかしら？」

　ブルックは首を振った。「やめておいたほうがいいと思うわ。ドミニクも彼のお母さまもわたしたちホイットワース家を憎んでいるの。お母さまの息子のせいで」

　ハリエットは顔をしかめた。「じゃあ、あなたも嫌われているの？」

「嫌われていないわけがないでしょう、兄がドミニクの妹さんを身ごもらせたのに。だって笑ったのよ、彼女に妊娠を打ち明けられたとき、ロバートは笑ったの！　そのせいで不幸にも妹さんはみずから命を絶った」

「そんなひどいことが……」

ハリエットが苦しげな表情を浮かべたので、ブルックは尋ねた。「本当に知らなかったの？」

「ええ、知らなかった。あなたのお父さまもご存じないと思うわ。去年、別の令嬢とのことはわたしたちも知らされたのよ、父親が乗りこんできて、娘と結婚しろとロバートに詰め寄ったことがあって。でも、トーマスはその縁組が気に入らなくて、お金で解決したの、スキャンダルになる前に口止めをして。たしか、その娘さんは国外で子を産むよう説得されたわ。生まれた赤ちゃんをうちに引き渡してくれたらいいのにと思ったけれど、トーマスはほしがらなかった。ぞっとするわ、赤ちゃんが見知らぬ他人に引き取られて、自分の孫がどうしているのか一生わからずじまいに終わるかと思うと」

ブルックは言葉を失った。見知らぬ他人が話しているのを聞いているかのようだった。愛息が責任を取ることを拒んだ庶子に未練があるの？　兄が軽率なまねをしたせいで、父親に制限されるまでほかに何人の庶子が生まれたのだろう？　実際トーマスがロバートに禁じたのは、社交界にデビューしたばかりのいたいけな娘さんを誘惑することだ。国内のそのほかの女性とつきあうことまでは禁じていなかった。

けれど、ハリエットは腹立たしげにさらに言った。「ロバートのスキャンダルをあなたのお父さまがまた揉み消さざるをえないとなると、ただではすまないわ」

ブルックは目をぱちくりさせた。ハリエットがなにを言いたいのかよくわからなかったが、やがていま話したばかりのドミニクの妹の件についてだと気づいた。「じゃあ、どうなるの？」

「今度なにかあったらロバートを勘当するとトーマスは断言したの」

ブルックは思わず笑ってしまいそうになったが、それでも皮肉まじりに言った。「本気なの？　大事な跡取り息子を？」

「あなたは知らないからよ、トーマスがどれだけ怒ったか。あれは確実に本気だったわ」

「お父さまが亡くなったらどうなるの？」ブルックは尋ねた。「お父さまはご高齢だわ。そう長くはないでしょう。それに、お兄さまの邪悪な性癖が正されることもないでしょうし」

「邪悪な性癖ですって？　あの子はならず者ではないわ。あなたのお父さまと同じく怒りっぽい性格で、やや遊び好きではあるけれど、でも――」

目を丸くしてブルックは信じられないとばかりに尋ねた。「自分の息子のことをわかっているの？」

ハリエットは舞踏室に視線を戻し、露骨に質問をはぐらかした。「今夜、大成功をおさめるはずだったのよ。ここに集まった男性たちがあなたに見とれているのに気づいた？」

気づかなかったが、ドミニクがなにをしているのかじろじろ見ないようにしようとして、ブルックは舞踏室全体に目を走らせはした。そして、ハンサムな男性たちが大勢いることには気づいていた。今夜誰かと恋に落ちたかもしれないと想像さえしていた――ここに母と来ていたのだとしたら。室内に目を走らせていたとき、ウィンクをしてきた男性もいた。そうされてもブルックは顔を赤らめはしなかった。赤面しても不思議ではなかったかもしれないが、ただ単にそこまでの効き目はなかったのだ。

母の話はまだつづいた。「とはいえ、あなたが〈狼〉と婚約しているから、男性たちは近づこうにも近づけない。でも、〈狼〉もあなたからなかなか目が離せないでいる。ほかの人と踊っているけれど。どうして彼はそんなことをしているの？」

ドアが開け放たれたテラスの出入り口からドミニクの姿を見つけた。彼は三人めの婦人と踊っているが、いまの相手もやっぱりきれいな女性だった。「気をつかっているのよ」ブルックは歯嚙みし、嘘をつきながら彼を見つめていた。「彼のお母さまのご友人たちだから」

ハリエットは眉を吊り上げてブルックを振り返り、詮索するように尋ねた。「アナ・ウルフの友人にしてはちょっと若すぎるんじゃないかしら？　あなた、気にならないの？」

ブルックは質問がろくに耳にはいらなかった。ドミニクったら、また平手打ちをされたわ！　目を丸くして母親に視線を戻し、にやりと笑いたくなる衝動をこらえてうまくごまかした。「いまはまだ」

ハリエットはため息を洩らした。「ロバートはわたしたちに嘘をついていたのね。そんなに不幸な出来事が決闘の理由だったなんてちっとも知らなかった。まさかウルフ卿があなたを憎悪するなんてね」

きつい言葉だ。たしかにその言葉どおりだったが、いまもそうなのかはブルックもわからなかった。「わたしはなんとか認めてもらえたの。あるいは認めてもらっていたと言うか、お兄さまが出てきて、わたしにドミニクを毒殺させようとするまでは——妹が毒を盛るつもりでいる、とドミニク本人にごていねいに吹きこむまでは」

ハリエットは顔を青くした。「まさか、そんなことしないわよね」

「それが質問だとするなら、お母さまはわたしのことがわかっていないのね、同じく——」

「質問じゃないわ」

「でも、とにかく、あなたの息子はそういう人なのよ、お母さま。堕落していて、人殺しさえやりかねなくて、道徳のかけらも持ち合わせていない。取柄といえば、美形ということだけ。残念だわ。中身と同じくらい見た目もひどければいいのに。イボガエル《トード》という言葉しか思いつかないけれど（toadには「いやなやつ」という意もある）」

「では、あなたの嫉妬深さについて話し合いましょうか？」

「お兄さまに嫉妬？」ブルックは鼻を鳴らした。「ばかなことを言わないで」

「あなたの未来の夫のことを言ったのよ」ブルックがそっぽを向くと、ハリエットはさらにこうつづけた。「この話はしたくない？　そう、とにかく飲みものがほしいわ。あなたもそうでしょう。戻りましょうか？」

ええ、もちろん。ブルックはハリエットのあとから舞踏室に戻り、部屋のすみに用意された飲みものや軽食のテーブルに向かった。そして、母がグラスのシャンパンを飲み干したのを見てびっくりした。それならとばかりに、ためらいもせず同じことをした。嫉妬ですって？　だからいらいらが止まらないの？

49

「最後のひとりは可能性がある」

ブルックはさっとうしろを振り返り、ドミニクがようやく婚約者が同じ部屋にいることを思い出したとわかった。彼の言い方が事務的だということにも気づいた。目撃したことを考えると、自分も彼に平手打ちを食らわせずにいるにはありったけの意志の力をかき集めなければならなかった。

平手打ちこそしなかったが、母親がすぐ近くにいたので、声はひそめなければならない。

「でも、その人もあなたに平手打ちしたわ」

「あれはそうすれば――」ドミニクもひそひそ声で話しはじめたが、首を振り、ブルックをダンスフロアに連れ出した。そこでなら声をひそめなくてもいい。「彼女の夫に疑われずにすむからだ」

ブルックは目を見開いた。「そんなに決闘が好きなの？　あきれたわ」

「そうかい？　きみが言い出しっぺなのに？」ドミニクは言い返した。

「人妻との関係は勧めていないわ」

「そういう条件はついていなかった」

「じゃあ、いまからつけましょう。あなたを殺したくなる夫が出てくる不貞はだめ」

「となると、ここで選ぼうとすると、ごくかぎられてしまう。未亡人はひとりしか見当たらないが、そこにはとうに引き返せない」

ドミニクが顎で指し示した相手にブルックは目を向けた。プリシラ・ハイリーはエメラルド色のドレスをまとい、今夜は格別に美しかった。つまり、プリシラが訪ねてきた日に手を出さなかったということなの？　あの日、怒りにわれを忘れ、雨でずぶ濡れになる前にそれを知りたかったものだ。けれど、もし知っていたら、ストームと出会うことはなかった……。

「うちの動物たちに会いたい」ブルックは唐突に言った。

「ほう？」

「それに心配なの、ストームはわたしに捨てられたと思って、野山に帰ってしまうんじゃないかって」

「そうなったら、また探しに行けばいいさ」

なんてすてきなことを言ってくれるのだろう！　苛立ちがすっかり消えたわけではなかったが、ほとんど消え去った。

「あなたのお母さまが全快したあとも、わたしたちはロンドンに残るの？」

「いや」

ブルックはちょっぴり架空の話をしてみたくなった。「ねえ、わたしたち、今夜やっぱりここで出会っていたかしら、いろいろなことが起きていなくて、わたしが予定していたとおり社交界にデビューするためにここに来ていたとしたら？」

「たぶん出会っていないだろう」

「でも、ふたりともこのパーティに出席していたら、あなたはわたしに声をかけていたかしら？」

「デビューしたての清らかな乙女に？　おれはロバートじゃない」

ブルックは舌を鳴らした。「ちょっと想像してみて、わたしにダンスを一度も申しこまないの？」

「順番待ちの行列がずらっとできただろうな」

ブルックは笑った。「結局、運命なんて関係ないんだわ。関係あるなら、なにかが起きて、日曜日に結婚できなくなるかもしれない」

「一度くらいはダンスに誘ったかもしれないな」

ブルックは目を見張った。譲歩を引き出したということだ。いずれにしてもふたりは出会う運命だったと、ふたりは〝一緒になる〟運命だったと認めさせたわ。

ところが、ドミニクはその考えを台無しにするようなことをつけ加えた。「しかし、運命はつねにいいものとはかぎらない。おれたちの場合、死ぬまで憎み合う運命かもしれない」

ブルックはあきれたように目を上に向けた。「ずいぶん悲観的な人ね」

「きみが最初からこの結婚を悪いほうへ向かわせているのだから、どうして悲観的にならずにいられるんだい？」

「どうしてそんなこと言えるの、わたしはうまくいくよう調整しているだけなのに？」

「たしかに調整してくれている。おれが誰のベッドで寝るべきかも教えてくれる。愛人を結婚式に呼ぼうか？」

それを聞いてブルックは顔を紅潮させ、また苛立ちが胸に湧き起こった。「あなたがそうするなら、わたしは母を呼ぶわ。当日はにらみ合いになるわね」

ドミニクはくすりと笑った。「では、きみが両方兼ねたらいいんじゃないか？」

両方って？　とブルックはすんでのところで尋ねそうになったが、どういうことかぴんときた。「妻兼愛人ということ？　とんちんかんな話だわ」

「いや、そんなことはない。お堅い、従順な妻ではなく、愛人のようにふるまってくれるなら、きみでも我慢できる」

「我慢ならもうできているでしょう？」ブルックは歯を食いしばりながら言った。

「そうかい？　どうしてそう思う？」

ブルックは作り笑いを浮かべて言った。「わたしの首を絞めていないもの」

ドミニクは小さく笑った。「まだわからないぞ」そう切り返されて、ブルックはドミニクを蹴りたくなったが、彼はかすれた声でこうつづけた。「今夜の帰りに試してくれ、妻役と愛人役の両方を」

ブルックはドミニクの提案にぎょっとしたが、彼とまたキスをするのかと思うと、そしておそらく馬車のなかでそれ以上のことをするのかと思うと、信じられないほど胸が高鳴った。考えただけで赤面してしまう。

背の高い男性がドミニクの肩をたたき、ふたりの会話は遮られた。「機嫌がよくなったようでよかった。きみの婚約者とぜひ一度踊りたいと頼むならいまだと思ってね。さあ、譲ってくれよ。今夜は彼女をさらったりしないと約束する」

「失せろ、疫病神め」ドミニクはそう返した。

「今回はだめだ」疫病神はにやりと笑った。「それとも、街じゅうのキューピッドに祝ってもらって、世紀の愛の物語だとかなんだとかいう噂を広めてもらいたいのかい？　このままずっと彼女を独り占めしたら、あしたには確実にスキャンダルになる。で、ぼくは引きさがるつもりはないから、寛大なところを見せて、スキャンダルからきみを救う手助けをぼくにさせてくれ」

ドミニクは舌打ちをして、ブルックと疫病神をダンスフロアの縁に連れていき、ブルックにこう言った。「アーチャーは友だちだが、ほんとにそうなのか疑問に思えてきた」そしてアーチャーにはこう尋ねた。「どうして今夜はベントンと一緒じゃないんだ？　ほかにも顔を出す場所はあるだろうに」

「公爵令嬢のもとへいそいそと帰っていったからさ。あの色男は恋に落ちたんだな！」

「よかったな。このダンスはそろそろ終わりだ。この曲が終わっても、彼女をおれのもとに返すのはよそうなんて思うなよ」ドミニクは釘を刺した。

アーチャーはまたにやりと笑った。「了解！」そしてブルックとペアを組み、まわりながらダンスフロアの奥へと進んだ。

「本当なの、スキャンダルになるって？」ブルックはダンスの新たな相手に尋ねた。

「もちろんちがうさ。きみは婚約しているのだから、あいつ以外の男と踊る必要はない。さっきぼくがどうしてもと食い下がったのにあいつがきみを譲るのを拒んでいたら、噂にはなっただろうが」そしてお辞儀をするように頭をさげて、さらにつけ加えた。「アーチャー・ハミルトンだ。三男坊だけど、なんだかんだで爵位を押しつけられたから生まれ順は関係ない」

そう言うと、またにやりと笑った。ずいぶん風変りな人だ。ドミニクより背が高く、同じくらいハンサムかもしれない。金色の髪は風になびかせるような流行りの髪型に切りそろえられ、目は深いエメラルド色、髪の色よりも濃く日焼けした肌から察するに、戸外で過ごすことを好んでいるのだろう。わたしにもすてきな青年たちとの出会いがあったということど」

「いちばんの親友と言ってもいい……少なくともぼくにとっては。あなたと会えて本当によかった、レディ・ブルック。ぼくにはいろいろそろっている。ありあまるほどの財産、すばらしい家族、魅力的な愛人。でも、唯一欠けているのは——きみだ」

「なんですって？　ドミニクの友だちだといま聞いたばかりよ」

「しかし、友情も運命には逆らえない。ぼくと駆け落ちしよう。永遠にきみを愛すると約束する。第三者がきみと失踪したら、プリニーだって斧は振りおろせない」

「じゃあ、摂政皇太子さまの通告のことを知っているのね？」

「もちろんさ。ドムは親友だから」

ブルックは鼻を鳴らした。「そんな提案をして、親友というより最大の敵でしょう。でも、殿下には愛されるはずよ。ひと家族だけでなく、ふた家族から財産を没収できることになって」

「うまくいかないと思うんだね？」

「わたしが思ったのは、あなたは殿下に入れ知恵されたんじゃないかしらということよ」そこで遅まきながら相手の目が笑っていることにブルックは気づき、目をくるりとまわした。

「冗談なのね？　ぜんぜんおもしろくないわ」

アーチャーはため息をついた。「最近、よくそう言われる。あの獣をつつく加勢をしようか？　あいつにはちょっと刺激が必要だよ」

「あなたはドミニクの味方でしょう。そうじゃないふりをするのはやめて」

「そのとおり！」アーチャーは力をこめて言った。「あいつの幸せをぼくが願っていないと思うかい？」

「ドミニクの家に幸せのはいりこむ余地はないわ」

「でも、きみならそれを変えられる、ちがうかい？」

ダンスの時間が残り少なくて助かった。音楽がやむと、ブルックはハミルトン卿の手を借りずに、ドミニクのもとへ歩きはじめた。彼の友人の問いかけにどう答えるべきかわからなかったのだ。彼の母親への返事に詰まったのと同じく。

ドミニクはブルックの母のところにあらためて合流してはおらず、ダンスフロアの縁で彼女を待っていた。ドミニクのもとに戻ると、こう訊かれた。「アーチャーは行儀よくしていたか？」

「なんて言うか……ちょっと迷惑なくらい変わった人ね。いつもそんな感じなの？」

「気分次第でそういうときもある。今夜はもうじゅうぶん踊ったか？」

「ええ」

「じゃあ、きみの母上に暇《いとま》を告げて帰ろう」

「母はそういう挨拶をしてくれる人じゃないの。だからわたしたちもしなくていいわ。今夜も母のほうからわたしに近づいてくるつもりはなかったんじゃないかしら、あなたが無理やり母のところにわたしを連れていったから話はしたけれど。でも、レディ・ヒューイットが入口のそばにいるわ。あの方には挨拶しないとね。さもなければ、挨拶もしなかったとあなたのお母さまのお耳にはいるでしょうから」

「そんなささいなエチケット違反を心配するのか？」

「わたしは気にしないけれど、あなたのお母さまはささいなこととは思わないかもしれないわ」

ドミニクはレディ・ヒューイットのほうへブルックを連れていきながら、視線をさげて、ちらりと彼女を見た。「母のことを気づかっているのか？」

「そんなに驚いた声を出さないで。どんな種類の騒ぎでも、快復を遅らせるわ」

「おれの治りかけのころに、そういう配慮はしてくれなかったぞ」

ブルックは笑った。「どこでそうなったのかしらね」

女主人に礼を言って、馬車を停めた通りまですこし歩いたあとは、そういうふつうの会話はつづかなかった。ブルックはかなり上機嫌で、それは今夜のところはドミニクに愛人が見つからなかったからだとちゃんと気づいていた。けれど、期待もふくらんでいた。帰りの馬車でキスをするというのはドミニクにからかわれただけかもしれないと思って、気を鎮めようとした。とはいえ、キスしてほしいとブルックは思っていた。自分からきっかけを作ってみる？　いいえ、あと二日待たなければ、そんなに大胆にはなれない。

「初めての舞踏会は楽しかったか？」馬車に乗りこみ、ブルックの隣に座ると、ドミニクはすぐにそう尋ねた。

「ええ」ブルックは物欲しげにため息を洩らした。「ただし、もうすこしロマンティックなことがあるかもしれないと思っていたけれど。こっそりキスをしたりするとか」

ドミニクは眉を上げてブルックを見た。「キスならダンスフロアでしただろ」

「あれはこっそりではなかったわ。わたしたちが結婚の〝勧め〟に従っている、と摂政皇太子さまたちに知らしめるためのキスだった」

「まあ、そうだな。きみが期待していたのはこういうのか？」

ドミニクはブルックに顔を傾け、唇を重ねた。そっと、くすぐるように。ブルックはそれでもぞくりとし、そうよ、と返事をしてもおかしくなかったが、ドミニクはあっけなくキスをやめてしまった。もうすこしでドミニクを引き寄せて、キスをもっとせがもうとしたが、そのとたん彼の膝に抱き上げられていた。

「それとも、こっちのほうがいいか？」ドミニクはかすれた声で言った。

そうよ！　ドミニクのキスは濃厚になり、あっという間に熱を帯び、早くも抑えが効かなくなっていた。ブルックは腕をするりとドミニクの首に巻きつけ、ドミニクにドレスの襟を押しさげられ、敏感な胸の先端にドレスの生地が心地よくこすれると、思わず喉の奥からうめきを洩らした。そして、あらわになった胸がドミニクの温かな手で揉みしだかれた。ブルックもドミニクの素肌に触れたかったが、彼はそこまで許してくれなかった。長い道のりじゃないから? そう気づき、ブルックはたまらない気持ちになった。お願い、終わらせないで! ところが、ドミニクの手はドレスの裾からそっとなかにはいってきたかと思うと、上へと脚をすべり、やがてどこよりも敏感な場所にたどりつき、そして……。

「馬なら好きなだけ買ってやる。馬ほしさにおれをほかの女性のベッドに追いやる必要はない」

ドミニクにいま言われたことをすぐには呑みこめなかったが、やがてブルックは微笑んだ。

「つまり、あなたはわたしでいいのね?」

「きみはおれの妻になる」

なんてすてきな言葉だろう。ブルックはさらににっこりと微笑んだ。けれど、ドミニクに着衣の乱れを直されて、屋敷に戻ってきたのだと気づいた。ドミニクはブルックを馬車から降ろし、玄関先まで送り届けたあと、踵《きびす》を返し、出かけようとした!

「どこに行くの?」ブルックは眉をひそめて尋ねた。

ドミニクは一瞬だけ言いよどんだ。「きみが思っているようなところじゃない。いい夢を見るんだぞ、おしゃべりさん」

夢を見るとしたら、いい夢どころではない甘い夢を見るだろう。馬車のなかでしていたことを締めくくるような夢を見るかもしれないわ！　ブルックはまだひとりでにっこりと微笑みながら、屋敷のなかにはいっていった。あと二日……。

50

　翌朝ブルックは寝坊した。昨夜はダンスをして、母と初めてシャンパンを飲んだのだから別段驚きではない。けれど、肩の荷がおりたのか、すっきりとした気分だった。あのばかげた取引きは中止になり、ドミニクはほかの女性たちと火遊びをしていなかった。そして、結婚するとついにはっきり約束してくれた。

　アルフリーダが食事の盆を運んできてブルックは目を覚ましたのだが、唇をほころばせている様子を見て、侍女は言った。「ゆうべは楽しかったようね？」

「魔法にかけられたような夜だったわ」少なくとも最後の部分は！「ドミニクとわたしはただの友だち以上になれるかもしれない」

　アルフリーダはくすりと笑った。「ほらね？　あなたは取り越し苦労をしていたのよ。例の薬草はいまのところ探さなくてもいいわね」

　ブルックはそう冷やかされて、思わず笑った。「ええ、困るわ――彼がことを果たせなくなったら！」

ドアをノックされ、アルフリーダは振り返った。「お風呂のお湯が届いたんだわ。さあ、ベッドから出て、食事をすませて。きょうの結婚式の着付けをするようにと仰せつかったの。あと二時間もないのよ」

ブルックは目を見開いた。「それを早く言ってくれればよかったのに。わたし、丸一日寝ていたの？」

「どちらもそうではないとしか答えようがないわ。思っていたよりも結婚が早まった理由はわたしにもわからないわ。あなたの狼さんに自分で訊いていただかないと」

舞踏会からの帰りになにがあったか思い出し、ブルックは知らぬ間に微笑んでいた。なぜきょう結婚することになったか、あの出来事でじゅうぶん説明がつく。ドミニクも結婚初夜を待ちきれなかったにちがいないわ！

その後の二時間は大忙しだったが、ブルックはこの上なくわくわくしていた。自分のウェディングドレスも手もとにあった。ほかのドレスを新調したときに、どうしてもと母が言い張って花嫁衣装も用意してあったのだ。上質の白いモスリンで仕立てられ、裾が長く、胸もとを覆うシュミゼットには小粒の真珠がちりばめられている。そして、上にはおる長いケープは、ふっくらとした絹の花飾りで縁取られている。

初めての社交シーズンが終わったら娘はすぐに結婚する、と母は思っていたのか、あるいは少なくとも誰かと婚約はすると予想していたのだろう。そのおかげでブルックはきょうの結婚式にこのドレスをまとうことになった。母からなんとも大きな期待を寄せられていたというわけだ。この屋敷で針の筵《むしろ》に座る思いを味わわせてしまうかもしれないが、それでも母を呼ぶべきだった。ブルックはいま幸せだが、結婚式が日曜日だったら、母を呼び寄せたかもしれない。とは言っても、だ。たとえウルフ家の人たちが寛大に受け入れてくれたとしても、ブルックはそんな気持ちになれないかもしれない。だからもう呼び寄せようにも手遅れでかえってよかったのかもしれない。

ドミニクが迎えにやってきた。どこから見ても領主然としたいでたちだったが、目には野性的な光を帯びていた。彼も期待に胸をふくらませているの？　結婚初夜を――あるいは、結婚式のことを想像して？　あれだけ彼の目が爛々《らんらん》と輝いていたら、式のあと、まっすぐベッドに連れていかれるかもしれないわ！　とにかく、そろそろ出発の時間だろう。ドミニクはブルックを連れて廊下を進み、母親の部屋に向かった。けれど、アナは教会に出かけるほどはまだ快復していないはずだ。

ブルックがじょじょに歩みを遅くすると、やがてドミニクは立ち止まった。「とうとう怖気づいたか？　牧師を呼びに行かせる前にそう言えばよかったものを」

「牧師を呼びに行かせたですって？　ということは教会で結婚するわけじゃないの？」

「母が結婚式に立ち合いたがっている。母の希望をかなえてやれない理由はないだろう」

枕もとで結婚式をするの？　セントジョージ教会のりっぱなたたずまいを駆け足のロンド

ン見物で目のあたりにしていたので、そこで式を挙げないのだとわかってブルックはすこしがっかりした。けれど、その失望は押し隠し、明るい声色でこう言うに留めた。「家で結婚するとわかっていたら、こんなにおめかししなかったわ」

「なにをばかな。結婚式は結婚式だ。それに、きょうのきみはとびきりきれいだよ」

ブルックは微笑んだ。この人ときょう結婚するのだ。どこで式を挙げるかなんて、どうでもいいでしょう？　それに、どうして急ぐ必要があるのか尋ねたら、どれだけわたしを求めているのか打ち明けてくれるかもしれない。

「どうして日曜日じゃなくてきょうになったの？」

「なぜならゆうべ摂政皇太子は舞踏会に顔を出し、おれがもう怪我を患っていないことを知った。きょう殿下がみずから訪ねてくるか、あるいは人をよこすかして、怪我が治ってすぐに結婚しなかったことで財産を没収すると言い渡されないともかぎらない。だが、殿下がどうするつもりであれ、これ以上待つ必要はないとおれは思った。きみは？」

ブルックも同感だったが、聞きたかった答えというわけではなかった。とにかく同意を示し、またにっこりとドミニクに微笑みかけると、彼に促されて、あらためてアナの部屋に向かった。けれど、ドアを開けたドミニクに先に部屋へ通されたが、ブルックは入口に突っ立ったまま一歩も足が動かなかった。

「あの人はここでなにをしているの？」声をひそめて言った。

「今朝、手紙で知らせた」

「わたしに断りもなく？」

「てっきり喜んでくれるかと思った」

「こっちこそてっきり家に呼びたくないのかと思っていたわ」

枕もとに座り、アナがいましがた口にしたことに笑い声さえ上げているのはブルックの母親だった。どうやらドミニクは今朝ブルックが自分でしようかとまさに考えていたことをやって、遅ればせながら手紙を届けさせたようだった。そして、アナも笑顔を見せている。つまり、ホイットワース家の人間が結婚式に立ち合ったら針の筵に座らされると思ったのはブルックの思いすごしだった。アナにしろ、ドミニクにしろ、ウルフ家の人たちはもっと寛大なのだろう。

ドミニクはブルックに身を寄せて、ささやいた。「最後のチャンスだぞ、おしゃべりさん」

これからもそう呼びつづけるつもりなの？　自分の母親の前でも？　ドミニクをちらっと見ると、彼の顔にはおもしろがるような表情が浮かんでいた。これ以上ないほど悪い冗談でからかってきたというわけだ。そういうことができるのなら、もうふたりの結びつきに異存はないということにちがいない。けれど、またぞろ疑念が頭に浮かんだ。残り時間が少ないから、ドミニクには選択の余地がなかったのではないか。

それにしても、父がこの場にいなくてよかった、結婚式に立ち合わなくて。ロバートがいたら、ドアにたたきつけられていただろう。乗りこんでこなくて残念だ。兄が痛めつけられる姿を喜んで見物しただろうに。そうすればすばらしい結婚祝いになったのに……そんな意味のないことばかりがブルックの頭をよぎっていた。

ハリエットが前に進み出て、ブルックの手を取った。「きれいだとは言わないわ。そんな言葉では足りないからよ、わたしのかわいいお嬢さん。でも、その花嫁姿はとびきりすてきよ」

にんまりと微笑んでいる。きょうは両方の陣営からからかわれる日なの？　ブルックは数で負けているような気分だった。

「お父さまは呼ばれなかったの？」ドミニクが自分の母親に挨拶をしに行くと、ブルックはすぐにそう尋ねた。

「呼ばれたわ」ハリエットが答えた。「来たい気持ちはあったと思うの、花婿に会いたかったでしょうから。でも、ロンドンまでの移動で体力を消耗してしまったのね。こっちに来てから床に臥せったままなのよ。でも、寝たきりといえば、アナから聞いたわ、病気だったけれど、驚くほど元気を取り戻したそうね、あなたのおかげで」

ブルックは眉を上げた。「もともと知り合い同士だったの？」

「おたがいこの街で社交生活を送っているのだから知り合わないわけないでしょう？　でも、たしかにあなたが言っていたように憎悪を向けられると覚悟していたわ。決闘以来、アナとっていなかったの。なぜ息子さんがわたしの息子を無き者にしたがったのか、アナは知っているの？」

「ええ」

「では、二枚舌を使っていたのね、わたしの前ではなにごともなかったかのようにふるまって」

「二枚舌ではないと思うわ。息子を幸せにしてほしいと頼まれたのよ。きっと恨みよりもそういうことが大事になったんでしょうね」

「状況を考えたら賢明な選択だわ。でも、あなたはそれでいいの？」

彼を幸せにすること？　ブルックはそれを目標だと考えていた。そうすれば、ふたりのあいだに平和が訪れるのだと。けれど、ドミニクに幸せになってほしいという自分の気持ちにもいま気づいたのだった。ああ、なんていうことなの、わたしは恋をしている、そうでしょう？　自分の罠に自分でかかってしまった！

母の問いかけにはこう答えた。「ええ、ふたりとも幸せになれたらいいわね」

「そういうことを訊いたんじゃないのよ」

「遅くなって失礼しました」背後から牧師が言った。そしてブルック親子を部屋の奥へと導いた。結婚式の始まりだ。

51

「まだ間に合うと言って！」

いきなりドアがひらいた音も大きかったが、押しかけてきた婦人の落胆した表情にブルックは驚き、牧師も思わず黙ってしまい、はっと息を呑む声がいくつか洩れた。ドミニクの元愛人が結婚式に抗議に来たのかしら、とブルックはまず思ったが、このまえ玄関広間で遭遇した、ことのほか堂々とした婦人だと気づいた。

「ええ」アナがベッドから言った。「ぎりぎりで間に合ったわ、エレノア――いい知らせを持ってきてくれたのなら」

エレノアはほっとして笑い声を洩らした。「最高の知らせよ」

「公爵夫人」ドミニクはていねいにお辞儀をした。「お目にかかれていつもながら嬉しいですが、結婚式へ出席を希望されているとは母から聞いていませんでした」

「なぜなら希望はしていないからよ。むしろ結婚式を中止しに来てあげたの。お礼ならとくに気をつかわなくてけっこうよ、薔薇の花束とか、そういうありきたりのものでいいわ、そうそう、キャンディなら大好物よ」

公爵夫人は嬉々《きき》としてまくし立て、自分の知らせが引き起こした衝撃には気づきもしないか、あるいはそれを楽しんでいた。芝居がかっている？　もしかして公爵夫人は女優なのだろうか。

とにかくドミニクは顔をしかめており、公爵夫人の不可解な言葉に喜んでいないのは明らかだった。「説明してもらえませんか？」

「わたしからするわ」アナが言った。「あなたを欺いたことになるかもしれないわね、ドム。わたしがこの縁組を黙認するものと思わせた――」

「なるかもしれない？」ドミニクは途中で口をはさんだ。

アナはいささかたじろいだ。「たしかにレディ・ブルックのおかげで病気が治りつつあるわ。でも悪いけれど、やっぱり自分の孫にホイットワース家の血が流れると思うと、耐えられないの。だから親友に仲裁を頼んで、摂政皇太子さまに別の選択肢を提示したの」

エレノアはふふっと笑って目をくるりとまわし、ドミニクに言った。「殿下はわたくしに借金があるの。だから今朝わたくしと面会するのを拒むわけもないし、わたくしたちの提案を無下にするわけもない。そして、殿下に吹きこんだの、あなたとホイットワース家の娘はたがいに好き合っているからまちがいなく結婚するでしょうけれど、そうしたら殿下はお金も、土地も、なにも手にはいらないとね。でも、この強制的な結婚から事前にあなたを解放したら、あなたは炭鉱を殿下の財源に寄付し、ロバート・ホイットワースと二度と決闘しないという誓約書に署名をする。その解決案に当然ながら殿下は即座に同意したわ。わたくしの予想どおり」

ブルックは驚きのあまり口もきけず、ものも考えられなかった。

けれど、ドミニクはそうではなかった。自分の母親に目を戻して言った。「ぼくの人生をもう勝手に決めないでほしいという願いを聞き入れてくれたものと思っていましたよ。なぜ実行に移す前に相談してくれなかったんです？」

「うまくいかない場合を考えて、期待させたくなかったの。でも、うまくいったわ。あなたも否定はできないでしょう、卑劣な一家と手が切れてほっとしたことは」

「とにかく――」

「侮辱はもうたくさん」ハリエットはけわしい口調で話に割りこんだ。「ありがとう、アナ、娘を返してくれて。おたくに嫁にやるにはもったいない娘ですもの」

憤然としたハリエットに手を引かれ、ブルックはアナの寝室から連れ出された。誰も引き留めなかった。もちろん、ドミニクもだ。これで彼は自由の身だ。ひと言も相談のなかった母親に苛立ちこそしたかもしれないが、それでも嬉しくないはずはない。さもなければ、引き留めてくれただろうし、公爵夫人に仲裁はけっこうだと断っただろうし、母親の干渉ものともせず、きょうブルックと結婚しただろう……。

ブルックはショックを受けていた。そうでなければ、なにかしらドミニクに声をかけたはずだ——おめでとうか、さようならか、なにかひと言。彼のことは嫌いではないし、二週間一緒に過ごしたのでおたがいのことがよくわかっていた。けれど、涙は目の奥までこみ上げてきた。ほんのひと言で、あふれ出てしまいそうで、そんなふうにしてこの屋敷を去るのはいやだった。

「荷物は馬車を引き返させて、取りに行かせるわ。一刻も早くお暇しましょう」ハリエットは階段をおりながらそう言った。

玄関広間にガブリエルがいて、ブルックに微笑みかけた。「わあ、きれいな花嫁姿だ。でも、レディ・ウルフ、なぜ出ていくんです?」

ブルックが答える間もなく、ハリエットがすごい剣幕《けんまく》で言った。「そんな呼び方で侮辱しないでちょうだい! 娘はいまもホイットワース家の一員よ」そう言い放つと、玄関扉をふたりのために開けた執事に怒鳴りつけるようにして言った。「すべて荷造りして一時間以内に出発する準備をしておくよう娘の侍女に伝えて。いいえ、やっぱり十五分以内にしてもらうわ。だから使用人を何人か送りこんで、侍女を手伝わせてちょうだい」

ブルックは依然としてひと言も発しなかった。ドミニクが買ってくれた牝馬のことを話しておくべきだった。アルフリーダは知らないのだから。でも、日をあらためればいいだろう。ブルックは泣きたかった。自分の気持ちを涙で洗い流さずにはいられなかったが、母の前では泣きたくなかった。母はこれっぽっちも同情など示そうとはせず、アナ・ウルフとウルフ家を散々にこきおろしていた。いま起きたことに怒り狂っているようだった。

ブルックはさほど遠くない別の屋敷に連れていかれた。ハリエットは馬車をただちにウルフ家の別邸に引き返させ、ブルックを階上へと導いた。ここはおそらく両親が使っているロンドンの別邸だろう。ブルックにはどうでもよかったが。

ドアが開いたままの部屋の前を通りかかると、なかから声が聞こえてきた。「おい、おまえはここでなにをしている?」

ブルックは足を止め、父がベッドで片肘を突いて身体を起こしている姿を目にしたが、母に追い立てられた。「左側のふたつ先の部屋を使いなさい。すぐにそっちに行くわ」そう言い置くと、母は父の部屋にはいっていきながら明るい調子で言った。「わたしたちのブルックはやっぱり社交界にデビューするのよ」

ブルックは母に指示された部屋にはいり、ドアを閉めた。涙があっという間にこみ上げて、ほんの二、三歩、部屋の奥へと進んだだけで視界がぼやけた。その場にどれくらいのあいだ突っ立っていたのかわからないが、涙があふれ出ても、悲しみは洗い流されなかった。

愛情深く包みこむように腕が身体にまわされ、ブルックはその気づかいをありがたく思い、振り向きざまに泣きじゃくりながら言った。「フリーダ、ドミニクはわたしと結婚したくなか——」

「ああ、わたしのかわいいお嬢さん。本当なら彼こそ恋に落ちるはずだったのにね、あなたではなく」

ブルックはまたもショックを受け、あわててあとずさった。お母さまになぐさめられたの？　さっと涙をぬぐい、顔を背けた。「わたしなら平気よ。きょう結婚しないとは思ってもみなかっただけ。それに、勝ち誇ったような言葉も聞かされて……予想外のことが多すぎたの」

「説明しなくていいのよ。あなたは彼が夫になるのだと思っていた。つまり、ごく自然に彼を愛していたのね。ゆうべ嫉妬していたあなたを見て、そうじゃないかと思ったわ。でも、わたしも期待していたのよ、あなたたちふたりが障害を乗り越えて、幸せになることを」

「理解に苦しむわ。お母さまはわたしの幸せを願っているの？」

「もちろんですとも」ハリエットは穏やかな声で言った。

ブルックはその言葉を信じられなかった。そして、信じられたらいいのにと思う自分が腹立たしかった。「いまさらわたしを愛しているふりなんかしないで。やめてよ、そんなこと！」

「だから言ったでしょう、あなたの娘はほうっておかれ、愛されていないと感じていると」アルフリーダが憤慨したように言いながら部屋のなかにはいってきた。

アルフリーダにつづいて使用人たちがブルックの旅行かばんを部屋に運びこみ、どこに置くべきか指示を受けた。じゃまがはいり、ハリエットはじれったそうな表情を浮かべた。ブルックはそっぽを向き、きょうの出来事以外のことを考えようとした。

ところが、アルフリーダの小言はまだ終わっていなかった。「彼女は愛のない人生をずっと送ってきたのよ、ハリー。思春期のころの娘にあなたが目を向けたのは、息子と夫が家を留守にするときだけで、そんな機会なんかめったになかった。赤ん坊のころに母親から愛情をたっぷりと注がれていた記憶が彼女にはないのよ。そういう思い出なんかひとつも！」

母親がハリーと呼ばれたのを聞きつけ、ブルックはびっくりして振り返った。アルフリーダが母とこんなふうに話すのは聞いたためしがなかった。あたかもふたりは長年の親友同士か、相談相手であるかのように話している。アルフリーダはその口調に負けず劣らず顔にも怒りを表し、使用人をひとり残らず部屋から追い立て、ドアを閉めた。

しかし、ハリエットはハリエットで、使用人から非難されて、いまや激怒していた。「さがりなさい！」有無を言わさぬ態度でドアを指差した。

アルフリーダは命令に背き、腕組みをしてドアの前に立ちふさがった。「ここを一歩も動かないわ。今度こそ、彼女にきちんと事情を説明してもらいます」そこで急に声をやわらげて言った。「わたしたちのお嬢さんはすっかり大人になったのよ、ハリー。もう守ってあげる必要はないの」そのあと、厳しい口調になって言った。「そして、約束はもう解消させてもらうわ。だから彼女に話してちょうだい。さもなければわたしから話すわ」

「いまは最悪のタイミングでしょうに、フリーダ」ハリエットは腹立たしげに言った。「あの子は傷ついたばかりなのに」

「かれこれ十五年近く、そういう傷ついた心――」

「いいかげんにして！」ブルックはぴしゃりと言った。「なにを言い争っているのか話すか話さないか、どちらかにして。でも、わたしがここに立って一言一句すべて聞いていないかのようにふるまうのはやめて」

ふたりの年嵩の女性たちは一瞬にらみ合ったが、やがてハリエットがブルックの肩に腕をまわし、長いソファに彼女を導いた。そこにソファがあることにブルックは気づいていなかった。というか、部屋のなかになにがあるのかまったく目にはいっていなかったのだ。けれど、母とソファに座り、息をひそめるようにして待った。また涙をこらえなければならなかった。目の奥からこみ上げてくる、なじみのある涙を……。

ハリエットはブルックの手を取り、横を向いて、向き合った。「愛しているわ。昔からずっとあなたを愛していたの。正直に言って、あなたもわかっていると思っていたわ、少なくとも察している――」

「察しているって――」

ハリエットはブルックの唇に指をあてた。「わたしの話が終わるまで反論はしないで。あなたが生まれたとき、ロバートはあなたに嫉妬したの、ひどく妬《ねた》んだのよ。なぜいつまでたってもその嫉妬心が消えなかったのかわからないけれど。あなたにもロバートにも分け隔てなく目を配ったけれど、ロバートはわたしがあなたにちょっとでも注目するのが気に入らなかったの。ロバートがなにをしていたのか、わたしは知らなかった。夜遅くあなたの部屋に忍びこんでいたことを。アルフリーダがあなたの痣《あざ》を見つけたとき、わたしに教えてくれたのよ。わたしはロバートを遠くへやろうとしたけれど、あなたのお父さまがどうしても許してくれなかった。だからあなたを守るために、あなたと距離を置かなければならなかったの。いつもこそこそとかぎまわっていたのよ、あの子は。目を光らせて、耳をすまして、あたかもわたしの嘘を暴こうとするかのように。そんな状況がわたしはいやでたまらなかった。あなたをとても愛《いと》おしく思っているのに、どうでもいいそぶりをするのがどれだけつらかったか、あなたには想像もつかないでしょうね」

「それを説明してくれればよかったのに」

「いつ？　あなたがまだ子どものころに？　あなたはとても衝動的で、思ったことを素直に表現する子だった。ロバートが近くにいるときにあなたがわたしに抱きついたり、キスしたりしないか、不安だったわ。そういう場面を見たら、ロバートはもっと乱暴になったり、なにか重大な事故を引き起こしたりするのではないかと。そういう危険は冒せなかった。でも、ロバートやあなたのお父さまがそばにいないときは、あなたと一緒にいたわ。それは憶えているでしょう？」

「いまさら言われても。わたしが憶えているのは拒絶されていたことだけ」

「もう遅いの？」ハリエットは目に涙を浮かべていた。

まさかきょう母をなぐさめることになろうとは、ブルックは信じられなかった。けれど、これまでずっと聞きたかったのは、さっきのあのひと言に尽きる。ありふれたあのひと言だけで、長年の心の痛みがあっという間にやわらいだのは驚きだった。

ブルックは微笑んで、母をしっかりと抱きしめた。「遅くないわ」

いろいろな話を聞かされたが、母親の過去の言動に納得したいまはすべてどうでもよくなった。ブルックに家族と食事をさせなかったのは、トーマスの厳しさから娘を守り、目につかないようにするためだったこと。ロバートがその矢面に立たされていたこと。激しい夫婦喧嘩でトーマスが手を上げることもあったが、あるときブルックが父親に反抗して頬をはたかれるや、娘は全面的にあなたに従っていると夫を説得しなければならないとハリエットは気づき、ブルックを父親から遠ざける方法をいろいろと考え出したのだということ。アルフリーダから日々報告を受け、ブルックがどんなことをしたか、どんなことを学んだか、ひとつ残らずハリエットは聞いていたこと。そしてふたりはとてもよい友人になっていたこと。

「あなたがデビューする今年のシーズンをとても楽しみにしていたの。娘が魅力的な女性に成長したとトーマスが気づいて、あなたにはあまり嬉しくない縁組を画策しはじめる前にお嫁に出してしまうことをね。摂政皇太子さまの勅令を受けたとき、あなたがウルフ卿と幸せになることを心から願ったわ。彼がひざまずいて、よくぞあなたと引き合わせてくれたとプリニーに感謝するんじゃないかと思った。そんなことを想像して笑いもしたけれど。でも、結局ウルフ卿は愚か者だったみたいね、自分の幸せよりも復讐心にこだわるなんて。仕方ないわ。こうなったらすてきなお相手を見つけましょう、彼のことを二度と考えないですむように」

そうなればいいけれど。たぶん来世紀には。とにかくやるだけはやってみよう。

「あら、いまになってふたりきりにされたわね」アルフリーダがそっと部屋からさがったことに気づき、ハリエットは立ち上がった。「さあ、荷解きを手伝うわ。この部屋を気に入ってくれるといいのだけれど。社交シーズンのあいだ、あなたが使えるように改装させたのよ」

ハリエットは旅行かばんを開けて、衣類の山を見事な彫りこみのたんすに運びはじめた。母は荷物の片づけなどいままでしたことがあるのだろうか。そんなことを思いつつ、ブルックも腰を上げて手を動かしたが、心ここにあらずという状態だった。きょうはいろいろなことがありすぎた。母の秘められた真意がわかり、アナ・ウルフにどれだけ嫌われていたかわかり、炭鉱が犠牲になったとはいえ、自分とおさらばできてドミニクがどれだけほっとしたかわかった。ブルックたちが部屋を出たあとに、母親に礼を述べていたかもしれない。摂政皇太子に賄賂を贈って問題を解決するという、自分では考えもしなかったことをやってくれたお礼を。なぜドミニクは自分で思いつかなかったのだろう。あるいは、思いついていたの？

「こんな古くさいものをどうしたの？」ハリエットは言いながら、手首を返して扇子をひらいたが、扇面から紙切れが落ちてきて、にやりと笑った。「恋文を隠しているの？」

ブルックは驚いた。「ちがうわ。そもそもわたしの扇子じゃないの。エロイーズ・ウルフのものだったのよ。ドミニクに返さないといけないわ」

「その娘さんはかわいそうだったわね」ハリエットは折りたたまれた紙切れを拾い上げ、扇子と一緒に鏡台に置いた。「ゆうべあなたから聞いたロバートのことをトーマスに話さないとね。自分の息子だからあの子を愛しているけれど、よくない大人になってしまったわね。もし殺しをたくらんでいるなら——」

「その話はしないでおいて」ブルックは打ち明け話を始めた。「お母さまに話していたとき、わたしは怒っていたの。薬壜をロバートに手渡されたときも怒っていた。中身は毒薬じゃないかと勝手に推測しただけで、お兄さまも毒物ではないと言っていたし、わたしも確かめなかった。だから毒薬ではなかったのかもしれない。嫌いは嫌いよ。お兄さまが勘当されても、涙は一滴も出ないわ。でも、無垢な乙女をそそのかすという、お母さまもすでに知っていることはともかくとして、それ以上の悪事では責められないし、お父さまに禁じられてからは悪さもしていないでしょうし。それに、ロバートに手出しはしないという誓約書にドミニクもいまごろ署名している。だから、それでけりがつくはずよ」

「とにかく、念のためロバートの様子を見張らせるわ。それが必要になったのは初めてじゃないしね」

52

昼食につぎ、夕食も。母は丸一日そばを離れないつもりだろうか、とブルックは思いはじめていた。べつに煩わしくはなかった。ハリエットの息つく間もないおしゃべりにも慣れていたが、きょうは子どものころのようにいらいらすることもなかった。きょうのハリエットはブルックの心にドミニクを寄せつけまいとしていた。それはほぼうまくいっていた。

「あなたのお父さまから話があるそうよ、あなたが社交界にデビューすることになったから、ちょっとあらたまった話をしたいそうなの」

「遠慮しておくわ」

「もちろん、きょうじゃないわ。あなたは動揺していると説明しておいたから。あの人は〝動揺〟に対応するのは苦手なの。でも、今週中に、いいわね？　そうすればお父さまはあなたに会いに来る人を確認しにいちいち階下におりずにすむわ」

「誰も会いになんて来ないわ」

「来ますとも。招待にはすべて応じているの。あなたがデビューすると公表されたらもっと増えるわね」

「あまり無理したらいけないわ」この話し合いの最中にアルフリーダはそう警告していたのだった。「〈狼〉が引き留めなかったという事実をお嬢さんは乗り越える時間が必要なのだから」

「ばかばかしい」ハリエットは反論した。「娘に必要なのは気晴らしよ。気晴らしになることがたくさんあれば、くよくよと――」

アルフリーダはハリエットの話を遮って、ブルックにこう言っていた。「一週間、猶予をあたえるのよ。ウルフ卿はきっと会いに来るわ」

二週間の猶予をあたえた。ブルックは悶々《もんもん》として二週間待ったが、ハリエットに連れ出された行事の席でもドミニクと顔を合わせず、彼の友人のアーチャーからなぜなのか聞いて、ようやく理由がわかったのだった。ドミニクはあのあとロスデールに帰ってしまったという――破談になってすぐに。彼がロンドンを去り、見かぎられたのだと思うと、ブルックはさらに悲しみに暮れた。自分もロスデールに戻れたらよかった。あの大自然の美しい北の国で過ごしたひとときに、思い出がたくさんあった。ドミニクと知り合い、レベルに乗って荒れ野を走り、ストームと出会い、楽しい思いをした。胸は何度張り裂けることができるのだろう？

けれど、母は手を尽くしてブルックの毎日を気晴らしになることで埋めていた。ブルックは行事に出かけるたびに求愛者に囲まれ、たしかに彼らは会いに来た。ハリエットの予測どおり、ブルックは人気者になっていた。

父との例の話し合いは、父の部屋の前を忍び足で通りすぎ――なぜドアはつねに開いたままなのだろう？――、あるいは使用人と話している声が聞こえたときには走って通りすぎて、少なくとも一週間は避けていた。しかし、とうとう父は怒鳴り声を上げてブルックを部屋に呼びつけた。父はロンドンに出てきた旅の疲れで寝込んだままだった。寝たきりの原因である関節の痛みを癒してあげようかという気持ちにブルックはいまだになれなかった。母も父を嫌っているのだと知ったいまとなってはなおのことだ。そして、父に手を差し伸べようかと数日前に提案したときにハリエットはためらい、こう言い張った。「お父さまが階下で求愛者たちを追い返したらいやでしょう？」

たぶんいやではない。求愛者にまだなんの興味も持てなかった。

「名前を挙げてみろ」ブルックが枕もとに出向くと、トーマスはそう要求した。

「名前って？」

「おまえの母親にだいじょうぶだと断言されたのさ、おまえにまかせておけば、親がお膳立てしてやるよりもいい相手が見つかると。だから、誰を検討中なのか教えてくれ。大きな声でな。ひどく耳が遠くなったものだから」

それは先週のことで、その日、ブルックは名前をひとつも思い出せなかった。まだ社交界にデビューする覚悟ができておらず、ドミニクのことを考えるのもやめられず、まだひたすら泣きたい気分だったからだ。そこで、唯一頭に浮かんだ名前を父に教えたのだった。その名前の主とはドミニクと出席したあの舞踏会以来、一度しか会っていなかったが。

「アーチャー・ハミルトン」

「本当か?」トーマスは驚いた顔をした。「ハミルトン家なら知っている。侯爵と同じ社交クラブに属しているんだ。名門で、幅も利かせているし、裕福な一族だ。ハミルトン家の息子なら問題ない。たとえ爵位を受け継がなくても。ほかには?」

ほかには思いつかず、ブルックも仕方なくでっち上げたところ、「だめだ、そんなやつは知らない」とか「その男も知らない」と即座に却下された。やがてトーマスはきっぱりと言った。「ハミルトン家の息子にしておけ」

その気はさらさらなかったが、そうしますとブルックは父に請け合い、話し合いから解放された。エラが隠していた手紙を読んでから、心に留めていることがほかにもあった。やがて泣くのをやめたのは、数日後にドミニクから贈りものが届いてからだった。

添えられた手紙には〝誕生日祝い〟と書いてあるだけだった。挨拶の文句もなければ、幸せを祈るという言葉もなく、署名すらなかった。けれど、ブルックのロケットにこの絵を注文しようと思うのはドミニクだけだ。そして、結婚式が中止になる前に注文していたはずであり、ロンドンを去る前に、絵が完成したらブルックに届けるよう手配していたはずだった。

ロケットのなかにはいっていたのはごく小さな肖像画で、白い犬の――あるいは狼の――頭部が描かれていた。ストームだ。信じられないことに、彼は捨ててしまうことなく、わざわざ送ってくれた。エラが死ぬつもりではなかった証拠を見つけて、ドミニクを取り戻そう、とブルックはこのとき決意したのだ。少なくとも赤ちゃんを産むまでは、エラも死のうとは思わなかったという証拠を見つけて。母が招待に応じるのをすこし控えてくれたら、証拠を探し出せるかもしれない……。

「楽しんでいないみたいね?」ハリエットが尋ねた。その夜はブルックの二度めの舞踏会だった。

ブルックはため息をついた。「ええ、あまり。こういうことをやらなくちゃいけないとわかっているわ、やるはずだったことをつづけたほうがいいと。でも、たくさんのことが起きて……」

「あらあら、また泣いたらだめよ」ハリエットは人影もまばらなテラスにすばやくブルックを連れ出した。「あなたが感じていることはそのうち消えていくわ、それは本当よ。いろいろな娯楽に触れて、そろそろ元気になるはずなのにね。ほかの男性があの人を忘れさせてくれるわ、チャンスさえあたえれば」

「チャンスなんてあげたくなかったら?」

ハリエットはブルックの肩に腕をまわし、ぎゅっと抱き寄せた。「傷心はほんの二、三週間では癒されないと気づくべきだったわね。さあ、泣きなさい、わたしのかわいいお嬢さん。目にゴミがはいったと言えばいいわ」

ブルックは笑い出しそうになったが、自分の気持ちを打ち明けた。「また泣こうとしたんじゃないのよ。ただ、扇子に隠されていたエロイーズ・ウルフ宛ての手紙が気になっているの。修道院長からの手紙で、ケントの古い町、セヴンオークスにエラの赤ちゃんを引き取って、自分たちの子どもとして大切に育ててくれるすばらしい家族が見つかったとエラに知らせているの。修道院長はエラがまもなくやってくるのを待っていた。そこでなら静かに赤ちゃんを産めるからって」

「赤ちゃんを静かに産む人なんていないわ」ハリエットは言い張った。「どう考えても無理だもの」

「静かな環境で出産できる、とその修道院長は言いたかったのでしょう。ともかく、その手紙を読むかぎり、エラが自殺を考えていたとは思えないわ。ドミニクは妹が自殺したと思っていて、それが怒りのおおもとなのだけれど。本当にエラが自殺するつもりだったのか、いまわたしは疑問に思っているの」

「まずはこっそり赤ちゃんを産むために家を出たと?」

ブルックはとまどったように目をしばたたいた。「もしかしたらね。あるいは、そのつも

かもしれないの?」

ハリエットは目を見開いた。「ということは、イングランドのどこかにわたしの孫がいるかもしれないの?」

「しいっ、大きな声を出さないで、お母さま。わたしが思っているのはそういうことじゃないの。エラはあの日、じつは事故で亡くなったんじゃないかと思うの。当時、遺体が発見され、身元も確認された。だから、遺体はエラ本人だった。そして、その前にエラが赤ちゃんを産む時間はなかった。二年前に社交界にデビューしたエラはロバートと恋に落ち、その年の秋に亡くなった。うっかり身ごもってしまったことを誰にも知られないうちに」

ハリエットはため息をついた。「ふたりめの孫だったのね、どちらにも一生会うことはないけれど。ねえ、孫がほしいの。本当に楽しみにしているのよ」

〝さっさと結婚して、孫を産んでちょうだい〟と言わんばかりの意味ありげな視線をハリエットが送ってきたので、ブルックはそそくさと話をつづけた。「でも、わたしの推測が正しくて、エラがみずから命を絶ってはいないのだとしたら、この問題に対するドミニクの認識は一変するかもしれない。結局、エラは進んで誘惑に乗ったのだから、ロバートの責任は半分だけになるでしょう、たとえ彼女を欺いたのだとしても。それをドミニクに証明できたら、彼がわたしたち一家にいだいている憎悪を解消できるかもしれない」

「いいえ、期待は禁物よ。男性はこういう問題をちがう角度から見るものだから。妹との結婚を拒んだ時点で、ウルフ卿はロバートを断罪している」

「それでも疑念を証明してみせたいの。もしかしたら修道院長はエラからの手紙をまだ取ってあるかもしれないわ、赤ちゃんを尼僧のもとで産んで、その子を養子に出せないかと問い合わせた手紙を。すべてすませたあと、記憶喪失になったとかなんとか作り話を用意して家に帰る計画を練っていたとも考えられるわ」

「あるいは、ことが片づいたあとにやっぱり自殺するつもりでいたとも考えられるでしょう。それが手紙に書かれていたら、〈狼〉には見せづらいわね」

「そんなこと尼僧に打ち明けっこないわ」とブルックは力説した。「でも、どういうことであれ、その修道院長なら事情を知っているでしょうね」

「ええ、そうね。その修道院はどこにあるの？　あしたそこを訪ねて、確認してみましょう」

ブルックは感謝をこめて微笑んだが、調査の結果に期待を寄せすぎていると自分でもわかっていた。エラはあの日修道院を目指して舟を出し、誰にも捜されないように海で遭難したふりをしようとしただけだったのに、嵐にあってしまったのかもしれない。それ以上の推測はドミニクに話せない。破って燃やした日記のページに書かれていた内容を彼から聞いたことを思い出すと、とても無理だ。エラは〝やすらぎと慰めを海に求め〟ようとしていたのだと。エラはたしかに死にたくなり、選択の余地もないと思ったが、お腹の子を道連れにするつもりはなかったようだ。まずは出産し、わが子がよい家庭に引き取られるか見届けてから自分の命を絶つことを望んでいた。事実なら、ドミニクは少なくともそれは知るべきだろう、妹の死は事故だったのだということは。それだけで、喪失感が癒されるかもしれない。

そして、彼にもう一度会う口実になる……。

53

修道院長は嘘をついた。自分で書いた手紙を渡されても、書いていないと否定し、エロイーズ・ウルフには会ったこともないと否定したものの、レディ・ウルフが気前よく寄付してくれたおかげで捨て子を受け入れていた施設は規模を拡大し、実質的に孤児院になったと認めはした。しかし、いかにも厳格そうな修道院長はにこりともせず、どう見ても嘘をついている。少なくとも手紙の件で事実を話していないのは明らかだった。しかも手紙を目の前で破り捨ててしまった、小さく引きちぎって！　これで、ドミニクに見せる証拠はなくなった。

修道院を訪ねてまさかこんなことになろうとは、ブルックはゆめゆめ思いもしなかった。確証をつかむか、せめてエラが書いた手紙くらいは手に入れたいと思っていたが、どちらも得られず、それどころかなけなしの証拠すら失ってしまった。娘の落胆ぶりを見て、ハリエットは怒りに駆られ、その敬虔《けいけん》なる女性を罵倒するだけ罵倒して、ブルックを修道院から連れ出した。ところが、馬車に乗りこもうとした矢先、若い尼僧がふたりを追いかけてきた。

「その年の秋、侍女を連れてここに来たご婦人がいました」

「修道院長とのやり取りを聞いていたの？」ハリエットが尋ねた。

「隣の部屋にいたんです。それで――その――」

「恥じることはないわ」ブルックはすぐにそう言ってにっこりと微笑んだ。「立ち聞きならわたしもよくやるもの」

「その娘さんのことを話してくれる？」ハリエットが尋ねた。「エロイーズ・ウルフだったの？」

「会ってはいないんです。修道院長以外は誰も。その方は何カ月も滞在していたのに。部屋からときどき泣き声が聞こえてきたけれど、わたしたちはお世話をすることもなく、連れてきた侍女だけが仕えていました。身元がばれないようにするために完全に隔離されていたんです。少なくとも出産までは、の話ですけれど、お産婆さんが呼ばれましたから。生まれた子を引き取ることになっていた夫婦も呼び寄せられたけれど、それは叫び声が聞こえる前でした。さもなければ、修道院長はその夫婦を呼ぶのを待ったはずですから」

「叫び声って？」

「わたしたちは全員、礼拝堂に集められ、母子のために祈りを捧《ささ》げていて、そのときに、合併症だと叫ぶお産婆さんの声が聞こえたんです。出血多量という声も。そういうことが起きると、あいにく母体はめったに助かりません」

「確かなことはわからないのね?」

「あくる日、墓地で穴が掘られました。小さな墓穴ではありませんでした。母子ともにかどうかはわかりませんが、お亡くなりになったようです」

「あなたたちは無事を祈っていたのだから、出産がどうなったのか修道院長から報告くらいはあったのでしょう?」そうハリエットは訊いた。「その赤ちゃんはわたしの孫かもしれないのよ」

それは無理ではないかとブルックはハリエットに言おうとしたが、それより先に尼僧が答えた。「おわかりいただけないようですね。ここに来る女性のうち貴族のご婦人だけが徹底的に名前を伏せようとします。それは亡くなったときも含めてです。だからお墓には墓碑がありませんし、修道院長もいっさい口外しませんし、身元も明かさないのです。沈黙を義務づけられていますから」

「でも、あなたはちがう?」

「いえ、わたしもそうですけれど、つい人に同情する性格なんです。というか、よくそう言われます。あなたがたはそのご婦人と知り合いのようですし、その人の身になにがあったかわからなくて嘆いているようだったので。ご期待に沿える話ができなくてすみません。赤ちゃんを里子に出すためにここに産みに来る庶民の女たちなら隔離もされませんし、わたしたちもお世話をします。お産で妊婦さんが命を落とすことはしょっちゅうなんです。それはそうと、口がすべりすぎました。あなたがたと話をしているのを見られたら大変なことになる。もう行かないと」

ブルックはわかったというようにうなずき、その尼僧に礼を言った。ここに来るのに期待しすぎてしまった。けれど、馬車に乗りこんでいると、ハリエットがうしろからこう言った。

「セヴンオークスに行きましょう。エラは合併症で死亡したとも考えられるけれど、子どもは無事だった可能性がある。確かめないわけにはいかないわ」

さっきの若い尼僧からはエラのことすら聞いていない。エラは二年前に亡くなったのだ。孤児になったその赤ん坊がセヴンオークスで育てられているのなら、同じような過ちを犯した別の婦人の手にゆだねられているのかもしれない。ハリエットは手品のように願望をかなえようとし、エラがどうにかして自分の死亡を偽装したのではないかという希望にすがりついている、エラの遺体は発見されたというのに。とはいえ、ブルックはすっかり落胆していたので、母にそれを思い出させる気にはなれなかった。

しかし馬車のなかで待っていたアルフリーダは話を聞きたがった。「あてもないのに、どうやってその赤ん坊を見つけるの？」

「セヴンオークスの市長と牧師全員と話をするわ。誰かしら知っているでしょう、昨年赤ん坊を家に連れ帰った夫婦がいなかったか。昨年のいつごろかしらね？　四月か五月？　あるいは、がっかりして帰ってきたかもしれないわね。その夫婦が養子を取るのを待ちわびていたとしたら、赤ちゃんが引き取れるという知らせに喜んで、友人や近所の人たちに話していたんじゃないかしら。さて、すこし寝かせてもらうわ。くたびれちゃったの。ゆうべは興奮して一睡もできなかったから。きょうは最高の日になるって手放しで期待したせいで」

ブルックはすっかり気落ちし、そもそもさっきの修道院に行きたいと思った自分を心のなかで責めていた。

修道院長に渡してびりびりに引き裂かれるくらいなら、まっすぐドミニクのところに手紙を持っていくべきだった。事故死の決定的な証拠ではないにせよ、なにがしかの証拠だったのだから。こういういきさつをドミニクに話そうとしても、信じてはくれないだろう。疲れているわけではなかったが、ブルックは慰めを求めてアルフリーダにもたれた。

「無駄足になるのに、はるばるセヴンオークスまで本当に行くの？」しばらくしてハリエットが静かにいびきをかきはじめると、アルフリーダは声をひそめて言った。

「お母さまにそう言えばよかったでしょう」ブルックもひそひそ声で言った。

「わたしはそんなことが言える立場じゃないわ。でも、赤ん坊が生きていたとしても、かかわりは持てないのだとお母さまに言っておかなければだめよ」

「そうなったら言うわ。でも、向こうに行っても赤ちゃんはたぶん見つからないから、母子はともに亡くなったのだと母は自分で結論づけるでしょうね、明らかにそういうことだったのだから。でも、きょう急いでロンドンに戻るつもりはないの。むしろレスターシャーに帰りたいと思っている」

「いまそんなことを言わないで。向こうで結婚相手は見つからないわ」

「すぐに結婚したいなんて誰が言ったの？　冬になれば気持ちも変わるかもしれないけれど、いまは——彼のことしか考えられないのに、社交行事を楽しんでいるふりをするのはすごく大変なの。きょうは立ち直れないほどがっかりしたわ、フリーダ。妹さんの身に起きたと思ってドミニクが振り向けている怒りを終わらせる唯一のチャンスだったのよ、彼とよりを戻す唯一のチャンスだった」

「よりを戻す？」

「結婚はわたしたちふたりにとって転機になると希望を持っていたの。でも、エラの件は調べがつかなかった」

いまにも涙がこぼれそうだとアルフリーダは察したにちがいない。なぜなら興味を引きそうなちょっとした話を持ち出して、急に話題を変えたからだ。「ロンドンを発つ前にわたしに会いに来たとき、ゲイブは元気がなさそうだったわ。ひどく憂鬱そうだったけれど、なぜなのか言おうとしなかった」

ブルックはちらりと横目で見た。「彼が帰ったのは知らなかったわ。というか、滞在先を変えてからもあなたが彼と会っていたとは知らなかった」

「もちろん会ったわ」

ブルックはぱっと顔を輝かせて言った。「ドミニクはどうだったのかしら。なにか聞いている？」

「人を寄せつけないんですって。腫れものにさわるような感じだとか」

「でも、ドミニクの望みどおりになったのよ。なぜせいせいしていないのかしら？」

「ゲイブにもわからないそうよ。〈狼〉は自分の胸にしまっているみたい、どうして機嫌が悪いのか。母親が原因のようだけれど、まだ療養中だから文句も言えないんですって」

「彼が怒っているのは、目標を達成するために炭鉱を手放さざるをえなくなったからじゃないかしら」ブルックはそう推測した。「ガブリエルはそうね、ふさぎこんでいたのなら、たぶんドミニクと一緒にロンドンを発てば、あなたにもう会えなくなるとわかっていたからでしょう」

「いいえ、またドミニクと戻ってくると聞いたわ。いつなのかはわからないけれど。でも、そういえばふたりでロンドンに向かうあいだも元気はなかったわ。どんな話もしたくないようで、しまいにわたしはいらいらして、出ていってと彼に言ったわ」

「家に来たの？」

「わたしの部屋にね」

「あら、そう」ブルックは顔を赤らめることもなくそう言った。

「フリーダ、あなた、結婚するの？」ハリエットはびっくりしたようにそう尋ねた。結局寝ていなかったのだ。

アルフリーダは鼻を鳴らした。「わたしには若すぎるでしょう」

「ううん、そんなことないわ」ブルックが口をはさんだ。

「そうかしら。でも、その気になったときに彼を楽しませるだけでじゅうぶん幸せよ」

ハリエットは目をぐるりとまわし、もう一度仮眠を取ろうとした。ブルックも目をつぶり、ほかのことで怒っているからロンドンを発つ前にドミニクは自分に会おうとしなかったのだろうか、と考えた。とくに母親の独断的な行動に怒っていたから。それをまずなんとかしたかったのかもしれない、そのあとで……。なにを言っているの？　自分にもう一度近づく理由なんて彼にはないし、彼に近づく口実も失ってしまったのだ。

けれど、アルフリーダはその前の話題が気になっていたにちがいない。なぜなら一時間もたってから、また声をひそめてこう言い出したからだ。「今回の遠出はレディ・エロイーズの死は事故だったと証明するためかと思っていたわ。赤ん坊が母親と死なず、セヴンオークスにいたら、その赤ん坊をよこしてとお母さまが要求しないよう、あなたは大変な苦労をすることになるわよ。ハリエットはどうしてまちがった結論を引き出しているのかしらね。エロイーズの遺体はスカボローで発見されたと話したんでしょう？」

「ええ、でも、エラは捜し出されたくないから自分の死を偽装した、と母は思いこんでいるの」

アルフリーダは小さく鼻を鳴らした。「偽装って、自分の身体で?」

「決め手は、エラの——」ブルックは背すじをしゃんと伸ばし、目を見開いてアルフリーダを見つめた。「装身具だった。遺体の身元はその装身具で確認されただけで、その日侍女がエラの宝石類を盗んだの。浜辺に打ち上げられたのはその侍女だったのかもしれない。殺されて、宝石を盗まれて、証拠隠滅のため遺体は海に投げ捨てられた! そう考えると、エラはその日本当に舟であの修道院に向かったのかもしれない」

「修道院に赤ちゃんを産みに行った女性は侍女を連れていたのよ」

ブルックは座席に背を戻した。そのことはすっかり忘れていた。いまや藁《わら》にもすがる思いで、ハリエット顔負けにわずかな可能性にしがみついた——もしくは……。「昔なじみのもっと年嵩の使用人を連れていったとも考えられるわ、まだあまり信用していない若い侍女ではなく。そしてあの海岸線をかなり南下していて、嵐にはあわなかったのかもしれない」

「いずれにしても、エラは亡くなった」

「そう、でも、赤ちゃんがセヴンオークスにいるのなら——そうよ、フリーダ、ドミニクのもとにエラの赤ちゃんを連れていったら、なにもかも変わるわ!」

「そして、両家が争う新たな火種が生まれる」

ブルックはその指摘は無視し、興奮したように言った。「飛ばしてと御者に伝えて!」

54

「心配するな」ドミニクは、ガブリエルが別邸に入れようとしている二頭の動物をまじまじと見ているウィリスに言った。「身体は大きいが、害はない」

間に合わせの引き綱は用をなさなかった。ストームはするりと頭を抜き、玄関広間を横切り、階段を駆け上がった。ウルフもガブリエルの手を振り切り、いつものようにストームのあとにつづいた。

「ストームはきっとレディ・ホイットワースのにおいをかぎつけたんだろうな」ガブリエルは玄関のなかにはいりながらため息をついてそう推測した。

「二週間もたっているのにか？　慣れていない家だからだろう。家じゅうかぎまわったら、落ちつくさ」

ウィリスは咳払いをし、ようやく平然とした声で言った。「おかえりなさいませ、旦那さま」

ところが階上から悲鳴が聞こえてきた。そして、アナが動揺したように叫ぶ声も聞こえた。

「どういうこと？ 狼が二頭もわたしの家にいるなんて！」

ドミニクが階上に向かって声を張り上げた。「じつを言うと、母上、三頭です」

アナは階上の角から姿を現し、ドミニクがロンドンに戻ってきたのを見て顔を輝かせ、階段を駆けおりて、抱擁を交わした。すっかり元気になったようで、しゃれた衣装に身を包み、発熱でほてっているのではなく健康的な赤みが頬に差していた。ドミニクは喜ぶべきだった。母への怒りが鎮まっていれば喜んだだろう。

ドミニクからも母を抱きしめたが、その動きはかなりぎこちなかった。「さっきの二頭は荒れ野で拾った大型犬ですよ。白いほうはブルックの飼い犬なので、彼女に返すために連れてきました」

アナは一歩うしろにさがり、期待に満ちた目でドミニクを見つめた。「ドム、もうわたしを――」

ドミニクはそっけなく話を遮った。「失礼ですが、きょうはふたりともずっと馬に乗ってきたので、ウィスキーを飲ませてもらいます」

そう断り、ガブリエルを連れて応接室にはいり、ドアを閉めて、母親を締め出した。まだ母と話す気にはなれなかったが、飲みものはほしかった。それぞれのグラスにウィスキーを注ぎ、自分のグラスを掲げると、乾杯の言葉を述べはじめた。「摂政皇太子に敵の妹との結婚を強制された不運に。その相手と恋に落ちたさらなる不運に。母に干渉され、摂政皇太子に命令を撤回され、愛するその女性を失ったこの上ない不運に」

ガブリエルは同意しなかった。「よりを戻せるさ」

「ストームを連れてきたからたぶんな。でも、たとえ、ブルックとよりを戻しても、彼女を楽しませてやれる時間はあと一年もない」

「あのばかげた古い呪いなんか信じていないだろう、ドム！」

「前は信じていなかった。でも、エラの死や父の早すぎる死に加えて、こう立てつづけに不運に見舞われると、そうかもしれないと疑いはじめて……」

「じゃあ、疑うのはやめろ。呪いなんかない。ぼくは知っているんだ、なぜなら……なぜならきみを殺すことになっていたのはぼくだからだ」

ドミニクは眉を吊り上げた。「おれを殺すことになっていただと？　笑わせようとしているのか？　憂鬱な気分を見事にまぎらわせてくれたよ、ゲイブ。ありがたい」

「同意したいところだけど、そうじゃない。座って話を聞いたほうがいい」

「おまえこそ、とっとと説明したほうがいいぞ」

「あのいまいましい呪いのせいさ」ガブリエルはうんざりしたように言った。「しかも、きみの呪いですらない。きみにかかっている呪いはぼくの一族の呪いで、一五〇〇年代に憎むべきぼくの先祖、バティルダ・ビスケインが叫んで以来、おもに信じられてきた。彼女は初代ロスデール子爵の愛人だった人物だ。当時、村の牧師――彼もまたぼくの親戚だ――はずでにバティルダを魔女だと信じこんでいた。貴族のベッドにまんまともぐりこんだのだから、魔法をかけたに決まっているだろう、というわけだ。領主の庇護《ひご》のもとにあるうちは牧師も手出しはできなかった――バティルダが泣きながら村に帰ってきた夜までは。牧師はすぐにバティルダを告発し、火あぶりの刑を言い渡したが、磔柱《はりつけばしら》にくくりつけられる前に、バティルダは自分の一族に呪いをかけ、ビスケイン家の第一子が爵位を継承するウルフ家の第一子を代々、二十五歳になった日から二十六歳になるまでの一年以内に殺さなければビスケイン家の第一子は全員死ぬであろうと断言した。そして、人びとの前でみずから命を絶ち、呪いの言葉を叫び、自身の血でそれを固めた」

「で、おまえは信じているのか？」

「そういういきさつがあったということは。でも、呪いを信じた親戚もいた。バティルダの芝居がかった不吉な最期のあと、ほどなくビスケイン家の多くの者たちが村を出ていった。魔女の邪悪な呪いに加担したくないからという者もいれば、呪いを信じるのはばかげているからという者もいた。百年後には呪いは秘密になり、各世代の最初に生まれた男子からつぎの世代の最初に生まれた男子へ伝えられるようになった。その者たちだけに実行する資格があるからだ」

「そして、おまえは第一子だ」ドミニクははっきりと言った。

「そのとおり。アーノルドおじさんからその秘密を聞かされたのは、お母上が病気だと知らせる手紙をきみが受け取った夜だった。ぼくがきみを追ってロンドンに向かうとおじは知っていた。きみとレディ・ブルックが結婚する前にぼくに実行させたがった。そうすれば、きみの家系は永遠に途絶え、ビスケイン家は人殺しをやめられるからだ」

「アーノルドがきみにそういう話をしたのか？　うちの馬丁頭がおれを殺したがっているというのか？」

ガブリエルはうなずいた。「アーノルドはロスデールに住んでいるビスケイン家の長老で、ぼくの母のいちばん上の兄だ。今年二十五歳になったきみが二十六歳になるまでに死ななければ、ジェニーもぼくも死んでしまうと怯えている。きみがここまで生き長らえなければと期待していた。だからつぎはおまえが旦那さまを殺す番だとぼくに話すのをずっと控えていた。冷静に考えさせようとしてみたけれど、先週ぼくたちがロスデールに戻ってきたとき、きみがぴんぴんしているのを見て、おじはかなり不安に駆られてしまったというわけだ」

「知ってのとおり、呪いだのなんだのは信じる気になれない。アーノルドに担がれているだけじゃないのか？」

「冗談でそんな話を聞かせてぼくをロンドンに向かわせたと思うかい？」

「それはないな」ドミニクはおかわりを注ごうとしたが、くるりと身を翻し、思いついたことを口にした。「父上も？」

「ちがう！　実際、アーノルドおじもきっぱりと言っていたが、いま生きているビスケイン家の者は誰も人殺しをしていない。殺すつもりがなかったというわけではないが。でも、近年のロスデール子爵たちは、きみのお父上は別として、お子たちに不運が重なり、第一子は産まれたときか幼少のころに亡くなった。でも、ぼくの先祖はきみの先祖を何人か殺していた。恐ろしい家系に生まれて、恥ずかしいかぎりさ！」

アナが舌打ちをしながらドアを開け、部屋のなかに足を踏み入れた。「それはそうよね、ガブリエル・ビスケイン」

「こそこそかぎまわっていたんですか、母上？」ドミニクが冷ややかな声で言った。

「ちがうわよ、ただ――たしかにすこしは立ち聞きしたわ。でも、話があるの」

ガブリエルはアナの横をすり抜けようとした。「失礼します」

アナはガブリエルの行手を阻んだ。「待ちなさい。ドミニクが二十五歳の誕生日を迎えてから、あなたの一族で誰か死んだ人はいる？」

ドミニクは自分の耳を疑った。ウィスキーの壜をおろした。とげとげしい口調は抑えようとしたが、あまりうまくいかなかった。「また干渉する気ですか？　話は自分でつける。母上には関係ないことです」

「それがね、関係あるのよ。あなたの誕生日に話すつもりでいたのだけれど、あなたはアーチャーの家で手当てが必要な大怪我を負った。わたしに知られたくない怪我をね。それであなたはわたしにばれないようロスデールに引っこんで養生に努めた。さあ、質問に答えなさい、ガブリエル」

「はい、奥さま、誰も死んでいません。でも、ドムのつぎの誕生日が来たら、ビスケイン家の第一子は、ぼくも、ジェニーも死ぬとおじは信じています」

「それなら嬉しいわ、そんなばかげた呪いはまちがいだときっぱりと証明できて」アナは息子に微笑みかけた。「あなたはもう二十六歳なのよ。だから、その呪いはでたらめなの。あなたのお父さまとわたしは、あなたの年齢を偽って、それを証明してみせたのよ」

ドミニクは再びウィスキーの壜を手に取った。もっとも、酒に手を伸ばすのではなく、自分で自分をつねってみるべきだったかもしれない。こんな奇妙なことは夢のなかでしか起らない。だが、一度の夢でふたつも？

ドミニクは手に持った壜に直接口をつけ、ウィスキーをぐっと喉に流しこんでから尋ねた。

「どうしてそんなことがありえるんです？　ぼくがいつ生まれたか、使用人たちはわかるでしょう」

「呪いのとおりにはならないときちんと立証しようというのは、あなたのお父さまの考えだったの。そしていまそれが証明されたわ。お父さまが生きてその事実を知ることはなかったけれど。社交シーズン中に恋に落ちたとき、ふたりとも若かったの。そして、結婚する前にわたしはすでに身ごもっていて、身重のまま新婚旅行に出かけたの」

ドミニクは眉を上げた。アナは顔を真っ赤にした。ガブリエルは再び部屋から出ていこうとしたが、アナはドアの枠に両手をついた。「四年近くも旅先にいたの。イングランドに戻ってきたとき、あなたの年齢を実際よりもひとつ年少にしておいたわ。あなたが歳のわりに大きいとみんな驚いたものよ。でも、なぜなのか誰も勘ぐったりしなかった。そしていま、その作戦のおかげであなたの命を救ったかもしれないとわかったわ」

アナは最後にガブリエルをにらみつけて締めくくったが、ガブリエルは安堵のあまり、それに気づきもしなかった。「さっそくおじに手紙を送って、今度顔を合わせたら一発殴っておきますよ。ありがとうございます、奥さま。すっかり気が楽になりましたよ、空も飛べるくらい！」

今度はアナもガブリエルの退室を許し、先刻尋ねかけたことをドミニクに尋ねた。「もうわたしを許してくれた？」

ドミニクはさらにウィスキーを呷った。「それとこれとは話が別だ。死よりもつらい運命からは救ってくれませんでしたからね、母上は。新たな地獄に突き落としてくれたんですから」

55

「留守なのかしら」二度めにノックをしてアルフリーダは言った。

「赤ん坊の泣き声は聞こえるわ」ハリエットが言い張った。

「子どもだけにしてほうっておくわけないでしょう」

捜していた夫婦はたしかに昨年赤ん坊を引き取っており、そのすぐあとにもうひとり迎え入れていた。大家族にしたいから三人めも希望しているのだという。アルフリーダは目をくるりとまわしただけで、すでに予測したことをくり返さなかった。きっとがっかりすることになるのだ、たとえエラの子がトゥリル家の養子だったとしても、こちらに証拠はなく、修道院長も証明してくれない。それにトゥリル夫妻もいまごろは実の子として愛情を傾けているだろうし、子どもを手放すまいとしてエラの子ではないと否定するに決まっている。

セヴンオークスに前の晩遅くに到着した一同は、予想以上に大きな町でいささかひるんでしまった。一六〇五年の創立以降、町は発展を遂げてきたようだ。小さな宿屋に部屋を取り、ハリエットは市長訪問こそ朝まで待つことにしたが、さっそく教会を探しに出かけていった。

しかし、町の中心にある教会をいくつかまわったが、どこも空振りに終わり、もっと郊外の教会で訊いてみたらどうかと勧められ、朝になってから三人で出かけたのだった。

そこでその日最初に訪ねた教会の牧師から、町はずれに大きな家をかまえるトゥリル家を教えられた。トゥリル氏は熟練の時計工だという話だ。夫婦は十五年間子作りに励んだあと、養子を取ることに決めた。

ブルックとハリエットは玄関前の階段の上で不安そうにたたずみ、アルフリーダがもう一度ノックすると、ドアがひらいた。そこに立っていた女性は若すぎて、トゥリル夫人であるはずはない。好奇心が強そうな茶色の目をした赤毛の娘は長い白いエプロンをつけ、使用人のように見えたが、腰に幼児を抱きかかえているから子守かもしれない。その子どもにホイットワース家の親子はどちらも目が釘づけになっていた。

「なんのご用ですか？」

家の奥から女性の声が聞こえてきた。「小包が届いたの、バーサ？」

返事をしようと子守が振り返った隙に、ブルックはその横をすり抜けて、室内から声をかけてきた女性を見つけた。そして、そこに彼女がいた。ドミニクと同じく黒髪をうしろで結び、琥珀色の目をし、しゃれた身なりをしている。まさかこうなるとは。ひとつならずふたつもエロイーズ・ウルフの墓が掘られたのだから、希望すらいだいていなかったのに。

「あなたを知っているわ」ブルックは涙声になりかけながらゆっくりとドミニクの妹に近づ

いた。「あなたの犬が死んだとき、わたしも泣いたわ。あなたがまだ十二歳で、雪玉をお兄さんの顔に命中させたとき、わたしも笑った。ロスデール邸の迷路の真ん中にある、あなたが〝勝ち!〟という文字を刻んだベンチに座ったとき、にんまりしたのよ。ああ、なんてことかしら、あなたが生きていて嬉しいわ、エラ!」

琥珀色の目はブルックの一語ごとに大きく見開かれ、やがて黒い眉の眉根は寄せられ、返事は堅苦しい口調だった。「人ちがいよ。わたしはジェーン・クロフトで、あなたが言っている人ではありません」

「名前を変えても、あなたという人は変わらないわ」ブルックはにっこりと微笑んだ。「否定してもだめよ。あなたの目を見ればわかるわ、彼とそっくりだもの」

さらに堅苦しい返事だった。「明らかに家をおまちがえでしょう。お捜しの人はここには住んでいません。もうお引き取り願います」

ブルックはそれでもくじけなかったが、言葉を返す間もなくハリエットが口をはさみ、尋ねた。「孫はどこ?」

「なんですって?」若い女はつっけんどんに言った。「いったい誰なの、あなたがた?」

「お母さま、ちょっと待って」ブルックがたしなめた。「こちらはエラ・ウルフ、例の子どものお母さんよ」

琥珀色の目はいまや怒りを帯びていた。「ちがうわ! もう帰ってください」

ブルックはあわてて言った。「わたしはドミニクの婚約者よ――いいえ、婚約者だったの。また婚約者になれるといいのだけれど。あなたのお兄さんを愛しているの。彼はいまでもあなたを心から愛していて、あなたを失って深く胸を痛めている。お母さまはいまでも悲しみに暮れ、あなたをとても恋しく思っているわ。あなたが亡くなった事情があなたのお兄さんとわたしのあいだに立ちはだかっている。でも、あなたが生きているとわかれば彼も――」

「兄には言わないで!」エラはぎょっとしたような顔をしたが、涙が顔を伝いはじめた。

ハリエットは期待どおりに赤ん坊をきょうは連れて帰れないだろうと察して落胆したようだったが、責めるわけではなく、単に知りたくて訊いたという口調でこう言った。「お墓がふたつあるのは知っているの?」

エラは頬を濡らす涙をぬぐった。「ええ、もちろん。どちらもわたしが手配したんだもの」

「子どもに会わせてもらえる?」ハリエットは期待をこめて尋ねた。

「それは困るわ」エラは警戒するように言った。「あなたがたが何者かさえ知らないし、どうやってわたしを見つけたのかもわからないのだから。けっして誰にも見つからないように念には念を入れて手を打ったというのに」

ブルックは説明した。「あなたが見つかるとは思っていなかったの。赤ちゃんができたから、みずから命を絶つしかない、とあなたが日記に書いたから」

「そんなことは書いていないわ。たしかにお腹の子を産むために家を出るしかなかったけれど、赤ちゃんを道連れに自殺しようとは考えもしなかったわ」

「でも、ドミニクから聞いたのよ、〝やすらぎと慰めを海に〟求めることにしたと書いてあったと」

「そうできたらという願望はあったけれど、本当にそうしようと思ったわけじゃないの。失恋してどん底まで落ちこんでいたときに、ふっと湿っぽいことを思いついただけで。でも、ドミニクには真実を隠しとおさなければならなかったの、兄が殺人を犯して、一生を牢屋で終えることにならないように。それには姿をくらますしかなかった。海で遭難したふりをするつもりじゃなかったけれど、舟に乗っていたら、通りすがりの浜辺に気の毒な女性が打ち上げられていたの。気づいたのは侍女のバーサだったわ。わたしたちは様子を見ようと舟を止めた。そのときにふと思いついたの、自分は死んだことにしようと。女性の遺体にわたしのロケットをつけてとバーサに頼んだの。バーサは不平を洩らしたなんてものじゃなかったわ。スカボローまで聞こえたでしょうね。だから自分でやったわ、不快感を催したけれど。そしてバーサに徒歩でわたしの宝石を取りに行かせたの、生活費を手に入れるために。わたしが〝死亡〟したあとは、銀行からお金を引き出せないから。

赤ちゃんを産んだら捨て子の施設に託すつもりだった。でも、いざ産んでみたら、ひと目で愛着が湧いたわ。わたしが心変わりしてしまって、トゥリルさんたちはがっかりしたけれど、代案を出してくれたの。一緒に住んで、ここで子どもを育てないか、と。わたしにしてみれば願ってもない解決策だった。出産のあと、行くあてもなかったから。トゥリルさんたちはすばらしい祖父母代わりになってくれたの。さあ、そちらの話を聞かせていただくわ、どうやってわたしを捜し出したのか。修道院長はぜったいに――」

「修道院長から聞いたわけじゃないの。あなたの扇子のあいだから出てきた修道院長からの手紙も自分は書いていないと言い張ったわ。でも、ある尼僧がこっそり教えてくれたの、その年の秋に修道院にやってきた貴族の婦人がいたと。あなただったのかもしれないと希望を持ったけれど、出産の合併症であなたは生き延びることができなかったと、その尼僧は確信していたわ」

「危なかったの。恐ろしい思いをしたわ」エラは身をふるわせた。

「その夜に母子ともに亡くなったのかもしれないとその尼僧は言っていたけれど、はっきりとはわからないようだったから、母は草の根を分けても捜すと決意したの。それで、どうにかして無事に生まれてきたのなら、せめて赤ちゃんは見つけ出せるのではないかと希望を胸にここに来たの、そうすれば本来の故郷に赤ちゃんを連れて帰れるから」

「あの子はわたしのものよ」

「ええ、もちろんそうよ。いまそこに疑問をはさむ余地はないわ。わたしたちはあなたを傷つけるつもりはない、それは約束するわ」

肩からいくらか力が抜け、エラは自分のことを話しはじめた。「自分の浅はかな行動と無鉄砲な性格のせいでどんな結果を招くのか自覚はしていたけれど、恋をしてしまったの。彼の欠点も知っていた。でも、力になってあげれば彼は欠点を克服できるとわたしは信じこんでいた。しょっちゅうこっそり会っていたから、いずれ妊娠すると思っていたの。だから実際にそうなったときも驚きはなくて、わくわくしたのよ。これですぐに結婚できると思った。わたしも甘いわよね。でも、たとえそうであっても、兄の手にかかって彼が死ぬのかと思うと耐えられなかった。そのせいで兄がどうなるかと思うことにも。自分のせいで母と兄を悲しませてしまったことが心苦しくて、とてもつらいけれど、あのときああしていなければ、もっとひどいことになっていたわ」

「でも、あなたが恐れていたことは実際に起きてしまったわ。あなたの死をめぐって、決闘が三度もあったのよ。どちらも死ななかったけれど。でも、摂政皇太子さまが介入し、あなたのお兄さんは誓約書に署名して復讐を永遠に放棄することになった。わたしの兄があなたとの結婚を拒んだことは申し訳ないわ。卑劣な人なのよ。でも、正直な話、あなたはもうここにいなくてもいいでしょう。ご家族のもとに帰りましょうよ、エラ。これでご家族の夢がかなうわ」

けれど、エラは突然、怪訝な顔をした。「そういえば、ベントンに妹さんがいるなんて知らなかったわ。たしかいなかったはずよ。ねえ、あなたは誰なの？」

56

　ドミニクがそもそも会ってくれるのか、ブルックはわれながら認めがたいほどびくびくしながら応接室で待っていた。彼がロンドンに戻ってきたことは知っている。昨夜ロンドンの別邸に帰ると、アルフリーダ宛てにガブリエルからの手紙が届いており、ドミニクと昨日ヨークシャーから戻ってきたと知らされたという。

　あまりにも多くのことがこの面会の成否にかかっている。ブルックの行く末、エラの今後、それにドミニク自身の幸福もだ。うまくいかなければ、ドミニクの手に妹を返すことができなければ、彼にさらに憎まれるかもしれない。

　なぜ簡単にいかないのだろう？　なぜエラはこの期におよんで、自分の信頼だけではなく、友人である兄ドミニクの信頼も裏切った男をかばおうとするのだろう？　けれど、ほどなく応接室にはいってきた狼は顔を合わせると思っていたほうではなかった。

「ストーム！」ブルックは歓喜の叫びを上げた。飛び上がるようにして腰を上げ、犬に抱きついて、やわらかな白い毛に顔をうずめた。

「キスする狼をまちがえているぞ」ドミニクはそう言いながら、ブルックのほうにまっすぐ歩いてきた。怒った顔ではなく、それどころか笑みを浮かべている。エラは考え直して、もう家族のもとに帰ってきたのだろうか。

とはいえ、ドミニクがいきなりキスを始めたので、頭のなかは取り散らかってしまった。ブルックはドミニクに腕をまわした。手の下に感じるたくましさも、土の香りも、じらされるような味わいも忘れていなかった。しかし、ぞくぞくする感じは新鮮だった。抑えることなどまずできない安堵も含まれていた。彼はわたしを求めている！

ドミニクはブルックを抱き上げ、ソファに移った。そこで腰をおろし、ブルックを膝に座らせたが、その前にまずは何度もキスをした。ボンネットは背後の座面に落ち、髪はほつれて、ドミニクの腕に垂れさがった。ふたりのために誰かがドアを閉めてくれた。鍵はかかっていないけれど、ブルックは幸せすぎて舞い上がり、そんなことなど気にならなかった。

けれど、ドミニクが「結婚してくれ、おしゃべりさん」と言う声を聞いたとたん、ブルックは驚きのあまり、無理やりキスをやめた。信じられないことに彼はにんまりと笑みを浮かべている。「それでだ、ストームを味方につけたら、きみの説得に成功する確率がぐんと上がるのではないかと思った。うまくいったか？」

ブルックはまだ驚きが醒めやらず、それでも琥珀色の目をじっとのぞきこんだ。「わたしと結婚したくなったの？」

最後にやさしくキスをしてからドミニクは言った。「愛を交わした夜から結婚したいと思っていた。いろいろなことできみに心を動かされた——献身的な看病、気づかい、勇気、決意。おれが作った防御壁をきみは易々と突破した、きみの家族に問題があったにもかかわらず。きみのような人はどこにもいないよ、ブルック・ホイットワース、これからの人生をきみと送りたい」

ブルックはドミニクに微笑みながらも泣き出してしまった。

ドミニクは目をくるりとまわし、ブルックの頬から涙をぬぐった。「いつも驚かされるね、どうして女性は降らせなくてもいいときに涙の雨を降らせるのか」

ブルックは笑い声を上げて、ドミニクと一緒に頬の涙をぬぐった。「わたしも知りたいわ」しかし、やがてはっとしたような顔で言った。「でも、あなたはわたしが家から出ていこうとするのを引き留めなかったわ。自分の気持ちがわかっていたのなら、どうして引き留めなかったの？」

「摂政皇太子の勅令の悪影響を受けずに結婚を申しこめば、おれが望んでいることであって、仕方なくではないときみにわかってもらえると思ったからだ。そして、きみがその申し出に応じてくれたら、きみも望んでいるのだとおれもわかる。強制された状態で結婚生活を始めるのはいやだった。母の干渉にはいまでも腹が立つが、きみが結婚すると言ってくれれば、母に盛大に感謝しようと思う」

ブルックはさらににっこりと微笑んだ。「もちろん結婚したいわ！　あなたがうなるように話すのをやめたらすぐに結婚したくなっていたの。でも、あなたのもとを去った日も、わたしはあなたに夢中だった。だからどうして早くわたしに会いに来て、結婚を申しこんでくれなかったの？」

「きみの選択はおれとの関係を否定していたからだ。それを撤回し、ふつうの選択肢を考えてほしかった。おれを選んでほしかったんだ。おれが結婚を申しこむ前に自分の気持ちを固めてほしかった。きみのおかげでおれはきみを愛するようになった。きみも同じように感じているのか、おれはわからなかった。それに、きみがデビューを楽しみにしていた社交界で今年のシーズンを送らせてやりたかった」

「あなたがそばにいなくて楽しめなかったシーズンのことを言っているの？　ねえ、そうなの？」

ドミニクはきまり悪そうな顔をした。「おれもつまらなかったよ。みんなに八つ当たりした。でも、きみを愛しているから、きみがシーズンをすこしは楽しむのを待つことにしたのさ。てっきり楽しんでいるのかと思っていた。ところで聞いたよ、きみのところに求愛者が押し寄せているそうだな。ロンドンにしばらく残って、そいつらに歯をむいて、うなり声でも上げておくか」

ブルックはくすりと笑った。「からかうのが上手ね。昔からそうだったの？」

「妹にだけだ。からかい甲斐のあるやつだったから」

エラ！　うっかり忘れるところだった。そしていまブルックはうめきたい気持ちになった。ドミニクの反応はどっちに転がってもおかしくない。ベントンを殺さないと約束したがらないかもしれない。こんなに自分を悲しませた妹に怒りを向けるかもしれない。ドミニクに打ち明ける前に結婚できないものかしら……。

不安そうにひたいにしわを寄せたブルックを見て、ドミニクは尋ねた。「どうした？」そう言いつつ、当て推量を始めた。「あのばかげた取引きを思い出しているんだな、そうだろう？　あの取引きはもう関係ないぞ」

ブルックは顔を赤らめた。「そうね、舞踏会からの帰りの馬車のなかであなたもそう言っていたわね。でも、なんの用事でわたしがきょうこちらに来たのか、どうしてまだ尋ねないの？」

ドミニクはブルックを抱き寄せた。「おれへの秘めた思いを告白すること以外に？」

「そうね、たしかに結果としていま起きたことにつながればいいな、と大きな期待はしていたけれど。じつは、あなたの苦しみにどうにかして決着をつけさせてあげたいと思っていたの。そして、いまならそれができる。あなたの妹さんは亡くなったわけではなかったの。とても元気にしているのよ」

ドミニクはブルックをソファに残したまま、弾かれたように立ち上がった。嘘をつくなと非難されるのではないか、とブルックは一瞬思った。彼の表情は苦悩に満ちていたのだ。

「どうしてそんなことがありえる？　遺体が発見されたんだぞ！」

「別人の遺体だったの」ブルックはすばやく話をつづけた。「妹さんは戻ってくるわ、子どもの父親を殺さないとあなたが誓ってくれたら」

「誓いはもう立てただろうが」

「人ちがいだったの。本当の父親は誰かあなたに話す前に、その人を殺さないとあなたが誓う言葉を聞かせてもらわなければならないの。それが心配だからエラは自分の死を偽装したのよ、ドミニク。エラはわが子の父親に死んでほしくないし、あなたに人殺しの罪で牢屋にはいってほしくないの。だから、誓って。あなたがそれを誓うというのがエラの条件なの、わたしの条件ではなく」

「本当に生きているのか？」ドミニクは信じられないという顔で尋ねた。

ブルックはうなずいた。「妹さんも、あなたの姪もね」

「おいおい、どうしてそんなことが？」

エラがいかにして死を偽装し、身元を伏せ、居場所もたどられないようにしたのかドミニクに説明し、エラを捜し出したいきさつを話した。「最初はエラの死が自殺ではなく事故だったという証拠を見つけたいと思っていたの。そうしたら、エラの赤ちゃんがまだ生きているかもしれないということがわかった。せめて赤ちゃんを捜し出せば、あなたの苦しみもやわらぐのではないかと期待したわ。まさか母子ともに見つかるとは思いもしなかったの」

「妹はどこにいるんだ?」

「それは言えない」

「ふざけ――」

「だめなの! まずあなたが誓う《スウェア》のを聞き届けてからにして、とエラに約束させられたの」

「ちくしょう、さっきからののしって《スウェアリング》いるだろうが!」

ドミニクの苛立ちはわかる。こういう感情に襲われている彼を前に笑ってもいいのなら、ブルックはくすりと笑っていたところだが、どうにかこう言った。「エラがわたしに聞き届けてほしいのはののしりじゃなくて、誓いよ(swearは同音異義語)」

なんていうこと、ドミニクはまた殺気立ったように目を光らせている。でも、自分に向けられたものではないだろう、とブルックは思った。やがてドミニクは部屋のなかを歩きまわり、さらにののしりの言葉を口にした。ブルックは忍の一字で待った。

ついにドミニクは足を止め、ブルックに目を向けた。「その男を殺さないと誓う。さあ、はっきりと言ったぞ。ぶん殴るだけにしてやる相手の名前を教えてくれ」

「ベントン・シーモンスよ」

ドミニクはうなり声を上げ、手近な壁につかつかと歩いていったかと思うと、こぶしをそこにたたきこんだ。ブルックは駆け寄り、指の関節を痛めていないか確かめ、彼に舌を鳴らした。「これだけは忘れないで、報いを受けて彼が死ぬことを妹さんは望んでいないの。殴り倒されるくらいはかまわないのかもしれないけれど。それはあとで、きょうだいで話し合えばいいでしょう」

「なぜエラはきみの兄さんのせいにしたんだ？　それともおれの追跡をかわすための策略だったのか？」

「そうじゃないの、エラはあなたに日記を読まれるとは思わなかった。それに間接的にはロバートのせいでもあるの、よけいな口出しをしたときにはただ人助けをしているつもりだったのだけれど。あの夏、兄はあなたの友人と仲良くなった。それでベントンが賭けごとで借金を作り、父親に勘当されそうになっていると知った。そこで兄は、一、二年後に結婚適齢期を迎える公爵令嬢にベントンの目を向けさせたの、蕾のうちに唾をつけておくというか、その娘さんならベントンがかかえていた問題をきれいに解決できるし、将来また賭けごとで莫大《ばくだい》な借金を背負っても楽に賄ってもらえるから。エラから赤ちゃんのことを知らされて笑ったとき、ベントンは酔っぱらっていたけれど、たとえ愛していてもエラと結婚できないことはとうにわかっていた。すげなくエラを振ったのは、そうしなければ勘当され、そうなればどっちみちエラにふさわしい相手ではなくなるからだった」

「なぜきみの兄さんはそれをおれに言わなかったんだ？」

「だって、兄はあなたに言うだけは言ったのよ、自分じゃないと。あなたは兄の話を信じなかっただけ。それに、エラは人生をめちゃめちゃにされた、と兄を責めることは責めたの。エラよりももっといい相手がいるとベントンをたきつけ、その相手を教えた張本人だから。ロンドンを去る前にエラはそれを兄から聞いたの、ベントンが多額の借金を背負っていたことも」

「でも、三度も決闘をしたのに――なぜベントンの名前を出さなかったんだ？」

「あの夏のことはいっさい明かさないと兄はベントンに約束していたからなの。まさか兄に道義心がひとかけらでもあるなんて誰が思う？　自分の命がかかっているのに秘密を守ろうとするなんて。でも、その話はわたしたちがロンドンに戻ってきて、ゆうべ兄から聞いたばかりなの。公爵令嬢をベントンに選ばせてしまった責任からかなり罪悪感を覚えていたのだと。エラが死んだのはおまえのせいだとあなたに非難されたときにとくにずっしりと感じたそうよ。兄としても決闘で銃弾を食らうのも当然だとまで認めたわ――でも、三度も決闘を申しこまれる筋合いはない、ですって」ブルックは昨夜この話をしていたときに兄が見せたいらいらした表情を思い出して、苦笑を洩らした。「あなたに三度めの決闘を要求されたとき、兄もさすがに腹を立てた。ベントンを捜し出して、あなたに白状させようと思っていたら、あなたに詰め寄られて、最後の決闘をする破目になった。そしてその諍いにわたしが巻きこまれると、兄はあなたを刺激してわたしを家に追い返させ、わたしを救い出そうとした。あなたが事前に気づいてよかったわ」

「で、兄貴がきみに渡したあの薬は？」

ブルックは目をくるりとまわした。「あなたに異様な幻覚を見せ、あなたが見た相手を怖がらせる薬だった。わたしも含めて全員を家から追い出す程度は効き目が持続することになっていたらしいわ。それ以外はとくに無害なのだとか。ねえ、きょうエラに会いたいでしょう？」

「そんなに近くにいるのか？」

ブルックはにんまりとした。「そうよ。あなたのお母さまには先に知らせておいたほうがいいでしょうね。いきなりエラを見たら……」

ドミニクはくっくっと笑った。「そうだな、幽霊が出たとなると、大騒ぎを引き起こしたり、卒倒したりするからな」

ブルックも笑った。「どうしてわかるの？」

「予想はつくさ」ドミニクはブルックをぎゅっと抱きしめた。「これがおれにとってどれだけ意味のあることか、きみには想像もつかないだろうな、おしゃべりさん」

いいえ、想像つくわ。

57

ブルックが待っていると、やがて階上からアナの歓喜の悲鳴が聞こえたので、応接室の正面の窓辺に行き、待機している馬車に手を振って、家族が同意したという合図をエラに送り、家にはいってきてもだいじょうぶだと知らせた。すこしして玄関をノックする音が聞こえた。ブルックが玄関広間に出ていくと、ストームがすぐあとからついてきた。再会したばかりでブルックが見えないところに行くのをストームはいやがっているのだ。ブルックはちょうど間に合い、玄関扉を開けたウィリスが仰天する姿を見逃さなかった。彼にも知らせておくべきだったのかもしれない。けれど、いつものふるまいを忘れたまま、ウィリスはすぐさまエラを抱きしめて、そう、腰のところで抱きかかえられたアナベルをちょっぴり危ない目にあわせてしまった。

ウィリスがドミニクとアナに知らせようと階段を駆け上がっていく姿を見て、エラは笑い声を上げたが、ブルックに目を留め、かたわらになにが座っているのか気づくと、目を見開いた。アナベルは興奮して〝わんちゃん〟に手を振り、さわりたがったが、エラは用心深く、ゆっくりと近づいてきた。「子どものころ、ドムとわたしを助けてくれた白い狼だわ」

「この子もわたしを助けてくれたけれど、犬なのよ、狼じゃなくて」

「狼よ」エラは言い張った。「しかもロンドンに？　どうして？」

ブルックはにんまりと笑った。「この子はわたしのペットなの。本当よ！」

エラはブルックをちらりと見て、首を振った。「あなたって奇術師？　誰にも見つからないはずだったのに、わたしを見つけ出して、狼を手なずけたわ。ボンネットにどんな仕掛けがあるの？」

ブルックは目をくるりと上に向けたが、笑い声を上げて言った。「認めるわ、少なくとも狼を一頭手なずけたかもしれない」

ブルックが言った狼がちょうど、母親をすぐうしろに従えて階段を駆けおりてきて、エラと赤子はあっという間に息もできないほど強く抱きしめられた。エラと母親は泣いていたが、驚くことではない。ドミニクの様子を見ようとしたが、彼はふたりに覆いかぶさるようにして頭を垂れていた。やがて手を伸ばしてブルックを引き寄せ、家族の大きな抱擁の輪に加えたのだった。

アナがアナベルを腕に抱き上げ、孫娘にやさしく話しかけ出すと、ドミニクは一同を応接室に誘った。エラは、ベントンに冷たくあしらわれたあと、なぜ極端な手段に出たのか説明しはじめていた。長い説明のあいだ、アナはドミニクの元友人について容赦ない言葉を二、三口にしただけだった。そして、家族の再会に貢献したブルックに賛辞を送り、心からの謝罪もつけ加えた。

エラはひととおり話し終えると、兄に尋ねた。「ということだけど、わたしはもっと抱きしめてもらえるの、それとも叱られるの？」

「がつんとやられないと思うなよ——あとでだ」

エラはドミニクにそっくりの目を潤ませて彼に笑いかけただけだった。やがてドミニクはソファに座るエラを引き寄せて自分の膝に載せ、強く抱きしめ、しまいにエラに悲鳴を上げさせ、押しのけられた。エラはくすくす笑いながら言った。「彼女をこんなふうに押しつぶさないようにね。それで、結婚式はいつなの？」

ドミニクはにやりと笑った。「結婚すると決めつけているのか？」

「ふたりが一緒に過ごしていたときのことをいろいろ聞かせてもらったもの。それにお兄さまのことならお見通しなの」

「きょうがいいわ」アナが口をはさんだ。

ドミニクは笑った。「大賛成。ホイットワース家に向かう途中で牧師を見つければいい」

びっくりしたブルックはドミニクの向こう隣に座り、身を寄せて彼に小声で言った。「両親の家で結婚しなくてもいいのよ」

「なぜだい？　両家が結びつくことになるんだぞ、それにちょうどみんなロンドンにいる」

「でも、ロバートが家にいるかもしれないわ」とブルックは警告した。

「きみの兄さんはもう許された――おれには。きみはどうなんだ？」

「許してはいないわ、許せないことがあるから。でも、この二日でいろいろなことがわかって、兄もたぶん子どものころとはちがうと認めるべきかもしれない。もちろん、誰のことも許せたらそれに越したことはない。兄のことも、もしかしたら氷のように冷たい父のことさえ」

そんなことは言わなければよかった。噂をすれば影、だ。しばらくして一同がホイットワース家の別邸に到着し、玄関からなかに通されると、トーマスがちょうど階段をおりてきた。ハリエットがかたわらに付き添い、足もとがふらつかないよう手を貸していた。

ブルックは母に呼びかけた。「牧師さんをお連れしたわ、お母さま」そして、母の驚いた顔を見て笑い声を上げ、さらに言った。「お母さまの言うとおりだったわ。彼はわたしを愛していて、もう一日も結婚を待てないんですって。応接室でいい？」

「もちろんよ！」ハリエットは足を止めた。アナが玄関広間にはいってきたのだ。

アナはにらまれていることに気づき、こう言った。「根に持つのはやめて、ハリエット。あなたがどう思ったかわかっているわ。すべての事情がもっと早くわかっていたら、とね――実際、もしそうだったら、わたしたちの子ども同士は出会いもしなかったかもしれない。あなたとブルックのおかげで、娘が帰ってきてくれたの。いくら感謝してもしきれないわ。

でも、これだけはわかって、あなたの娘さんのことも実の娘のようにかわいがるわ。それは約束します」

ハリエットはその言葉にすこし顔を紅潮させた。しかし、トーマスは強い口調で尋ねた。

「きょう結婚するだと？」そして細めた目でドミニクを見た。「ハミルトン家の息子か？」

「そうじゃないわ、トーマス。結局、恋愛結婚になったわね、良縁に恵まれたわ」ハリエットは最後の数段も無事に身体を支え、階段のいちばん下までたどりつくと、応接室へ夫を連れていった。しかし、声をひそめてつぶやいた。「恋愛結婚は難しい時代にね」

「なんだ？　大きな声で言ってくれ、耳が遠いのはわかっているだろうが」

「摂政皇太子さまの勅令が出て、この件はどうしようもなかったことは憶えている？」

トーマスの記憶力は衰えていたが、つねに物忘れをしているわけではなかった。「あの放蕩息子は金で片をつけたと思ったがな」はっきりとした口調で言った。

「気が変わったのよ」ハリエットは嘘をついた。「それとも、賄賂を渡して、また決定を覆してもらいましょうか？」

トーマスは鼻を鳴らした。「好き合って結婚するならそれでいい。あいつが〈狼〉に惚れたのなら金を浪費することはない。花婿に引き渡す役目をわたしにしてほしいんじゃないかね？」

「その必要はないわ」ハリエットは夫にきっぱりと言った。

母がなにをしているのかブルックは気づき、そしてドミニクも気づいて神経を張りつめさせているのを察した。トーマス・ホイットワースは結婚を許可しないこともありえるが、親の承諾がなければ、牧師は式を執り行なわないだろう。結婚する手立てがほかにないわけではないが、父が娘を返せと押しかけてくるかもしれないという心配をせずにロスデールに帰りたかった。そこで、ブルックはドミニクの手を取り、安心させるように微笑んでから、いやでもトーマスの耳にはいるよう大きな声で言った。「ぜひ、そうして。きちんとした結婚式にするために、花婿に引き渡す役目をお願いするわ、お父さま」

ところが、トーマスが先に応接室にはいるやいなや、ドミニクは視線をおろしてブルックを見ると、抑揚のない声で言った。「アーチャーがおれの知らないところできみに求愛していたのか？」

ドミニクの目は野生に返ったような気配を帯び、ブルックは目を丸くした。「内なる狼が顔を出しているわよ」そうからかってつづけた。「たまたまだと思うけど、彼の名前がこの家で出てくるなんておかしなものね。あとで話すわ」

エラも自分の母親につづいて応接室にはいりかけたが、足を止めて尋ねた。「アーチャーはまだ独り身なの？　わたしは記憶がよみがえった未亡人にこれからなるわけだから……」

ドミニクは頑として譲らないという顔で妹を見た。「おれの友人たちにはちょっかいを出すな、このおてんば娘。ベントンを片づけたと思ったら、今度はアーチャーを殺さなきゃならないなんてごめんだ」

「誓ったでしょ――」

「殺さないさ。でも、無傷でもすまさない。おまえの心を傷つけて手に入れようとしたものはけっして手に入れさせない。両家の両親におれが話をしたら、公爵家の財産を相続する令嬢との結婚は破談になるはずだ」

「そう、まあ、それなら話はちがってくるわね。もちろん……」

玄関広間での騒ぎと、花嫁の父としての役目をトーマスに頼んだブルックの大きな声を聞きつけて、アルフリーダは笑みを浮かべて階段をおりてきた。ブルックの期待どおりにすべてがうまくいったことは説明されるまでもない。けれど、ガブリエルが玄関から家にはいってくると、アルフリーダはさらににっこりと微笑んだ。ガブリエルがドミニクの結婚式を見逃すはずはない。ウルフ家の馬車で送り出され、牧師を連れて戻ってきたところだった。ブルックの侍女にまっすぐ視線を向け、生意気そうににやりと笑って、声を張り上げた。

「合同結婚式か、フリーダ？」

アルフリーダは顔を真っ赤にしたが、ぶつぶつ言った。「坊や、寝言は寝て言って」

ガブリエルはため息をついた。「このまえみたいにはっきりだめだと言われるほうがまだましだな」

「きょうはお嬢さんの日なの。礼儀をわきまえなさい」

見込みのある返事だと思ったにちがいない。ガブリエルは満面に笑みを浮かべ、アルフリーダに腕を貸して、一緒に応接室にはいっていった。すると、ドミニクがブルックに呼びかける声が聞こえた。「あの見事な花嫁衣装に着替えるなら、支度を急いでくれ」

「着替えないわ。二度着たら縁起が悪いもの。あなたもわたしも悪運とはもうおさらばするの。さあ、あなたの妻になる準備はできているわ」

結局、バージンロードに見立てた場所をブルックに付き添って歩いたのは母のハリエットだった。しかし、牧師に尋ねられると、娘の結婚を許可すると父はきっぱりと告げた。トーマス・ホイットワースが娘にしてやった生涯でただひとつのよいことだった……。

そして夢がかない、ブルックはレディ・ブルック・ウルフになった。夫婦になった証《あかし》に抱き寄せてくれた男性は願ってもない相手だ。喜びが胸に満ちあふれ、目からは涙があふれた。

それを見て、ドミニクが笑いかけてきた。

式が終わるころ、兄が姿を見せた。軋轢《あつれき》の原因は部屋にいるが、ドミニクに近づくことを警戒し、応接室の敷居のところで立ち止まった。エラがロバートに歩み寄って、声をかけた。

「結果的にあなたのお世話になったのよね、お金のなる木へベントンを向かわせてくれて。時が過ぎて、あの人と結婚してもいい夫にはならなかったとわたしも気づいたの。だけど、どうしてそんなことをしたの？」

「彼は助けを必要としていた。きみとあのまま結婚したら、勘当されていただろう」

「それは知っているわ。でも、どうして彼のためにそこまでしたの？　古い友人か、親友だったの？　あなたのしたことでわたしの家族ばかりか、自分の家族にも波紋を起こしたわ、そのせいでご自分の命があやうくなったのは言うまでもなく」

「昔からぼくには友だちがあまりいなかった。へいこらして近寄ってくるやつらはいても、誰もぼくに興味があるわけじゃないし、こっちもそれは同じだった。ベントンとはあの夏に出会ったばかりだったが、友情以上のつながりがあると気づかせてくれたんだ。相手の話に耳を貸し、自分のことを語り合い、困っているなら助け合う関係だった。たぶん、彼はぼくにとってただひとりの真の友人だった――それにきみの兄さんは射撃がへただ。だからさしたる危険はなかった」

ドミニクとブルックもちょうどふたりのそばに来て、最後の部分を聞きつけていた。「おれの得意なことでもう一度、手合わせをするか？」ドミニクがロバートに尋ねた。

「まさか」ロバートはそそくさとあとずさりして、部屋を出ていった。

「兄とのことはもうすんだはずでしょう？」ブルックが言った。

「わたしもそう思っていたわ」エラが言った。

「おれもだ」ドミニクも答えた。「それは向こうもわかっているさ。いまさらなにを怖がるのやら、だ」

ブルックは目をむいて、ロバートのあとを追いかけ、玄関で引き留めた。ドミニクがまだ復讐をあきらめていないと兄が本気で考えたとしたら、仕返しをたくらみはじめたら困ると思ったのだ。ドミニクはもう復讐を望んでいないと昨夜兄にはっきり伝えたつもりだったが、念を押したほうがいいのかもしれない。

「ねえ、ドミニクは冗談で言ったのよ。どういう手段であれ、決闘はもうないわ」

「ただし、今度はベントンを相手にするんじゃないのか？」

ブルックは目を見開いた。「彼に警告しに行くの？」

「するべきじゃないって？　友人ならあたりまえじゃないのか？」

ロバートがつらそうな声でそう訊き返してきたので、ブルックは慎重に返事をした。「ええ、たしかにそうよ、本当の友だちなら。でも、お兄さまが助けになってあげて、ベントンがその恩恵にしがみついて逃げてから、また彼に会ったの？　事件の余波を受けて、お兄さまが対処する破目になった。身代わりになって決闘に応じていたことはベントンも知っていたの？」

「どちらの答えもイエスだ」

推測で尋ねたことをまさか肯定されるとは思っていなかった。「彼はお兄さまのために誤解を解こうと、名乗り出ようともしなかったんでしょう？」

「もう手遅れだったんだ。それにベントンは今週結婚する。おまえはめでたく結婚をしただろう、ブルック。彼だって幸せな結婚をするべきだ。おまえは〈狼〉と一緒になれて、幸せなんだろう?」

「人生で初めて、本当に幸せになったわ。でも、お兄さまの友人は——仮に本当に友人だとして——これだけいろいろなことを引き起こしたのだから、幸せになる資格はない。そもそも、まっとうな理由でそのかわいそうな娘さんと結婚するわけじゃないでしょう? 賭博漬けの生活を支えてもらうためという打算的な理由なのだから」

「いや、親から勘当されないためさ。その恐怖は想像がつく。昨年、自分で経験したからな」

「どうしてもと思うなら、ベントンに警告すればいいわ。でも、彼を殺しはしないとドミニクは誓いを立てた。エラが望んでいないからよ。どのみち勘当はされるでしょうね、ドミニクがベントンの両親と娘さんの両親を訪ねたら。結婚前にそうするつもりでいるの。いずれにしてもベントン・シーモンスが公爵令嬢を手に入れることはないのよ。だから、公爵の怒りを買う前に手を引いたほうがいいわ」

「なにもしないなんて裏切っている気分だ」

ブルックは驚きのあまりこう口にしていた。「自分がこんなことを言うとは思いもしなかったけれど、でも言うわ。りっぱな友人だったことはもう立証ずみよ、お兄さま」友情はどういうものかという兄の解釈のせいで傷ついた人たちがいる以上〝血も涙もないやり方で〟とつけ加えたいところだったが、きょうは自分の婚礼の日なのだから、そこまでずけずけ言わなくてもいい。「お兄さまにふさわしい新しい友人が見つかるわよ。それに、わたしたちだってあのふたりのように仲良くなれたかもしれないわ」ブルックは背後のドミニクと彼の妹のほうにうなずいて言った。「残念ながらわたしたちはそうはならなかったけれど」

そこまで言わないほうがよかったのかもしれない。ロバートがびくっとしたのを見て、ブルックはそう思った。けれど、兄はこう言った。「嫉妬は恐ろしいものさ、まだほんの子どもで、その正体がわからないころは」

ドミニクとエラのそばに来た母の姿がちらりと見えた。きょうは誰もが幸せそうだ――ロバートと、おそらくトーマスを除いて。ブルックは昔から求めていた母との交流をついに持つようになり、ウルフ家の一員になることで、同じく昔から求めていた家族を手に入れたが、そのどちらも長きにわたって自分には欠けていたことを、ロバートの言葉であらためて思い出した。子ども時代の兄の嫉妬のせいで、自己中心的な兄のせいで、傲慢な兄のせいで……それ以上は思うまいとブルックは自分を抑えた。

ロバートがそれを謝ろうとしたことはブルックもわかったが、まだそういうことを聞く心の準備ができていなかった。だから、泣いたり、怒鳴ったり――自分がどう反応するかわからない――するようなことを兄が言い出す前に、ただうなずいてその場を離れた。もしかしたら、そういう話に耳を傾けてもいいと思える日もいつか来るかもしれない……。

エピローグ

ふたりでベッドに倒れこみながら、ブルックは笑い声を上げていた。犬たちは、どうしたのかというように一瞬顔を上げたが、お気に入りの暖炉の前でまた寝そべった。キスも、抱き合う姿も、しょっちゅう目撃しているので狼に似た二頭の動物たちにしてみれば、なんら目新しいことではなかった。ウルフは一度哀れっぽい鳴き声を上げた。ドミニクがうめき声を洩らしたときに、ブルックがご主人さまを痛めつけていると思ったのかもしれない。けれど、鳴き声をたしなめるようにストームに嚙まれたので、ウルフは二度とそんなふうに鳴かなくなった。

屋敷のなかは静かだったが、遠くでアナベルが母親にあやされてきゃっきゃっと笑っている声が聞こえてきた。ドミニクは祖母の名前にちなんで姪をベラと呼びはじめ、その呼び名が定着した。ベラを見るたびに、あるいは抱き上げるたびに、ブルックは胸がいっぱいになって目頭が熱くなった。ベラはみんなに愛され、子どもらしく幸せに暮らしている。

結婚式の二カ月後、エロイーズとアナもロスデールに戻ってきた。ハリエットはすでに三度も訪ねてきた。ブルックは新婚旅行に行きたくはなかったが、ドミニクが心づもりをしていた例の両家を訪ねたときには同行したのだった。ドミニクがこぶしを痛めて多少は出血する場合をブルックはあらかじめ想定し、軟膏を持参したのだが、やっぱりそうなった。ベントンの名前が出たとき、エラはすこし悲しそうな顔をしただけだった。勘当され、面目を失い、友人たちにも見放されたようで、ベントンは国外へ去ったが、行き先は誰も知らない。自分の娘に一度も会うことはなかったが、こうなればおそらく一生ないだろう。〝それでよかった〟というのがみんなの一致した意見だ。みずから背を向けた大切な子どもに会う資格などあの男にはない。

それはともかく、今夜のブルックはドミニクに知らせがあり、それはきょうわかったばかりだ。けれど、あの野性味のある目に情熱を宿して、見おろされているときにものなど考えられない。この男性に抱かれることは、日々の暮らしのなかでいちばん大事なことだった。順位をつけるなら、彼に身体をつけて丸くなって毎夜眠ることは僅差でそのつぎに来る。彼を深く愛するあまり、いまでもときどき泣きたくなるほど幸せだった。

そしていまブルックはドミニクの首に腕をからめて引き寄せ、唇を重ねた。ふたりともすでに裸になっていた。毎晩こうして眠るのだ。寒い季節になってもこうして眠りたいと願っていた。もっとも、彼にしっかりと抱きしめられていたら、寒さなど感じるはずもない……。

ドミニクはゆっくりと時間をかけた。いつもそうとはかぎらなかった。ふたりして情熱に呑みこまれてしまうこともある。けれど、時間をかけるときには、ドミニクはまるで製作中の彫刻のようにブルックを扱い、この上なくやさしく触れて彼女をかたちづくっていくのだ。そうされると、狂おしいほどに乱れてしまう。たぶんだからこそドミニクはそうするのだろう、ブルックのあえぎや叫びやせがむ言葉を聞くために。最近のブルックはせがむのがうまくなり、なかにはいってきてとか、もっと奥で感じたいとかと要求する。あるいはつぎにブルックが仕返しをして、手で彼を熱狂させるからかもしれない。そうなるものとふたりとも期待している。期待はずれに終わったことは一度もない。けれど今夜は笑い声を上げ、ブルックはドミニクを押し倒し、彼の上にまたがり、主導権を握った。たぶん彼の期待どおりにするとはかぎらない……。

しばらくしてすっかり息を切らし、すっかり満たされ、ドミニクの胸にもたれるお気に入りの体勢で身体を丸めると、ブルックは話そうとしていたことを思い出した。「ねえ、わたしたちのところに赤ちゃんが来るのよ」

「もちろん来るとも」ドミニクはブルックを抱き寄せた。「大勢だ、きみさえよければ。前にそう約束しなかったか？」

「あら、そういう意味じゃないの、もう赤ちゃんができたのよ。きっとあの夜、追いはぎの小屋で……」

ドミニクは笑い声を上げた。「きみたち処女はつくづく運がないな——いや、今回にか

わ」

「そうね、数カ月つづく悪阻《つわり》は楽しみじゃないけれど、もういつ始まってもおかしくないわ」

「きっと魔法使いの侍女がなにか出してくれるんじゃないか、悪阻をやわらげるなにかを」

ブルックはドミニクにもたれてにっこりと微笑みかけた。「約束はできないと彼女にからかわれたけれど、わたしも期待しているの」

「どうしてもっと早く教えてくれなかったんだ？」

ブルックはきょうアルフリーダに詰め寄られて同じことを訊かれたことを思い出し、笑ってしまった。どうしてさっさと自慢しなかったのか、とアルフリーダは理由を知りたがっていた。わたしはもうひと月も前から気づいていたのに、と。

ブルックはびっくりして、訊き返したのだった。「だったら、なぜもっと早くわたしに教えてくれなかったの？」

侍女は鼻息を荒くして言った。「近ごろはご主人さまがそばにいないときがいつあるの？」

ブルックは笑っていた。「たしかにないわね」

「先月発表があるものと思っていたのよ。本当に気づかなかったの？」

ブルックはきょうアルフリーダに伝えたのと同じ答えをドミニクに伝えた。「幸せすぎて、気づかなかったの」

愛馬のレベルも身ごもり、その報告を受けてブルックは大喜びした。そして、ストームにも赤ちゃんができた。ブルックたちも昨日気づいたばかりだった。ストームは野山のどこかで相手を見つけたのか、何週間も帰ってこなかった。かなり広い範囲でストームを捜索したのだった。ウルフはストームを恋しがり、毎日悲しげに鳴いていた。そして数日前にようやくストームは戻ってきた。みすぼらしい姿で、すこしやつれて、すこし気がやさしくなっていた。ところがいま、二頭は近くの床で寝そべっているのに、荒れ野から遠吠えが聞こえてきた。

二頭の犬が起き上がったように、ブルックもベッドで身体を起こした。「ストームが群れを家に連れて帰ってこなくてほんとによかったわ」

ドミニクはくっくっと笑い、ブルックの身体を引き寄せ、また自分の隣に寝かせた。「そうなったら大変だぞ。たぶんストームの連れ合いがさよならを言いに来ただけだろう――つぎに会うときまでの。ほら、あいつらは生涯連れ添うという噂だ。それを考えると、おれのなかにももしかしたら狼の血が流れているのかもしれないな」

訳者あとがき

摂政時代のイングランドを舞台にしたジョアンナ・リンジーのヒストリカル・ロマンス「月夜は伯爵とキスをして」(*"Make me love you"*)をお届けします。

社交界デビューを心待ちにしていた伯爵令嬢ブルック・ホイットワースは勅令により急遽、ヨークシャーの子爵家へ送り込まれることになりました。荒れ野に広がるロスデール領の若き当主ドミニク・ウルフと結婚するためなのですが、これは曰く因縁つきの縁談でした。

結婚相手のドミニクはブルックの兄に決闘を挑んでいたのです。それも三度も。一度なら名誉のためと不問に付されるものの、同じ相手と二度三度となると穏やかではなく、当然のごとく社交界の醜聞となり、挙げ句に浪費家の摂政皇太子から目をつけられてしまいました。両家は姻戚関係を結んだ上での和解を命じられ、断れば爵位と地所は没収という厳しい条件をつけられてしまったのです。言うまでもなく、摂政皇太子の狙いは両家の財産で、議会に救済を拒まれるほどふくらんだ莫大な借金の返済にあてるためでした。

強制的な結婚にブルックはとまどいつつも、レスターシャーの実家を離れられる喜びをひそかに嚙みしめていました。息子しか必要としない厳格な父に疎まれ、陰湿な兄に虐待され、そんな父と兄にだけ目を向ける母からは気まぐれにしか愛情をかけてもらえずに寂しい少女時代を過ごしていたブルックにとって、屋敷の使用人たちと愛馬だけが心のよりどころで、家族になんの未練もなかったからです。むしろ兄ロバートへの憎悪という共通点のあるドミニクに会う前から好感を持つほどでした。

生後まもなく母親代わりとなり、乳母から子守り役をへて、いまではおつきの侍女であり、無二の親友でもあるアルフリーダに付き添われて北の地へ向かったところ、ウルフ家をめぐる不穏な噂を道中で耳にします。第一子はみな若死にし、遅くとも二十五歳で亡くなるという恐ろしい呪いが何百年も前からかけられているというのです。さらにはドミニク・ウルフその人は狼男であり、荒れ野をさまよい、遠吠えを発するという荒唐無稽な噂までささやかれている始末。そんな謎めいた子爵家の屋敷に到着したブルックは蜘蛛の巣だらけの独房のような部屋に通され、のっけから自分がいかに歓迎されていないか思い知らされます。

そもそもなぜドミニク・ウルフとロバート・ホイットワースは決闘にいたったのか。理由を両親に訊かれてもロバートはささいなことだとはぐらかすばかりでしたが、ドミニクがロバートにいだく並々ならぬ憎しみの原因についてウルフ家の使用人たちも頑として明かそうとしません。ホイットワース家に対する根深い反感を肌で感じ、前途に不安を覚えるブルックがようやく当主の私室に通されてみると、狼のような琥珀色の目をした野性味あふれる未来の夫はあろうことか半裸でベッドに横たわっていました――。

両家の命運がかかった結婚にたがいの思惑が交錯し、反発し合いながらもじょじょに惹かれていくブルックとドミニクの関係はどう変化していくのか、ことの発端となった一連の決闘はなぜ起きたのか。幼いころから家庭生活に恵まれず、新天地で今度こそ幸せをつかもうとするけなげなヒロイン、ブルックの活躍とともにさまざまな謎が解き明かされていく過程は驚きの連続で、最後まで目が離せません。

ロバートを憎む気持ちばかりではなく、馬や犬への愛着も同じくするブルックとドミニクの仲をそれぞれの愛馬と愛犬が取り持つような展開にも、ページを繰りながら心が温まる思いがすることでしょう。

そして、初対面ではブルックの母親にまちがわれて憤慨した侍女のアルフリーダが、ドミニクの親友にして〝雑用係〟のガブリエルと恋仲になっていく様子も微笑ましく、主人公カップルと同様にこちらも応援したくなるふたりではないでしょうか。

二〇一七年三月

ザ・ミステリ・コレクション

月《つき》夜《よ》は伯爵《はくしゃく》とキスをして

著者　ジョアンナ・リンジー

訳者　小《こ》林《ばやし》さゆり

発行所　株式会社 二見書房
東京都千代田区三崎町2-18-11
電話 03(3515)2311［営業］
03(3515)2313［編集］
振替 00170-4-2639

印刷　株式会社 堀内印刷所
製本　株式会社 関川製本所

ISBN978-4-576-17054-1
http://www.futami.co.jp/

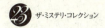

この恋がおわるまでは
ジョアンナ・リンジー
小林さゆり〔訳〕

勘当されたセバスチャンは、偽名で故国に帰り、マーガレットと偽装結婚することになる。いつかは終わる関係と知りながら求め合うが、やがて本当の愛がめばえ……

約束のキスを花嫁に
リンゼイ・サンズ
上條ひろみ〔訳〕〔新ハイランドシリーズ〕

幼い頃に修道院に預けられたイングランド領主の娘アナベル。ある日、母に姉の代役でスコットランド領主と結婚しろと命じられ…。愛とユーモアたっぷりの新シリーズ開幕！

愛のささやきで眠らせて
リンゼイ・サンズ
上條ひろみ〔訳〕〔新ハイランドシリーズ〕

領主の長男キャムは盗賊に襲われた少年ジョーンを助けて共に旅をしていたが、ある日、水浴びする姿を見てジョーンが男装した乙女であることに気づいてしまい!?

口づけは情事のあとで
リンゼイ・サンズ
上條ひろみ〔訳〕〔新ハイランドシリーズ〕

夫を失ったばかりのいとこフェネラを見舞ったサイは、しばらくマクダネル城に滞在することに決めるが、湖で出会った領主グリアと情熱的に愛を交わしてしまい……!?

恋は宵闇にまぎれて
リンゼイ・サンズ
上條ひろみ〔訳〕〔新ハイランドシリーズ〕

ギャンブル狂の兄に身売りされそうになったミュアライン。ドゥーガルという男と偽装結婚して逃げようとするが、結婚が本物に変わるころ、新たな危険が…シリーズ第四弾

そっと愛をささやく夜は
アマンダ・クイック
安藤由紀子〔訳〕

摂政時代のロンドン。模造アンティークを扱っていたラヴィニアの前に突然現れた一人の探偵・トビアス。彼に連れられてロンドンに向かうが、惹かれ合うふたりの前に……

ダークな騎士に魅せられて
ケリガン・バーン
長瀬夏実［訳］

愛を誓った初恋の少年を失ったファラ。十七年後、死んだはずの彼を知る危険な男ドリアンに誘惑されて――。情熱と官能が交錯する、傑作ヒストリカル・ロマンス!!

禁断の夜に溺れて
ケリガン・バーン
辻早苗［訳］

冷酷無慈悲な殺し屋アージェントは人気女優ミリーの殺害を依頼されるが、彼女をひと目見た瞬間…。『ダークな騎士に魅せられて』に続く〈闇のヒーローたち〉第二弾！

愛すればせつなくて
アンナ・ハリントン
氷川由子［訳］

母亡きあと祖父母から受け継いだ邸宅を懸命に守ってきたケイト。自堕落な父に、家ごと売り渡された相手は公爵で…!? 話題のホットなヒストリカル・ロマンス！

純白のドレスを脱ぐとき
トレイシー・アン・ウォレン
久野郁子［訳］
〔プリンセス・シリーズ〕

意にそまぬ結婚を控えた若き王女と、そうとは知らずに恋におちた伯爵。求めあいながらすれ違うふたりの恋の結末は!? RITA賞作家が贈るときめき三部作開幕！

薔薇のティアラをはずして
トレイシー・アン・ウォレン
久野郁子［訳］
〔プリンセス・シリーズ〕

小国の王女マーセデスは、馬車でロンドンに向かう道中何者かに襲撃される。命からがら村はずれの宿屋に辿り着くが、彼女が本物の王女だとは誰も信じてくれず…!?

真紅のシルクに口づけを
トレイシー・アン・ウォレン
久野郁子［訳］
〔プリンセス・シリーズ〕

結婚を諦め、恋愛を楽しもうと決めた王女アリアドネ。恋の手ほどきを申し出たのは幼なじみのプリンスで……王女たちの恋を描く〈プリンセス・シリーズ〉最終話！

令嬢の危ない夜
ローラ・トレンサム
寺尾まち子［訳］

たとえ身分が違っても、この夜はふたりだけのもの…リリーは8年ぶりに会った初恋の人グレイと恋に落ちるが、彼には大きな秘密があった！ 新シリーズ第一弾！

禁断の夜を重ねて
メアリー・ワイン
大野晶子［訳］

ある土地を守るため、王の命令でラモンは未亡人のイザベルに結婚を持ちかける。男性にはもう興味のなかったイザベルだが……中世が舞台のヒストリカル新シリーズ開幕！

誘惑の夜に溺れて
ステイシー・リード
旦 紀子［訳］

フィリッパはアンソニーと惹かれあうが、処女ではないという秘密を抱えていた。一方のアンソニーも、実は公爵の庶子で、ふたりは現実逃避して快楽の関係に溺れ……

禁じられた愛のいざない
ダーシー・ワイルド
石原まどか［訳］

厳格だった父が亡くなり、キャロラインは結婚に縛られず恋を楽しもうと決心する。プレイボーイと名高いモンカーム卿としがらみのない関係を満喫するが、やがて…!?

はじめての愛を知るとき
ジェニファー・アシュリー
村山美雪［訳］
〔マッケンジー兄弟シリーズ〕

〝変わり者〟と渾名される公爵家の四男イアンが殺人事件の容疑者に。イアンは執拗な警部の追跡をかわしつつ、歌劇場で出会ったベスとともに事件の真相を探っていく…

一夜だけの永遠
ジェニファー・アシュリー
村山美雪［訳］
〔マッケンジー兄弟シリーズ〕

ひと目で恋に落ち、周囲の反対を押しきって結婚したマックとイザベラ。互いを愛しすぎるがゆえに別居中のふたりは、ある事件のせいで一夜をともに過ごす羽目に…

二見文庫 ロマンス・コレクション